· 崇明历代文献丛书 ·

白华庄藏稿钞

［清］沈 寓 ◎ 著
徐 兵 周惠斌 柴焘熊 王 妍 ◎ 点校

上海社会科学院出版社
SHANGHAI ACADEMY OF SOCIAL SCIENCES PRESS

《崇明历代文献丛书》编撰委员会

编委主任： 李　峻
副 主 任： 王　菁
成　　员： 朱鑫德　陈美玉　杨　兴　顾　超
　　　　　　宋建忠　王　超　袁　杰　秦志超
　　　　　　徐　兵　郭　焰　周惠斌　柴焘熊

主　　编： 朱鑫德
副 主 编： 秦志超　徐　兵

白華莊藏稿鈔卷一

烟波筆嘯六十編詩集

崇明沈 寓寄廬 著

長洲沈德潛歸愚
鎮洋程穆衡迓亭 合定

叔存集 自己亥至壬申

息躬吟 有序 己亥

十六首壬午盜儌風火收去過半我今老矣裒聚前

平上去入四韻遞詠己亥歲予將遠遊發軔於一百

孫丕源曾孫 奕蔦
奕范
奕蘇 奕董 校刊
奕夔
奕萬
奕蔦

沈寓《白华庄藏稿钞》书影

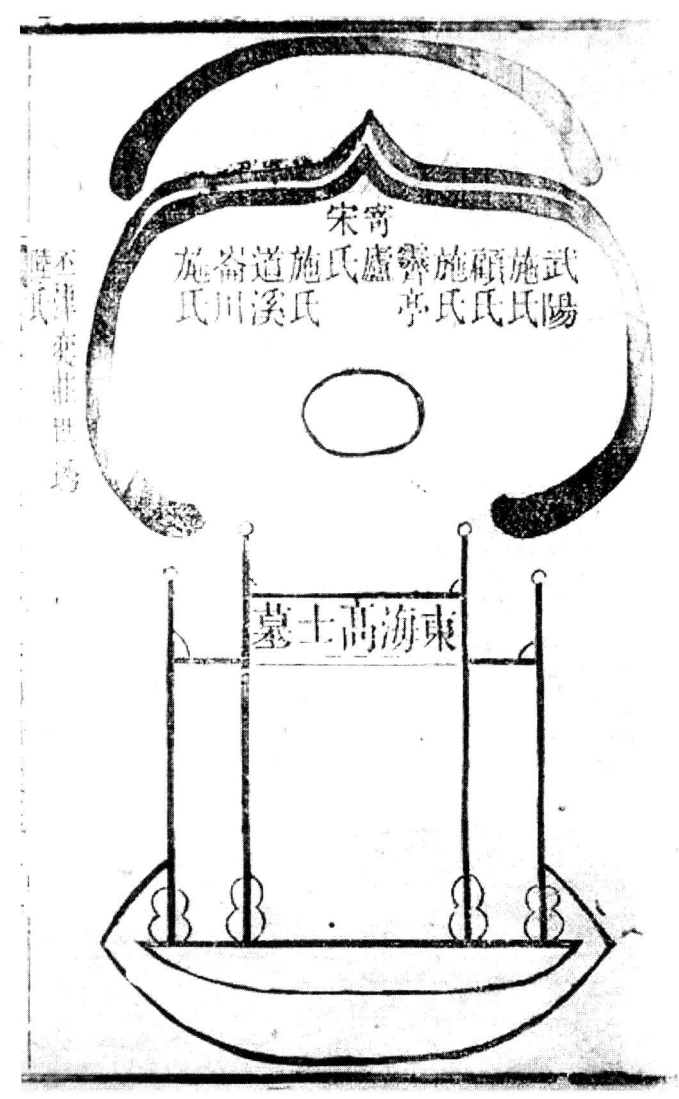

沈寓墓图

沈寓白华庄遗址

崇明区竖新镇跃进村4组车口南原为沈寓墓

《白华庄藏稿钞》整理说明

沈寓（1639—1717），是清初崇明著名的诗人，家住崇明堡镇。因其家有读书之所"白华庄"，孙、曾辈在整理付梓其遗集时，命名为《白华庄藏稿钞》，别称《白华庄文集》《烟波双啸诗集》。今存世的沈寓诗文选集《白华庄藏稿钞》，计诗6卷，文16卷，曾被《续修四库全书总目提要》《清诗纪事初编》《清人诗集叙录》著录，现又被收录入上海古籍出版社出版的《清人诗文集汇编》第154册。

沈寓生平——"放浪于烟波"的人生

沈寓，生于明崇祯十二年（1639年）九月初五日酉时。原名任，因长兄游昆山庠，庠名余信，而改名余任，后再改名己任，以示"白警"。字右之、右以，号寄庐、烟波客。崇明堡镇人。生当明清之际，以南明遗民自居。十三岁时，师事设馆于沈家的董翼王。乾隆县志记载，沈寓"年十三，为古文，十四为诗"。康熙十五年（1658年）冬，二十岁的沈寓赘于郡城（今江苏苏州）宋家。沈寓二十二岁时，随父沈运昌、母施庭梅寄居"玉峰之南菉段浜"（今江苏昆山境内）。翌年，仍迁回鹤市。沈寓《暮春送友过茂苑》诗中对苏州旧居有描述："双塔西街我旧居，陆桥百步是门闾"，"两松矗起曾巢鹤，一阁横开独著书"。沈寓成婚后，一度跟随崇明籍学者沈孝舆。相传沈寓二十三岁时，学琴于苏郡小云岩，七弦俱绝。又与"长洲诗友"缔结"云山七子"之盟。沈寓有"七人烟月共长洲，千古云山共唱酬"诗句。又学道于尧峰秋水亭，相者王子方（百子先生）称沈寓"相有三负"，负天地、负父母、负己。从顺治末年至康熙前期，沈寓在苏州度过了三十二年光景，有"曾住苏州三十年"诗句。其间，一度至贵州巡抚杨雍建的"白沙幕所"从事军旅生涯,沈诗有"慷慨筹郡邑,谈笑旄钺策",然而,仅仅"留幕数月"便离开江陵。沈寓生逢明、清易代,朝纲、世事变幻无常,让他更坚定了遁世隐退的意念。从此以后,他开始仰慕陶靖节、邵康节的为人,更名寓,别号寄庐、烟波客、嚣嚣子等,如行云野鹤,放浪于山烟水波之间。自称"西历江河之险,南游楚豫,北达齐鲁"。所至巴子国、黄鹤楼、乌江庙、桃花源、大庾岭、燕子矶、西子湖、澄江君山,以及湘潭、襄阳、汉阳等地。青山绿水、名胜景观激发了沈寓的诗情,但诗人更专注于慎独修身。"辙迹遍海内,独不至京师",视之为"热场"而深恶痛绝。"性高简,以著述为事"。"名噪东南,独不攻举子业"。长洲汪琬"雅重其文"。沈寓历年交游友人有袁孝若、周岐来、陈杏仙、槎江李蓼洲、虞山王涧修等。

"优游十年"后,沈寓于康熙二十五年(1686年)夏"倦游归里,卜迁甫里",别称"甫里先生",自撰《甫里先生贫而乐赋》。康熙二十七年(1688年),沈寓已年届知天命之年,他回到故里崇明岛,归隐于堡镇大通河畔白华庄。沈寓回乡后,有"归来整顿白华庄"诗句,他另在《寄庐记》中说,委托婺源人采购而来木料五十根,竹、茅草等则就地取材,在白华庄上筑"瀛天竹屋"、"半日轩",取书斋名为"惜阴斋",自称"逸民""遗世翁""瀛东一陶""诗狂"等。"读书不遇,隐居东瀛","终老海滨"。沈寓《梅花倡和诗序》有"躬耕白华庄,引水于大通之河",《学规说》有"退老大通河之白华庄",另有"归耕堡北大通河之阴","诛茅大通河阴","挈妻子,偕隐于瀛洲大通河白华庄","东归大通,坐老白华庄",《东归后吟》诗有"夕汐朝潮荷满沟,门前杨柳弄轻柔。归来只合高高隐,出世何妨默默休",《索居》诗有"晓潮晚汐大通河",另有"十亩地种棉,十亩田耕穜","有花又有竹,有池又有鱼"。《故宅吟》有"故杵还乡夫妇老,遗园守世子孙淳"。沈寓先后办理了祖坟的迁葬,兄弟子侄轮流祭祀的规划,并立碑以明标识。康熙二十九年(1690年)春,沈寓作《祖茔十分轮祭碑记》。康熙四十年(1701年)三月,作《平舆氏北分总墓碑记》。康熙五十一年(1712年)冬,作《家谱世纪序》。他"有志修辑"家谱,终因"精衰力薄,不能远稽博考"而作罢。与堡市诗友缔结"瀛堡诗社"。七十多岁时,沈寓自称"能走新河独还往,恒游堡市却炎寒"。

他以夫妇志趣相投为题材,创作了《偕隐六图》。沈寓与妻子宋水容相守了将近六十年,宋氏于康熙五十二年(1713年)九月二十三日病逝,沈寓吟诵了"深知夫妇好,久识死生缘","沧桑同阅尽,先我泪腮边"以示深深的哀悼。

沈寓自称16岁作诗,至64岁,诗有49卷,文有44卷。花甲之年,他与堡里同好创立"瀛堡诗社","推敲诗道",相互唱和。在他65岁时,即康熙四十一年十二月二十四日夜(已是1703年年初),因遭遇水火之灾,"烧尽白华一草堂",诗存13卷,文存17卷,于是整理汇编诗文集,计《烟波笔啸》六十编,以及《劫存》《又生》两集,自序称"自叙于白华庄之烬尽陋室"。沈寓《崇明》诗(之二)亦云:"我亦从先隐,荒庄对大通。"沈渼《寄庐先生传》中有"丙申之冬(1716年),以诗就正白华庄,先生为之煮茗论文"的记载。同年,沈寓自撰《烟波六十编诗啸》序。翌年,沈寓将编就的"白华庄诗文藏稿二帙"请崇明知县史弘坦撰序,史知县十分钦佩沈寓"沉酣于经史,旁通乎诸子百家"的学识,为沈寓题赠"东海高士"匾额,在《序》中称赞沈寓"有真品行、真学问、真文章"。沈寓也回馈《呈谢史邑公序六十编》诗。

清初崇明山水诗人沈伦也与沈寓有酬唱,存世的沈伦著作、雍正增刻本《大樵山人集》卷一有《家族兄乂伊》诗。"乂伊"即指沈寓。沈寓也有《庚午宿弟叙彝》诗。"叙彝"即指沈伦。

就在沈寓的族侄沈渼"以诗就正白华庄"的次年,也即沈寓请求史知县为自己的诗文集作序的那一年,诗人因病在白华庄溘然长逝,享年79岁。临终前留下了"不朽文章证古今","赢得他年传姓氏,清朝人物一诗狂","他年老死文章在,东海清风近逸民"的诗句。另自称"具此一段英伟气概"。

七年后,即雍正二年(1724年)春,沈渼撰写了《寄庐先生传》。同年中秋,苏州知府蔡永清因崇明遭遇"洪潮泛滥",至崇明赈灾,驻足堡镇白华庄,应沈寓之子沈长虹请求,撰写了《〈白华庄烟波诗啸〉序》。乾隆二十五年(1760年)编修的《崇明县志》中,将沈寓列入《人物志·隐逸》。

光绪县志记载:"乡贤沈寓墓,在堡镇。"民国县志也称:"处士沈寓墓,在堡镇。"今核查崇明沈氏家谱,"北分长房二支十三世至十七世、惟仁系"沈寓条目,"墓在洪勋沙";《寄庐公墓图》称,"我高祖寄庐公墓在一号洪勋沙头段茅养滨竖河东北乒乓桥西首第三宛内"。乾隆六年(1741年)开始子孙"轮祭"。推断沈寓墓其实在今竖新镇境内。今经实地查考,今址为竖新镇跃进村4组(车口南边)。沈寓墓位于跃进村7组原"沈探花"墓的西南角。

沈寓的文学成就——"纯任自然"的诗文

沈寓生平所著诗文颇为丰富,据家谱记载,计有《烟波双啸诗文集》六十编、《唐诗解》一百二十卷、《古今舆地人物注》二十卷3种。其中《烟波双啸诗文集》又称《烟波诗文双啸》,分《烟波笔啸文集》六十编、《烟波笔啸诗集》六十编两种。简称《烟波笔啸》。《烟波笔啸诗集》则分《劫余集》《又生集》两种。因"卷帙繁重,力不给",在乾隆十五年(1750年),由孙曾沈丕源、沈奕董、沈奕苏"钞其十之二三",交镇洋程穆衡、长洲沈德潜先后"校雠",由两位贤达"合定""校定"后刊刻。程、沈分别撰写了《序》,程序分别题为《〈白华庄藏稿钞〉叙》《〈白华庄诗稿钞〉叙》。翌年,崇明知县王纬也应沈丕源、沈奕董的请求为《烟波六十编》撰写了《序》。乾隆十六年(1751年)秋,一作乾隆十七年(1752年)开始雕刻,先刻文集,后刻诗集,至十九年(1754年)竣工。参与"校刊"的沈丕源、沈奕董、沈奕苏、沈奕夑分别撰写了《跋》。沈寓遗稿终于在孙、曾辈的合作努力下得以付梓行世,名《白华庄藏稿钞》,计诗6卷,文16卷,洋洋大观。

沈德潜《序》称:"寄庐之诗,近乎尧夫击壤之吟,寄庐之文,又近乎李泰伯之经术,司马文正之经济。"

《皇朝经世文编》卷二十一、卷二十一分别收录沈寓《子贱治单父说》《治苏》《治崇》文章3篇。

嘉庆《瀛洲诗钞》卷一收录沈寓《和南溪小隐图原韵》等诗4首。

咸丰年间,常熟人宗廷辅在《寓崇杂记》中,称扬崇明沈寓"文才辨纵横,略有陈同甫、刘龙洲气慨;诗亦以浩然之气行之,不甚依守绳尺",是一位"奇才"。

近代崇明名人王清穆在其手稿《农隐庐日记》中，于1932年冬两度提及沈寓《白华庄藏稿钞》："阅《白华庄藏稿诗钞》""阅寄庐先生《又生集》"。王清穆在拜读沈寓著作之余，高度评价先贤的诗文，及其蕴含的精神："寄庐先生诗不事雕饰，纯任自然，天籁也。论者比之北宋康节，信然。先生《癸酉访友》诗：'若谈甲申乙酉事，清哀声断泪滂沱。'……故国之悲，真有道君子也。"

家谱也称扬沈寓有"复五百年之县志""正千百图甲"（指纠正康熙县志差错）等功绩。

民国县志将沈寓列入《人物志》的"隐逸"类，因其"上下千载，议论敷陈，阐天人之秘奥，探经学之本源，皆坐言起行，实有关于政治民物之大者"，称他有"经济"之才。

按照沈寓生前相关诗文的描述，其"读书处"，即故居"白华庄"位于"堡北""大通河阴""大通河头"，即堡镇东西向的"安富桥"（跨当沙头港）东侧。今堡镇永和村堡东10组。光绪县志记载，白华庄"在堡镇大通河东，沈寓读书处"。民国县志则将"白华庄"列入了"古迹"。沈寓的"白华庄"，是值得我们加以挖掘利用的崇明历史文化名人故居。

沈寓《白华庄藏稿钞》原刻本，现存上海图书馆。均由上海南洋中学校长土培孙捐赠。土培孙先生生前土集清代诗集，曾珍藏崇明沈寓《白华庄藏稿钞》两部。现据收录入《清代诗文集汇编》第154册内的沈寓《白华庄藏稿钞》复印后点校整理。

此次整理，由上海市崇明文史研究会副会长徐兵、柴焘熊，崇明区文化市场管理所所长周惠斌、崇明区图书馆资料室工作人员王妍参与承担。

原版刻阙者、模糊不清者均以"□"存疑，所见异体字、错讹之处径直改正。

限于学识，点校过程中疏漏之处，敬请指正。

崇明区档案局（馆）
崇明区地方志办公室
崇明区图书馆
2020年4月

目　　录

《白华庄藏稿钞》整理说明 / 1

白华庄藏稿钞 / 1

烟波笔啸六十编诗集 / 259

白华庄藏稿钞

沈序
白华庄藏稿钞叙
烟波六十编　紫微杨雍建序于荆门之行幕
烟波六十编　河东史弘坦康熙丁酉序于崇明官署
烟波六十编　权知县事沈州王纬乾隆壬申清和叙于崇署之亲民堂
烟波六十编　劫存又生两集　康熙癸未小暑日自叙于白华庄之烬余陋室
第一卷
第二卷
第三卷
第四卷
第五卷
第六卷
第七卷
第八卷
第九卷
第十卷
第十一卷
第十二卷
第十三卷
第十四卷
第十五卷
第十六卷

沈　　序

余观《国风》所录《考槃》《衡门》诸诗，知贤者不遇于时，独寐寤言以自写其乐。而后世梁鸿《五噫》之歌，公理《乐志》之论，夏统《小海》之唱，伯伦《酒德》之颂，则又悲愤激烈，果于忘世。盖其性情胸臆拔出嚣尘之外，而其中无天爵自尊，随所遇而皆安者也。吾宗寄庐先生读书不遇，隐居东瀛。壮岁溯大江入湘汉，访庞公之旧居，寻刘项之战垒。复自闽入粤，探武夸、罗浮之胜。归而游齐山，观杜牧题诗处。履迹所至，发为咏吟，皆渊渊浩浩，一摅其遁世无闷之怀，窥其旨趣似无心于世者。洎乎晚年，杜门扫轨，益发故箧，上下千载、议论敷陈，阐天人之秘奥，探经学之本源，皆坐言起行，实有关于政治民物之大者。要其言纡徐和易，而一切郁噫颓放之概，不以流于胸次而形于笔端，洵乎其为德人之言也。嗟乎！古人进退屈伸一因乎时。时至而出，抱负应之，勋名功业视为故常。时不至而卷怀以藏，优游畎亩，没齿不悔。孟子论被发缨冠而往救与闭户不救者，诚为易地皆然，而岂用世忘世之判然两途也耶？唯其然故。寄庐之诗近乎尧夫击壤之吟，寄庐之文又近乎李泰伯之经术、司马文正之经济。每一展诵，使人矜平躁释，而不敢轻为放浪无实之言，寄庐之性情胸臆有不同于伯鸾诸贤者矣。或者谓以寄庐之蕴蓄，使得行其所学富有卓卓过人者。乃使之终老海滨，听波涛以舒襟，揽云物以适志，敝敝焉耗精神于笔墨之间，其亦深足惜也。然使寄庐而用行于世，执版驰驱将劳心行役，纵未尝无可见之业，然必不能享安闲臻耄耋，分其才力以雕劖山水镕铸古今，则不遇于时翛然埃垆，正天之厚待寄庐，而使为可传之人也。嗣孙宿发刻诗文集行世，问叙于余，余故表其志趣之高与用世忘世之合一者著之卷端，俾读其集者如见其人焉。

乾隆十六年岁在辛未秋九月长洲德潜谨叙

白华庄藏稿钞叙

　　自余为诸生,即闻崇明沈寄庐先生者,醇儒也。著述之富,有《烟波笔啸》诗文各六十编。寻宦游燕晋未及一睹,罢官后客是邑,而先生之曾孙眉山殷然来谒,曰家藏是稿五十年矣,谋寿诸梓而卷帙繁重,力不给。将抄其十之二三付剞劂氏敢琴以请唯先王父之灵,实宠嘉之。余竦然登受,肃然启编,长夏虚堂涵泳旨趣,穷暑阅月,凡抄得文若干首,敬以复于眉山,曰:"所贵乎内圣外王之学者,何也? 诚意,正心,修身,齐家,治国,平天下之事,讲之切而养之裕,其平居玩心,高明固尔,乐以言见也。而天地事物,山川草木,飞潜之可感以及友朋交勉警戒之所触从时而有言,言未尝不依乎。是一旦得我志与,以措则正,以施则行,如药之已病,雨之润枯,否则卷而怀之。求无失其为我而其绪言之所乘。百世而下有令人慨然而思,勃然而兴,幡然而改。大之应世道于雍熙,小之范身心于道德。夫乃知其所言者非徒言也。有弥乎中,斯彪乎外,即所云"措则正、施则行"者之所寄而留也。不闻顾亭林之说乎? 谓夫文之不可绝于天地旨者,曰明道也,纪政事也,察民隐也,乐道人之善也。若此者有益于天下,有益于将来,多一篇多一篇之益矣。若夫怪力乱神之事、无稽之言、剿袭之说、谀佞之文若此者,有损于己,无益于人,多一篇多一篇之损矣。夫文至一篇有一篇之益,非增事于内圣外王之学者不能。今先生之出处见于集者,班班可考,而遏欲存理、希踪贤圣之方,无一刻不出诸其口。移风易俗,整齐民物之思,无一刻不存诸其心。后之君子,推明其绪言,有其时可以淑世,无其时可以淑身,谓非韩曾之流亚欤? 呜呼! 醇矣先生后嗣繁衍皆守先人之庄,耕读自好,不坠家学,而眉山尤文雅。余故复乐为之叙其诗集六十编,仍列其后以竢续刊。

乾隆庚午仲秋白露日鹤市程穆衡书

烟波六十编　紫微杨雍建序
于荆门之行幕 字自西

予将治节黔中，有同年青城先生犹子曰朴斋者，丁酉贤书也，游学四方，访予于白沙幕所。予时军旅倥偬，不遑携手。越一日过而问焉，睹其同宗弟寄庐，恂恂尔雅。朴斋曰："当今选书家号所谓名公巨擘者，阴借笔于吾弟而就正。六经四子，是吾弟之心学。而其余天地间之奇奇怪怪大文章，莫不罗列于五藏六府之中，以经纬其曲曲折折之笔，发为忠孝道德之正论。而惜乎其浪游于山烟水波之乡，不肯一厕名于人间。"予时欲署其名，首荐入太学，庶几其学有何蓍，异日为凤池生色，不至沉沦于海澨江陬，徒作蛟龙潜卧。久之窥其意有不屑屑者。留幕数月，见其出游名山水吊古诸什，并出其素所著古文辞读之，真不愧朴斋之述子之存中。其源渊有自乎，何复多才如是也。军旅之暇，旦夕论心。究其所学，直探渊微，揆之昔日吾乡晦叔，何多让焉。噫！乾坤开辟，中古文明，天地寥廓，何地无才？所难者学与德耳。予欲终留之幕邸，如昔之乌节度礼石、温二处士以礼之。而寄庐以一丘一壑辞，若不足以羁继者。缘是治酒于绛雪堂，咏六一"绛雪尊前舞"句以送别，并书数语以贻之。俟予军旅之事毕，归老峡石湖，构数椽于紫微山下，覆吾青城先生延寄庐而问道卒业焉。朴斋其仍相从否？人生有涯，吾道无涯。吾乡固道学讲肆之区，金仁山许白云之风，至今未歇、相与论心学于此，何功名之足云。

烟波六十编　河东史弘坦康熙丁酉序于崇明官署 字易斋

　　从来有真品行者，必有真学问。有真学问者，必有真文章。故凡诗赋古文辞，不本乎此，而徒以浮华炫人，是犹好鸟弄音，名花争艳，能赏心于一时，而不能长留天地间也。予家居时，谢绝尘嚣，每以诗文自娱。年来莅兹东瀛，簿书鞅掌，刻无宁晷，久已笔花零落，砚草荒芜矣。有邑中高士沈寄庐者，出《白华庄诗文藏稿》二帙，问序于予。案牍之暇，披览一过，知其为人，盖古道自处不苟同于流俗，而且沉酣乎经史，旁通乎诸子百家。其发于文也，滉瀁恣肆，则神似昌黎；古峭简净，则神似半山；淡宕超逸，则神似庐陵。其发于诗也，如少陵之雄浑、青莲之豪迈、靖节之古朴、放翁之真率，兼而有之。所谓真品行、真学问者，不于斯而益信哉！惜也遭祝融之火，亡其大半，不得尽传于斯世。然所存尚富，将来刊之梨枣，已足垂示不朽矣。是为序。

烟波六十编　权知县事沈州王纬乾隆壬申清和叙于崇署之亲民堂_{字象文号澹园}

　　长江导源于岷，万里无际。崇明当江海之交，上控燕齐，下联闽浙，洪涛浩瀚，日本诸外国隐隐绕其东。意是中不乏栖箕守颍之士，布衣纫履，怀真抱璞，而讲道论德，绍述先圣，可以敦古处而厉末俗者。高士沈寄庐先生者，崇产也。少工举子业，长益沉酣经史之学，涉历江山之胜，南游楚豫，东入瓯越。中年侨居甫里，晚乃归老崇之白华庄，每发为诗古文辞以抒蕴抱。《烟波笔啸》六十编。大概意旨深醇，有关名教，议论警辟，不惑异闻，迥殊獭祭者流。以纤巧为能，剿袭为技者也。夫人竭一生精力，旁搜别构而不衷于圣人，非不援我旌旗剚彼壁垒，究于世道人心，有何裨益。寄庐之书，务以推挽颓靡，赞宣圣教，卓然为古之作者何疑。抑寄庐尝规汪尧峰之辞章，欲其不袭涂饰，要诸久远，勤勤恳恳，殚力折衷。寻寄庐之言，则其所自命为文者可知已。今者海宇乂安，人才蔚起，国家休养生息涵濡百年之久，至于如是。若《烟波六十编》者，夫非休明之鼓吹乎？余权篆东沙，甫经一载，公余燕坐，每披览兹编，谓非徒理道之博、学术之正，足垂不朽。即其文笔之遒秀，亦若有烟云缥缈、波澜滉瀁之致，堪与元真子天随子而并传，诚司土者之幸也欤。他日剞劂告成，大者可以供国史之采录，即一二轶事，亦足发潜而阐幽，考镜得失，互资激劝，于以补志乘之所未备，皆非苟焉而已也。缘其嗣孙丕源奕董辈之请，爰率为之序。

烟波六十编　劫存又生两集　康熙癸未小暑日自叙于白华庄之烬余陋室

　　六十编者，师晋陶元亮甲子之遗意，借平生之所著以编其岁月。而冠之以烟波，以为山非烟不神，水非波不灵，天地间何往非山水，则何往非神与灵之所在，而我诗我文适获我心焉。有时长言之，有时短言之，有时正言之，有时喻言之。遇题成文，缘兴得诗，其啸也歌云乎哉。自予年一十有六甲午，迄今六十有四壬午，诗得四十九卷，文得四十四卷。六编一叙，十叙完甲。诗已八叙有一，所欠缺者只十一编。文起于己亥尚少十六编耳。不意壬午水火既济之年，心星失度，腊月东流，使我啸歌之章，子夜一炬，诗文劫灰。劫烬之余，诗存十三卷，文存十七卷，真劫余之物耳，名之曰《劫存集》。呜呼！"野火烧不尽，春风吹又生。"今癸未以往，岁月遥遥，皆我又生集也。沧溟汪洋，蓬壶中隐。登眺之际，烟云缭绕，波澜浩瀚，江河百川，朝宗於斯。所谓大观者，莫有大于此者矣。劫烬余生，茅庐重构，蓬山壶山，溯游溯洄。盈怀诗意，不穷于春秋花月，往者皆我已毕之局，来者皆我未竟之乐。人生斯世，纵不能旋乾斡坤，作浴日补天之模范，亦可以吟风弄月，为攀鳞放鹤之嬉娱。烟波不改，诗文之兴依然，探喉而歌者，当又生观可也。

白华庄藏稿钞卷一目录

烟波笔啸六十编文集 　　　　　　　　　　　崇明沈寓寄庐著
  读古十六篇
    读《诗》
    读《春秋》一
    读《诗·十亩》章
    读《文王世子》
    读《汉武帝纪》
    读《吴世家》
    读《留侯世家》
    读《陈平、张耳、司马相如世家列传》
    读《仲尼弟子列传》漆雕氏
    读《后汉》西州二布衣起家
    读《唐书》李光进光颜传
    读唐明二史狄姚二姊
    读明纪循良吏徐九经
    读《皇极经世》
    读《高士传》
    读县志

白华庄藏稿钞卷一

烟波笔啸六十编文集

崇明沈寓寄庐著　孙丕源曾孙奕董校刊　奕蔫 奕范 奕苏 奕夔 奕万 奕葛

长洲沈德潜归愚　镇洋程穆衡迓亭　合定

读古

读《诗》乙亥春笔

余尝读《虞书》,至虞帝之命夔曰:"诗言志",而知《诗》之所由作。是故,动天地,感鬼神,莫有近于《诗》;彰教化,移风俗,莫有近于《诗》;明王道,稽世变,有美刺之义,有讽谏之道,莫有近于《诗》。《诗》也者,诗人之志之所在也。周之兴也,作诗者志风教之原,篇曰"风雅颂",辞曰"赋比兴"。以风雅颂之篇体蓄赋比兴之辞意,而《诗》之道备矣,《诗》之义远矣。及周之衰而变风变雅作,得失彰焉,兴比广焉,鸟兽草木备具焉。虽然,《诗》之作,大抵始于兴。情动感触曰"兴",发于言为"赋",托于物为"比"。《诗》未有离兴而为诗者也。赋比兴相生,而性情见于声,声成文谓之音。风土之音曰《风》。《风》者,动也,如风之动物也。

有贞有淫,贞为正,淫为变,贞用美,淫用刺。朝廷之音曰《雅》。《雅》者,正也,言王政所由废兴也。有大有小,有正有变,正用美,变用刺,谲谏具焉。宗庙之音曰《颂》。《颂》者,美盛德之形容也,歌祖功宗德以昭示子孙者也,有美而无刺焉。虽然,径情直发,《风》不足以动人,其诗不可存;意尽于此,不通于彼,《雅》不足以正人,其诗不可存;《颂》若无其德无其位而歌之咏之,是诬也,是僭也,其诗不可存。不可存者,皆可删也。此孔子之删三千为三百者,此志也。存此志而读《诗》,虽变风变雅,皆出于朝廷邦国学士大夫之口,不能已,不得已,而有此作也。离此志而读《诗》,即正风正雅之内,或指为宫人及通用之作,而变风变雅,悉小夫妇女民间委巷之私谈。《礼经》曰:"礼不下于庶人",何不并删之而笔之于万世曰"经"也?孔子不尝曰:《诗》可以事父事君、兴观群怨,小子何莫学夫《诗》乎?又不尝曰:《诗》一言可蔽三百篇者,思无邪乎?若使《诗》三百中,有一言之邪,孔子早已删之矣。若使《诗》三百中,不可以事父事君兴观群怨,孔子早已删之而不呼小子学之矣。何后世儒者不察,曰郑之声淫,郑之诗亦淫也。声之淫,孔子答为邦之问而必放之,而《诗》之淫删三千为三百而反存之,有是理乎?夫《诗》言志者也。《诗》多男女之辞,志不专为男女。夫妇者,人道之始也。《易》曰一阴一阳之谓道,乾为天为父,坤为地为母。有夫妇然后有父子,有君臣,有上下。礼义有所错,夫妇之道不可以不正也。故情欲莫甚于男女,廉耻莫大于中壶。礼义养于闺门者最切,而声音发于男女者易感。故凡托兴男女者,和乐之音,性情之寄,非尽男女之事也。呜呼!推此志也,可与言《诗》也已矣。然谓《诗》之作,大抵始于兴者,何也?《诗》者,思也。有思今日之不得而咏古以见者,有思其人之不得而托物以见者,有思其事之不得而咨嗟咏叹以见者,有一二言思之不足而长言以见者,有长言思之不足而反复歌咏以见者。故凡《诗》之可歌可咏者,皆其乐之可钟可鼓者也。故《关雎》为房中之奏,大小《雅》为燕享之作,三颂为禘庙之声。即十五国之变风,厉宣幽之变雅,亦动乎季子请观观止之叹。孔子曰:"吾自卫反鲁,然后乐正,《雅》《颂》各得其所也。"然则《诗》既自托其所思,而何以有美刺?吾以为《诗》之有美刺,犹《春秋》之有是非也。是非者,《春秋》之直笔。美刺者,《诗》之曲笔。主文而谲谏,言之者无罪,闻之者足以戒，曲亦直也。是故，《诗》与《春秋》相为终始。幽厉以前美刺在《诗》，平王以后，是非在《春秋》。《春秋》记天下之无王，《诗》纪文武成康厉宣幽为王之事；《春秋》记列国诸侯之乱，《诗》纪十五国诸侯治乱之迹；《春秋》记礼乐之僭紊，《诗》纪朝廷宗庙燕享之礼乐，班班可考。凡《诗》之所存者，皆史之所遗。故孟子曰："王者之迹熄而《诗》亡，《诗》亡然后《春秋》作。"孟子之言，直与古序相发明也。《诗》之有古序，犹《春秋》之有三传。读古序而失《诗》者十之一二，读今说而失《诗》者十之七八。《诗》之著为经也，好恶得《春秋》之笔，治乱续《尚书》之纪，咏歌燕饮弘礼乐之文，而《雎鸠》《鹊巢》，实具大易乾坤之义。变风变雅，直贯夫五经，而得存于当年孔子之删。而今日以为淫乱，而见黜于经生学士之讲试、大臣朝宁之献议，谓《诗》复亡于删后可也。

读《春秋》一乙亥春笔

吾读《春秋》而知孔子之笔削，一本于忠恕也。吾读《春秋》而知孔子之门羞称五伯，五伯者三王之罪人也。吾读《春秋》而知"知我、罪我"，孔子惧，作《春秋》之本意也。孟子曰："《春秋》，天子之事。"谓《春秋》所书礼、乐征伐自诸侯出，皆天子之事也。《春秋》为天子之事而作也，讵谓孔子以天子之事自用乎？礼乐征伐降而大夫出，陪臣执，犹深恶而惧之，况以匹夫用天子权，行天子事，褒贬当世诸侯卿大夫，此诚所谓空言也。而曰："吾能华衮而斧钺之。"何其无惧之之心也。夫孔子之为此惧者，周德既衰，官失其守；策书记注，多违旧章。上惧无以遵周公之遗制，下惧无以明将来之劝戒。弑君、贼父、叛臣、亡子、丧师、灭国、与盟会奔走干名犯纪之事，接踵斯世，故其曰："知我者，知我不得已而有此一惧也。罪我者，罪我无其位而何必有此一惧也。"惧之者，慎之也，郑重之也。直书其某年某月某人某事，而其人其事之是非自是。尊天王，重首时，遵周公，存大义，明大法也，作《春秋》之本意也。五伯之诈莫甚于齐晋，桓、文以篡弑得国，即有震世之功，圣人不齿。故孟子曰："仲尼之徒，无道桓、文之事者。"孔子曰："其事则桓、文，其文则史，其义则丘窃取之。"取其文之义，直书以公其是非于天下后世而已。儒者不察,谓五伯尊周,《春秋》尊伯。春秋不即为七国者,五伯之力,不知桓、文上下五十余年。春秋以后,而东周存者又二百年,周室东迁,无异杞宋。周之存亡,于五伯无与也?五伯之终,七王之始也。七王之事,何一非五伯导之者乎?五伯之盟会,导七王之纵横;五伯之吞灭,导七王之兼并;五伯之挟天子侮王室,导七王之灭周,致赧王稽首献地。若曰《春秋》尊伯,则纵横之徒皆得行《春秋》之志者矣。若曰五伯尊周,则孔子不以管仲为器小矣。善乎孟子曰:"五伯假之。久假而不归,乌知其非有?"使孔子之志行,《春秋》之义伸,则东周可为。自无五伯,又安有战国与暴秦之祸,而世儒不思也。世儒又以为攘夷狄者,益非也。以《春秋》之是非观之,五伯之罪,莫甚于晋、楚。继齐称伯者晋也,齐犹托尊王之名,晋则公然自为也。齐让楚不入包茅之贡,晋遂驾楚迭兴会盟,往往与楚争伯中国,糜烂其人民。楚僭王蚕食诸姬,晋亦自剪其手足,朝诸侯百有余年。楚问鼎于周,晋召王征兵,奔走其卿士,逼杀其大夫,诸侯悉索币赋于楚者,复悉索币赋于晋。入朝稽颡驱胁叱使,晋、楚所同,而以之相较,犹晋七而楚三也。楚、秦、吴、越,禹贡九州之地,周制五等之国。世儒谓楚为夷,谓攘楚为伯。夫既已夷楚,而复与齐、晋并称五伯,则是自见其牴牾。天不足九野,地不满九州,而禹贡为虚数,周制为无等矣。噫!五伯自反于王,自等于夷,而又谓之曰"尊王",曰"攘夷",是诚何说也?《春秋》不作,五伯罪隐。《春秋》作后,五伯罪彰。未经笔削之《春秋》,鲁史也。已经笔削之《春秋》,圣经也。周公之不梦,出涕于获麟,此《春秋》之所以作也。作《春秋》者,托周公以行吾道也。故曰:周公其衰,吾道其穷,忧之甚也,惧之甚也。斯民也,三代之所以直道而行,谁毁谁誉,此笔削《春秋》之大旨也。自后世以美恶同辞、深文隐语视《春秋》,若必以文字为褒贬,以凡例特笔故进故退。孔子曰:"忠恕违道不远。"何其无忠恕之心乎!孟子曰:"仲尼不为已甚。"何其多已甚之辞乎!或者又以为《春秋》责备之严,法当如是。晋赵盾、郑归生、许世子,未操刃而书弑君;晋申生宋座,自缢死而书杀子。不知圣人推见至隐,原情定罪,道其实耳。其为书也,固忧深而辞逊,义直而情婉,法严而礼恭。故鲁事之恶、天王之丑,不得不为之讳;多外事之疑,不得不从其轻。而如诸传所记,贪淫奢侈、非礼猥琐之事,一切不书，诚不忍尽言毛举，使《春秋》笔削，下同野录也，此皆圣人修辞之诚。示天下万世以臣子事君父之礼，与士君子处世立言之体，盖圣人之心博大宽仁，忠恕交至有如此。故曰："知我罪我，其惟《春秋》。"嗟乎！罪我者，五伯之君若臣往矣。知我者，千载而下其谁知《春秋》一本忠恕之心行之也。虽然，知之者有其人矣。董子曰："《春秋》辨是非。"司马氏曰："明王道，正人心。""拨乱世反之正，莫近于《春秋》。"胡氏曰："五经之有《春秋》，犹法律之有断例。"公好恶，《诗》之情也；酌古今，《书》之事也；著权制，《易》之变也；序典常，《礼》之经也；本忠恕，《乐》之和也。百王之法度，万世之准绳也，是真知《春秋》者也。

读《诗·十亩》章 丁丑春笔

余读《诗》至《十亩之间》，"桑者闲闲"，不觉慨于心而有感也。夫十亩之间，而诗人寄迹于此，亦甚微末耳。然桑者得此闲闲焉，诗人之自足可知矣。而富贵者鄙之，往往不入其心也。而贫贱者汲汲焉终其身，有不得此十亩也。然亦有有此十亩，而我之志在此，而其家之人之志或不在此，则亦不能云闲闲者矣。此庞德公之妻子耘于前，而曰"吾遗之以安"；陶元亮之虽有五男儿，纵不好纸笔，而口"田园将芜胡不归"，为真有此十亩而得闲闲之趣者矣。孔明躬耕南阳，闲吟梁父，致足乐也，遭三顾之知遇，而鞠躬尽瘁以死，成都之桑八百株，并不能为子孙终其业。房、杜奋迹畎亩间，为帝王师相，富贵极矣，而经营门户不衰，身死无几遭不肖子孙荡覆无余。呜呼！贫贱者亦能富贵，富贵者终至贫贱，其恒也。生斯世也，得此十亩，黄米饭香，木棉衣暖，欣有荆妇之可偕，莫愁子孙之难继，胸罗万有，志足千古，力田之暇，高歌一曲，亦足以乐而忘死矣。

读《文王世子》 乙亥夏笔

尝读《文王世子》篇，至"文王曰：'我百龄，尔九十，吾与尔三龄焉。'文王九十七乃终，武王九十三而终。"曰：文王圣人也，纵爱其子，岂能损父之年而益子哉？武王亦圣人也，纵欲自永其年，岂能损父之年而益子哉？纵使我年可损，而文王必欲损己之年以益其子，此何以教其子武王也？文王之为慈父必不尔也。纵使我年可益，而武王必欲损其父之年以益于己，此何以奉其父文王也？武王之为孝子必不尔也。况修短有数，气禀于有生之初。幸而武王九十三终耳，不然，或五十，或六七十，即告终焉，文王亦能损己之年以益之乎？且圣人，立命者也，尽心知性所以知天，存心养性所以事天，殀寿不二修身以俟所以立命。若区区于年数之修短，而父子之间推逊爱护，冥冥之中，谁听之而谁主之？此乃世之奸人操其术以愚其人者，而谓仁之至、智之尽之圣人而出此乎。若其果出于此也，文王之圣，岂不知其子武王之圣，而必欲损其三龄与其子以治天下也。武王之圣，岂不知其父文王之圣，一饭再饭，不敢有加，而反不欲其父之百龄过于百龄以治天下也。是说也，传之者之误也；不尔，好事者之为之也。吾于是而并疑夫周公之《金縢》也。

读《汉武帝纪》己丑春笔

予偶读《汉武帝纪》："元光元年冬十一月，初令郡国举孝廉各一人。"曰"初"，前此未曾行也。曰"令"，实出于皇帝之诏书也。吾不敢必郡国之无此一孝廉也，亦不敢必此一人之足以概郡国之孝廉也，又不敢必郡国之举此一人足称其人之孝廉也。煌煌诏书，初颁天下，则郡国之举，断不敢慢；一人之寡，郡国断不能云无，则郡国之举此一人，尤必极其慎。吾不知当时天下几郡国，然一郡国一孝廉，以一孝廉应一郡国之求，以卜皇家异日一郡国之需，将见治此郡国者，皆孝廉其人也。孝者必有品有行之儒，廉者必有守有为之士，举而使之治郡国以拊循其民次序化道。《书》曰："一人元良，万邦以贞。"而况郡国皆元良也哉？或四三年，或五六年，再令再举，则前此治郡国者之孝廉，又拔其尤者以升于朝，则朝皆孝廉而治天下若唐、虞，若夏、商、周，亦易易也。何汉武之世之治郡国者，反不若汉文之世之治郡国得其人也欤？岂前令郡国举孝廉各一人，皆以名应而不以实求也乎？抑郡国乏孝廉而治郡国者未尝举以应其选也乎？抑未必再颁令甲，以切责其不力举也乎？则汉武之世,天下空空,实无一孝一廉之人,将何以治此郡国为、成此郡国为也?当时称孝廉其人者,莫如申公、董仲舒、汲黯辈,俱置之闲散之地,而不为重用。惟此诙谐不根者,谈戏于殿廷,而以俳优畜之。惟我意焉,此所以称汉武之治天下也。九官十二牧辈,埋没于草莽者何可胜道。历世以来咸坐此病,又遑问其唐虞再见而太和在成周宇宙间也。呜呼!天生异材,何地无之,沦落不偶,异世同悲。不求实用而徒务虚名,不独汉武之世为然也。

读《吴世家》癸巳夏笔

予观有吴季子辨论闳博,才矣;避位全身,智矣。惜其因让而国自至于争,争而不再传,渐与邻争以亡其国。呜呼!泰伯让而吴兴,季子让而吴亡,伯善让而季不善让。伯之才智,足以处己,尤足以处人。季之才智,不足以处己,尤不足以处人也。夫智以才见,才以识充。季子非无才也,非不智也,不能充我才智以行吾事者少识耳。故周一身而不能料他人,见一时而不能计久远。虽有一让之见能,徒足以丧累世之美德,而误六七百年相传之家国也。凡世之所贵乎豪杰士者,一言一行、一动一静,能系家国存亡兴败之数,不独区区智井挈瓶,信同抱柱,德既不足言,才与智又乌乎在也?予因之可以断季子,颂泰伯矣。泰伯所以君吴,事不经见,即以天下让,亦事后推原之论。惟其当时,见父心属季以及昌,不惟视国如敝屣,托采药偕仲以行。之荆蛮,断发文身,示不复国。且能化蛮貊之人而君之,授之仲而世其国。所恃者,有其智其才,且有其识也。浸假当日不让,而君有幽岐,讵不能化国而有天下。惟其能之而肯让,奋身入吴,君有其地,禋祀六百五十年。孔子称以为至德,尽之矣。季子则不然。当年寿梦非太王,诸樊非泰伯,季札非王季,而且无子昌之圣,何须行让。且因让而徘徊于本国,曰:"有国非吾事也。"此自以为处己之智也。君僚君光,为两可之见,更失处人之智。嗟乎!使季子当寿梦,欲立之时,即效乃祖泰伯之去,以绝诸兄弟望。不然,当力止之以世及先嫡之义,勿令次立以起争端。更不然,当昧也卒,即致辞于僚曰:"光,兄樊子也。予固不愿君我国,光也应立。"则光必喜而僚必让,光可无刺僚之事。虽有百子胥、专诸,剑无自入矣。惟其不尔,子胥得借吴以仇楚,宰嚭得私越而覆吴,其祸俱从一让始。虽然,让固美德,岂足生乱,不善处让,遂至召祸。季子而有知也,观于越之入勾吴,宁不自悔无地哉?呜呼!季子固才人也,亦智士也,观周乐而知兴衰,思徐君而要信义,过齐、晋、郑、卫诸邦,语时事如指掌。第惜其识不足以充我之才智,前则袖手不能料事,后则脱身不能办事。因让起争,好争以至于亡,绝泰伯相传六七百年之禋祀也,谁之咎也?

读《留侯世家》戊子冬笔

时执目前之见,而圣贤有遗论;世多事后之观而今古少完人。夫商山之四皓,即汉庭之四皓,实张良之四皓也。良当年为韩报仇,深思积虑,阴结天下之豪杰,而欲出万死一生之力,以除无道之秦。自少及壮,因此交彼,人不一类。四皓之其才其识,超越汉庭诸臣,久已在良洞鉴中矣。后世乃以良之招四皓也,为难免植党以拒父,惠帝之不得永终,吕后之拥立非种,四皓之安刘,不几灭刘矣乎。或又以为四皓者,张良之伪也。若商山之四皓,既不辱汉祖之求,又岂肯应太子之招。须眉皓白,衣冠甚伟,而轻履汉庭,商山有灵,移文切责,四皓不得为完人矣。予以为均非也。四皓者,非商山之生是四皓也,避秦而隐于商山者也。同声相应,同气相求,以类而聚,所以商山得此四皓也。夫良本韩人,而匿于下邳。圯桥老人,非即商山之四皓同声同气者乎?良之与四皓相应相求,其交感盖有素矣。良为报韩出,四皓以避秦隐,其出处不同,而其志其道则同者也。高祖之欲易太子也,深见吕后挚悍,惠帝柔弱也。但太子者,天下本也,本一摇天下震动。周昌谏不听,叔孙通谏不听,良亦谏之,以为此事非细而不可以口舌争,知高祖平昔敬慕而不能致者,惟此四皓,乃为太子一招而即来。良之与四皓,谓非同声同气、相求相应乎。独怪夫良能招四皓而不能安四皓,高祖敬四皓而不能用四皓,致惠帝之惊忧不听政,吕后之毒杀绝帝种耳。盖斯时,但知四皓倔强,能羽翼夫太子,而不知四皓之才识,能安天下于磐石。徒听四皓之归商山,终为商山之四皓,而汉庭遂无四皓,而天下遂几丧于平勃辈矣。嗟乎！商太甲、周成王，亦中材主耳。汤用一伊尹而不听之终于莘野，武用一吕尚而不听之老于磻溪。成汤之后，未见史册，不识若何。武王之邑姜，岂下于吕后哉。而太甲成王，终以令主名于后世，何汉祖知人之鉴不若汤武，而四皓终以商山称？咎在汉祖不能托惠帝于四皓，张良不能安四皓于汉庭。故吕后之人彘戚夫人，酖鸩赵王如意，非四皓羽翼夫太子之过也。后世徒执目前之见，而更多事后之观，不知进退绰绰，如四皓者，有余光矣。呜呼！汉二祖之一统，不如先主之一隅。予既为四皓叹不遇，又为子陵叹，千载以下观之，天之生是才也，良可惜矣。

读《陈平、张耳、司马相如世家列传》庚午夏笔

吾读汉史而深有慨于陈平、张耳、司马相如之为人也。观其终，平封户牖，身作丞相十余年，世籍侯；耳封王，子尚公主，袭封赵；相如亲受天子之知，死犹致问，万里外取其遗书。之三人者，何其遇也。迹其始，贫几不能以自存，俱赖其妇以致有为。噫！之三妇者，一五嫁而夫辄死，一嫁佣奴而亡其夫，一新寡，挑以琴心而夜亡奔。语其行，俱不足道者也，然皆富人女。一娶之，费用始饶，游道日广；一娶之，厚能奉给，常致千里客；一娶之，僮百人，钱百万，及其嫁时衣被财物。藉使之三人者，知节义，矜名行，丑五嫁之女，羞逃夫之妇，薄琴心之挑，有才如此，平也终乞食于兄嫂乎？耳也终作亡命寄客于他乡乎？相如也终倦游老死于故里乎？呜呼！三人者之为人，其遇赖此，是可慨也。

读《仲尼弟子列传》漆雕氏壬辰春笔

昔漆雕子若熟习《尚书》，志不乐仕，孔子曰："子之齿可以仕矣。"子若对曰："吾于斯未能信故也。"信子若言，则世无不通之士，而朝无不职之官，上无不圣之主，而下无不格之民矣。三代以下，世道之所以日趋于污下者，由学术之不明，而汲汲于仕者众也。冉子之聚敛，仲子之轻生，斯其能信乎？定哀之间，宗国沦于三家，纵使可仕，三家其可格乎？夫子之道不行于鲁，斯时之天下，已无可仕之国，而梦寐周公，徒托之空

言。闵曾之徒,悉皆名世之才,或仕或否,各行其志。夫子知子若之才可仕,其年尤当仕,而不知其心乐乎仕否也。使之仕也,观其志也。子若之志,已窥夫子之志,斯其志果未能信乎?而师弟之志,则两可信也。何也?斯时也,何时也。诸侯召天子,大夫逐诸侯,陪臣执大夫,臣弑君,子弑父,浸淫至于终纲目一千三百六十二年,日甚一日,天理泯矣,民彝绝矣,大抵由学术之不明,而汲汲于仕者众也。何以卒然之问,一言之对,若目有所见,而手有所指,出此洞观千古之一语也?故程子称其见道分明,已见大意。然则使其能信而仕也,东周可仍返而西,春秋不降为战国,井田不变为阡陌,千八百国不并而分为郡县;斯日之《春秋》不修,《周易》不赞,《诗》《书》不删,《礼》《乐》不定;素王为明王,素臣为良臣,斯世则文明矣。而六经四子之语言文字,整顿夫天理民彝者,又何必传于今日,为乾坤之赞化,万世之师表也哉?呜呼!世道升降,天命所在,势无如何,人心日甚,圣贤有所不得为,唯语言整顿之耳。汉志载其著说有《漆子》十三篇,沦亡于秦火,可惜也。

读《后汉》西州二布衣起家 己丑春笔

甚矣取功求名者之不可有胜心也。功已成矣,名已立矣,而取求之念,好胜不已,势必至于气衰力竭,功摧名堕,而智失其为智,勇失其为勇。神龙丧珠,蝼蚁狎之耳。士君子所以立名贵真,而功成速退,唯见几者之为愈也。予尝闲观东汉初兴故事,读至西州布衣交而有感于马文渊、班叔皮二君子之所为。文渊、叔皮腾声三辅,同作西州之嘉客。西州欲以一丸泥东封函谷关,叔皮乃著《王命》一论,以为百姓讴吟思仰,而神器有归,英雄当知觉悟,乘时附命以图富贵。因遂避地河西,从事凉州,画策向汉。时虽有任嚣教尉佗制七郡之计,而不知汉家天子明见万里之外。叔皮之名,著于《王命》一论,而叔皮之功,亦未始不在于凉州历世也。以通儒上才,值云从风动之间,言行不逾,仕进不妄。去危邦而不致有李业王嘉之祸,识时务而独能睹人心天命之机。可云遁世无闷,守道恬淡者矣。文渊则不然。遨游蜀汉间,而知帝王有真。聚米山谷,指画形势,锄塞平蛮,功成名立,而犹据鞍顾盼,逞矍铄之余勇,鼓驰骤之边功,壮马革之裹尸,违明哲之保身。万里遗书,借人喻己,诫子弟以轻薄。浪泊西里,毒气薰蒸,视飞鸢之堕水而自忘其止足。薏苡饵谤,槁葬城西,刻鹄类鹜,画虎类狗,均有不成之叹。于是思西州之二布衣,同起家为东汉世臣。守株者,兔幸或有时待之而至;画蛇者增足不已,不知其若何也?呜呼!好胜之心,老未能忘,而至于趋而蹶也。

读《唐书》李光进光颜传 乙酉夏笔

欲齐其家者,固由于修身。而不知家之所以能齐者,尤必齐以家之礼而已。予读《唐书》,至李光进光颜兄弟间,一家之政,礼以行之,百世以下,如入其室亲睹其兄友弟恭也。弟光颜先娶,其母委以家事。母卒后,兄光进乃娶。弟使其妻奉管钥籍财物,归于其似。兄反之曰:"弟妇逮事先姑,先姑命主家事,不可易也。"噫!弟以礼礼其似者礼其兄,兄即以礼礼其弟者礼其妇而追礼其母,兄弟之道尽即似妇之道尽,而事死如事生之道亦尽。友恭之义笃,而孝顺之情益挚矣。世岂无弟妇专其家政,而恐兄似夺之者?又岂无兄似欲专其家政而恐弟妇不早奉之者?又遑计其母死与未死,"逮事先姑,先姑命主家事"一语,而相持以泣也。无论宫室与士庶,自世以下观之,有不起敬起孝兄友兄恭者乎?彼弟妇不逊让其兄似,而兄似有挟长不顾其父母之命,专主家政,而浸没其资产者,能不赧然愧死,污且十斛下也。

读唐明二史狄姚二姊 乙酉夏笔

天地阴阳之正气半钟于男,而亦留其半以钟于女。自古及今,辎轩不采,贤德妇女,湮没于草莽者,何可胜道。《唐史》载狄怀英之姊,《明史》载姚斯道之姊,上下二千年间,有是哉。二姊之言与二姊之心,知天下国家纲常之大,而家庭苟且富贵之不足为荣,举世须眉男子莫得而及也已。自有世道以来,人情莫不艳富慕贵。一介之夫,小小得意,亲戚之男若妇,咸趋奉而媚悦之,因思托其荫庇,势必然也。况贤豪如怀英、斯道而属同胞,拜相封公,谊托一本,谁不怀率子自乘,招摇而过之以为荣也？幸先枉驾，不弃孤寡，荣及荜门，喜更何如？而峻拒其请，笑绝其言，明训其所为，而视其贵其富若不足以介我意者，其胸怀何等！而于当时之世道人心何如也？贤哉二姊！一以浊酒麦饭供，一以何用多拜辞，不改寒家之况味，以接公相之荣华。复戒其子不事女主新君，而子亦能受寡母之训，终身不愿贵。二姊之心，异代同揆，怀英、斯道，抱疚多矣。嗟乎！狄、姚二室，生子如是，而生女又如是。是子不可少，而是女更不可少也。

读明纪循良吏徐九经 壬辰秋笔

三代以前无论已，汉唐宋明以来，为循良之吏者，史不胜书。然天下之大郡邑之多，民终不能尽安然无事者，良由庸吏苟且肥家，法不能伸；巧吏谄媚营私，借法伸情。则小民之冤抑者每每，而朝廷之纲纪，荡然其废弛矣。盗贼因之滋甚，而畎亩之疆域，得兼并武断而不可问矣。予读有明知府徐九经，初为句容令，历九载，治行为天下第一，而不能无感于中也。九经曰："吾治县无他道，惟首严豪强，清理案牍，士农江商，各安其分，各得其所而已。"呜呼！天下古今郡邑，尽如九经则唐虞之世，何难复靓？蠖伏草莽者，惟有颂豳风，歌大田，庆丰年，祝千仓万箱耳。然九经虽称循良，不过九载一句容令。而中常不安于位，因百姓拥号，吏部论谪中丞于外，而留九经，时语中丞力不能胜一县令也。生平不嗜肉食，噉菜佐脱粟，常图一菜于堂，曰："古不云乎？民不可有此色，士不可无此味。"积九载，始迁缮部主政。民遮留之，弥月不得发，至儿稚亦挽衣而泣，曰："公毋去我。"其长者曰："公固奉命决去矣，不敢强留，幸有以惠训我，使我侪奉之如奉公。"九经亦挥泪曰："毋以训尔曹，吾居官惟守'清、慎、勤'三字，得以安尔曹。尔曹亦有三字当守，得人人自相安也。三字维何？曰'俭、勤、忍'。俭则不费，勤则不隳，忍则不争，保身与家之道也。"民乃刻公所画菜，而书"俭、勤、忍"于上，曰徐公三字经也。夫居上而临民，不过此"清、慎、勤"三字经耳。信此三字而行，则上可以对吾君，下可以对吾民，中可以不负吾身。古所云居官者长子孙，岂独世道攸赖乎？世之业功名者，慎毋负此三字而言仕也。九经贵溪人，嘉靖中乡科，积资本部郎中，转知高州府，道远不欲赴。或曰："高虽远，雄郡也。公称名令久，独不名二千石乎？"曰："仕有尽日，安能自苦。"陈牒于冢宰，谢不仕。在部多政绩，冢宰怪其倔强，欲诎之，考功郎持不可，坐以老。九经笑曰："老自吾分，何至强坐。"遂致仕，卧贵溪山中二十有二年，非礼会不入官府。守令以时问政，言无所讳，于吏胥弊尤切。立义田、义学，家虽贫，植名节者，即嫠妇必周。子给事贞明，长矣，九经训之曰："吾昔用之邑不尽，而以施诸家，若既习矣，异日毋忘我为。"给事拜受教。年高德劭，无声色好，会闾里，惟歌风雅，说濂洛性理典故。提学御史耿定向，按部句容，习其政而仰之。时误传九经物故，耿檄祠名宦，再檄贵溪祠乡贤，然九经强无恙也。句容之民伺其诞日，设醮迎厘于三茅祠下，岁时讯问以为恒。至年八十五，稍示微恙，却医药，曰："有正命在。"昼寝拱手曰："茅山来迎我。"目遂瞑。呜呼！异已。句容民不能忘徐公，徐公至老亦不能忘句容民。善仕郡邑者，讵独长子孙，民与官死不能忘。古所称贤亲乐利，没世而人思慕之。如九经者，不能无深感也。

读《皇极经世》癸酉冬笔

天地之生久矣。人后生于天地，犹未知人之所以自为生，又乌知天地之所以生。有天地以来，不知几历年月传称盘古，又几历年月始知结绳，又几历年月始制文字。天地之初，人生之时，不识不知已耳。其间所谓三皇、五帝、九皇、六十四氏之事，后世载籍，何可尽信？夫子所云混沌难知也。而先天后天，机泄于八卦甲子。盖天数推于黄帝，乃后之易乾凿度，春秋元命苞诞妄附会，即杨子云、李淳风、僧一行诸说，又可尽信乎？康节邵子，具内圣外王之学。著《皇极》一书，盛言数算，取十干以定元运，十二支以定会世，天地始终，不出其范围，聪明绝代，上追庖牺轩辕，但古今一论，遂成印板样天地。夫天地者，亘古亘今，包罗万有，不可穷算也。百年之内，人犹未知人之所以自为死，又恶知天地之所以死。阴阳消长，治乱相循，太和宇宙，安知不能返于道德之时？天地为人之大父母，仁爱其子孙，恒垂象以示不测。为之子孙者，坐受其生生,妄加臆说,言而中,谓之亵天,言而不中,谓之逆天,其可乎?天道远,人道迩。言天事者,终不若《易》云太极、阴阳尽之。言人事者,终不若《中庸》云至诚之道可以前知。夫子言夏、殷、周之礼之损益,虽百世可知。盖推之于数,不如信之于理。而诞稽上古,不如实说中天之为愈也。

读《高士传》乙酉夏笔

予读皇甫士安传高士,得九十有六人。始而企慕,既而感叹。夫士而曰高,乃播名人间,何其幸也! 天下贤人众矣,遁则无称,况乃所谓高士者,天子不得臣,诸侯不得友,不邀名于闾里,不求知于人世者也。而百世以下,追列其行事,人人矜诵于无穷,何其幸也! 虽然,名者,实之宾也,特不可指名士为高士耳。迹九十六人之所为,果不邀名、不求知,其学问果当于圣贤否;果出而有为也,如禹,如稷,如伊,如吕否? 如是而谓之士也,诚不可一世之士矣。如是而谓之高也,诚成为古今天下之高矣。昔梁伯鸾高士也,必识所以为高士者,尝为四皓以下二十四人作颂。士安去伯鸾世未远,乃传高士而不传伯鸾之所颂。夫以伯鸾之言为不足信耶,其所称高士可以不传也。以伯鸾之言为足信耶,传其所称之高士,而不传其所颂之言何耶? 四皓以前,士安传四十六人,唐虞之际十人,其三十六人,皆春秋以后。于孔孟之书,得十有二人,余二十四人,见于庄子之寓言、《国策》之游说。夫寓言游说,可以传信耶? 则伯鸾之颂,亦未必失实也。唐虞百五十年,且有十人,而夏商周千五百年,并无一见,高士、逸民之流亚也。寓言游说,可比信于伯鸾,则伯夷传中之卞随、务光,顾不彰明较著于夏商之世耶? 抑史迁之言,独不足凭也耶? 夷齐、虞仲,独非高士乎? 何以鲁论著逸民之名,而士安遗之耶? 抑其行事有不足称也耶? 伯鸾所颂二十四人之后,又传二十四人,其行事果胜于随、光、夷、虞辈耶? 此予所不解于士安者也。予非敢谓士安传九十六人中之有不足传,亦非敢谓九十六人之外必无高士其人。第高士者,高出于天下之众人而为士者也。唐虞之世,朴实无为,故在上者常任其勤劳,而在下者恒安于逸乐。所以由卷不愿为天子,稷契之大臣,亦胼手胝足。商周以下之世,显贵自尊,君臣肆意于势位,士庶踽踽于高厚。所以邀功趋名者,既不审时,又不度世,内不观我,外不观人,颁首竭蹶,求一日之知以为荣。若夫高出天下而为一世之士者,固未尝向此日之时世而轻言出处,世亦不知此日之时世有若人,而以出处期之也。士安亦晋之高士也,必识所谓高士者而传之。平世之高士,君明臣良,世可无藉于我而成其为高者也。乱世之高士,冠裳易置,天地幽闭,无从整顿而成其为高者也。则其高也,非不出也。天子不得臣,不敢轻出以为臣也。诸侯不得友,不敢轻出以为友也。使伊不出而终于莘野,吕不出而终于磻溪,则亦成商周之一士,而高出于一世之士矣。伊、吕之不终为高士,伊、吕之时世为之也。伯鸾之颂,无从而见。士安之传,将仿之而闻见不确。予欲别高士之品于名士之外,更欲别高士之品于狂士廉士之上。呜呼!古今远矣,天下大矣。高士乎?世岂无其人乎?无得而称,何其不幸也!

读县志 丙子夏笔

志犹史也。文直事核,不虚美,不隐恶,谓之良史。奉此以为志,而后可以资法戒,示将来,彬彬乎有实可稽,有文可观,斯成为一邑千古之书也。孔子曰:"言以足志,文以足言。"文不足则不可以言,言不足则不可以志。志也者,记也。其实是记,其文是记。余读《崇邑志》,而慨志之无其文,并无其实。崇明当长江蜿蜒七千里朝宗之口,环亘娄、虞、疁、澄、海、通六州邑之地,横扼苏、松、常、江、淮、扬,镇三吴南北之要,上接齐、燕,下连闽、浙,洪波万里,日本诸外国隐隐绕其东,地亦可云灵矣。自唐武德至今千有余年,为镇,为庄,为州,为县,城凡五迁,属苏,属扬。其间缙绅才士,忠臣孝子,下及草茅布衣,亦能诣阙上书,人亦可云杰矣。惜也文不广辑,献不时征,隐逸不咨访,而司纪无其人。千百年之下,吾欲起而志之。于文乎何志?于献乎何志?此余所以慨崇志之无文无实者,是谁之咎欤?况是崇也,自神禹导江汉入海,土泻沙流,潮汐回镕,蓬莱水浅于昔,乃积而成洲,称之曰"瀛"。其中隐而在下者,岂曰无人,或多野录,而其子孙不能世守,仍付之黄沙碧海。上之人宫是地者,虽贤且才,亦视为传舍,未尝预为之所。时咨博访夫有系于风土民生者,岁终汇为一册,藏之邑库,以存修志之地,乃曰后之志者事必核,将于谁而核之耶?且夫有志于志者,既不值其时;无志于志者,又适丁其局,私心一起,不畏天祸人刑,恶则隐而美则虚,是非颠倒,事迹舛错,将来法戒恶存。故吾谓今之志崇明者,疆域似矣,经界未厘;田制似矣,赋税不均;学校之大,可以维俗,而不建一言;渔盐之利,可以富国,而不申一策。以至人物之失实,而艺文之多缺,方言之不备,而逸事之未详。诸君子想未奉教于雪筠之一序,而亦不及搜罗夫才人志士之文章欤?抑岂别有所见,自谓高出今古而然欤?宜乎邑之人,多樊氏谱之讥,当事申狥私之罚欤?如此而何以贡之于郡,采之于一统,经纬天下千古之目,而曰志犹史也。可慨也。

白华庄藏稿钞卷二目录

烟波笔啸六十编文集   崇明沈寓寄庐著

  赋四篇
    西子梦泣吴宫赋并序
    海上瀛洲赋并序
    我生赋
    甫里先生贫而乐赋
  原一篇
    原教

白华庄藏稿钞卷二

烟波笔啸六十编文集

崇明沈寓寄庐著　孙丕源曾孙奕董校刊
奕蔦范苏奕夔奕万奕葛

长洲沈德潜归愚
镇洋程穆衡迓亭 合定

赋

西子梦泣吴宫赋 并序　丁卯夏笔

西施色进，宠冠后宫二十年。乐已，一旦沼吴，未免有情。恶得无梦，梦而泣，泣而寤。固其所矣，爰作《梦泣吴宫赋》。其辞曰：

火姑苏兮沼长洲，吴宫人兮五湖游。粉黛三千鹧鸪声，蛾眉淡扫浣纱秋。胥江涛兮白日激，阖闾墓兮乌栖愁。同姓茅分四十国，五百载兮至德休。响屧兮廊空，香水兮萍浮。酒城兮谁酌，琴台兮莫讴。鸡陂兮五夜不啼，鹤市兮有鸟长啾。销夏湾兮辞避暑，锦帆泾兮荡虚舟。踏残麇鹿苑，狼籍百花洲。收拾馆娃阁，卷起梳妆楼。于斯时也，一王伏剑于卑犹，六宫听命于越勾。三军吐怨于艳色，千官稽首而效尤。大夫多计，美人善谋。请彼乌喙，践我好逑。相见兮凝羞，素心兮绸缪。二十年兮鬓欲斑,怀苧萝兮诉所由。于是卸胭脂,服缟衣,挽双髻,下单帏。为隐士之老妇,别靡丽之彤闱。入烟波之浩淼,出雉堞之飞翚。泊花渚,钓月矶,歌窈窕,咏知几。包山之泉清,汭水之鲈肥。采白苹兮披拂,摘红蓼兮芳菲。放兰桨于中流,弄瑶琴于夕晖。扣舷而和响,击节而忘归。何撼岳摇山而丰隆震厉,忽喷天吸地而巽二加威。蛟云昏东西而难辨,蜃雾黯南北而无依。断孤蓬,蹈危机。心倾星宿之海,舌吐肝肠之矶。幸而转清浅,望霏微。神皇皇其恍惚,身泛泛其暌违。相慰藉于舟中,觉今是而昨非。颠魂梦于床头,多短叹而长欷。蝴蝶回,鹦鹉来。南柯闭,西堂开。望洞庭之山,登灵岩之台,瞻宫阙之崇,顾花草之荄。貌艳妃子之都,容拂菱花之埃。一骑进杨梅之果,九嫔酌玻璃之杯。抚珊瑚而踌躅,对玳瑁而徘徊。俯绮筵而海错,睹舞袖而山颓。俄尔宫门辟,腥血迫,吴王出,西子吓。剑痕而白额,戎衣而红帻。怒容而气勃,戚颜而眉厄。无恙耶见卿今日,相思兮慰我斯夕。何往耶彼萧瑟,何来兮此欢剧。悔属镂之谏未听,至龟鼋之丧我国。追黄池之盟未遂,何甬东之履我即。王言未终,娃口顿启,莺喉幽哽,波眼频睇。悟已往之不可追,愧将来之于何底。叹三让之祀忽诸,悲一身之不以礼。宫娥兮寂寥,玉楹兮吁嚱。凤辇兮迍邅,金帐兮噫嘻。无心云雨之一枕,旋觉波涛之四起。泪盈盈其在腮,水汩汩其入耳。渔火星灭,东方既白。开艅艎之窗,倚锦茵之席。精神顿减,意思若失。美人不胜其愀然而呜咽,而大夫亦为之潸然而痛惜也。爰有故旧,在彼齐东。诛茅云屋,解缆艨艟,樱桃一笑兰蕙亦通。目视香奁,手指筠栊。珠玑之璀璨,玉贝之玲珑。韫亡国之珍奇,作富家之秃翁。托畜牧以著书,傅栽植以滋丰。变字鸱夷子,改号陶朱公。

海上瀛洲赋并序　己巳春笔

别传西王母曰:"巨海十洲,人迹希到,瀛洲其一也。"《拾遗记》曰:"海中三山,形如壶,瀛壶其一也。"所谓神仙窟宅,古今神其说,帝王惝怳求之不可得者也。明祖奋笔题曰"海上瀛洲",以归崇明,俾付州官入志,遂绝往古之疑。昔以瀛洲觅瀛洲,瀛洲不可即。今以崇明视瀛洲,瀛洲宛在水中央,所谓伊人,蒹葭苍苍,吾将溯游从之矣。遂赋之以广意。

赋曰:嘻!异哉!忽生此天地位上下兮,生人生物变化百出而包乎中。谁主此日月速昼夜兮。乐生恶死;神仙杳渺而乘空。山兮水兮,流峙夫乾坤兮,今古道远而何穷。鬼兮怪兮,恍惚夫宇宙兮,庸愚心感而若通。西海之西兮,瑶池遐不见兮,傅穆马之追风。东海之东兮,蓬莱如可即兮,困祖龙之女童。呜呼!万古千秋,好谈此寰瀛之叶舟,广寒之胜游,归来兮不死之丹丘。讵知天造地设兮,孰建此十二之琼楼,过此三千之弱流,去来兮海上之瀛洲。汉武穷天外之思,下嫁夫公主而遗姗无休。唐宗切仙人之慕,上登夫学士而虚名徒留。是皆无地可证之荒唐,云雾于方士之口,而妄冀长生之意,觊渺茫人世之有其俦?此明太祖所以超出夫七十二君,慨然以巨海之三山十洲,大笔洋洋洒洒题封四字,付之崇明何知州也。乃今而后,尊崇明曰"海上瀛洲"。惜不遂秦皇汉帝之求,而腾涌于唐世武德之秋。南啸云间之鹤兮,华亭隐现于蜃楼。北采蓬莱之芝兮,丹崖出没夫沙鸥。亘中国之江汉如带兮,西接夫瀛山而一水天收。通无底之尾闾犹壑兮,东极夫扶桑而两轮地浮。黑子之著于杯面兮,长空忽现一星球。白榆之望于河边兮,大海恒添一屋筹搏。大鹏而风起兮,息天池而奚羡此鸳鸠。驾巨鳌而浪鼓兮,平日本而还笑夫鸣驺。烟火十万有余家兮,桃源之不识汉刘。桑麻百千顷兮,和羹之用可问诸帝丘。春风拂阆苑兮,双燕摆黄云于金沟。秋花笑员峤兮,层城眺白云于西畴。浴长沙一字之雁兮,日升连耀于奎娄。骑大安千岁之鹿兮,仙景定兴于蟠虬。聚蛟螭于壶岛兮,得镇水之铁牛。焕人文于星斗兮,出画沙之凤俦。弗凋杨柳宅,不朽珊瑚钩。藏此屠龙手,勿傲钓王侯。嘻异哉!瀛洲之水浅于昔兮,试看东海之尘,扬于万里之洪流。

我生赋丁卯春笔

有我生于天地兮,天地不见其溢。无我生于天地兮,天地不见其窄。自古人生皆然兮,我又何必为之而心焉惕惕。胡昔圣昔贤垂功业于斯世兮,并天地之不朽而莫可纪极。虽曰生寄死归,大禹邃其识,而一乱一治,赖伊尹、姬公之一出。呜呼！天地其诚一大庐兮,古古今今贤贤愚愚若传舍而同归于一,此亦大公无我之一物。而秦皇必为之坑儒,汉高必杀其辅弼。何其量之不广兮,二世即殂而四百亦仄。况彼曹孟德之谋虚,司马懿之算失。天地不知伊胡底兮,何斯人之接迹。胡尧舜之不可为兮,在皋夔之与稷契。不然巢由而啸傲兮,还见斯世之清洁。奈何人心不古兮,如长江之流日甚一日。天地既生我于此大庐兮,五官尽职,五事立则。自应辅理乎其内而揩梧夫广厦,否亦当净扫乎其中而丹垩此巨室。然我每恨先师以大圣,莫我知而莫能行其道、善其术。皇皇乎周、程、张、朱又何益。将身登五岳之巅,卧此大庐之间,得观十日大风、十日大雨,迅扫斯世斯人之垢污,而我亦愿与草木同毕。

甫里先生贫而乐赋_{丙寅夏笔}

甫里先生,何虑何思。离群索居,朝斯夕斯。不求甚解,随意读书。偶有所得,抱膝吟诗。东西南北,萧萧疏疏。风雨晦明,煦煦嘘嘘。先生先生,家无担储。先生先生,身无重袽。有客前呼:"先生病矣。何为其然,曷其贫已。孤孤影影,先生何处。落落漠漠,先生何趣。我于先生,不能无虑。先忧后乐,古人有句。"先生曰否:"客坐我语。我非其时,忧非我所。客病我贫,我欢客情。我有我志,客随我行。能贫我世,难贫我身。能贫我貌,难贫我心。我心不愧,上天下人。我心不僭,往古来今。天地我室,可仰可侧。日月我眼,可青可白。风云我气,可呼可吸。山水我友,可望可即。宇宙所有,我亦有之。我胡不得,何必人知。我不见贫,病又奚为？客不我乐,请从此辞。"客亦垂头,踢蹐移时。勉强复前,载笑载词。先生休矣,想有未知。先生呼客,客乃是谁。怪随先生已三十余年,而不见先生之咨嗟悲感,语言唐突而歔欷。先生其殆箪瓢陋巷之徒,贫而乐者欤。今而后,相忘于先生,任先生之为,客亦从此逝矣。先生曰来:"客首肯余。客言既豁,客心必愉。我身本寄,我暂甫里。我安我处,我息我庐。入我蓬蒿,探我灵虚,坐我藜床,奚俟踌躇。黄虀青蔬,麦饭一盂。与客周旋,谈有说无。杨子逐尔,愤心似迂。

黄子礼尔，矫情过殊。韩子送尔，或太激烈。桑子留尔，意与尔决。尔亦倔强，忍气守兹。抚时悲秋，动辄哭岐。尔亦天命，曷骤曷驰。我有话言，尔敬听之。春将发兮，花如缬兮，天与我色，同我摇曳。倏尔夏兮，竹绕舍兮，天与我凉，共我风翔。转盼秋兮，皓月流兮，天与我幽，伴我伫眸。冬栗烈兮，晶晶雪兮，天与我洁，并我衾衲。山之高兮，四徙倚兮，展我足兮，随我杖履。水之深兮，望清澄兮，获我心兮，肖我幽襟。谁禁夫我与尔兮，任所趋兮，不见坤维之旷远，不见蜗迹之拘隅。笔一枝兮，上下千秋，凭我西抹而东涂。诗何必汉唐兮，文何必韩、柳而欧、苏。赋何必《两都》兮，词何必秦、黄而周、胡。斯时也，客与先生，乐乎否乎，又何见贫之为病，而代先生痛悼夫无徒。"客亦欣然，离席拱手而大言曰："客心悟矣。无道德为贫，无学问为贫。聆先生言，忘乎其贫也。"浸假而先生富与贵，不过辅彼尧舜于茅茨土阶，含哺鼓腹，以变斯世于唐虞。

原

原教 己卯春笔

天地开辟于子丑而人生于寅，人一生而天地有为矣。或曰，天地以无为为事。不知日月星辰运于上，风云雷雨运于中，江湖河海运于下，天地何尝无为也？自圣人出，而天地之为，悉付诸圣人。所以圣人体龙马负图之示，察阴阳，辨晦明，画八卦，造甲子，序春夏秋冬。而天地之有为，一见于帝相。五帝之化渐远，三王之教渐衰。圣人惧之，制礼作乐，赞《羲易》，删《诗》《书》，修《春秋》，明天道地道，立君臣父子夫妇人道之大伦。而天地之有为，再见于师相。天位乎上，地位乎下，惟圣人位乎中，佐理天地之所未及，与天地为三而并行不悖。是天地笃生圣人于中土，圣人承天地而立中土之教。天以星斗示文章，地以河洛献图书，建中立极，文明启运，于是中土为最华。而圣人之教，尊中华以奉天地，风四方，示八极者也。尧舜开中天之运，而孔子贤于尧、舜，其教一立，其道相传，亘百千万世而莫能外焉。是以一我圣人之教者，谓之右道；二我圣人之教者，谓之左道。右道者，上继尧、舜、禹、汤、文、武而君天下，中继皋、夔、稷、契、伊、周而相天下，下继孔子、颜、曾、思、孟而师天下。以《易》《书》《诗》《礼》《春秋》而为君，君道何如其大。以《易》《书》《诗》《礼》《春秋》而为相，相道何如其正。以《易》《书》《诗》《礼》《春秋》而为师，师道何如其至。君道立而天下治，相道立而天下平，师道立而天下一。五经之教立于天下，犹五行之生用于天下。一日不可阙，一人不可背者也。呜呼！天地之道昭示于圣人，亦甚不二矣。何事而有所谓抗君、下相、背师，玄玄羽流之谓道，空空缁流之谓释乎。世之人，为道与释解者，谓其可以成仙作佛也。独不思仙与佛今其果何在乎？若以为仙与佛，不衣食于民间，而曰我仙也、我佛也、不死者也，得以傲我君、我相、我师，人皆崇道与释宜也。若以为仙与佛究不见于民间，而曰仙已死矣、佛已死矣，冥冥无知者也。惟道与释之徒，傲我君我相我师，寄食于我民间，而反欲我崇奉之，是惑也，是所谓左道者也。左道者见诛于圣人，而其教之玄玄空空，尚敢与吾圣人《易》《书》《诗》《礼》《春秋》并行乎？此其说起于汉之衰世，虽然，汉之道，起于黄老，汉之释，起于西竺。今更不然，其人其书，已大远于玄玄空空，非西竺之佛，与老氏之道矣。夫昔日之老氏，生于中土，治世非出世者，与佛氏生于西竺者迥然不侔。佛氏之教，自东汉入中国，前此未之闻也。并行之说，胡为乎来哉？且今日之道，全流入于今日之佛。今日之释，并非西竺之僧。以中国之人假要福度亡、轮回生死之名，诱世之愚夫愚妇，冀一衣一食，乞生于民间，与我圣人之教民耕而食、织而衣者，不甚相左乎。说也，我民虽愚，一旦右圣人之教，以为左道者，当诛。抱其书乞衣食于我者，黜其教而绝之。其人不已穷于周身之无资，其必悉去其教而归于吾教。而其书其说，不已即灭乎。呜呼！今日之释道，绝君臣之义，无父子夫妇之乐，多流亡奔走之苦。惟倡其邪说，求徒乞食，异姓相传，诬世惑民。而其不犯淫乱刑辟者，什百中难一二见也。则佛家者流，已左于释氏，道家者流，已左于老氏。夫且自左其教，而乃曰其人其书，与我治世之圣教并行，谬矣！谬矣！然而其教之不即扑灭者，陷溺于人心也。惟人心明昧不一，右道不力，使我圣人之教，若绝若续于天地间。虽以圣人之书，亦似为拾功名、取富贵作阶梯，而鳃鳃焉虑功名富贵之不我即，其不为感应因果惑者几希,而又何怪乎释与道之说,遍行于天下也。有一日者,圣人之道倡明于斯世,《易》《书》《诗》《礼》《春秋》之教著显于天下,不急急于功名富贵,而以仁义道德为师。凡与我圣道为左者,悉诛绝而迸放之。人心正而各安其位,世教明而各兴其行,天地之有为,复见于圣人帝相间矣。

白华庄藏稿钞卷三目录

烟波笔啸六十编文集 　　　　　　　崇明沈寓寄庐著
　论十一篇
　　帝王今日之政论二
　　学校论上
　　学校论中
　　学校论下
　　进士科论
　　处士论
　　出处论
　　正论佛论
　　崇实论
　　三高祠论
　　画家论

白华庄藏稿钞卷三

烟波笔啸六十编文集

崇明沈寓寄庐著　孙丕源曾孙　奕蔼 奕范 奕苏 奕董校刊 奕夔 奕万 奕葛

长洲沈德潜归愚　镇洋程穆衡迓亭　合定

论

帝王今日之政论二 癸酉冬笔

　　谈者谓今天下之地，南极炎，北极寒，不得而尽耕尽锄；谓今天下之民，富与贵，商与贾，兵与役，僧与道，亦不得尽自为耕、尽自为锄。富者田连阡陌，不耕锄而积谷恒千仓万箱。贫者身无立锥，日耕锄而家无担石之储，往往为之称贷倍息。治天下之帝王，通天下会计之，原未尝溢于古之十分取一。耕锄之小民，祁寒暑雨，竭力于一岁，恒十分而出其五六。岁岁有秋，尚不足供衣食屋宇嫁娶丧葬，而疾病宾客邻戚往来之费，僧道游闲之耗在其中。如此，则今天下之小民，安得而不日困，一遇凶荒，恐不能相安于枵腹，连臂枕席以死。官是地者，惟有执簿于富贵之门，劝输给粥。即早为之计者，亦不过常平社仓积谷言备，然往往朽腐科派,盗窃亏耗于奸民奸役。而不肖之有司,奉行不善,动为地方之先忧。况此亦不过为小凶一处一时之事,不能通天下而举行,周遍于大凶之岁也。语云:"救荒无奇策",其果然乎。又云"王道无近功",其亦果然乎。吾以为救荒无奇策,行救荒之政于未荒之前,即奇策也;王道无近功,行王道之政于平日闲暇之时,即有功也。乐乐利利,熙熙皞皞,帝王之世,未尝云荒也。间有水旱小灾,小民咸有余一余三之蓄,而况雨旸时若,天地亦必调顺于圣世。古昔帝王之道,真救荒之奇策,后世之明君贤相,胡不举而行之。谈者又以谓王道救荒必自井田始。夫井田诚王道救荒之善政,而断不能行于今之世。今之世,帝王之尊如居天上,富贵之家势倾天下,小民之情,决不能越分仰吁,通于九万里之高。帝王日食小民之力食,而实不计小民之艺是黍稷稻粱。富贵坐有小民之力食,而小民不敢自有寸尺之田。帝王栉风沐雨创业垂统之天下,任富贵豪强之买卖,今日之势使之然也。就今之世,行圣人之政,井田之外,自有良法。君臣一德,内外同心,教养并举,因时制宜,时有异而道无敝,王道之行易易也。一在于广种植,所以养民也。稻黍稷麦菽,炎寒燥湿之性,各得地土之宜。今天下南北之地,未尽垦者恒多,必也设立治地劝农之官,如古之禹稷其人。得近地富贵之家,出其余物,召募贫贱,给之牛种。富贵得其产,贫贱肆其力。宽其期于三年、六年或九年,俟其耕熟,薄其租课。即僧道游手流亡,仰食于民间之辈,俱编籍而给之。而边地之荒芜无主者,兵亦设屯焉。如此,则天下无闲民,天下无闲地。休养其十年二十年,人人皆生之者之人,而家自富足,礼教自兴,所云必世后仁也。一在于兴学校。所以教士也,四书五经,言言正心、诚意、修身、齐家、治国、平天下之道。而今之为士者,忠孝节廉视作口头言语,童而习之,剿袭成文,猎取科名为荣身富贵之地。无论意之不诚、心之不正、身之不修、家之不齐,即国之不治,天下之不平,于我何与? 世道因此而日坏,士志淫,民风偷,国俗苟且,生心而发政,作政而害事,皆此焉出,士也亦何贵乎士也。必也设立兴行教民之官,如古之夔契其人。二十五家为一里,里中立一小学馆,择一品行端方之士为之师,教之洒扫应对进退小学之节。或四里五里中,立一大学馆,择一品行端方饱学之士为之师,教之孝弟忠信礼义廉耻大学之道,月朔望再以律令谕焉,习惯成自然。本诸肝膈,发为文章议论,文成,然后使之应试,不成,无论富贵单寒,俱教之以农事。户诗书而家丰裕,又何言哉。呜呼!古今同此人心,天下同此人理,时有异而道无敝,因时制宜,王道之兴易易也。世之目行王道为迂谈,无近功者,俱未尝实心行实政耳。吾譬诸欲饮食之人,欲水者豫为凿井之地,欲米者豫为耕稼之地,若待渴而求井,饥而求田,不得水与米,遂以为井与田不足恃,此乃未尝凿之耕之之过,而井与田不任其咎也。亦知人之饥渴必求水与米,饮食之水与米必从井与田出者乎。四书五经,井与田也。孝弟忠信礼义廉耻,井中之水、田中之稼也。治天下者,耕之凿之之人也。而古今天下之乱日多而治日少者,俱不能实心实政,用四书五经之言以治之。非四书五经不足以治天下而无近功,亦知四书五经,言言王道,人不可一日去诸身者乎。古之行王道而有功者,莫如二帝三王。孟子曰:"舜生于诸冯,东极之人也。文王生于岐周,西极之人也。得志行乎中国,若合符节。"夫所谓若合符节者,即此心此理。行此政以治天下,熙熙皞皞,乐乐利利,自治也。吾故曰由今之世,行圣人之政,因时制宜,教养并举,士行彰,民风变,荡荡平平,国俗淳庞。时有异而道无敝,先圣后圣,其揆一也。

学校论上_{丙寅春笔}

甚矣,学校之不可易言于今日也。上之人如是以作之,而下之人不如是以应之。非下之人不知如是之为美,亦曰今之学校如是止耳。视上之如是者为具文,古之如是者,必不能如是于今耳,吾何不以今之如是者,苟可以荣吾之身,饱吾之家足矣,而又远求夫古之如是者,以应上之如是也哉。此学校之名徒存,而学校之实,问之司学校者而有所不知,士也难乎言士矣。何以理万民,何以治天下,何以世如三王如二帝乎?吾以为不如是之责,坏于司学校之官。夫今之司学校者,教授、学正、教谕、训导耳。问其名则是,求其实则非也。古之学莫盛于三代,国学者,即今之太学也;曰"校"曰"序"曰"庠"者,即今之郡县学也。然人才莫盛于三代,民风莫淳于三代者何欤?上以如是教,下以如是应也。

假问今之教授者,以何者教夫士、授夫士欤?学正者,以何者学夫士、正夫士欤?教谕训导者,以何者谕夫士、训夫士、导夫士欤?遵其名而不遵其实也甚矣。而曰为士之过,岂尽为士之过欤?而曰科目坏之,岂皆科目坏之欤?假令今仍用三代取士之法,以责夫今之司学校者,吾恐士终不古处也。今又岂将强天下后世之不可为,以一一践迹乎古之所为哉。亦将因其所遇之时,所遭之变,著为当世之法,得合乎古先王之道而已。犹之井田卒不可复,而限田犹可为也。今之一岁郡县两行乡饮酒礼,即庠之所以养老之义也。今之颁乡约书于州县,而官是地方者,又必观风季考夫士,即校之所以教民之义也。今之武生半于文士,岁试而乡举之,即序之所以习射之义也。三代不相师,而天下烝烝然趋于治,其法固异,其道未尝不同也。今之乡饮酒礼诚善矣,然所以行此礼者,果一乡之善士欤?其能举一以化其余欤?颁乡约成书于州县诚善矣,州县果皆行之,行之者果皆实心欤?而观风季考夫士者,不过檄此两篇之文,观人才乎?风实行乎?而习射者概责之于武生,未知一岁司学校者,曾一举欤?如是而欲求人才如三代、民风如三代,吾知其必不能也。法者,所以通变也,不必尽同。道者,所以适于治之路也,不可不遵。吾以为就今日之法,治今日之天下,其道仍责之司学校者。学校莫重于师范,今之职是官者贡士耳,例簿之授受耳。上之视是官也既轻,则下之任是职也,曰得一官终其身足矣。洒扫圣殿,区别泮芹,惴惴焉常不克胜任,教之、授之、学之、正之、谕之、训之、导之乎哉?呜呼!学校者人才之所由出,师教之所由立,二帝三王之礼乐刑政所由讲明,理学道统所由扶持引翼,而治国平天下者轻忽而薄视之如是,呜呼坏矣!是故,韩愈、胡瑗之人,不可不择,而尤不可不重其官,彰其教也。州县为亲民之官,学校为师士之官。且民风视此,公道出此。吾以为有如韩、胡其人者,诚郑重之。则得其人,一学之师范立,而天下之师范因以立矣。何也?古者家有塾,党有庠,术有序,今于庠序塾之名,可不泥古称。二十五家为里,一里中可设一小学馆,延一蒙师。二十五家中有子弟者,供膳之,束修之。彼蒙师也,不得轻视之也,必人品端、学术正,而后可任是职。入学弟子,惟以五言成语,润其口吻,随进以《孝经》,进以小学,学《庸》《语》《孟》,次序而进。其余杂书,非幼学急务者,概行停罢。四里中可设一大学馆,延一饱学良师。百家中有子弟读是书者,供膳之,束修之。先之以品行,次课夫文艺,一里中之人,可方古之一井。如是小学师,如是大学师,举洒扫进退揖逊之节,孝悌忠信之言,日教而月训之,不啻家喻而户晓之也。一里如是,里里如是,行之久久,家孝悌而人揖让,盗自弭而讼自息,民风油油然渐进于淳矣。然是小学师、大学师也,惟责成夫司学校之官与令是县者,举一邑而里之,即举一邑之生童俊秀老成人,访核而考授之,能者进,不能者退。里之中延师者,必诣夫司学校者,乡绅富室不得梗桡其间,彼虽亲故自师,勿许也。司学校者四季课其功,胜任者奖进之,旷厥职者黜罚之。一邑如是,邑邑如是,而曰天下后世之人才不及三代、天下后世之民风不及三代者,吾未之见也。虽然,道准于古,法行自上,太学者,王化之所由兴,天下郡县学之所由则效而师范之也。凡其中贡监之无文行者,选一韩胡其人,考核而报黜之,以为之倡。如是而学校可言于今日矣。

学校论中丙寅秋笔

古之教一而已,今之教变而为三,三之外又复纷纭杂,出而莫知所归。古之民四而已,皆受成于上之人,画一之法度,毋敢过,毋敢不及。今之民,四之外又有二,二之外又复放恣纵肆,各自行其意之所欲为,弁髦夫法度,非出于彼,即入于此。古之官,教养并举,官之名虽异,教养之道实专。今之官,教养全无,因不知所以为养、所以为教,官之名已分,又复岐视夫养之、教之之道为二。呜呼!三代盛治,乌竟专美于前也。无惑乎世之人,以为今之世大远乎古之世,今之人大远乎古之人,不知远者世也人也,不远者道也。道不远,则犹是世也,犹是人也。而所以使之大远者,教与不教耳。孟子曰:"三代之得天下也以仁,其失天下也以不仁。"由此言之,三代之世、三代之人自分古今,浸假三代而无禹、汤、文、武者出,古犹今也。苟今日而行禹、汤、文、武之所能行,今犹古也。孔子曰:"斯民也,三代之所以直道而行也。"人性奚有古今之别哉?今之世非无孝子也,非无弟弟也。世之人,见夫孝子则慕,见夫弟弟则慕。夫孝子弟弟者,今人而古人也。见孝子弟弟则慕者,人之性也。世有是孝子弟弟者,今之世犹古之世也。而究不克举世之人皆孝子皆弟弟者何也？习之者远耳。惟其远也,人遂以为今之世必不能如古之世,今之人必不能如古之人。呜呼！倡斯言者,贼世贼民,异端之言也。吾独以为习之远者,由教之者不能一之过。所以民日趋于意便之私,上之法度虽悬,而下莫知奉行,往往纵恣沦于异说而不为之禁止,世道遂因循而大坏。此其故无他,治民之官不专而已。州县为牧民之官。士者,民之所由率也。士不正,则民亦因之而不正。而置士于不敢问,而又不知所以教民之方。学校为训士之官。民者,士之所从出也。民不兴行,则士亦因之而败行。而置民于不必道,而又不知所以养士之法。噫！今之天下,犹古之天下也。天下之大,四民尽之已,四民之教一而已。而今之邪说纷纭,害民心术,甚于古之杨墨者,不止一佛老之徒。此其弊,在于学校不明之故。夫自学校之不明也,人心第知煦煦之为仁,而不知人皆涵育之谓仁；第知孑孑之为义,而不知行而得其宜之谓义。渐趋而渐坏,久之遂至于如水之流而不可复返。甚者以为圣人之道之教,迂疏难行,而不能为。异说之小善小信、似是而非者,反足醒世而动民。愚者、不肖者无怪乎其然也,贤智之士,旁趋暗堕于其中而不觉,且倡彼之说,每为吾道立一赤帜而自成矛盾。嗟乎！学校之不明一至于此。吾以为欲整齐今日之天下,必先整齐夫今日之学校。欲整齐今日之学校,必先整齐夫今日司学校之官。学校之官整齐矣,而后教有以为教,养有以为养,事可次第而举矣。今之天下保甲之法,即古之乡田同井,以今之法行古之道,一甲二甲之中,立一小学,馆师必品端行良。一保二保之内,立一大学,馆师必品端行良。而异端曲学不可为训之书,悉搜列而火之。举凡四民中之子弟,童而习焉,日渐而月摩焉,孝弟之心,沛乎裕如也。则凡四民中之向渐染于异端曲学、佛老之徒而莫知返者,吾知此日不待法驱之,油油然尽率于正矣。然其法今非不修也,社学是已。夫社学者,问其名,则似善,究其实则域于方隅多事而不能永行。学校之教,亦因之败坏而不可救。何则？士者,四民之首也。古之时,士之子恒为士,农之子恒为农。今则不然,农工贾之子弟,苟能读是书者,皆可猎取科名,进于士矣。社学之说,当途者捐俸,富贵者捐赀。而一馆之中,举皆穷巷之子弟,则农工贾之稍有身分者,不肯与之并学，而况富室乎？如此，则凡为社学之师者，又皆不问可知矣。夫此社学者，上之人为穷巷之小民子弟虑，而行此小仁小义也。今复限以方隅之见而鄙视之，是先绝其趋善之路矣。及其长也，人恒得指之曰："此昔常养于社学者。"即穷巷之子弟，必曰我犹农工贾也。受人一勺之义而终身指摘，穷苦之于人甚矣诗书几字，宁足以增益我身家，如此，亦自绝其趋善之路也必矣。夫此社学也，凡以云救也，而孰知反增世道刻薄之悲。独不思世道之败坏，学校之废佚，不坏不废于闾巷之小民，而恒坏废于高车肥马之子弟。学问不足，径行旁窦，科名心急，苟且见多，司学校者，不敢过而一问，课试之日，且列之为榜首。夫大家富室，矜此欢虞之见，为穷巷之子弟虑而独不自为己之子弟虑，此正所谓舍己之田而芸人之田也。吾又以为欲整齐今日之学校者，先从今日之富室始。举凡一甲一保中之贫富者，同受业是师，富者高其膳修，贫者次之，又贫者又次之，犹之太学者，王侯荐绅之子弟在其中，凡民之单寒俊秀者亦在其中。如是，则教一。而天下之风俗，未登于三代盛治者，吾未之前闻也。

学校论下 丙寅秋笔

学校之不能复于古也，自西汉之儒各治一经始，渐因之渐远于古焉。学校之不能兴于今也，自东汉之儒各尚三教始，渐因之渐坏于今焉。论者咎秦之坑儒火书，秦之罪固大矣，然五经犹幸未失也，四子书犹幸有存也。继周而王天下言损益者，非汉而何。礼者，禁于未然；法者，禁于已然也。时去古未远，有如周公其人者，制礼作乐，咏歌有汉之德教养斯世之民，则禹、汤、文、武之治，不难复观也。惜也，汉之君臣，取天下于秦之后，力则有余；治天下于秦之后，教则不足也。虽然，无怪乎汉之为汉也。汉之君，志不足以有天下而得天下。汉之臣，俱秦世一时刀笔之余。君之志，已足其为君；臣之志，已足其为臣。士有不遵我政，民有不服我令者，力驱之而已，法禁之而已。谁则明夫古之尧、舜、禹、汤、文、武之道都俞而吁咈之，赓歌而扬拜之，使天下靡然向风也哉。如是而汉之学校，成其为汉矣。如是继汉而兴者，学校更可知矣。如是而学校因之至于今,呜呼!坏矣!学校者,继往圣、开来学、正人心、辟邪说、扶世教而兴民行者也。学校莫贵于五经,自明经之说倡,而经学始不明矣。五经者,兴起之《诗》,卓立之《礼》,变化之《易》,政事之《书》,是非之《春秋》也。而曰各治一经,则四经可不治欤?夫汉之言治一经,以斯人之于斯经,讲之注之,独得其精也。后世执此一言,凡为士者,俱许各诵一经。《诗》不诵则何以兴志,《礼》不诵则何以立身,《书》不诵则何以出治,《易》与《春秋》不诵则何以知天下、阴阳、君臣、父子、夫妇、是是、非非、善善、恶恶之道。正人心,扶世教。尧、舜、禹、汤、文、武、周公之人往矣,恃有此尧、舜、禹、汤、文、武、周公之书存也。孔子、颜、曾、思、孟之人往矣,恃有此孔子、颜、曾、思、孟之书存也。今诵其一而废其四,存其名而遗其实,无惑乎世道之不古,人心之不正,邪说之纷纷纭纭也。世成不痛不痒之习,道在若绝若续之余,此皆圣君贤相因循苟且之过也。吾以为欲兴今日之学校,以整顿今日之天下,五经之外无经,四子之外无书。其道在,其法具一力行之耳。夫取士之法,晋唐宋以来莫善于制义,尊五经,重四子。然而油腔于皮肤之外,而剽窃夫科名,依样于告示之中,而文饰于刑具者,何也?官政不修,学校之教不宣;师范不立,父兄之率不谨耳。就今日言之,取士之必先以制义,固也。为子弟者,必俟制义之成。其为制义,而后应试作生童,必也。今之为父、兄、师者,不察子弟之制义何如,当县郡道试之日,相率而进之,又具帖而标示之,曰:"某,吾子也。某,吾弟也。某,吾徒也。"其父、兄、师无力者,又复钻营而假冒之,曰:"某,吾甥、吾婿、吾侄也。"道郡县苟一不如吾意曰:"吾子、吾弟、吾徒、吾甥、吾婿、吾侄。"而彼不克如我意,可乎哉?可乎哉?而为之道郡县者,不问生童之制义何如,提其乃父、乃师讯之,而反以朝廷取士之科,阴行交际之道,曰:"某,某之子也。某,某之弟也。某,某之徒与某之甥、某之婿、某之侄。"应取哉?应取哉?嗟嗟尧、舜、禹、汤、文、武、周公、孔、曾、思、孟之书,而作如是教化,当今一统赫赫之巨典,而作如是用情,人才可知,世道可知。贾洛阳至此,又不知如何痛哭流涕也。吾以为欲整顿今日之天下,以兴今日之学校,上修官政,下严师范,法经而教纬,遵五经四子之道而力行之,邪说自息,人心自正,世道自古易易也。如一里之中,立一小学馆,贫富者同得品行之师而业之。先之以《孝经》，次之以《学》《庸》《语》《孟》，再次之以五经，日渐月摩，讲明大意，夫而后优游润之以制义，朔望再以今之条律一一诫谕之。年至十五六，有造者升之大学馆，以应童子之试。不能者，农之子还之农，工贾之子还之工贾，而士者之子弟，难继其父业者，即令于农工贾之中，择一以终其身，无至失业。如是者数年，而世教盛矣。如是者数年，而民行兴矣。夫凡民之渐趋于贫也，半贫于游手好闲而己业不专，淫乐无度而身家消废；半贫于佛老之功果，寺观之蛀耗其间。今民行一兴，知己之有业，知身之有原，晓然于老死之茔葬宜急，四时之祭祀宜丰，佛老之功果，虚无诞妄，不足听矣。夫此佛老之徒者，半藉酒肉于人间，而功之果之；半称修行于名山，而瓶之钵之。今人心一正，而其徒之淫洪于酒食者，人莫之用，而渐归于正矣。其于名山称修行者，上之人择天下闲旷之田，计口授之，耕以自食其力，收其赋税焉。彼佛老之徒者，坐衣食于民间，慵惰之尤者也，既无功果之邀望，又复劬劳于田野，彼亦何利而倡此佛老之教也哉。如此，不待令驱之、法禁之，而凡为异端者歇息矣。如此，则四民各业其业，各志其志，风移俗易，家孝弟而人揖让，俨然一尧、舜、禹、汤、文、武时之天下也。彼圣君贤相，何为而不振兴夫学校哉？

进士科论 甲戌夏笔

进士科者，起于隋，盛于唐，沿流于宋、明，然其名昉于周官，而进此达于天子，则已成其为士，而可以出而仕矣。虽然，唐、宋、明进士之科不殊，而其进士科之制则殊也。唐制以诗赋，宋制以策论，明制以八股艺，专通四子书，代圣贤言语，由孔门教人之心法，立一代取士之规模。其名则正，其实亦副。明鉴唐、宋，郁郁乎文。王者，藉此以摩厉天下，儒者藉此以显扬其身，惟此最优也。然论者尤以为有不尽人才之叹，其故有三。一曰立法峻刻也。学者幼读圣贤书，作为文章，一言一行，惟圣贤师法，下之所以自待者居何等也。他日朝廷进而试之，成进士，内而卿大夫宰相，经邦论道，外而郡邑司道，抚循宣化，胥视此，上之所以待士者，又居何等也。而唐、宋、明之士，自生童成进士，不知其试于棘院者凡几矣。蓬首跣足，肩络手提，戈戟重围，幕天席地，是朝廷先以囚徒奸党待其士，而令其士代圣贤问答言语，大非圣门之立教也。而得为圣人之徒，为真人才者，恐不尽至也。一曰举额绳人也。东西朔南周取之，不若专其法以选之。进士之所以为高于时者，以其选之之难也。其所以选之难者，以其学之皆出于圣贤也。聚一国之人而选之，糊其名，易其字，取其文，不知其人之可否。聚一国之所选，合天下而选之，糊其名，易其字，取其文，不知其人之可否。不知其人之可否者，未知其学问之皆出于圣贤也，未知其行事之得当于圣贤也。而欲定其学问行事于一日之文，衡文者不其难乎。吾以为定进士于一日，不若教进士于平时。进士科者，由于童子试也。立法先从童子始，四子书不可不通也，五经不可不明也，文章之体不可不正也。然而培养之功，恒出于严师，法行自近，尤在于选教官。无是学业，不可以应童子试，违者师有罚，教官有罚。而进士三场，法尤不可不立。三年一试，故设三场。初场四子书三题，象月之三旬，尽其一日夜之所长，如晤圣贤，绝其肤辞。二场策二道，识时务也，论二篇，题取纲鉴古人古事，知古也，以象岁之四时。三场五经题各一，取其明适于用，如人生之有仁义礼智信，缺一不可。合之十有二题，象岁之十有二月也。无是学问，不可以应举子试，违者教官有罚，学使者有罚。呜呼！王者正人纪而合天道，儒者修之家而献之廷。其教立，其法行，天下恶有不培养之人才，而人才恶有不尽为我用也。如是而立法何必峻刻也。峻刻为弊窦而设，而弊窦专生于峻刻。虽因主司者之非其人，而不知进士为童子时已失其教。天下千百郡邑，三年中邑难获一人，获一人者，为天下之所望也，而其人之可否又未可知。峻刻何益？举额可以不必也。举额一设，庸才喜于侥幸，不肖者隐惑其间以通关节，出仕者因之，往往居官无状。严其法于童子之试，如其法，可以备选，不如其法，姑俟之，多寡何尝拘也。一代之才，自足以备一代之用，岂患少哉？文体之正，责在主司者。主司之人，非文章宗匠、品方行洁者，不与其选。如是洞开棘门，雍雍揖坐，童子时已备朝廷之选，而何虑弊窦之生于不肖。如是而言言圣贤，字字经术，循名责实，不负朝廷设制取士之初心。如是而圣人之徒在下者或亦无遗也已，或有遗而逸于下者，诏郡邑访之，果名副其实，礼数以征之，优崇等于进士。吾知人才之盛,坐进于唐虞三代也矣。草野之夫,时厘愚者之虑,因唐宋明进士之制而论及之。

处士论 戊辰夏笔

处士者,不得已而成其名者也。夫曰士,则其平日之所趋可知矣。天生夫士,将以有用于斯世,而终以处成其名,盖不得已也。虽然,未可以一例论也。国家将兴,得处士之福;国家将亡,得处士之祸;国家已治,得处士之名;国家已乱,得处士之实。何言乎福也,伊傅、子牙之徒,处则耕钓,出则大有为也,即后汉之诸葛孔明,亦不可以言不遇。何言乎祸也,姬刘李朱之末造,纯盗虚声、矜名誉者,不至于覆亡其国不止。巢由、善卷之辈,唐虞在上,终其身不出,至今名亦随之。而庄光、邵雍,竟于富春安乐老矣。伯夷、叔齐,实收商家六百年之报。藜床管宁、蓝舆元亮,原足以风规后世。虽然,处士者,不得已而成其名者也,特不可以慕其人而窃其名。范希文云:"处朝廷之上则忧其民,处江湖之远则忧其君。"天之生才,为世用也。李邺侯、陶贞白,何不可者。周彦伦之清廉,亦足以塞北山之移文矣。独是张俭之亡命,殷浩之咄咄,下而至于陈继儒之伦,为可叹耳。《论佛》一篇,慕郭泰而沦其臧否,窃常奕而失其旨教者也。飞蝗塞路,饿莩盈野,而眉公食物,攀异标新,走声气于当涂,混三教之耳目,胡为也哉。促杀毛文龙,此处士横议,孟子所与杨、墨同悼者。固不若郑子真、李永和诸人,耕耘畎亩,教授乡里,老其身至于无用。何也?不得已也。不得已者,天也。士而知天,所趋为足师法耳。

出处论 丁丑秋笔

人生斯世,出与处耳。出则有为,处则有守。子牙钓于渭,不遇西伯,一渔父老耳。及后车载之,师尚父尊之,当时目其鹰扬,后世传其见知,如是始不愧于出。尧夫隐于洛,理则究夫天人,数则穷夫今古,具内圣外王之学,安贫乐志,不愿与拗相同朝,如是始不愧于处。设伊时尧夫羡功名之赫奕,奚难于一第,缘富贵之逼人,而不克守吾志也,其仕亦与明道、伊川等耳,二帝三王之盛恐亦难再见于弱宋也。子牙之遇西伯,年八十矣。人生七十者恒稀,设子牙年不及夫遇,或五百年之王者过其数,即至百岁而不及所遇,老死岩穴,无闻于世,亦不失为子牙之守,无害其为子牙也。故周子曰:"志伊尹之所志,学颜子之所学。"大丈夫而出无所为,处无所守,所志所学,将何为耶? 虽然,圣贤于世,必待子牙之遇,固尧夫之守,坐视斯世之扰扰而不救也,大非用心于救民者矣。图其暂安而冀其久延,王允之于汉,王导之于晋,苟得为之,亦孔孟之所屑为也。食其禄者忠其主,比干之于殷,文山之于宋,即不能大展生平于一时,实足以昭明臣道于千古。出与处亦非此日此身之可得而逆计也。若夫为道而仕者,非礼不进,非义不行,所贵者良贵,所乐者真乐,人之知不知,世之用不用,于我何与焉? 贫富贵贱,生死祸福,日交于吾前,不暇顾也。不明乎是,则如汉之末,仕者止一曹氏,唐之末,仕者止一朱氏。何者为礼? 何者为义? 懵然莫觉也,功名而已耳,利禄而已耳。以区区之小意私智,汲汲然求售于人,虑人之不己用也,委曲迁就以求顺于世,幸而得志,哆然以为莫己若也,小不如意,则戚戚然几不能以终日矣。由此观之,林泉布衣之士抱道自处,终其身嚣嚣然者,诚在我而不在人。夫既在我而不在人,则何物可以婴之哉。孔明之仕,非其时也。然必待礼至而后出,成败利钝,非其意之可逆料。《出师》二师,足以夺曹氏之魄。子陵之处,违其时也。然光武不能乘时而用之,足加帝腹,狂干星象,钓竿终老,清风劲节,照耀简编。嗟乎! 君子之行已,各有其志,出处去就,或有不同,亦视夫时何如耳。虽曰圣人不先时,不后时,不自以为时。然而仕止久速,各当其可,则其所自以为时者,终非他人之所能夺矣。

正论佛论 戊辰秋笔

今天下之僧,果西方之人乎? 非西方之人,而攻西方之教。西方之教何其沦肌没髓。二千百年来,使天下之人信而归之。归之者且众若是乎,不知今之僧,非真忍于离父母、去妻子、叛名教,而思以易天下也。

大都茕苦无聊,困陑计无复之,归其教以偷活须臾耳。归其教,不得不攻其教;攻其教,不得不彰其教于天下,使天下之人不尽沦没于西方之教不止。呜呼!此皆三代以来,井田废而学校不明之故也。何则三代以来,上之于下也,坐视其下之所之,若与吾治天下者漠不相关,不为之所,不为之教,或有时而申其教也。虑失吾帝王之位,以是为治国家之具文耳,于下之实行无涉也。下之于上也,观望夫上之不为之所,不为之教,可以任吾意之所之,任吾之自为教。一朝有急,则铤而走险,遂与上为难,小则抗官长、逃法纲;大则啸聚山林,摇动天下。是故任民之所之,所之既穷,不得不归其教。铤而走险,险而不出,亦不得不归其教。甚至国破家亡之日,窃负忠义之气概者,降则不可,死则不能。刘须髡发混于其教可也。因之而为仕宦,为士民无特立不回之操者,虽不离父母、弃妻子,莫不入于其教,反以为其教可以易天下,魔荡于其中,而叛夫吾教而不能觉、不能出也。而小儒倡为乱天下之说者,复以为三代以后,圣人绝,百姓众,虽天地且不能人为之区处而家为之经画。井田决不可复,学校决不能明也。呜呼!井田不可复,犹可言也。学校不能明,不可言也。有孔子,而颜、曾、冉、闵俱入于德行之科;有宋太祖好读书,而理学大儒继踵而起,以接夫千载不传之秘。彼小儒也,何其敢于论三代以后之教,轻于视三代以后之人也,此其所以忘夫大本而沦没于西方之教也。且西方之教之兴也,自东汉始。东汉后之沦没于其教者,非皆小儒而为后世所指摘乎。东汉后之辟正乎其教者,非皆大儒而配享孔庙春秋之祀乎。果学校之教一明,风化行而小民知礼义,地力尽而天下无闲田,何必人为之区处而家为之经画。疲癃残疾者,自然皆能有养。少壮而贫者,自然皆能温饱婚娶。走险亡命之徒,自然皆不敢背戾反常。即不幸而国家有变,自然皆慷慨从容,仗义守节,何至忍于离父母、绝妻子、叛名教而孤栖寺院,披缁托钵,讲经说法,十方以求糊其口,以图须臾苟活哉。且彼僧又非真能守清规、炼苦行之人也。若一朝有余,不甘寂静淡泊,则屠门可以大嚼,婚姻亦可孔云,甚至获罪,险而亦可铤走也。故吾儒之教大彰明处,正其教衰歇处也。奈何使其教大彰明,而吾儒之教反衰歇。天下之人,俱化为西方之人。天下之人之心,俱具一僧人之心。呜呼!二千百年来,学校中人,心持两端,汉明帝不得逃其责也。明崇祯间，陈仲醇不得已迁就而为之论，余乃驳而正之以助夫继往圣开来学之大儒。

崇实论丁卯夏笔

慨自西方之教兴，而中国多懒民。慨自六朝之君长惑于因果杀生之说，而江南懒民多附丽于民居。此明君贤相之所无可如何，而学士、大夫每以之庇子荫孙，香火其院者也。独不思中国者，居天地之中，而仁义礼智信之所从出也。自五帝三王诸圣人兴而教化大备，夫妇情深，父子恩至，君臣义合；老者肉养，幼者蒙训；男者勤于耕，女者勤于织，礼明乐节，熙熙皞皞，乐何如之。而曰必去而夫妇、去而父子、去而君臣，纵禽逸兽，不耕不织，明反文明大治之天下，而转为混沌昏垫之天下，苦亦甚矣。夫西方者，寂灭之乡也。西方之书，空苦之书也。以中国礼义充足之区，而行西方寂灭虚空之教，以云极乐，乐何在也？然学士、大夫深信而乐奉其教者何也？因也果也，贫贱富贵不齐之可骇也。杀也生也，冤仇报应轮回之足听也。此所谓近似有理者也。以一己之生死去来，诳为吾身之前后世，倡无形无见种种不根之为愧偏，夫掩奸饰恶妄想贪生之辈，而莫知底止，忍举父子之至恩而孽债之，夫妇之至情而冤仇之。因不知其所自来，果不知其所自去。无怪乎世之为父子者，日趋于不孝、不慈，而为夫妇者，反颜忤目，情义乖离，日甚也。此皆误解，夫"因果"二字之义，遂错认夫前后世，黜实归空，遁辞而莫诘其穷也。我即就其所云因果者破之。因者，实有所托而来，身之前世祖父也，生身之因也。果者，实有所凭而去，身之后世子孙也，结身之果也。此乃至实至近，易明易解，为人生一定不易之正理，而学士、大夫日用而偏忽之。且夫学士、大夫者，具生杀之柄，而能广行好生之德者也。郡县者，佛氏之大放生池也。民者，池中煦煦沫沫之鱼鳖也。为民害者，未知其能驱而远之否，民之脂膏不剥削否，狱讼冤抑，果能理而出之，不至毙于杖狱否。噫！于民吾未数数见也，于鱼鳖则同然耳。朔有放，望有放，途中相值有放，仁民而爱物。不妨颠倒其辞，嗤黄帝之网罟，实为造因。伯益之烈山泽，不知若何结果也。方且扬扬然，悠悠然，一放而魂梦帖席矣,再放而吾生无涯矣。吾不知其智比于郑之国侨何如。日放则不见其盈,月放则不见其大。池之不能争深广于江海也,明矣,悲哉,鱼鳖而至此也,人世之囹圄也。所谓放者不成其放,而不杀者深于杀也。呜呼! 西方之教之作用如此。且夫君者,天之子,至尊无耦之称也。彼不耕不种之一懒民耳,衣缁衣而俨然廷抗之。夫懒民而可上抗夫君,又何怪乎为懒民者之日众。即不能身入西方,而举世尽化为懒民,不至于寂灭空虚其国不止。惜乎修西方之教者,未必得如西方之因果也。如果如其因果而往彼西方也,夫妇绝矣,父子弃矣,君臣乱矣,五母鸡二母彘,与尔并食矣。苦矣,悔之晚矣。

三高祠论 癸酉秋笔

吴江三高祠,宋元祐间,好事者祀越上大夫范少伯、晋江东步兵张季鹰、唐甫里先生陆鲁望也。以为此三人者,一功高于越,顿成烟水之游;一迹远强宗,忽动莼鲈之兴;一官辞补阙,自号天随,若三高者诚高矣。夫去危即安,人皆愿之。然入世者往往反焉,何哉? 知几者鲜也。仰三高之风,庶其少警乎。而论世者独以为不然,处无道,反有道,仕乱世,变治世,君咨臣警,居成功进而有加。人如三高,谁与为国? 况三人之行事,大有可议乎。范献美女,进宝玩,以惑吴之君臣,积谋二十余年,墟人之宗社。虽其勇退一节,或有可称,而嬖西子,志营殖,再仕于齐,中男杀于楚,贪秽之迹,老而不餍。张受齐王冏辟,遽受东曹掾,西晋失纲而不能救,诸藩构孽而不能靖,托身东归,不蹈二陆,见机明决,此实为难。而尝曰:"使我有身后名不若生前一杯酒。"迹其为人,偷惰奚辞。陆僦居甫里,租入之田数顷,养鸭千群,闭门自傲。虽其累召不出,然亦虚名逢世,徒耽诗赋,结社松陵。由此言之,三高者实无一高也。虽然,其论苟矣。季鹰、鲁望之才,虽不足于戡祸乱、靖当世,而其行归洁其身,则有足多者。飘然于五湖三泖之间,放怀于茶灶笔床之际,鲈鱼莼菜,杞菊诗书,亦云清矣。清则高又奚疑乎。夫人之平生,上之不能佐尧辅舜,变斯世于唐虞,次亦当蹈仁履义,著述传家,为斯民后世法。才斯隘矣,行或称焉。季鹰本吴人,鲁望往来于震泽、甫里,两人著说，不愧作家，祀于此地，宜矣。独少伯辅相其君，功则高矣，然亦高于越也，《礼》不祀非族。故刘寅诗云："人谓吴痴信不虚，追崇越相果何如。千年亡国无穷恨，只合江边祀子胥。"夫少伯于吴非族也，且主灭吴者，于吴为世仇，揆之《礼》典，祀乎？不祀乎！后人不察此意，又以吴子胥、唐睢阳、宋武穆为三忠祠，以配三高。徐师曾《吴江志》云，昔汉丞相忠武侯殁，蜀人求为立庙，朝议以礼秩不可。人思慕之，因时祭于道陌，言事者谓巷祭野祀，非所以存德念功。若尽顺民心，则渎而无典，建之京师，又逼宗庙，于是始立庙于沔阳。夫蜀汉于忠武侯，论其功地，皆可祀也，其难之如是，非以礼秩之不可紊乎？范虽高，张岳虽忠，虽百世不朽，然祀各有所，何与于吴江而侈祀及之也。若但取其忠与高，而不稽诸祀典，楚越亦当祀伍相，而巢父许由，处处箕山颍水矣。司风纪者，不按祭法而正之，何以湔前人之谬戾，新斯民之耳目哉。余故览郡志，备节前人之说而论之。吴城西华山麓亦有三高祠，祀明赵宦光凡夫，王在公孟凤，朱鹭白民。三人者一著说，一廉洁，一孝行，皆吴人，皆隐于此，皆不求知于人，而可为斯世法者也。

画家论 甲戌夏笔

古今上下千百年间，以画名家者多矣。然人固有以画重者，画亦有以人重者。人以画重，画朽人亦朽，舍画无以见人也。画以人重，人不朽画亦不朽，因画愈以见人也。吾于元初得一人焉，曰郑思肖，善画兰。兰当为王者香，今与众草为伍，故画之，独不著根。人问之，张目曰："欲我著根于何土耶？"因之画兰愈见称于人。于元末又得一人焉，曰倪瓒，善画山水。亘古今此天地，亘古今此山水，故画之，于山水中独不著人物。人问之，亦张目曰："有何人物可著之山水间耶？"因之画山水愈见称于人。是二者，可云善藏其眼中不堪之状，可云善泄其胸中郁结之气，而岂徒为此一画之斤斤也。思肖为连江人，遨游数千里，隐于吴市门。人不知思肖，思肖亦不欲人知也。井中《心史》，自足以不朽思肖，而何有于一画。思肖之画兰，寓画于兰也。瓒居锡山，饶于资，一旦舍去，放舟于五湖三泖间以清吟自适。人不知瓒，瓒亦不求人知也。

《江南春》一调,自足以不朽瓒,而何有于一画。瓒之画山水,寓画于山水也。呜呼!二人者,奋乎千百世之上,风乎千百世之下者也。而以善画称,以天地为之帧耳。兰与山水,视夫已也。论世者无徒斤斤以一画掩二人也。

白华庄藏稿钞卷四目录

烟波笔啸六十编文集　　　　　　　　崇明沈寓寄庐著
 史论九篇
  宋宣公继立论
  荀彧论
  晋、宋偏安论
  裴行俭知人论
  宋太祖、太宗授受之际论
  元蔡子英论
  明初陈静诚论
  叶伯巨论
  逊国君臣论
 策七篇
  思治
  治苏
  治崇
  崇邑田赋
  崇盐
  学政
  县政

白华庄藏稿钞卷四

烟波笔啸六十编文集

崇明沈寓寄庐著　孙丕源曾孙奕董校刊
奕蔿
奕范
奕苏
奕夔
奕万
奕葛

长洲沈德潜归愚　合定
镇洋程穆衡迓亭

史论

宋宣公继立论 戊辰夏笔

宋宣公疾，舍子与夷而立穆公。及穆公疾，舍子冯与勃而立殇公。左氏曰："宋宣公可谓知人矣。"而公羊氏则曰："宋之祸，宣公为之也。"是何其责之之刻也！宣公谓穆公曰："以吾爱与夷，则不若爱汝。以为社稷宗庙主，则与夷不若汝。"宣公情义笃挚之言，百世而下，有令人诵之泣涕者。穆公属殇公于孔父曰："先君以寡人为贤，使主社稷，若弃德不让，得保首领以殁，先君若问与夷，其将何辞以对？"穆公情义笃挚之言，百世而下，亦令人诵之有泣涕者。迨殇公立，立十年而十一战，殇之平日好行其智可知矣。宣公舍之而属国于穆公，所谓知子莫若父也。夫人情无不愿其子之有国者，而宣公之舍其子，上为社稷，下为民人。

贤哉宣公！智哉宣公也！当穆公立，逐其二子冯与勃出居于郑，曰："生毋相见，死毋相哭。"殇公当时亦谏之曰："使子而可逐，先君其逐臣矣。"曰："先君之不尔逐可知矣，吾立乎此，摄也。"夫人情无不愿其子之有国者，而穆公终逐其子，前念先君，后念与夷。贤哉穆公！义哉穆公也！幸而宣公舍其子而立其弟耳，使当日宣公不然，则恶知弑夷夺国者之不早见于华督耶？幸而穆公逐其子而还其侄耳，使当日穆公不然，则恶知助夷夺国者之不更甚于华督耶？是故，殇公之遭弑，穆公能料其子而出之于郑，不能料其臣行之于国。宣公之授受，能料夫社稷之得有其主，而不及料其子之终飧其国。宣穆之心，尧舜之心也。若曰宋之祸宣公为之，则胡不追百世以上，责夫舜，再责夫尧，谓致禹之传子，至于相而被羿弑也。胡不能警百世以下，责夫艺祖，再责夫杜后，谓使匡美德昭之不能保其身于太宗朝也。呜呼！为尧舜者刻责如此，而为宋太宗者，每接踵于世，奈何。

荀彧论 己丑春笔

荀彧者，殆随世就功名者也。彼何颙何人，德非德公，识非德操，乌足以知王佐之才。夫王佐才者，学娴稷契，志同伊、吕，君非仁义不辅，朝非正统不立，时非圣明在上而蒲轮不降不至。达则兼善，穷甘独乐，王佐才也。彼彧者，委王室于凌夷，奉奸臣以窃命，前辱累世之汉恩，后昧一身之不保。视幼安元直辈不仕魏吴者，出处大节霄壤矣。而曰王佐才，其谁信之欤？窃思当日，汉室犹周室也。弑后辱主，操既不能如桓公之尊王，尊操鄙献，彧又何能若管仲之攘篡。不惟力不足以攘篡，而且志在于灭汉。照烈以穷归操而有豫州之命，在彧者，应念帝室之胄，阴为赞襄。而反语操图之，促其立毙，比之更始令光武狗河北而朱鲔以为不可，更有甚焉。鲔不识光武，彧不识昭烈，鲔与彧等耳，乌足以王佐称也。操曰："吾之子房。"不惟斯时操喜得彧，而彧亦深喜得操，胶漆相投。关中河内之策，尽以美归于操，而彧亦自谓以三寸舌为帝者师之奇谋矣。呜呼！世之奇王佐才者，奇其能出，更奇其能处也。彧当养晦之时，所读者何朝之书，所食者何朝之粟，祖父所仕者何朝之官。时政荒虐,奸臣窃命,弱主危卵,生民涂炭,耳所日闻而目所日见。或而无才无识则已,或而有才有识,则必思四百有年之天下不可遽绝,二十四帝之传玺不可轻弃。卓亡操专,献弱甚灵。高祖之子孙,南顿还在,景帝之苗裔,逐郡重生。或之处也,筹之熟矣。不出则已,出则必思所以扶献。献既如孺子之拘于新莽,独不念舂陵兵起,邓禹曾杖策追随,效其尺寸乎?不然,如幼安元直,绝口不谈时事,可也。而乃甘心奉操,周旋二十年,才为操忌,饮鸩而绝。予以为彧斯时也,心已乱矣。东南之吴,一炬丧魄;西南之汉,炎炎其势。帝者师望断,而云梦游踵至,或虽欲不死不可得也。"君子爱人以德,不宜如此。"此乃彧悔心无及之语,才至此而已尽,识至此而方醒耳。司马氏以管仲不能死子纠,荀彧犹能死汉室奖之,宜其编年纪月之帝魏也。然而操、丕之所以成魏,在彧不为无功。第视诸葛之扶炎汉于西蜀,不啻神龙之上飞于云天,下视犬彘之狂吠于藩溷耳。呜呼!彼荀彧者,处不知经,出不知权,随世就功名,碌碌者等耳,王佐才云乎哉?

晋、宋偏安论 甲戌夏笔

晋、宋之偏安于江左,论者莫不咎晋之清言息弃,宋之道学拘迂。而不知晋、宋之偏安,晋、宋之君为之也。清言陋矣,固不足以经营天下。而谢安石、陶士行辈,豪杰人也。浸假晋得一大有为之君,汉光武之业何难再见于晋,安石、士行,即邓贾、耿冯之属也。道学尚矣,自足以经纶宇宙。朱考亭、陆象山辈,王佐才也。浸假宋得一大有为之君,殷高宗之业何难再见于宋,考亭、象山,即傅说、巫咸之属也。晋宋之偏安,非无其臣,无其君之谓也。故其君之不肖相似,其臣之不能有为亦相似也。虽然,晋犹有其君,故信任夫谢安石、祖士雅,一战而定。宋无其君信任夫李忠武、岳少保,致奔走之不暇。故论晋、宋者,以为宋儒纷纷讲学,欺压千古,而扞牧圉、卫边疆者,不尽出于道学之人。晋之人士,往往登览啸咏,杯酒谈谑,至于遭大敌、遇大变,晏然而办。由此言之,晋有其人而宋无其人也。殊不知理学非清言之可拟,啸咏乃道德之余事。晋犹能知信其臣,而宋非惟不能用,且禁逐之使不得一日安其位。噫！晋有其人，晋不能用之霸中国，仅知保有其东南，百年拱手而授之奸臣。宋有其人，宋不能用之以王道治天下，惟与二三小人，称臣奉贡，奄奄百有五十年以至于亡。要之其臣之大贤大忠，晋不及宋；其臣之大奸大雄，宋不及晋。故宋亡于敌国，有文文山、谢叠山其人。而晋亡于禅篡，不沦于桓元子，即沦于刘寄奴。呜呼！晋之祖宗，受禅于魏汉，而其子孙亦授禅于刘宋。宋之祖宗，得位于小儿，而其子孙亦失位于小儿。天道有常，不可易也。不然，晋、宋中叶得一大有为之君，桓、刘皆可以为大将，而竟以篡夺见志；文、谢可以为社稷臣，而竟以亡国尽忠。彼夫秦韩史贾，龌龊小人，陶士行所云牧猪奴等耳，安足以立朝廷，谈经邦致治之大道哉！吾故曰：晋、宋之偏安，晋、宋之君为之也。

裴行俭知人论 乙酉夏笔

《唐书》称尚书裴行俭有知人之鉴：王勮、苏味道，行当相次掌铨衡；王勃、杨炯、卢照邻、骆宾王，虽有文章，非享爵禄之器，以为士之致远者，当先器识而后文艺，后皆如行俭言。呜呼！神羊之称奇，奇其能触邪也。屈轶之称端，端其能指佞也。举唐朝之臣子，皆能触邪指佞，武曌虽恶，亦何能盗神器、窃天位哉？行俭，尚书也，有知人之鉴，早知武曌之恶而鉴之矣。武曌淫恶妇人摄政于上，行俭诗书男子臣服于下，则行俭亦婢妾之班首，神羊、屈轶之不如多矣，乌有所谓知人之鉴哉？予以为行俭浅之乎视器识，而深之乎不知文章，重之乎视禄位，而轻之乎不知气节。皮相之夫，非折衷之论也。文章为见道之端，识量乃有德之征，气节为性命之原，禄位乃傥来之物。四子之所造，固不足以见道，而勮与味道之所为，语以气节全未也，行俭以禄位高器识、文章卑气节，谬矣。寿夭穷通，命也。贵富贱贫，运也。一元一会之中，天地有时逢劫。一世一运之内，人生岂曰无厄。王、杨、卢、骆，所遭之不偶也。勮与味道，煞运之逢通也。彼则天之世何世耶？淫风煽地，虐焰燔天。器全识透者，高飞遐举久矣，讵肯低眉俯首，伈伈睍睍，踽踽于妇人之朝，为之犬马驱策，救死不暇乎。孔子庙碑、武曌檄文，如日星灿耀于长空，传之千万世,同天地颂慕无已,行俭以为不寿也,寿何如之?钩党取族,模棱贬窜,似蜣螂游嬉于浊土,记之古今笔,终人世谈柄难穷,行俭以为贵也,不贵何如之?行俭幸而速死年余耳,不然亦妾妇驱策之犬马也,乌知士之为士哉。且彼以为士之致远者,庞眉皓首,纡金拖紫耳。高山仰止景行行止之孔子,泰山岩岩之孟子,千古两布衣,乌足以识之哉。当武曌浊秽冕旒,变刚柔之质,反阴阳之常,朝廷之上,四海之大,甘心屈服,无一须眉丈夫倡大义于其间。而宾王磨牙砺齿,奋不顾身,假敬业之起兵匡复,一一声曌之罪恶,而檄之于天下。事虽不就,义遍寰区。迄今千载下,读其文,凛凛有生气,其气节为何如乎?比味道辈之模棱两端,靦颜下气于帷房巾帼者,其致远尤何如哉!呜呼!行俭真皮相者也,不知气节,焉知器识。

宋太祖、太宗授受之际论_{丙寅春笔}

尝稽之《宋史》云:太祖疾大渐,宋后遣宦者王继恩召皇子德芳,继恩竟召晋王。宋后见晋王,愕然遽呼曰:"吾母子之命,皆托于官家。"晋王泣曰:"共保富贵,无忧也。"据是说也,太祖将崩而太宗方入也。又稽之《续编》云:上不豫,夜召晋王,属以后事,左右皆不得闻。遥见烛影下,晋王时时离席,若有所逊避状。既而上引柱斧戳地,大声谓晋王曰:"好为之。"俄而帝崩。据是说也,太宗已入而太祖未崩也。前人之论,是前说者,斥后说曰:"胡陈之私史也。李焘之采《湘山野录》,而改戳雪为戳地也,吴僧文莹之千里遥闻而影附也,癸丑夕帝崩之大书特书也。"信是论也,太祖、太宗尧舜之授受无疑也。而是后说者,非以太祖之崩果有所疑也,而太宗之为不无可訾。武功郡王德昭,方四载而速之自刎也;开封尹秦王光美之贬,而未几安置房州以悸卒也;顾名思义之光义而顿改为炅也;太平兴国之元,不能少忍此两月也;煌煌母命,须臾可寒,而谗臣再误之言即入也。信是论也,太祖有舜禹其弟之心,而太宗久已无尧舜其兄之念。是二说也,由前之论,当时之言,史氏之笔也,信也。由后之论,异日之闻,遥见之辞也,疑也。虽然,疑者未可全以疑置之,信者未可遽以信执之也。天下之事,理而已矣。太祖之为君何如者乎？英明果断,开创之君也。英则处事必达,明则虑事必周,果断则无迟回顾惜而有格格不吐之事。假问当日之事,尚有大于神器授受者乎？昭宪金匮之藏,时赵普虽不在侧,安有不呼其弟而面命之。且太原未入版图,尤朝夕厪帝心者。况太祖崩年方五十,非老耄果于遗忘,而此日之疾,又非瘖哑不测可知。堂堂天子,虽不死于宦官宫妾之手,时岂无二三执政大臣,曰:"有吾弟光义在,先呼之入可也。"则太宗之入不再计,而太祖之召不容已,理也。惟思是时为太宗者,胡不宣二三执政,召弟光美,再申金匮之盟,即太祖不命,而太宗不可不启,太祖亦必无不命之理。而顿使开宝皇后,愕然遽呼,甚有大不适意于斯时者何欤？呜呼！夫妇之情,父子之恩,圣凡一理也。寝前永诀,知必外平僭乱,内订金匮,次及光美,教诲德昭耳。而度太宗一时之用心,以为兄之病渐矣,惧乱命叵测,光美幸未知母后之誓书,遽未可闻于外庭,支吾逊避,若应若否,情见乎辞,适有以洞太祖之衷,启太祖之大声"尔自好为"也,事与理之相符者也。且尔时之左右,莫非太宗之左右也。不然,命召皇子者反召晋王,而烛影遥光无一敢迹。此乃小人势利富贵之常,无足怪者。独后日为太宗计之,德昭长子惟吉,年十四犹在禁中,择以师傅,馆之东宫,一误再误之摇。普虽患失,其心亦无间而可入。谕执政,启金匮,告之昭宪、太祖在天之灵曰:"光美殂矣,德昭死矣,兀可如何也。太孙孺子惟吉无恙,移伊时册立楚王寿王者册之。皇天后土,备闻此言。"举天下之神器,一旦挈而还之太祖,则尧之授舜,舜之授禹,不是过也,而天下臣民庶几有以谅太宗之心而无憾矣。惟其不尔,此所以启天下万世之疑,而来纷纷之口也。

元蔡子英论 辛卯春笔

古云：求忠臣必于孝子之门。则知孝始于事亲,方能忠终于事君。若事君不忠,而徒称孝子,此其为人有始鲜终也。苟忠于事君,而不顾其身之所自来,至于离亲绝俗,此其为人,亦第知有其终而忘其始也。孝矣而不忠,忠矣而不孝,均之未明夫圣贤之大道也。王休征孝矣,温太真忠矣,论古者不能无遗议。循是以求,吾于元之蔡子英不能无感焉。夫子英者,籍贯中洲,生长元世。身登进士,为扩廓所知,迁显官,事暗主。及元末扩廓败,死事宜矣,单骑走关中,入南山,有司求之,械送京师。及河滨,脱亡。至陕,又获之。械过洛阳,遇信国汤和不为礼,和怒缚,焚其须慑之,终不屈。其妻适过于洛阳,闻子英在,欲有言,避不肯相见。至京,上命释之,授以官。英不受,退而上书,援引古今,以礼义廉耻自励。上览其书,愈重之,命馆于仪曹。忽一夜,大哭,人问之故,曰思旧主耳。语闻,上知其志不可夺,敕有司送之出塞。呜呼!宋有天祥,元有子英等忠矣,一死一不死,所遇之主不同耳。虽然,子英固忠于事君矣,而孝于事亲,其道犹未善也。独不怀身为父母所生之身,父母身生何地也,《春秋》之义所攘者何事也,而顿怀出塞也。当有司送之之日,曷不曰:"旧君不可忘,仕固未可也。父母之坟墓,中国之乡土也。出塞,不敢也。"归父母之乡土,尽故主之恩义,生向北坐,死伴双亲,庶几忠孝两全,无烦《春秋》之责备。奈何读圣贤之书,绝礼义之邦。哀哉,子英!忠可式也,孝则未然。而犹曰援引古今以自励,比之天祥远矣。吾羡其第进士而惜其未尝读《春秋》也。

明初陈静诚论壬辰夏笔

予尝上下千古,而知人于功名富贵之际,未得思得,既得思固,固而又思及其子若孙久且远者,比比然。若有人曰:"我为世道人心计也,我为家国天下计也。功名何有于我哉?富贵何有于我哉?我自行我道而已。子若孙何有于我哉?"此可必之于稷、契、益、皋、夔,而断断不可必之于秦汉以下人物也。或者隐而不出,如巢父、石户等则可耳。不然,身既遇矣,耳目日与富贵人交相接矣,且吾言之听,吾计之从,十年二十年矣,授之以高爵,予之以厚禄,而曰"吾不愿功名也,吾不为子若孙也,辞之辞之。"至于五六而终不能动其欲、易其心其人也,极之于上下千古,真一人也。我于明初,觏之于静诚陈先生遇。先生之学问文章,不尽见于世,或曰著述悉毁于火。观其初,太祖渡江,因秦元之荐其学识不群,书辞以伊、吕、孔明之重聘之。既见,与语,大悦,运策帷中,日见亲信,称先生而不名,幸其第者三。则其素蕴远略,兴国安民之筹画必深有以中帝心者,惜秘慎不彰。史不及知,书以传之,为可慨耳。然其辞爵禄若敝屣,视功名若身外物。其外观也无一丝之挂念,其内养也有千古之在抱。范少伯尚多儿女之态,张子房不无导引之诬,陶贞白、李长源未免挟朝封以夸谀于乡里。宜乎太祖深契羡之曰:"士有志节者,不以功名系怀。"不强先生以成先生之名。呜呼!先生讵愿以名重哉?世固有在位谋政而伐其功者,乃不愿有位而秘谋夫政。功为人不可及之功,而并不自见其功。此夏商以来二十一史中所未有,而胡惟庸之药,安得而投之。外史载其引事进谏、蒙谴解救者甚力,讵第以志节见名。其身分识力,沉几观变,必大有过人者矣。不然,都俞吁咈,其心岂不欲尧舜其君哉。惜世不能即转而为唐为虞,故洪武甲子秋,先生亦告辞矣。

叶伯巨论 壬辰秋笔

呜呼!吾乃今知都俞吁咈之风,未易再觏也。三代而下,汉、唐、宋、明为盛,而明祖尤称英明过人。周监夏、商,明监汉、唐、宋,动作之间,事事法古。然于平遥训导叶伯巨之直言不入,且瘐死狱中,则稷、契、皋、夔,何从可得乎。伯巨,汉之贾谊,唐之陆贽,明初刘诚意外,吾未见其亚也。洪武九年,星变,下诏求言。求言者,求夫臣下之直言不隐者也。伯巨奉诏上言。斯时也,为明祖者,优容而进之,温谕而礼之,即使其言无与于国家,犹必勉励而奖慰焉,培植于将来,鼓动夫草野之遗贤焉。况其所言三事曰:"其二事易见而为患小,其一事难见而为患大,积之于吾心久矣。纵上不求言,犹当言之,况今有明诏乎。"其言字字药石,洛阳治安,宣公奏议,重见于斯世。刘诚意、陈静诚亦不敢言之于时,矧其他乎。使其言得售,南北生灵,何至涂炭,君明臣良之朝,何至断头截舌。妻孥教坊,忍至十族遭殃,读书种绝,则又安望夫我之子孙。历世三十,卜年八百,二十字递相命名,冀世世之无穷也哉。且其言得行,求治者以渐摩从事,用刑者以宽厚为基。太和宇宙,三十一年中,躬行亲睹,为邦百载,胜残去杀,则洪熙、宣德之短祚,正统十四年之北狩,亦断断乎其无是事。而何必委之于杀运未除,气数有定也。奈何以"间吾骨肉",必欲手射而啖其肉,以直言弃之,而且禁锢之,灭没之。求治仍如是其急,用刑仍如是其烦,分封仍如是其侈。磐石相安之天下,一旦为累卵。骨肉忍残,忠义销魂,人心解体,纲常绝没。吾以为尧舜之世,而若是其烦苛,揖让鼓腹胡能再见。皋夔稷契之人远,奸佞谄谀之辈生,昌言何由而达,善教何由而播矣?其治也,日不暇给,不过徒循故事,如汉、唐、宋而已。洪熙一载,宣德十年。刑之几措,求如文景之于汉而不可得。唐宗之纳谏如流,宋仁之殂,山谷奔号,亦不能卜。以至于谦之杀,杨继盛、沈炼之死,杨涟、周宗建数十辈之忠直,遭奸奄戮辱而无遗。天下之沦亡,不及三百年,此皆太祖之贻谋,叶巨伯为之嚆矢也。噫!刘基以帷幄之功臣,而早死于惟庸之药;宋濂以宫储之师傅,而槁葬于夔峡之窜,四凶虽灭而五臣亦远。明祖之英明,求治甚切,而尚不能几几于夏、商、周之传世,缘猜忌之心胜,绝伊周之佐辅也。呜呼!叶伯巨以三言瘐死,陈静诚以七辞去位,都俞吁咈,其风邈矣。

逊国君臣论 辛巳春笔

　　汉景帝之世,七国之变未遽发也,晁错激之。无晁错之激,七国势亦必至于变。景帝杀错,不无忿恨怨艾之心,而七国随灭。明让帝之世,北平之难未遽兴也,齐、黄激之。无齐、黄之激,北平势亦必至发难。让帝不杀齐、黄,而多姑息优容之念,而北平遂炽。君子曰:错与齐、黄,无谋一也。景帝之刚,过于让帝之柔。北平之智,胜于七国之愚。汉用一亚父,燕用一道衍,得天下与失天下之机,无俟事后之观,而成败之形已决矣。吾独以为让皇帝之祸,高皇帝酿之也。高帝之耄老也,太孙之幼弱也,诸王之耦国而不能逊服也。天下名为治平,而实有累卵不测之势。时为高帝谋者,师贾谊治安众建之策,外戢诸王,内安太孙。择一二老成重望之臣,托孤寄命,无事则从容讲论,休休于庙堂,有事则威武奋扬,烈烈于边圉。若周公之辅成王,若武侯之事后主。若累千卵于一器,而缓急自持,一卵不损,器亦无缺折湿流之患。始称智者之谋家国也。如齐泰、黄湜之为让帝谋,则与晁错之为景帝谋者,同有虑国之忠,而无捍国之勇;有杀身之祸,而无全身之智。千古一辙,为世所笑。景帝奉刑名之术,而胆怯于潜人,杀一错若无难。让帝负仁义之称,而中疑于至亲,用齐、黄如见戏。故景帝将一亚夫,强如七国之众,数千里之地,据其险,扼其要,一朝灭之而有余勇。让帝将一炳文,再将一景隆,以天下百倍之地、百万之众,攻区区北平之一隅,至于国破身亡,祸及妻孥朋友而不足数。呜呼!彼齐泰、黄湜者,一书生耳,何足算哉。独怪高帝以聪明睿智之圣,知杀运之未除,而不为外攘内安之计;知燕王之类己,而独封之于北平强悍之地;知太孙之仁柔,而徒付之"半边月儿不克终"之叹。致有洪武三十年刘三吾之暴卒,而不思叶居升分封太侈之言。惟诏选天下高僧侍傅诸王,隐以遗箧度髡,秘为贻厥孙谋之道。吾故以为让帝之祸,高帝酿之也。又岂在于景帝之能杀错,让帝之不能杀泰、湜,致咎于当时也哉。语云:当断不断,反受其祸。元年燕王来朝,登陛不拜,听凤韶不敬之劾,卓敬徙封之奏,则不动声色,而措天下于泰山磐石之安矣。乃以骨肉至亲,弗问而止,失时乎不再之势,萌而未动之几者,何也?七国居疏远之属,而景帝忍之。北平当叔父之尊,而让帝不忍故耳。则以北平有道衍,而七国无亚夫者,尤非也。北平之力统于一,七国之势居于散。文皇有帝天下之度,而天心屡默相之。七国多亡国之征,而人心久离异之。道衍得此机而用北平,此其所以捷得而七国早亡也。然忠臣义士,日粉身夷族,埋姓不臣,流播四方,至没世而不一悔者,是皆让帝之仁义,沁入人心。区区道衍之术数,岂得而几此也哉。世之罪齐、黄者,未尝罪其不忠,独恨其谋之不豫,与晁错等。而更恨无一亚夫其人,驱除晁错之激变,致让帝推行仁义之天下,不获再睹于周成康、汉文景之后,为可惜也。

策

思治_{戊辰春笔}

世之求治者,往往拾纸上之空谈。一不治也,则曰古人之唾余,迂疏而无用。而杂出吾之见以求治,吾之见又不一。往往用人而人不得,理财而财愈竭,天下之人心,因之大坏而不靖,而曰今世之人心,何浇漓至此。呜呼！是盖不得其治天下之本也。千古此天地，千古此人心，千古此治天下之道。虽其间时与势或殊，雨旸不一，善恶不一，治乱不一。而日月常明，孝弟常具，二帝三王之书，充满于宇宙间。而人心之浇漓，不得如古昔盛时之天下者，因吾不得通变宜民之道以思治耳。夫人之不思也，为上者，苟祈四方一日之粗安，传之子若孙可耳；为下者，苟祈一身之荣，与一家之肥，传之子若孙可耳。至于人心之浇漓，世道之败坏，曰："今必不古也。"形之章奏，曰："德高五帝，功过三王"矣，又奚治之求乎？呜呼！天下而几于古昔盛时也，何日之有？天下而日趋于败坏也，亦必然之势。挽今日日趋之势，成昔日文明之治，亦在乎治今日之天下者，一转移间，竭其心思耳。思之思之，今之何以不如古，今之何以得如古。今之不如古者何在，今之得如古者何在。不如古以求得如古，天下之大，非吾一人可以优游而理也。此其故，在乎人才。夫才之生也，不用于朝廷，则伏于草莽，否则薰染于习俗，因循苟且，大坏而不可用。人主思有以豫养之，才自出耳。培之务核其实，取之务求其精，用之务得其当。核其实则趋向正，而少年之心，不入于浮伪。求其精，他涂之才亦可以备驱策。得其当，人人自奋，而天下不难于其理。是故始培之，中取之，终用之。一代之人才，自足以备一代之用而无不足。上有尧舜，下自有禹、皋、稷、契、十二牧、九官，以济唐虞之治。今之取士有法矣，而惜乎其未知所以培之之实，欲取之之精也得乎，用之之当也益难矣。培之者，以今日之制，参乎古人之教，读古人日用常行之书，务豫养乎忠孝廉耻修己治人之术。若此者，非师不为功，有未成之师，有已成之师。当其幼也，蒙养以渐渍之。及其长也，防微杜渐以诱掖奖励之，功名居后而品行居先。是故，人人于今日，不急急于功名；人人于他时，有可见之功名。夫人之性也相近，习之也又不远，则凡农工贾役，早已蒙养于入孝出弟中而易使，况乎杰出之士，争相摩砺于经术。唐虞之工虞水火，孔门之礼乐兵农，随才器使，用得其当，孰非出于培之之周乎？夫今日之人心之坏也，坏于未成之无师，更坏于已成之无师。人已成而列于士，师夫学校者，当时召而面课之，观人之志气，务使之知古知今，通世俗，济生民，为有用之学。不必沾沾于章句，上下雷同，作一泥古背今、执滞难行之腐儒，则人才为有用之人才。以之治邑则一邑理,治郡则一郡理,治省则一省理。天下之省、之郡、之邑风俗之不同,则各以其省、其郡、其邑之风俗变通之,而天下之省、之郡、之邑各得其理。夫然,人心正,天地和,风雨时,民生足。今之天下,与古之天下,同一荡荡平平之世矣。如是亦不必别求夫理财之方而财自理于中也。司马光曰:"天地之生财有数。不在下,即在上。"财而可使在上也乎?天下无不足之百姓,即无不足之人主。究之人主不足而百姓亦不足者何也?半耗于冗兵冗役,半耗于贪位固宠之臣。而所谓冗兵冗役者,又贪位固宠之臣使之然也。是故,理冗兵与冗役,必先理此治兵与役之官,然后可。何言之?兵不可一日而不备,即不可一日而不养;不可一处而不设,即不可一处而不饷。今之取武也,犹之取文。然而武之弊,更胜于文之弊。坐受朝廷之名色护其身以食小民,目不知纸上之空谈,几其足而列于学校。设四方一旦有惊,果可驱之行伍,任之折冲也乎?不农不士不工不商,风俗之坏,耗食之弊,莫此为甚。朝廷若能简拔真正之才略,守边卫国之兵,时可募之民间而足选锋锐进之士,岁可练之行伍而得。庙堂之上,入则周公、召公,出则方叔、召虎,人才如此,犹虞边城有不练之兵,册籍有虚冒之卒,以致耗国赋,夺民食也乎?且也,按天下之舆图而分核之。一邑之田几何,一邑之民几何,卫内邑之兵几何,边邑之兵几何,京邑之兵几何,治一邑之文武官几何,供文武官之役几何、费几何,内员费几何,内府费几何,自用费几何。一邑之财之所出,供一邑之用而有余,或不足,度邑之大小要害,官与兵役之多寡处置之,留几何,贡几何,散几何。设邑有未耕之田,可屯者使之屯。一邑如是,邑邑如是。不惟使天下无一游惰之民,并无一游惰之卒,与游惰之役,更无一闲旷不毛之地。天下之田之所出,自足供天下之费而有余。如此,不十年,民有余财,邑有余储,太仓有余粟。天下之民,含哺鼓腹,诵诗读书,行致雍熙盛治也。然非人才不至此,吾故曰:人才得而财自理矣。人才者,思治天下者之大本也。

治苏 _{癸酉夏笔}

东南财赋,姑苏最重。东南水利,姑苏最要。东南人士,姑苏最盛。

治苏者,不廉、不勤、无才,则不能弹压众望,率厉属官。彼之为固不可一朝居,而苏益受其大病。何则？廉者,德之体也。勤者,德之辅也。才者,四应不穷足以干事而为德之用者也。苏为郡,地方方不过五百里,粮三百万有奇,而盐芦关税颜料杂色之征在外。郡城之户十万烟火,郊外人民,合之州邑,何啻百万,而缙绅士大夫肩背相望。太湖之巨三万六千顷,宣、歙、常、嘉、湖五府之水汇聚于此,泻湖之水者古称三江,潮水易塞,今已湮其一不可问矣。长江绕于西北,大海环于东南,苏为郡奥区耳。山海所产之珍奇,外国所通之货贝,四方往来千万里之商贾骈肩辐辏。至于皇华使臣之所经临,南北大兵车船之所络绎,抚藩道总兵之所驻,朝廷织造之所出,京师漕白各省兵饷之所需,朝暮一一厪治郡者之心思。而且往往受大吏之节制,奔走不暇,绊其手足。治郡者于此,廉而不才不治,廉而才而不勤亦不治,廉而勤而不才亦断断不克治也,而况不廉而才而勤,又胡以治耶？江南之人惠中秀外,阛阓之家亦事诗书,柔和易使耳。然言语轻佻,刻薄成风,健讼易挠,亦易于为乱。而在治郡者,相其时势以利导之,按其善恶以区别之,随其地土以整齐之。苏属州邑八耳,风俗之染,各有专好。附郭长、吴,靡丽为最；昆、太喜于附势,崇、嘉好斗,江、熟斗与势各半。地土之宜,江多水,最下；长、昆半之；吴多山,最高；太、嘉、熟濒海,半高半下；崇海中,土浮坍涨不常。边湖者萑苻藏匿,边海者盐盗出没,时势然也。若治郡者,概以一例治之不治,概以己意治之不治,治之者亦各有其道,土俗人情时与势耳。若夫礼义以率之,廉耻以励之,去奸顽饰诈之风,而归于孝弟忠信一也。然而国家以财赋为重,人民以财赋为忧,府县以财赋为急。居官者惴惴焉惟恐财赋之不足,考居下下,终日忧失乎官,而何暇忧人民之不治,移风易俗,以与王道为能事。虽然,财赋之甲于天下,非一朝一夕,治郡者亦莫可如之何耳。独不思能移风,能易俗,能忧人民之不礼义、不廉耻、不能孝弟忠信。而反之至于道德齐礼有耻且格之时,则风自淳,俗自厚,家富足而户诗书。而所谓财赋者,车毂击,人肩摩,轮将恐后,又何不足之为忧,而坐南面日事敲朴哉。夫子曰："庶矣哉",今苏属之民也。冉子曰："既庶矣,又何加焉？"夫子曰："富之。"冉子曰："既富矣,又何加焉？"夫子曰："教之。"富与教,正今日治苏者之所有事。

而今日治苏者之遑遑思至于富而富日不足，思至于教而教日顽梗，无他，徒责之民耳，亦治苏者究未知所以思之也。思之，思之。不足者何？奢华故也。无端之酒船佛事，唱戏迎神，至于衣冠艳冶，水陆珍馐。一旦涤除而返之节俭，则凡为苏属致贫之风俗者，一一移易之，而后富可长富也。顽梗者何？污染是也。无端之阗门打降，赌博游荡，至于妇女好巫，上下无级。一旦涤除而返之淳朴，则凡为苏属倡邪之风俗者，一一移易之，而后教为真教也。虽然，治苏者非躬率之久于其任则不能，而王道治天下，三代以后，望之何人哉？要之东南人士最盛，而希圣希贤恒少。东南水利最要，而朝潮夕汐易淤。东南财赋最重，而轻徭薄赋何日。呜呼！此姑苏之所以望治而卒难于治也。

治崇己巳秋笔

苏属，州一，县七。县远者百五十里，而崇明远倍之。秦晋地郡县远者将千里，崇明较之，近又三倍矣。而治郡者往往政教之不能遽及，任治崇者之自为治。何也？一水百里之隔也。惟其有一水百里之隔，此治崇者之所以易，亦治崇者之所以难也。崇土性浮，浮则轻，轻则赋亦轻也，赋轻则易治。崇土性刚，刚则激，激则讼易起也，讼激则难治。虽然，崇，四塞之地也。沙土衍沃，无逃亡之户，多恒产之家。木棉、纱布、鱼盐之利，民则易丰。治崇者，因其地而利导之，率其性而渐摩之，刚者礼义易动也，浮者拥积可培也。则明道之治晋城，元晦之治漳州，三代之教不难见于此矣。然而有崇以来，民不克如其治者何也？视崇太易者，以己意治之而崇不克受治。视崇太难者，以民意治之而崇亦不克受治。是故，凡治县者，本不可以己意、民意任其间也。一视县之为县何如耳，犹之治病者，不视人之肥瘠、脉之浮沉洪细，一以吾之剂投之，寒者寒治之，热者热治之，不知病之根有不自寒热始也。一不受治，则曰病固难治也，于治病者何尤。呜呼！治病者过矣。崇之大弊有五，此五者，崇之肥瘠浮沉洪细所关也。一曰兼并不除之弊。崇土浮涌江口，星罗棋置，坍涨不常，移表补里，周可百五十里，然求之元世三百余年之田无有也。强者侵渔僭窃，田连阡陌。弱者拱手他人，身无立锥。

夫天下之兼之并之者，恃吾之富，而贫者有所急，故贱其价以并之，并其区而兼之。崇不独恃富，尤视人力之强弱。而又不独兼并，暗则侵窃，明则占夺也。崇设城，村厢东西沙匾一百一十，一匾十甲，甲共一千一百，籍民分田办赋，民与田与赋宜无隐漏于其中也。然籍民于甲，三十三丁之外，隐漏者正多也。分田于甲，涂荡止民之外，隐漏者正多也。办赋于甲，民止荡升涂合之中，隐漏者正多也。田与赋之隐漏，其原皆起于沙总。沙总者，豪强之鹰犬也。三年之报丈，不可任其有无多寡也，状甲之不可任其冗长琐狭也。状者，崇明田段之名。一人许充三年，不许复入，终身蚕食于斯也。其间弊发，虽年远，必追惩之不恕也。崇土五等，崇赋六等。始涨曰滩；有草曰涂，涂赋五合；有柴曰荡，荡赋一升二升三升；全熟曰止田，三升二合一勺；熟久曰民田，五升三合一勺。荡涂丈拨之后，丈清，另以册板悬之堂壁，曰某处某匾状甲界限曰某户若干。至于止民田熟久者，终其田无劳沙总再丈也。豪强者，沙总之渔利也。堂册昭然，三年另用。鹰犬无从奋其爪牙，渔利何缘入其纲罟。若夫豪强恃强，擅围他户作己业者，即以枪夺罪论。而状首小甲名目，鹰犬之毛蚤也，除之可也。如是而力之强、财之富者，俱无所施其奸计，窃夺兼并可除也。二曰赋税不均之弊。崇之田，自白滩种青始。青者，草苗也。故田之亩数，独以苗计，有苗则有粮。三年一拨民，则以苗计亩数，归户办粮。夫拨民者，拨之于百十匾，千一百里长也。里长值现年之费，拨以偿之。拨时，沙总尽报各沙之涂荡三年中者于县，作上中下等阄之。千百里长值现年者百十人，百十人中，岂曰无豪强。治崇者，临时临事察之，多寡美恶之弊自绝也。但各沙之田苗归百十匾，不无民止荡涂之别。三年一科，卖买推收，奸户奸总，串诈其中。民止倒置，升合混淆，田连阡陌者粮尽止合，薄田糊口者粮尽民升。而民荡不均之弊，可胜发指哉。治崇者，莫若每沙另造一册图划沙形，南北东西，某状应民，某状应止，某状下即注粮户某某若干。民中不得杂止，止中不得间民。贮之堂橱，洞开橱门，状册日星，人人可阅。如享沙郁黄等状，田必民也。内有止者，必奸户也。立提奸户与是届之沙总重惩之，仍追奸户每年之粮贮库，俟补善户。如泊沙陈六等状，田必止也，内有民者，必善户也。追提历届之沙总重惩之，仍扣还善户每年之粮。而比粮簿亦每沙另册之,追征时,上等沙先之,次等沙次之。如是,不独苗难盗窃,田亦无以隐漏。沙沙有图,合之则成一邑地图,长短阔狭,状、甲、河、沟、民、止、荡、涂,俱在指顾间,而赋税何有侵欺不均也。三曰保甲不清之弊。保甲者,即古之同井里党也。所以籍人丁、稽奸宄、察游惰、出入相友、守望相助、疾病相扶持者,而今不然矣。崇沙环海,逃亡莫虑,所虑者,打降、窝盗、穴窃、放火、赌博、偷鱼耳。治崇者,勿视此六者为事之琐而勿治也,崇民之不古惟此耳。此而不治,稽奸宄、察游惰之谓何。治之者,为之申明保甲之法,一甲十户,父子异爨,不得阴庇,二十成丁,六十另籍,一户几丁,悬牌稽察。若六者出一于甲,罪以九家连坐;九家首明,一人重犯,按律罪之不纵也。十甲一保,几保中共设一公所保,择一老成读书、知礼教、无过犯、非异端者,农隙时,于朔望将律条同保长申解之,保长即以里长现年轮值。里长者,有身家粮务者也。庶或不异古时二十五家一里,而人丁可籍,奸宄息,游惰无,自然友助扶持,保甲可清也。四曰河道不疏之弊。河道者,地之血脉也。田欲其潮来,地欲其雨退。然崇有已成之河道,有未成之河道。已成者,民止田地之处也。潮泥易于壅塞,浅者一岁一疏,深者两岁一疏。未成者,升合荡涂之处也。浮客故鲜,多属苦贫。其上将熟时,设法量力,及时开濬之,庶儿尔全临渴掘井也。所难者顽户耳。民心不一,必俟教戒。亲身临之,不费民间一粒,或着两衙相度,出吾平日公支公用之费,计其人役时日授之,亦不扰民间一粒,民自服从易易也。夫所谓公支公用者,何处得来?崇讼称烦,告必准理,民之父母,儿女呼吁,安有不问而理之乎。听讼时,事之大者,惩之以法律,小者或杖或罚。一讼之来,原被证佐,必无三是之道,罚其本地奸顽之赀,即用于本地公用之处。治县者,处不负学,出不负官,上不负国,下不负民。清、慎、勤三字,无逾于此。如此,一年之后,诬班者吾虽呼之而不来,纵不敢如圣所云无讼,而讼自简矣。如此而吾信于民,民信于我,河道自然不待教而后疏也。五曰学校不兴之弊。学校者,孝弟礼义廉耻之所自出也。古者家有塾,曰二十五家为塾。党有庠,曰五百家为党。术有序,曰二千五百家为州。《注疏》云:"古之仕焉而已者,归教于闾里。朝夕坐于门,门侧之堂谓之塾。"《白虎通》云:"古之教民,百里皆有师。里中之老有道德者,为里右师,其次为左师。"今治崇者,不必泥古时家党术之名,而三甲之中,立一小学馆。一保之内,立一大学馆。一择夫品行饱学之师,如《白虎通》所云教民之法。不然,治县者亦如明道之出正句读,元晦之采古丧葬嫁娶仪制,揭以示民。如是,则廉耻修于家庭,礼义行于乡里。行之久久,士民各安其分,俗自厚而风自淳,不必烦上之人搜剔,而作奸弊者自知愧恧而不为矣。吾故曰,学校者,孝弟礼义廉耻之所自出也。崇之病根,不出此五者,然其中之浮沉洪细,可按脉而推理也。治崇者,一如治病,竭吾之心思眼力,视民之肥瘠,而后次序以吾之剂投之,崇无不受治也。传吾之方,善储其药,移之治郡,无不受治也。即移之治天下,亦无不受治也。愚崇人也,首为治崇者,借箸进一策。

崇邑田赋 癸酉夏笔

予平时所论治崇大弊有五,其二曰赋税不均。予既言之凿凿矣,然其中犹未畅厥旨也。夫赋税之不均者,田正贪豪强之渔利,豪强乐田正为鹰犬,科同作弊,欺隐诡混。有崇以来,心法传授,牢不可破,延至于今,愈奸、愈巧、愈凶、愈辣,视善良为几上之肉,官长作寺中之塑。合邑千百年之殷实粮户,年为豪强补垫,阴受其无穷之害,有莫可如何之叹,惟相视为咒诅而已。此其弊皆起于崇之土有五等,崇之赋有六等。兼之坍涨不常,卖买不一,三年一收除于城村厢东西沙百一十亩,田数混淆,归户难查,遂至经界错杂,而崇之田不可问,崇之赋不可问。虽然,其田其赋之弊,亦不难问也。问其田,当从经界始。经界正而赋正,赋正而其弊绝矣。正经界奈何?正经界者,非履亩尺丈而正其沟涂横纵也,正其坍除涨拨民止荡涂之版籍而已。前所云土有五等,始涨曰滩,有草曰涂,有苇曰荡,初熟曰止,熟久曰民,此土之五等不可改也。前所云赋有六等,涂有五合,荡曰一升二升三升,止曰三升二合一勺,民曰五升三合一勺,此赋之六等不可改也。通崇土言之,沙涨沧渤之间,界限扬州之域,远不见于禹贡,近始附于姑苏。此所谓滨海斥卤之地,厥土白坟,厥田惟下下,厥赋下中错,厥贡盐布麻苋者也。崇土东西将二百里,南北三四十里不等,合之外海之小沙,截长补短,方百有余里。然其土百里非并时而涨,乃积沙成壤,合而大者也。如棋家之下子,始若星置,既如珠缀,渐相联络为一,故其沙之名不一。沙沙有五等之土,沙沙有六等之赋,沙沙有拨册除册可查,沙沙有经界状甲可正,制甚善也。而所谓拨册除册者何? 崇之额粮四万八千有奇,每三年一除、一拨、一减、一升,谓之临届。崇土浮易坍,临届坍则除之,将坍者减之,民减止,止减荡三升二升一升,荡减涂也。崇土浮易涨,临届涨则拨之,涨久者升之,涂升荡一升二升三升,荡升止,止升民也。如三年中坍多减除多,坍少减除少,涨多拨升多,涨少拨升少,一凭田正之手,除拨减升各沙各粮户科如其额数。夫当时别此五等之土,制此六等之赋,坍除涨拨减升,均平甚善。而不知相沿已久,今日田正之作弊者,甚喜有此五等六等除拨减升也。是时也,田正有虎豹在山之势,粮户之殷实者恐恐焉,恐其升,恐其不减。求其减、求其不升者,三年出一年之粮与田正,然后为之注册,不然者不能。且颠倒分散其户,往往蒙混无查,究之后届,终如前届与之,入其笼络。而豪强则不然,不应减者减之,应升者竟不升之,不惟减之不升之,而且奉令如流水,民止倒置,升合混淆。设有其间弊发,豪强阴为之营救免脱。呜呼! 其田其赋之弊之不可问,不敢问之田正、不敢问之毫强而已。于是子有正经界之一说。若经界一正,倒置混淆者白是清理,可不攻自破,不必问之田正,不必问之豪强,而田正豪强自伏其辜也。就享沙言之,享沙,崇土之上上者也。画一板籍,画清状界,正其图甲,或纵或横,下书明某状内某图内第一甲某粮户民田若干,次序书之,状内共图甲若干,共民田若干,共粮户若干,共粮若干,合之一沙内共状图甲田户粮若干亦如是次第书之。同丘并址,民之旁有止,止之旁有荡三升二升者,此必奸户也。立提是届之田正重惩之,仍追奸户每届侵漏之粮贮库充作公费。因是沙沙画一版籍合之成一邑版籍,册封堂厨,版悬堂壁,南北东西,长短阔狭,状甲河沟,道里远近,民止荡涂,瞭若指掌。田正无从滋其弊,豪强不得肆其奸。三年临届,观是版籍,坍涨何处,除拨升减应否,人人一企足,而崇之田赋历历在指顾间矣。如此则不惟粮难以民止升合混漏,而苗亦难以苦移盗窃滋奸。何也? 崇之土自白滩长青始,青者,草苗也。故崇田之亩数独以苗计,不忘始也。有苗则有产有粮,三年一拨民,则以苗计亩数归户办粮。拨民者，拨之于百十畮千一百里长也。里长值现年之费，拨以偿之。其中殷实者恒多，不知涂荡之某沙在何处，熟否何年，短长阔狭几何。故崇语有云：死田活荡。年稍久，田正往往盗窃其苗，而其荡拱手送于豪强，遂至于不敢问。不然，移丘换段，以熟云荒，甚至推其荡于不知去处，往往有苗无产。亦有此处坍除忽涨，有产无苗者，得其贿，往往为之增续。若经界正，粮户次序明书，而此弊可绝矣。更可异者，涂荡虽云活变，而民止实是死煞。当拨民归户翻垦批佃之日，几经履亩清勘，界址状册煌煌。而彼田正者，一遇闲暇无聊苦通豪右，无论廿年百年转转相售非一之田，忽曰此处田余若干，目为侵弊，朦胧官长，呈批清丈缩短丈尺，择殷飞噬。若经界正而版籍堂皇，此害并可除也。呜呼！崇明田赋，倒置混淆、移换增续之弊害，可胜浩叹哉！余所以日夜望之官是土者，与之正千百年之经界也。

崇盐 癸酉夏笔

天下地土之物，所难产者，不能强之必产；所恒产者，不能使之不产。《禹贡》奠山濬川，任土作贡。圣王周知天下地土之所宜，虽物不一其产，皆天下之人之用之所不能已。为之设关御暴，使商贾通其有无。故天地本生物以养人，圣王体天地之心，不敢扼塞地土之恒产，禁之不通，而绝物以害人。务招徕垦播，广其植物于天下，以张皇天地之生生。嗟乎！继天立极，授受征诛，治天下之帝王，无一不同此心。而今日崇明地土恒产之盐，独禁绝之使不通。官是地者，又不能设一法使之通，往往壅于上闻。致无穷之利，恒寓无穷之害。此心为何心也？所以然者，后世立法綦严，地方官固不能行便宜之政，有事即以上闻，又未遑周知土之事，因时制宜，而除害兴利。不过因循故套，以为多一事不如省一事，画守吾一官之疆土，钱粮出入，奉行如法而已。此崇盐之所以不能流通于一方而使之利，而又崇民之所日用而不可缺，不能绝之使不产。不能通，不能绝，往往亡命奸徒，串通灶户，黑夜驾舟于波涛百里之间，盗贩而不能禁。商人巡盐之舟丁，名为缉盐，实则巡盐盗盐。日食商家之食，驾舟扬帆，刀枪火器，雪耀于白日，惊惶沿海之居民。遇客舟可欺者，搜其火食之盐，因夹夺其货。稍不遂，即以盗贩之盐泼其舟，诬报之运使，报之御史，又有商人为之经营，货瓜分于丁，舟没入于官，人亦负罪流徒而去。夜仍与盐盗串窃兴贩其间，汛口不得而稽，盐捕何从而获，群不逞结党。扬帆于海上，得毋有不测之忧乎。管子曰："鱼盐之利，可以富国。"夫盐为民间不可一日无，且其利可以富国。今务禁绝之使不通，而其中又往往伏无穷之害。不测之忧如此，奈何官是地者，不一留心设法乎。夫崇明之土产是盐，实天地之心，许生是物以利人。在民纳此盐课四千余两以充国用，朝廷亦不当视崇土之盐为私物，而忍使天地之所生，锢而不通，使崇土之良民，不能享天地自然之利。天地生之以养人，今反因所生而罹于法。彼盗贩之徒固不足惜，而陷害之辈殊为可矜也。予因斟酌一法焉，与官是地者商之，既不徇本地私情，又不坏朝廷盐法。通一方之食物，绝东海之盗源。于崇明津要处立一盐行，仍得商人主之。详明盐御史，以二分之息归焉。详定本地盐价，每百斤四钱，加之诸耗费四钱，载往江南娄嘉濒海村镇发卖，价定一分，两边勒定价色，不许倏贵倏贱。在商人不为无利，在灶户亦无壅滞顿贱之病。在本地盐场广垦，灶户频添，贫人渐开衣食之源，粮户多获盐租之利。而彼盗贩之徒，所以不顾性命于黑夜百里波涛间者，此地贱而彼地贵，利二四倍焉耳。今本地不致于壅滞如是之贱，彼地不致丁少盐如是之贵，其获利无多，盗贩虽愚，独不爱身家性命哉。此法一行，虽不敢云仁人之言其利博，将见害源绝而利源开。揆之天地生物，圣王爱物之心其亦有助于地方也。夫稽之南宋为天赐场，元、明亦设有盐行，宜因之立此至当之法可耳。

学政 甲戌冬笔

学政者，督学使者出其所学正人之学，成己成物，合外内之道，措之于政，为朝廷培养人才之根原。圣人大学纲领条目之区处，何其重也。而今之督学使者不然，人之视之也轻，其自视也亦轻。夫朝廷之培养人才，内则成均大司成主之，外则郡县学督学使者主之。非轻也，而无如人之视之也。官至此家室丰隆，子孙累世饱暖，弟子员可以作人情，庄田荒美，自尔满天下，其自视也亦然。朝廷之敕督学使者，谓其学政，为何如而今若此。呜呼！何其轻也！此由世道人心，颠倒迷谬，狂惑失次，不知轻重故至此。不知昔者尧、舜、禹、汤、文、武、周公，上而为君为相，为治统者，此学此政。传之孔孟，下而为师为傅，为道统者，亦此学此政。修之于身，格致诚正，是即所谓学也。措之于天下，齐治均平，是即所谓政也。孔孟既没，世之学者驰骛四出，以趋世主之所好，其流浸淫横溢而莫知所止，道学、政事，杂然判而为二。迄今二千余年，知政事之出于五经四子之书，本身心性命之学，以明其君臣、父子、兄弟、夫妇、朋友之道者，其间不过数人。而又不克在师相之位，辅其君以成唐虞三代之隆。虽宋之儒者以明道为己任，传孔孟千载不传之秘，而亦不克倡明其教于天下，得人主之必从必信，仅仅自为师友，救过贬斥之不暇而已。是故，天下日趋于败坏刻薄，士志之醒酲，民情之荡佚，吾每于今之文章功名见之。夫文章者，道之具也。阐扬五经四子之教，非圣人之言不言。今则题目割截，牵合附会，规规于风气之末，皮肤掇拾之词，而不知正心诚意为大学。甚则小说可以成文，俚曲可以云章矣。功名者，仕之阶也。发挥经纶宇宙之业，非先王之道不道。今则名器赂彰，牵引嘱托，沾沾于苟且之见，郡邑为交易之场，而不知治国平天下为大道。甚则倡优可以通籍，佣丐可以齐等矣。呜呼！谁之咎欤？吾深为世道人心虑，不得不为今之主学政者申一言。学也者，人心之日月也。政也者，世道之风云也。主学政者，诚出其所学圣人之书，先器识而后文艺。油词软调，隐怪异端，概斥不录，严行所属教授教谕学正训道，循名责实，日有程，月有课。如韩退之之为博士，胡翼之治苏湖。品行端悫，士之来我前者，不问而知为其弟子。士者，盛朝之心腹，愚民之耳目也。圣人曰："君子之德风，小人之德草。"化民成俗，实基于此。是故，朝廷之上，兵农礼乐，得涑水、考亭辈，笃信而任之；草野之间，庠序党塾，若隐君子王栢、何基其人，优崇奖励，教授于乡里。所言皆圣言，所行皆圣道。人才出，世道昌。道学政事，纯然合而为一。庶几日月中天，和风卿云，五帝三王之事业，复见于今日矣。呜呼！学何如其重，政何如其重。人之视之也，其知之矣乎？督学使者之自视也，其亦知之矣乎？吾深为今日之世道人心虑，而申言夫学政者如此。

县政 甲戌冬笔

　　为民之父母者，莫过郡州县官。今之天下，郡一百九十五，州二百三十九，县一千一百五十九。官其地而为民之父母者几何也。汉朝尚已，唐、宋、明设科目，循资格以来，日复一日，治不逮古远甚。虽然，非科目中之无其人也，而所以培是科目者实无其道。大都天下因循是尚，人世徒事揣摩帖括，为科名速化之术。而又别开径窦，夤缘声气，有不堪对人言者。同为子民受治于父母，而俨然居于民上，为民之父母，其不至于败乃公事，阴毒生民者几何矣。若所谓父也而严之式训之，母也而慈之呴育之，官也而父母之，民也而子之。呜呼！居民上者不甚解也，吾今为居民上为民之父母者解之。天地为大父母，凡天下之生人，俱为天地之子。天地能生是人，而人之所感，气禀清浊，仁智愚不肖不一。仁智者，天地之所属望也，作之君，作之师。君为臣民之父母，而臣尤为民之父母。仁智教夫愚不肖，治夫愚不肖，使愚不肖咸自遂其生理。天地自生民以来，未之有改也。然所谓仁智者，亦学而能，教而成，天地山川之所钟秀，明君贤相之所扶植，非可以财力求势力取也。故仁智舍其心思，而愚不肖竭其力食。天下之大，君君臣臣、大大妇妇、父父子子、兄兄弟弟，统一而太平也。而非明君之精别夫臣下，非贤臣之抚循夫子民，则不克至此。吾故曰，为民之父母者，莫过郡州县官。县官明，天下理，不虚语也。即如今之为县官，居民上者，讼不可不准，准不可不理也。子民同等者兄弟也。子讼夫兄弟，为父母者忍听之乎？既曰讼，原被证佐，必无三是之道。忍听之而可勿问乎？量其道里之远近，限其时日，核其事状之大小，罚其轻重。入奸顽之罪锾，用于是地之公费。不生事，不枉民，明决之久，将使无讼。律令不可不申，条约不可不讲也。所谓申与讲者，非徒口上语言，具文故事而已。保甲不可不编，公正不可不举，非人不可不察。非人者，不第贼盗而已，赌博游闲、不孝不弟者皆是也。一甲之内，一非人出其中而不言，公正不得为公正也。田野不可不辟，水利不可不通，耕种不可不时。用民力于农隙，寓催科于抚字。必官府惟公生明，而后民安生理。必草野余一余三，而后家知礼义。荐绅儒者不可不引重,硕德隐伦不可不咨访,学校不可不讲明,师傅不可不推择。士者,民之标也。学校明而士大夫知廉耻,师傅端而众子弟知品行。男女异途,异端扼塞。暇日巡行,常别其惰勤;不时访察,直指其善恶。所谓循良之迹,神明之誉,而民自不欺。为民之父母者,其道如此。若夫通人情,宜土俗,施为次第,宽严并用。天下县官,当解而尽知之。诚举是而行之不懈,风可移,俗可易,于变可期,何汉之是尚云尔乎?虽然,非人君之培养人材,精别臣品,付郡县以便宜,假岁月以从事,不克至此。吾故曰,县官明,天下理,不虚也。愚近观时政,遐想中天,深知民为邦本,本固邦宁。有国者,无徒听夫一切州郡县官之日侵月削夫民之脂膏,梱载而为己之资级,为子孙马牛计也。

白华庄藏稿钞卷五目录

烟波笔啸六十编文集 　　　　　　　　崇明沈寓寄庐著
　议四篇
　　圣庙从祀议
　　弭盗议
　　祀先议
　　始祖祠议
　辨四篇
　　代淮阴侯自辨
　　葬亲风水辨
　　龙不在庙祀辨
　　周公金縢辨

白华庄藏稿钞卷五

烟波笔啸六十编文集

崇明沈寓寄庐著　孙丕源曾孙奕董校刊
奕蔿
奕范
奕苏
奕夔
奕万
奕葛

长洲沈德潜归愚　合定
镇洋程穆衡迓亭

议

圣庙从祀议 己卯秋笔

天道秘而一时耑其位，人道张而万世宗其教。至圣先师孔子，天纵其德，为人伦师表者也。道贯古今，学满天下，当世中心悦服，见而知之者七十人。再世私淑诸人，闻而知之者孟子，异世高山仰止，景行行止，心向往之。世其家者，汉世司马氏，《原道》一篇《本论》三章，辟异端、阐至道。卫其教于不衰者，唐世韩子，宋世欧阳子。传千载不传之秘者，周、程、张、朱子。其他历世卫道于下者不一其人，而宋世为盛。呜呼！德盛道隆学崇，至我夫子极矣。而历世荣襃，亦至我夫子极矣。然识者以为非所以尊我夫子。夫子上继尧、舜、禹、汤、文、武、周公之道统，而贤过之。下开周、程、张、朱之学统，而圣无以及之。六经明，四教彰，天下同其学，万世赖其道。故必如今之崇以至圣，尊以先师，庙祀郡邑，人人德其德，道其道，学其学，维持斯世之人心，遐迩同声颂之，曰"万世师表"，为得其当也。独是道惟一致，学无两端。人性本善，而资禀有清浊，德行难于文学。见而知之者，所得有浅深。闻而知之者，保无过不及耶。所以从祀圣宫者，不无差等，有配祀焉，殿祀焉，庑祀焉。而愚由今溯昔，以为圣门四科，不外立德、立功、立言。世之学者，尊六经，攘异端，心无私曲，扶正道于末世。有此德功言者，无位有位，皆得从祀于两庑，庶几正人心、立人极焉。夫世道败坏，至战国、秦世极矣。而吾道如日月中天之照者，惟我夫子之言，有以维持之，不敢废也。所以从祀于两庑者，人不敢轻议。然愚请于见而知之者进一议：德行、言语、政事、文学，从游陈蔡者，适有此四科耳。圣门四科，岂第十人耶？后之议祀者，颜子升为四配，而颛孙子列焉，曰"十哲应殿祀也，其余则庑祀而已。"夫从陈蔡者，以为劳苦功高，殿祀焉可也。不然；如有子子有，宓子子贱；南宫子子容，原子子思，或以孝弟著，或以君子称，或怀独行君子之德，此四贤者，所宜出之两庑，而跻之堂皇者也。再于闻而知之者进一议：孟子弟子，如乐正子，信善著称，所如不合，退而与万章之徒述仲尼之意，作书七篇。二子者，有功于圣门多矣。后之议祀者，以其为孟子弟子，而可已于从祀也。则历代先儒，岂皆亲炙夫孔子者耶。故此二贤者，所宜续于孔门诸弟之后，而祀之于两庑者也。抑愚之议更有进：三国前后五季之乱，人心之丧亡，甚于战国秦世。而乱臣贼子，灭正统而肆中原者，旋即诛殂，祚亦不永，实赖我夫子之《春秋》有以维持之，而诸儒仗大义倡明于世之功不浅也。如汉末诸葛氏亮，唐中叶陆氏贽，宋世范氏仲淹、刘氏有益，尹氏起莘，明初方氏孝孺，功能讨乱臣贼子，言能正乱臣贼子，或以王佐著声，或以天下为己任，或立说垂训于将来，或身殉社稷而不为吾道少沮，皆能踵《春秋》一书，植纲常名教之责者，且其行其学，固非一世之人物也。若从祀者必曰赞述经传，江都昌黎，曷尝以传注名耶？而以德功言言之，与从祀诸儒，未尝不后先照耀于简册也。故此六儒者，宜祀诸两庑，与文中欧阳诸子并列者也。呜呼！主祀者有万世之师表，从祀者必有万世之弟子。前代之典礼未备，必参详于后代。议祀者期于礼之至公至当，使《春秋》之俎豆生光，百代之人心悦服，而后天道不塞，人道不坠，乱臣贼子，不至肆行无忌。而吾夫子之教，维持于不衰，如日月中天之照可也。愚布衣也，蟫伏于草莽，景仰先师，盼睐后哲，敢以是议进，为将来世道人心法。

弭盗议 丁丑秋笔

夫盗即民也。民而为盗，不必筹所以治盗也。筹所以治民，而使民安于民而盗息。盗又即捕也。捕而通盗，不必策所以治盗也，策所以治捕，而使捕严于捕而盗清。盗贼之初，皆起于剽窃，渐至燎原不可向迩。平日不可云么么不足诛锄也，凡盗皆当诛锄也，岂论小大哉？惟治之于未形之时。与已形之迹。治于未形者，使小民各保其生，各安其业，杜其欲盗之心。治于已形者，罹刑必刑，触法必法，刑法当其罪，则有所畏而不敢更萌其不轨之念，安可重于大而轻于小哉？今天下车书一统，亦可云太平无事矣。而执事鳃鳃以弭盗议下询，以为虽三代之时，不能无偷窃之民，未形者固当有以治之，而已形者更当有以治之也。愚生崇邑，儒生也，请言今日崇邑之为盗者。海不扬波，东海贸易之舟，络绎不绝，似海上无盗矣。不知崇邑之盗，一在于盐，一在于窝。鼠窃狗偷，不无伏戎于莽之虑，是故盐盗宜缉也。管子曰："鱼盐之利，可以富国。"崇邑之土产是盐，天地之心，原生是物以利人，而今日独禁是盐，使不通商。所以亡命奸徒，往往盗贩，串通四处，黑夜驾舟于波涛百里之间，汛口任其出入，盐捕置莫稽查，群不逞结党扬帆于海上，得毋有不测之虞乎？设有捉获，扳及无辜，善类反遭法纲。盐为盗薮，此害一。抑窝盗宜缉也。从来窃盗不能自立，必有居停，所云窝囤之家是也。崇邑四塞之地，异方来者偏多，窝家线索暗施，日则赌博于街坊，夜则穿窬夫墙壁。至明知其为窝囤而不敢声言者，崇之庐舍多芦壁茅苫，一指其丑，风狂之夜，盗火立发。窝为盗薮，此害一。然二盗之彰著于崇邑者，无夜无之，而巡捕不得而获，官司不得而问者，庇荫于打降，根源于豪霸。打降者，豪霸之爪牙也。豪霸为兼并僭窃之计，必招集打降无赖之徒，以张其威势。豪霸缘纳例以护其身，打降缘豪霸以护其身，盗贼缘打降以护其身。治盗贼者，必先治打降。治打降者，必先治豪霸。究之豪霸急难治者，以朝廷之纳例护其身也，亡已则有治打降以绝其庇荫而已矣。治打降以究窝囤，此崇邑今日弭盗于已形之至计也。若夫弭于未形者，惟有保甲之法，户户清查，奸宄不致容隐，一出其间，保甲不假宽坐。至于公庭之上，案牍之间，属垣之耳，为绿林之间谋者，尉司徼卒；贪缘作奸，为暴客之渊薮者，并宜严以察之。如是而民安于民，盗郎复为民矣。如必欲治豪霸，绝根源，则有元之郑介夫论制豪霸之状在，愚生不敢为迂阔之请，以是为执事摘奸捫伏献。

祀先议 丁卯秋笔

夫子曰："祭如在。"又曰："荐其时食。"迄于今，圣教湮矣。追远之道，礼文具在，而茫如也。读书家，无论已贵未贵，当以心起义，以礼化俗。具夫四时之食，而广如在之诚，庶乎其焄蒿凄怆，优然忾然，不悖先师之训也云尔。吾家源远流长，难以殚述，别迁于崇，亦五百余年矣。耕读相传，清白世守，义田倡祭，邑乘志风。而居家祀先之道，以情狥俗者众。夫世人之祀先也，大都以鬼祀而不以亲祀者久矣。何也？西方之教盛，而中国之礼衰也。故寒食必祀，中元必祀，以为寒食中元者，鬼之节也。大寒食中元，有天下者，定其日以各祭其郡县之厉也。今日必鬼节而祀其先人，是子而以鬼视其亲也。人子之心忍乎？余家世奉圣训，特裁祀日，示子孙以以亲祀其亲之道。年终，天下皆然也。四时最宜者，花朝月夕耳。人子事亲，舍最宜之时，非事亲之道，亦岂为人子之心乎？春祀定于花朝，不则上巳，古人曲水流觞，谓景佳也。夏祀舍端午无有也，解粽故也。中秋秋祀宜也，不则七夕耳，重阳稍远。冬祀冬至，一阳初转发生之候也，宜也。《记》曰："有田则祭，无田则荐。春荐韭，夏荐麦，秋荐黍，冬荐稻。韭以卵，麦以鱼，黍以豚，稻以雁。"祭以首时，荐以仲月，由此言之，二分二至可也。食随其时，不必拘于《记》之为言，以吾亲平日之所爱者可也。子之于亲，气相感而通，心相交而合，度乎生者之心思，通乎死者之神明。事亡如事存，优然忾然，庶乎其有如在之诚矣。至于忌日或有故，而祀各从其忌，其故无论也。余虽不能以礼化俗，而以心起义，以时思亲，亦可以为读书家行礼之一助。

始祖祠议 辛巳秋笔

人之处事也有三：不可已而已者，谓之慢事；可已而不已者，谓之多事；不可已而不已者，谓之能事。此三者，有家国天下者，往往同之。然圣经治平之业，必本之齐家。家者，天下国人之所共有。齐者，齐吾家所当然之事，不可已而不已者也。一家齐之，家家齐之，而国自治而天下自平矣。故曰必本之齐家。吾沈氏，自成周聃季公封平舆受姓以来，传至有宋都统公，扈跸南迁留驻句容。及宋将亡，尚书员外公隐居瀛海，别立一族，五百年而二十世矣。耕田凿井，质朴者多。迄于今，丁成万，而使家不能齐，胡以为唐虞夏商周之民哉。虽然，秦汉以后，史称世家至九，合而复分者，在唐云"张"，在宋云"陈"，在明云"郑"，三家而已。吾沈氏在瀛已二十世，分而欲复合，恐无是说，不知其非然也。齐者，齐吾万丁之各有其家者，使之同尊其祖，敬其宗，收其族，亲亲、长长、老老、幼幼、孝弟谨信，若出一辙焉。而非曰合万丁为一家而衣之食之也云尔。《书》曰："九族既睦，平章百姓。"九族者，自吾一身上遡高、曾，下迄曾、玄是也。国与天下合而言之，不过百千姓，为百千九族而已。一族之家如是，百千族之家亦如是。而国与天下有不治且平如唐、虞、夏、商、周者，吾未之闻也。夫沈氏在瀛，族有万丁，于一邑计之，族亦云巨矣。若非吾都统公暨员外公之世笃忠贞，隐有其德，何以臻此。而五百年以来，子孙未知尊其祖、敬其宗、收其族者，亦未尝于整齐吾家之道。先其事而图之也，图之奈何？图其所谓尊祖敬宗收族而已矣。其道舍立祠以莘吾一族之人，无由也。近而奉员外公为迁崇之始祖，推而上之，都统公为南迁之始祖，聃季公为启封受姓之始祖。知其所当尊、所当敬，统率一族之人，举行春秋之祀典，傻然忾然，源水本木，条其说以节解之，而知吾身之所自。一身可以至万丁者，万丁仍自一身始，则族可以云收，而一族之家，亦可以云齐矣。瀛之为巨族者，何啻一二十家。吾沈氏为一邑一族齐家之倡，而族族效之，《书》所谓平章百姓者，不外乎此。而岂第吾一族之人，成其为唐、虞、三代之民也哉。虽朝廷整齐万民，亦甚赖吾族之有事于建祠矣。此其事为何如事，其可已乎？其不可已乎？乃说者有以建祠之事为多事，夫祠不立则祖不知尊，宗不知敬，族亦不知收。而族何由以萃，家何由以齐，国与天下何由以治且平也。此其人，必从田间来，本质多而学问寡，见事浅而义理疏，正心修身之道，均之乎未有讲也。吾沈氏居瀛五百年，屡议所以祠其始祖而不果者，非必因循成俗，亦其人辈有以惑之也。此我所谓慢事者也。今毅然为之，不少为若人沮，谓之能事，谁曰不然，既为之引，复著此议以晓吾族之田间来者，俾曰此家事耳，然系于邑与国与天下者，如此其大整齐之真不可已也。今而后，愿听吾族之长者言，敬遵所议。

辨

代淮阴侯自辨 戊辰夏笔

　　陛下三千里外，出讨陈豨。豨一悍卒反自速死耳，无能为也。陛下出师后某日，诏忽逮臣，知非出陛下意。虽然，君后一也，臣敢不就逮。今已诬服，行刑即日。臣思臣身为大将，两封王，今亦俨然侯也，死即死耳。然诬臣与豨通，视陛下为何如人，臣不敢不辨之于陛下前也。臣自东道随陛卜入关，臣已知陛下，陛下不知臣也。知臣者，丞相何也。登坛受命，此时陛下喜臣言，喜臣知天下之大势，知可以出关与天下争，然犹未知臣实何如人也。及还定三秦，始知臣言果不妄，知可以当此争天下之大任，知诸臣中无有出臣右。陛下亦倾心吐胆，托臣争天下矣。一战而魏代降，再战而韩赵降，三战而燕又降，四战而田荣、田横走死。天下版图，不三年而东西中原土地，大半收拾，献之于陛下矣。顾视今日，诸臣之封侯就第，歌儿舞女，得享太平之乐。传之子若孙者，孰非臣之发纵指示，有此功耶？齐地反复，臣曾请假王以镇之，此臣特为陛下计也。齐地与咸阳，东西相去万里。天下未定，伏戎于莽者甚多，不得一重臣镇之，德教未施恐又扰扰也。不意蹑足附耳之说进，前日不知臣者，视臣太轻；此日知臣者，又视臣太高矣。期会固陵臣席卷赴敌，定谋帷幄者，视以为缓，不思暴项之所恃以为左右臂者，外则燕赵魏齐，内则龙且范增耳。燕、赵、魏、齐降，而附逆张势者无人矣。范增死，龙且斩，而臂全断矣。一羽耳,急蹙之死,缓蹙之亦死。夫执鼷鼠之尾,犹能反噬于人。急蹙之之为利,不如缓蹙之之尤利,而彼势自解也。龌龊诸臣,乌足以知之?天下已定,臣乃以此增罪耶?改封就楚,臣自若也,而谋臣犹以为不然。云梦计行,臣又自若也,而谋臣又以为不然。臣之命悬于谋臣矣。第不知千秋万世后,谓陛下待臣何如耳?臣所以不能不一辨之于陛下前也。陛下之有此天下也,传之子若孙,为万世计耳。臣之辅陛下,出死力,争天下,亦谓此身作开国勋臣,褒封食邑,子若孙不至饥冻死。陛下固天授,臣亦自谓不世出也。虽不敢亲比周公,然鹰扬凉武、赐履东齐,臣实望之。而胡以五百年兴之王者如彼,五百年之名世如此也。陛下独不闻周武王乎?乱臣十人,九人治外,邑姜治内,太公封齐,武王之意也。未闻其封之,而又改之,改之而又擒以黜之,邑姜又从而诬以杀之也。陛下之所与得天下者三人,陛下尝自言之矣。曰:"项王有一范增,而不能用,所以失天下。子有三人,得而用之,所以得天下。三人者,人杰也。"臣未闻有人杰而肯与人作反者,未闻有既识为人杰,而无端诬以杀之者。陛下得三人而杀其一,未闻周武王得九人而杀其三也。天下未一,惟恐人不为人杰、不为吾用,而得天下。天下既一,惟恐人居人杰名,天下人慕之信之而有他谋。臣待陛下以忠直,陛下待臣以诈计耶?陛下询臣将兵多寡,臣曰"陛下不过十万,臣多多益善"。此臣知彼知己,一时忠直之语也。由今思之,陛下实行诈以探臣,而不知臣之为臣何如人也。夫臣之为人,亦易知耳。昔者臣在齐时,蒯辙以相人之术进曰:"相君之面,不过封侯。相君之背,贵乃不可言。"当是时也,项羽知之,故畏臣,说臣。天下谋臣将士无不知之,故颂臣,愿服臣。臣若一号令天下,可有其半也。臣顾念登坛受命之言在耳,进计者,概拒绝之。从此测臣,臣甚易知耳。而陛下胡不测之而知之?然臣今日受宫闱之诈者,坐祸亦有由也。臣恨生与哙伍,亦臣一时狂直之谈,谓哙常隶臣部耳,忘哙固宫闱戚也。呜呼!臣悔不用蒯辙之言,而为宫闱所诈。臣之部曲将吏满天下,构舍人诬与陈豨一悍卒通。欲加之罪,其无辞乎?谓非出于陛下意,不可得也。陛下以三尺剑起泗上,横行天下。今以六合之广,而寓权于宫闱,则臣之为人,终不敢望陛下知。虽然,人杰举动,光明磊落。陛下一时不知之,犹愿千秋万世后之人知臣无他也。臣不得不微辨之于陛下前也。嗟乎已矣！高鸟尽，良弓藏。敌国破，谋臣亡。臣之一杰当烹，此二杰一空谈士，一固刀笔吏也，无能为也。臣愿陛下万岁后，慎亦无使为宫闱中所诈。

葬亲风水辨 戊辰秋笔

先君卒于戊午，先慈卒于乙巳，越丙寅始克葬。稽之《礼经》，愧甚参。然揆厥葬日，长兄主之，嫂氏赞之。赞之者曰："两亲柩停中堂，非一朝夕矣。为人子者胡独不念之。"嫂氏之言，真汗透脊背，泪出肝肠者也。长兄蹴然而起，排众议，呼某命之曰："祖茔之西，先大人存日，日履此而心识之，幅员孔长，居崇之中。有梗议者，吾与尔主之，以从先大人愿。"起土之日，长兄于葬处获一大钱，背文一字，光彩奕奕，即先大人下一字讳也。漆灯犹未灭，留待子之来。天人协愿，事多类此。越葬之明年，年有四月日，嫂氏病卒。于是前之梗议者，大彰其言曰是年云云，是日云云，是时云云。呜呼！可谓惑而不知礼者矣。风水之术，起于近代，愚而好贪者也，独不稽之礼乎。古人葬亲，贵贱有定期，不择年月也。风雨必改停，不择时日也。独葬处谋之龟筮者，非如风水之说也，恐朝市变迁，陵谷不测，不可前知故也。古之葬，不因风水者，何尝不寿不富贵、不多子若孙。今之葬，沾沾于风水者，何尝不殀不贫贱、不有子若孙。而克葬其亲者，谓之孝子。不克葬其亲者，不谓之暴露乎？凡为人子，甘居不孝而暴露其亲者，由风水之说误之也。是故，有假风水之名，因循而不急葬其亲者；有徇风水之说，终其身不获善地，不克葬其亲，且至于贫，而子孙或付之火，或至朽烂者，其误可胜言哉。今吾家之葬吾亲也，长兄主之，嫂氏赞之，主之者孝子，赞之者非孝子妇乎？夫曰孝子妇，天使之寿，理也。而中寿而卒，乌知天之不即厚其身者，将厚其后也。《礼》云："妇克葬其舅姑，妇卒，夫称杖期。不克葬舅姑，卒称不杖期。"夫嫂氏克葬其舅姑，天安知不阴使之越葬之明年以卒乎？为善者之默有以报，理之一定如此，则梗议者可息其言以受天之默有以报矣。某实不胜附克葬吾亲者之后之欢忻，深辨风水之诬，以正于当世之读礼知古者。

龙不在庙祀辨 己卯秋笔

龙，变化不可测之物也。庙而像之，牲而祀之，非礼也。礼，诸侯祀境内山川，以其出云兴雨也。祀龙，非礼也。龙，能幽能明，能屈能伸，春分而登云，秋分而潜渊，得天地之刚性，乘阳气以升者也。故其鳞数，以九九著。及其时，上于天，云从之，驾风雨，薄日月，感雷电，波涛为之鼓荡，山谷为之震动，天地亦岌岌乎有不可测之势。若非其时，则潜于渊，蟆屈其鳞，冰雪坚而不为寒，鱼鳖扰而不为意，杳杳乎斯人不测其处，而天地亦任其藏而已矣。龙，变化不可测者也。可庙而像之，假以为王，牲而祀之，亵为人用也乎？世以为龙能行雨者也，不知雨也者，山泽之气蒸而降焉者也。以为雨必待龙而行也，阴寒之雨，胡为乎来哉？龙犹虎也，虎啸则风生，龙行则雨从。夏日龙升而雷雨至是也，非谓雨必待龙而行也。虎以风为威，龙以云为威，云行则雨施，龙盖喜水之物也。止乎水而行乎水者也。人望之，雨也；龙视之，水也。失云则失龙矣，失云则失水矣。《经》曰："天降时雨，山川出云。"是故，徇俗则诬，据经则明。《祭法》云："燔柴于泰坛，祭天也；瘗埋于泰折，祭地也；用骍犊埋少牢于泰昭，祭时也；相近于坎坛，祭寒暑也；王宫，祭日也；夜明，祭月也；幽宗，祭星也；雩宗，祭水旱也；四坎坛，祭四方也。"山林川谷丘陵，能出云为风雨，诸侯在其地，则祭之。故《春秋》书大雩，谓诸侯祭境内之山川尔。《左传》谓龙见而雩，乃上天苍龙之星，即幽宗所祭者也，非在渊之龙也。龙也，变化不可测者也，而可像之于庙，祀之以牲乎。祀典不载，非祀也明矣。夫龙之说莫著于《易》。《易》曰："初九，潜龙勿用。"龙德而隐者也，非其时也。"九五，飞龙在天。"云从龙，圣人作而万物睹，及其时也。龙也，具圣德者也，为圣象者也。可像乎？不可像乎？不可像而像之，是则世之所云豢龙者也，非《易》所谓云从龙者也。

周公金縢辨 丁亥夏笔

周公，圣人也。以礼乐垂世示人，而岂肯为伪以欺世盗名哉。考之

《书》传,己卯十有三年,武王平商践阼。越明年庚辰,王有疾,周公祷告于祖庙,请王祖王父之灵告之于天,愿以身代王死。此周公之诚也,诚能格天天不死王而死公。天鉴公之诚也,天不死王而并不死公。公自知之,故觊天之鉴其诚,而戚戚于衷曰:"王祖王父之灵,庶有以格天,而益我王兄之年,而并不损我之年以安宗社也。"是时王疾不愈,公代王死之心,公自知之。王疾愈,公代王死之心,公亦自知之。而岂敢泄之于人以邀名哉?泄之于人不可矣,而录是册祝之文,秘之于金縢之柜,意欲何为哉?乙酉十有九年王崩,年九十有三,时不闻周公再请于祖庙,而再益王年数年。夫再益王年数年,则公可不必南面负扆代摄,而亦无流言之祸矣。何至避居东都,致成王之惑,而起雷风之变,开金縢之柜,始见公之诚心也哉。不知公诚预鉴有居东之事,而秘藏册祝之文,启以表信也耶?抑将使后人之观之,鉴公之代王死为精诚,而始成其为圣人也耶?而管蔡流言之时,何不请告于祖庙,转请于天,殛此元凶,安我宗社。而东征三年,烦劳如此,以伤手足之情也。故子以为金縢之说,非周公所宜有。若果有之,比尹之相太丁太甲也远甚。太丁疾,未闻尹请于成汤之庙以代之死,况太丁行年方壮,而武王已耄矣。《戴记·文王世子篇》:"文王曰:'我百龄,尔九十,吾请之帝,与尔三龄。'"文王九十七而终,武王九十三而终,此则武王之年,与金縢之请无与。而周家历圣相传,俱以矫语诳人者矣。《传》曰:"死生有命,若己之年可以与人,又可请于天而代人之死,是所谓爱之欲其生。而己之生死,亦可以自主。天生圣哲,为世所用。公之多材多艺,自当留其身以有为。而曰我愿代人死。使其果死,纵多材多艺,亦何用,其心不有悔乎?而果不死,是以我之言诳人以诳天也,天其可诳乎?"子因是而谓抗世子法于伯禽,更为不情也。王不法则挞伯禽,伯禽无罪而遭屡挞,是伤父子之情,而非圣人以大中至正之道率人也。太甲不顺,伊尹处之桐,自怨自艾,处仁迁义。多材多艺如公,独不能法尹圣之为,以正道辅成王,而行不情之为,于吾子以警之也。乌乎可,周公圣人也。金縢之事,断断非其所宜有。因附抗世子法而并为之辨。

白华庄藏稿钞卷六目录

烟波笔啸六十编文集　　　　　　　　崇明沈寓寄庐著

解三篇
　雷解
　解孟
　身心性命解
寿序十一篇
　黄慎庸先生九十序
　袁云芝八十序
　施仲霖七十诗文序
　长兄七十序
　镇宪梁公诞辰序
　陆拱瞻七十序
　顾友佳七十序
　七十自序
　施节母寿序
　陆节母顾八十序
　姜母杨孺人七十序

白华庄藏稿钞卷六

烟波笔啸六十编文集

崇明沈寓寄庐著　孙丕源曾孙奕董校刊
　　　　　　　　　　　奕蔦
　　　　　　　　　　　奕范
　　　　　　　　　　　奕苏
　　　　　　　　　　　奕夔
　　　　　　　　　　　奕万
　　　　　　　　　　　奕葛

长洲沈德潜归愚
镇洋程穆衡迓亭　合定

解

雷解 丙寅冬笔

《说卦》曰："动万物者莫疾乎雷。"雷者，阴阳之气薄而成者也。然其动也以时，伏于冬，发越于春，鼓荡于夏，敛于秋，雷盖神行者也。夫变化不测之谓神。虽然，其体不可测，其用未尝不可测也。其用可测，其体亦未尝不可测也。阳包乎外，阴伏于内，阳薄之而成雷。阴包乎外，阳伏于内，阴薄之而成雷。阳气上升，阴气下降，相薄之而成雷。故曰不可测而可测也。雷之用莫详于《易》。古之善解《易》，得《易》理之正者，莫如邵子。程子一日谓曰："雷起于何处？"何处之为言，言雷非一处，可得而名也。曰："起于起处。"起处之为言，言雷不可测而实可测也。而近世不解者曰："何处者，实不知而惊以询之之辞也。起处者，实不知而强以应之之辞也。"遂漫加一转语以谑之曰:"起于无起处。"夫雷,神行者也。"何处起""起处"者,二子心相印证于《易》之言雷也,不知夫雷尽节观夫《易》,《易》之卦曰:"水雷屯。"屯者,春交之象也。阳在中下,水以二阴包乎外以薄之。屯之用即其处也。曰:"雷地豫。"一阳在上中,地以三阴在下应之。豫之用即其处也。曰:"泽雷随。"阳在中下,泽以一阴上薄之。随之用即其处也。曰:"火雷噬嗑。"阴在中,火以二阳包乎外以薄之。噬嗑之用即其处也。曰:"地雷复。"复者,冬月之象也。阴之五在上,阳以一应乎下。复之用即其处也。曰:"天雷无妄。"三阳在上,二阴居于下中应之。无妄之用即其处也。曰:"山雷颐。"内含四阴,二阳包乎上下以薄之。颐之用即其处也。曰:"雷风恒。"三阳在下中,三阴包乎上下以薄之。恒之用即其处也。曰:"雷天大壮。"大壮者,二月之象也。四阳盛长,二阴应于上,反以薄之。大壮之用即其处也。曰:"雷水解。"二阳间于中,四阴散乎内外以应之。解之用即其处也。曰:"风雷益。"三阴居下中,三阳包乎上下以薄之。益之用即其处也。曰:"震为雷。"震者,大动之象也。一阳居下,二阴居上,重以薄之。震之用即其处也。曰:"雷泽归妹。"归妹者,交秋之象也。二阳在下,泽以一阴居上,间以薄之。归妹之用即其处也。曰:"雷火丰。"阳在中下,阴在上,阴阳动荡,火以相间薄之。丰之用即其处也。曰:"雷山小过。"二阳居中,四阴包乎外以薄之。小过之用即其处也。雷之用莫详于《易》,而谓二子不知者,不知二子也。不知二子者,不知二子之善知《易》以知夫雷也。雷以阳气薄而成,其声大以疾。雷以阴气薄而成,其声幽以缓。雷以阴阳之气相薄而成,其声激以远。雷以乾坎艮震起,其声阳多。雷以坤离兑巽起,其声阴多。雷起于艮,不雨。起于震于离,复雨,雨小。起于坎,大雨截止。起于巽,风狂。起于兑,风雨。起于乾于坤,雨长。雷不有其起处也耶?而曰起于无起处,其不知夫雷也,所以不知夫《易》也。惟不知夫《易》,所以终不知夫雷也。或曰:"雷有时而下击夫物也。物遇雷而受击欤?抑雷有意而故击之欤?"曰:"二者兼之。"有阴阳,即有鬼神。雷之用,天之用也。天不必有意于是物,而神或击之。此雷之变化不测而神行者也。"相薄之而成雷"句下阙"阴气上升,阳气下降,相薄之而成雷"十四字。

解孟 甲戌春笔

司马氏曰：《经》云："当不义，则子不可不争于父。"《传》云："爱子教之以义方。"而孟子谓："父子之间不责善。"不责善，是不谏不教也。而可乎？固哉，司马氏之论孟子矣！孟子之言，专指不肖子而言也。公孙丑问曰："君子之不教子，何也？"丑之所疑者既为君子其人而奈何有不教之子。夫君子之为人，子之肖者，日侍于君子，自能行君子之教。子之不肖者，等吾子也，其心岂不欲多方以教，类于肖子哉？而孟子则曰："势不行也。"旨哉斯言乎？夫君子之初心，何忍逆料其子之不肖如此，而今竟如此无限悲伤痛惜，欲教不能，不教不能，莫可如何而行其曲折，曰："易子而教。"曰："不责善。"冀其不至于怒不夷，夷而恶，恶而离，离而不祥莫大焉耳。此君子委曲行教之至愿也。是以考亭为之注云："所以全父子之恩，亦不失其为教。"可见君子之善爱其不肖子，善教其不肖子。孟子立言可为万世教不肖子之法也。而王氏曰："责善，朋友之道。"夫子之于父当不义则争之而已矣。父之于子，当不义则亦戒之而已矣。此亦自教其不肖子之一法也。

身心性命解 丁丑春笔

丙子冬，健行躬请益于予，而予以身、心、性、命四者益我健行。健行味吾言，若以为然也，更请尽言夫身、心、性、命之事，予诺之而未果。今则丁丑春也，日渐长，吾可与健终日言，言之不倦，可以广吾身心性命之学矣。身从何来？从父母而来。父母生我以身，而我之身不为父母有，我身之本失矣。然欲不失夫我身之本，还以吾之一身验之。吾身一生有几大事，五伦其大事也。事亲孝，然后可以别于妇，友于弟。事亲孝，然后可以信于友，忠于君。君不以我为忠，友不以我为信，非孝也。弟不以我为友，妇不以我为别，非孝也。推之一事一物，有系于吾身而不得其道者，皆非孝也。身至于非孝，而吾之身失矣。身至于非孝，而吾身之本亦失矣。何也？吾之身，本父母而来者也。吾身一失，不惟吾之身不能为父母有，而父母之身，反且亡于吾之身矣。世之人有为不肖之事，祸及其身而致亲忧者，不孝孰甚焉！则世之人，有为克肖之事，荣及其身而致亲喜者，孝又孰甚焉！礼、义、廉、耻，身之四维。四维不张，身乃灭亡。亡吾身已也，亡父母之身也。此《大学》所以云："自天子以至于庶人，一以修身为本也。"而世之人，往往不揣其本，更以为吾之一身，自有前后世，视父母之身为托生之地，寄迹之乡，惑又孰甚焉。人之身，父母精血成形之身也，而以为有鬼物焉托之，不知托之者，候立于母侧，忽附于生身之时，抑预入于母腹，感动于有身之初耶。更不知生人之始，何来多鬼物，焉以托之也。宜乎世之愚人子，视父母为托生寄迹，漠不关心，而多不孝也。此真世衰道微所谓怪而夫子不语也。吾以为此身之前世者，祖父也。此身之后世者，子孙也。父母生我以身，而我生子亦以身。身以生身，生生不穷，此实理也。修身者宜体此，而知身为从父母来之身，而知身为天地间不可少之身，盖有本也。身之一字，不可视为苟且如此。心从何往？吾之心一，不检束即往也，往而不返即放焉，汩没于嗜欲邪僻之为，不可收摄矣。古人所以修身必先正心者，诚见夫心者一身之主宰，一时一刻不可不检束也。圣人十五志学。志者，心之所之，念念不忘，可见圣人幼即收摄此心于学也。七十从心不逾矩，可见圣人晚时心闲气静，不勉而中也。有始有卒，其惟圣人。圣人者，纯乎心者也。即所云不失其赤子之心者也。圣人此心，吾人亦此心，安可不以我之心学圣人之心。学圣人而不至于圣人，犹可以为贤人，次亦不失为正人君子。君子以仁存心，以礼存心。仁者本心之全德，君子存之，固守于中者也。礼者，本心之发越。君子存之，流行于外者也。是故君子而不得志，此心寂守于道德学问，终日对昔圣昔贤印证而无愧。君子而得志，此心经纶于天地万物，荡平夫斯世斯民，绰绰有余裕。呜呼！吾之心，何如其郑重也哉！何学者不察，不检束此心，终其身为财利色欲之所归，混混于世。士不成其为士，侥幸出仕，小而郡邑人民，大而朝廷天下，俱受其贪心奸心所煽，不至于败坏世道不止，人心而至此极也，小人之尤者也。圣人曰："饱食终日，无所用心，难矣哉！"吾犹以为无害于世也。今用心者若此滔滔不返，善心渐染为恶心，少小而不检束，老大可知矣。故吾愿今之人心，预检束于少小，不使之放佚。少成若天性,习惯如自然。此其功在于明学校。呜呼!今之教授夫学校者何如乎?亦尝于大学"正心"二字加之意乎?孟子曰:"学问之道无他,求其放心而已矣。"又曰:"我四十不动心。"不动心者,无一毫外慕之私得以摇撼吾心也,必至于四十者,见非自少至长之功力不至此也。又曰:"我知言,我善养我浩然之气。"则治心之功力也。心之一字,不可视为苟且如此。而我于是可以言性。性,与生俱者也,我之所受于天者也,有善而无恶者也。仁义礼智,人性之纲,孝弟忠信,人性之常。故曰:"性即理也。"性字从生从心,人生来具是理于心,故名之曰"性"。《中庸》曰:"尽性",只尽得此君臣父子夫妇三纲五常之道,至善而推行于天下。孟子曰:"养性",只养得此君臣、父子、夫妇三纲五常之道,至善而不害于人间。学者不察此理,每以后之习坏者亦谓之性,云性亦有恶者也。呜呼!不明乎理,即不明乎性。不明乎性,安望其能尽能养。而其所为,往往害于天下,使纲常之道,昏昧于斯人。少陵长,下僭上,人类变为禽兽,其害不可胜言也。夫使性亦有恶,而岂吾之所受于天哉?天之授于人者,公而不私。人之受于天者,同而不异。虽或气禀之感,清浊不齐,而此心此理,毫未尝有所欠缺而不善也。故所生之民,无不有是则。人所秉之彝,无不好是德。由此言之,天下之人无异性也。而人偏以为善恶混者,其亦弗学欤?其亦未体其性也欤?其亦不知夫道之所属欤?性之所在,道之所在也。三纲五常,道也。具是三纲五常之道,即性也。道岂有不善者哉?而性可知矣。三纲绝矣,五常紊矣,是皆人之所为不善也,而岂本然之道也哉?而岂本然之性也哉?性者,道之体。道者,性之用。学者体其体而用其用,则可以全吾之所受于天矣,可以见性有善而无恶矣。性与生俱,性之一字,不可视为苟且如此。吾于是可以言命。命由天赋,天命吾以善,不命吾以恶,可知也。独是天何言哉?如何云命,不知天以二气五行,交感凝聚以成形。天之所赋,即天之所命也。在天曰命,在人曰性,人既知性,不可不知命也。知命则知天矣。顺天之命,以仁、义、礼、智之性,而行孝、弟、忠、信之心,得天之命于我者也。逆天之命,反仁、义、礼、智之性,以行不孝、不悌、不忠、不信之心,失天之命于我者也。得天之命于我者,知命者也。失天之命于我者,不知命也。知命者,富贵,人之所欲也,不以其道得之，不处也；贫贱，人之所恶也，不以其道得之，不去也。不知命者，富贵，人之所欲也，不以其道得之，必处也；贫贱，人之所恶也，不以其道得之，必去也。不处不去者，顺天者也。必处必去者，逆天者也。顺天者存，逆天者亡。存者天存之也，亡者，天亡之也。是以君子贵知命而畏天命，小人不知天命而不畏也。造命者君相，私天之命而非天之正命也。立命者圣人，全天之所命而还之于天者也。知命者君子，安命者达人，虽不能体天之命而立命于人，亦不敢私天之命而听天造命之人，惟有知以安之而已。呜呼！立命者吾不得而见之矣，知命安命者几人欤？此世之所以多逆命者也，命可逆欤？仁、义、礼、智之性，变为不孝、不悌、不忠、不信之行，人亦曰命也，是岂君子之言欤？吾为斯世之学者正告之曰：人不可以不知命。知天之所命于我者，以善不以恶也。命由天赋，命之一字，不可视为苟且如此。呜呼！命，天理也。性，天命也。心统性、命之理，属之于我身者也。别其名曰命、曰性、曰心、曰身，其实一理也。学者可不知是命以养是性，正是心以修是身，为下学上达之功，尽尽人合天之旨，战战兢兢，临深履薄，而此身为全归之身欤？吾与健行终日言，言之不倦者如此而已。健行退味吾言，以为何如？

寿序

黄慎庸先生九十序丁卯夏笔

余昔远溯长江，至巴子国，观江水源流，上下七千里，曰快哉此水也，亘天地而不朽者欤？及观重庆府志，有宋谯夫子字天授者，隐瀛山，年百有三十，日抱《周易》读不倦。门人问曰："夫子何其寿也？其得《遁》之九四君子吉者乎？不然，其在上九无不利者耶？"天授曰："六爻之动，三极之道也。吾于《易》无不观象而玩辞，观变而玩占。独于《谦》之一卦深有取焉耳。谦以居邻，谦以交友，谦以事上率下，此我之所以寿也。"余因之有感焉。长江七千里，极江之西曰"岷"曰"涪"，极江之东曰"杨子"，岷、涪之间曰"瀛山"，杨子之口曰"瀛洲"。昔谯夫子征应于瀛山，寿百有三十，今吾慎翁先生，其殆征应于瀛洲者欤，年亦九十。嘉遁于北郭之外，深得九四君子之吉者与。然而翁之上九无不利也，自天祐之，克昌厥绪。午未榜，嗣君元翁先生连捷，赐同进士。虽然，翁更有合于《谦》之一卦也。安土敦仁，乐天知命，乡党宗族之间，若不知慎翁为进士父，将受紫泥之诏封者。今元翁先生，行将得请于朝而牧民也，奉家训以往劳谦君子，万民服也。则慎翁先生之所以自寿者，正未可量。瀛山之谯，瀛洲之黄，可相继而并美于长江上下七千里矣。用进一辞，上三爵，为九十时祝。

袁云芝八十序己巳春笔

愚时读东汉传，至袁夏甫筑土室，潜身十八年，卒免于党祸，以寿终，未尝不为之废书三叹也。士生于世，名固难，节尤难。敢于植名者，不克植节名恶在。敢于植节者虽不植名，名自随之。今于云芝袁先生事之本末，不觉亦为之三叹。先生固夏甫苗裔也，生于明季。登州庠，执经于西铭张先生，为高足弟子。时明季之植名者，不啻汉之东京也。先生之名不亚于夏甫，仗气节，好信足智。从家太仆五梅公游，五梅公秉旄闽越，临大节屹然不可动摇，千古忠臣也。而先生当患难，志不少衰，亦一世之义士。护公眷属，奔甬东，奔仙霞，奔兴化，踉跄担步，获于县，获于府，获于道，身几鼎镬而不顾，时亦不能害之。后值平康，潜居东海之滨，作乡夫子以老志五梅公之墓，先生之心可以问之五梅公者，即可以之自问也。先生今年八十矣，回思前境，去夏甫时千五百年。夏甫身潜当其逸，先生身出当其劳。劳而获安，劳亦逸也。方五梅公之时，先生义欲赴难，五梅公止之曰："子未可以身殉也，子姑留以俟有为。"先生遵公命，隐居独善，晚得丈夫子一以续后。噫！先生前以护忠臣之眷属，迄于今四十年后，念念不忘忠臣之节。则忠臣之灵，默相先生以丈夫子，有不待言而知者。呜呼！是亦天道也。先生之名可以不朽矣，先生之寿可以无疆矣。先生固俨然今日之遗民故老也，愚敢略生辰为寿之常辞，而述先生当日之名之节。三祝之日，不禁同于读夏甫之三叹。

施仲霖七十诗文序 癸酉夏笔

夫人之生于斯世也,达而在上,为朝廷用,当为朝廷千万全之计,指奸剔弊,言人之所不敢言,行人之所不敢行。朝廷赖若人以安,天下国家赖若人一言以永寿。不然,穷而在下,作草野士,当为草野讲孝、悌、慈之事,睦邻信友,害何如除,利何如兴。草野赖若人以安,邻里乡党赖若人一言以永寿。则若人也,生斯世也,不虚生也。天亦必报之以寿,而人亦必以寿尸祝之。班孟坚曰:"寿者酬也。"天之所以酬有道仁人也,吾于里中仲翁有感焉。仲翁生当昌启党祸之时,长于鼎革,不得志,穷而在下,教授乡里,乡里推为老学究。孝、悌、慈之三字,为童而诱进之,为家谕而户晓之,其勤勤恳恳,为里党爱慕而尸祝之。于辛未,值七十悬弧之辰。合间称觥之后,或祝之所诗,或祝之以文。其诗其文,虽或不能出于纯雅,不尽当于吾仲翁。然一行之美,可以感乡党。一言之善,可以垂史册。较之操白金廿两,承筐是将于县府,为县府者,不计其人之短长可否,为行三揖三拜,四豆五豆礼,称乡饮耆介宾,夸耀于邑门愚夫愚妇前者,何如吾仲翁于间闲间,与里人撞口倡酬,操壶觞,祝古稀,为清介而足乐也。古人陈仲弓、王彦方辈,从可知矣。吾闻仲翁族有不修者,族之人佼佼于时,号知义礼利其金,将饰其短。仲翁起而持之以正不为不义摇夺,挺身侃侃然争之于县府,而不修者竟如其罪以徙,乡邑中合口乐道之,人人以为快。使仲翁之为人,得志,达而在上,危言危行,其为天下国家寿也必矣。惜也仅寿之于乡鄙里党间,一倡百和,小之视吾仲翁也。虽然,亦见吾仲翁之为有道为仁人也。天锡之纯嘏,正无疆矣。书之以为序。

长兄七十序 丙子秋笔

丙子秋九月四日,吾长兄七十诞辰也,兄弟间将谋所以寿吾兄。兄曰:"无事徒文为也。吾之寿,在于教训子孙,使尊敬夫父母,无忘先人之绪业,世守之不失而已。诚令家庭之间,夫夫妇妇、父父子子、兄兄弟弟、子子孙孙,耕者耕,读者读,以礼义之门,为田园之乐。异日有志者出而仕明良之代,移孝作忠。吾之寿,勿替引之矣。岂第以今日之七十,优游为荣而烦吾诸兄弟为哉?且吾是日也,父母惊心动魄之日也。吾惟怀二人之不已,七十以前惴惴小心,何以不虚所生。至于今日,尤不敢忘。而欲与诸兄弟子侄辈共之者也。"噫!兄之为是言也,兄之所以自为寿也。其可量乎!古今读小宛而明发不寐,斯征斯迈,各敬尔仪者几人哉?兄今不以己之七十为喜是贺,若以七十为惧而却夫贺。且以为世之人一醉,日富者比比,若吾之兄弟子侄辈,教诲尔子,式榖似之,善我之身以善后人,使后之人又善夫后人。战战兢兢,耕者耕,读者读,不至于有他,则兄今日喜之不暇,不贺犹贺也。不然,夙兴夜寐,如脊令之飞则鸣,行则摇,而多难横生,兄今日且惧之不暇,贺犹不贺也。是兄不以世之一醉者为七十喜,而以己之温克者为七十惧也。兄之寿,真勿替引之矣。此弟之所以读小宛而深为兄之七十不贺犹贺志喜也。此兄之见子辈,所以能继兄而起,得温温恭人之致,以无忘先世者也。则今日兄之所以自为寿者,其亦可以风世矣。敬为述是言,以明我长兄年至七十而为温克之言如此。

镇宪梁公诞辰序_{名鼐,化凤之子　丙子冬笔}

　　古大将之所为用心以善世也。上能为国树万年之规模,下能为民宏一世之乐利,中念厥家,承先绪,继洪勋。筹边疆于磐石之安,作当代之世臣。如汉之班,再世威西域;唐之李,再世成蔡功;宋之曹,再世奠河北。其丰功伟绩,笔之青史,传之黄口,同天地为不朽者,何其寿也!若我镇宪梁公,何以异是。昔敏壮公以崇明一旅之师,复京口,安金陵,不十日而江南半壁,海晏河清。非其才足以任事,智足以料敌,信足以服大众,而勇足以成大功,曷克臻此。且其驻师于崇也,以弹丸黑子之地,保障夫长江七千里之口,南联闽越,北卫燕齐。不十年而东海之鲸波顿息,梯航万里,天下晏然。其所以致此者,严以持己,而仁以柔民;义以刚断,而诚以招抚。所以恩奉生祠,德留名宦,寿同天地不朽,良有以也。虽然,大将以天地之心为心,天地即以大将之心为心。奠国家之疆土，辑边境之兵民。以节制为威，以乂安为福，故能保世滋大，奕叶显庸。汉之班、唐之李、宋之曹，等当代之我公而四也。公以再世为江南节钺大臣，民间利害，烛照数计，兴者兴之，除者除之，起疮痍于衽席，而海不扬波。公诚自有其禄位，而崇之民何其遭也。夫以两世之仁心自然，为国家绸缪，为生民响育，虽天地之笃厚夫公家者，寿世正无疆。而吾崇之民亦知以报公两世之用心者，答朝廷以答天地乎？朝廷恐东土之未安未乂，而假我公镇崇。天地恐善世之无其人，生敏壮公于前，又生我公于后。两世镇崇，崇之民其何以报之乎？春王正月，中浣之九日，为公岳降之辰。崇之民百万，崇之士百千，惟以龙涎之香，凤炬之烛，拜我公于公堂，祝公之两世用心以善世者，崇独私之。恭进一辞，以答天地之所以生公，朝廷之所以用公。公寿无疆！

陆拱瞻七十序乙酉夏笔

昔云间陈仲醇，为吴门袁重其作《霜哺篇》，因而序之者有四十余家，皆天下知名之士。最后吾乡雪筠先生，以南陔白华寿重其，序而行之于世。子读之，未尝不为之感慨矜重也。重其以三岁失怙，母夫人霜哺之，至于成人，所交皆天下名士，究以一布衣老。母夫人逾耄望耋，至潜庵先生抚吴，始得旌其门为节母，而慰孝子之初心。然若非仲醇推之于前，雪筠挽之于后，同声表扬，而尤得贤抚如潜庵者，吾恐重其母子，淹忽以老，如荒烟蔓草，澌没无闻也。士生于世，事母而以孝闻，不幸矣。而母之节操，年至耄耋，不能与被于旌典，虽軿轩采访不下及之过，而亦人生童年弄笔，不获遇名士如仲醇者之提携，又皓首食贫，无力闻于当涂如潜庵者，加之顾盼。纵安分者不以为念，而邑里贤士大夫不能如雪筠之留心世道，序以出之，往往穷乡迥陌，节孝壅于上闻，可胜浩叹乎。吾里陆子拱瞻，以二周失怙，母夫人霜哺之，至于成人，与吴门袁重其相若。乃前无推之，后无挽之，如仲醇雪筠者。而尤以生于海乡下里，纵当涂有潜庵其人，无力以使之闻。遇亦穷矣，母夫人至耄耋间，抱节以终。而拱瞻亦甘贫守志，布衣教授乡里以老。里人莫不为拱瞻之母夫人悼柏舟，而更为拱瞻伤南陔白华也。今拱瞻年亦七十矣，五月九日为其悬弧之辰。诸门人与里党欲续雪筠先生寿重其故事,颂白华南陔以寿拱瞻,而问序于余。余亦穷而在下,无雪筠能文之责,因思昔日文中子上太平十二策,不见收,退而守先人之田庐,教授于河汾,著中说以授门弟子。不知吾拱瞻垂老不遇,退居大通河先人之故庐,所著若何。与其走名于当世,不如求实于里中也。得虚誉于学士大夫之口,不如获私庆于门弟子不忘之一念为幸也。拱瞻居里,恬静退逊,得中和之气象,子故以文中之中说进祝,以应诸高足之请。如仲醇之《霜哺篇》,推明重其者,子则未及。俟拱瞻耄期之年,邑中自有如雪筠先生者表扬之,为世增重也。于是序。

顾友佳七十序丙戌冬笔

天地间,生七尺男子躯,不能蹈水火,忧人之忧,急人之急,干大事,立大名。而惟结党援,慕声势,见所欲则往,见所难则退,阳是而阴非,貌尊而意险。其为人也,诞妄而已矣,喻于利而已矣。斯世何赖有若人,行一事则刻薄,居一方则贻祸,为当时咒诅而已矣,为后人吐骂而已矣。若见危授命,见利思义者则不然,吾因有感于吾表侄友佳矣。康熙十五六年间,贪史治县,奸蠹坏视,棍徒扰扰,告讦成风。一邑之民,日坐沸汤烈火中,称功颂德之绅士,趋走俛首于宪辕,为之奥援者比比,而能出一手、画一策,挽东海之沧波以息燎原之势者谁欤?《传》曰:"不有善人,其何以国。"夫无欲之谓善,能任事之谓善,胜残去杀之谓善。苟非忧人之忧,急人之急,见义而不见害,蹈水火而不一惧,如吾友佳者,酷吏何以削,奸蠹何以除,棍徒之扰扰何以靖欤?迄于今,称功颂德、结党援、慕声势者,消磨殆尽。而当时咸谓撄贪酷、触奸邪、十死难一生者,竟以挺身一击,出一邑之民于汤火之中,而岿然独存。今者,称古稀七十矣。一阳之一日,为悬弧之辰。堂堂七尺,得此一举,不愧生于天地间,能无祝乎?祝我友佳当时,何所恃而奋然有此一往也。祝我友佳一往之后,尤何所不可恃,而退然存此一息也。夫人世之干大事,立大名者,往往添足于已成。知进而不知退,鹏搏九万里而六月息,《庄子》所以志逍遥也。自今以往,遥遥岁月,曰耋曰耄曰期颐,友佳七尺男子躯,真不虚所生矣。续老蚌之谱训,傲伯子之黄花,正在今日,敬为之序。

七十自序 戊子秋笔

《记》云:"七十者老而传。"所传者何事哉?然亦为卿大夫有家者言之耳,事为家事无疑也。予穷而在下,一身之事,亦渺乎其寡也,胡庸传?然予之年,父母生我之年也,幸至七十,尚自立于人世,少受父母之训,读六经、四子、百家书史,而为言,庸讵无传乎?虽然,言成十万,不过予之言也,惟其为予之言也,所以传吾子孙无疑也。子孙如我能言,可以继吾而推广我言,以传诸后人。子孙不如我能言,试以吾言传后,后人或如我能言,而议我之言,以为吾先人之言。若是其亲切有味也。而何以当日穷而在下,少闻于天下也。是我先人之生不逢辰也。是我先人之自不欲闻诸天下,而今日始见吾先人之能独立于是世也。则吾先人之言,乌容以无传,是当什袭以珍之者也,是当香熏手沐而读之者也。或者曰:"子之言何言也,而能使诸子孙若是其传之郑重乎?"曰:《记》不云乎,言满天下无口过。予虽一家言,已历六十编。劫存亡半,又生重续。足迹半天下,耳目几一世。不言则已,言必从六经四子酝酿而出也。心则古人其心也,口则古人其口也。不敢不及,亦不敢过。可以正人心,可以距诐行。岂若所云好言是口,莠言是口,胸怀不平,放言不羁者乎。子孙而识吾言也,子孙之肖也。子孙而不识吾言也,子孙之不肖也。吾言传,可以观吾子孙,吾之福也,吾之寿也。吾言不再传,亦可以观吾子孙,吾之福其如是止也,吾之寿其如是止也。呜呼!汉称子长而唐言退之,宋传六一而元重白云,少陵语语精诚而空言摩诘,放翁言言实济而悔切鲁斋。吾后人之读吾言也,当于此味之。而传吾为不朽矣。岂第今之七十,亲戚友朋,为吾称觥乎哉!戊子三秋七十自寿序。

施节母寿序 戊辰夏笔

往余长兄命余曰:"里中施君,余姻戚也。母龚太孺人,吞冰茹雪,抚其三岁子成人,守节四十七年,今年七十矣。子,孝子也。尽其家之所有千金,营于县,营于府,营于司道,达之大吏而奏之朝廷,得被旌,将树坊焉。草野家子赖母以立,母赖子以显,猗与休哉!荒陬僻壤间,诚旷见也。尔其序以寿之。志诸邑乘,以垂不朽。"且曰:"施君,天教也。而施母,佛教也。尔更表而异之。"余诺之而不果者已三年。施母寻寿终,嘱其子以昔日之从事于佛教,所谓受生预修者两牒缴之。其子不从,不果。余因是可以应长兄命矣。夫施君者,不顾其家之千金,营其母之旌,而忽于临终佛事之嘱,靳其数金,大非施君之意也。其意以为佛者,西方诞妄虚无贪昧之教也。受生者,受天以生,人各有生奈何谓人人揭债而生,而所揭之债,又干支相符如此。预修者,修吾身尽其道而死者也。人各有死,奈何谓死复托生,而究不能识吾前生之姓氏,与所来之处。从其教,诞妄而贪,虚无而昧者也。不从可也。不从,正施君之以孝事其母也。然而天教者,亦西方之教也。太极者,天地也。乾称父,坤称母,天地为人之大父母。而谓夫天更有一母以生之,更有一物焉为天之主,此甚不通怪鄙之论也。施君第知佛教之为异端,而不知天教之更一异端也。施君之不从母令,犹之以异端攻异端也。昔颜鲁公,大忠臣也。平日往往杂于神仙浮图之说,不皆合于理。曾子固叹其大性笃而人工薄,为之不满。今施母固节母也,施君固孝子也。使施君一旦改其从事于天教者,亦如改其从事于佛教,则其事母益孝,而朝廷既旌其母之节,又应旌其子之孝矣。余应长兄三年前之命,以寿施母之节,充施君之孝。冀其皆合于理如此。

陆节母顾八十序己巳秋笔

康熙二十八年八月,里中陆子拱瞻之母顾夫人春秋八十。夫人,节母也。守志五十二年,事舅姑终天,让四娌荆分,资五姑出嫁,抚君扬公孤子二岁成人。晨炊夜绩,持茶蓄租。劳矣而未尝言倦于手足,苦矣而未尝告瘁于颜色。苏长公曰:"天下之所少者非才也,才满于天下而事不立,天下之所少者节耳。"何谓节,曰:"是不可夺者也。"任人世之鬼风怪雨,而吾肃然有以主之,而后可以出吾之才,以担天下事。夫当涂远负重,毕世茹荼,遥遥莫必也。而遽效夫儿,女子一时情至之事。上不念老,下不怀幼,且惟近虑我一身五年十年二十年之事,而不远顾夫氏一世二世百世之计,则节之见于才者,有所不足也。夫人之节,遥遥莫必者,五十二年矣。而夫人之节见于才者何如? 老者葬,幼者子而又孙,门户依然,书声缭绕,十亩之间,五亩之宅,篱落中香气袭人,第见白发班兜,曳杖逍遥,率子若孙,屈指当年痛事于春风秋月之间,盖夫人告成事于君扬公,一世、二世、三世、四世,递为百世矣。其为里党光,为一邑风,为世道生民重,夫人之节何如节也。里党祝之,晚也。即当事表之、朝廷旌之,亦晚也。唯望其宅,云树苍然,入其间花鸟悠然,登其堂图书灿然,坐而即之,秋风清,秋月明,南星北斗,照耀于蓬茅槿篱,五十二年不改耳。里之友人顾而乐之,击节而歌之曰:"夫人之节,自足比光于星斗,取洁于风月,何必黄金阀阅,珠贝当途,为吾夫人营不朽也。"连晋三爵于拱瞻,转上其母。夫人闻之,喜曰:"是吾志也。"趋子拱瞻,觞诸里之友人,既而命拱瞻曰:"可以和矣。"

姜母杨孺人七十序 庚午冬笔

  史布衣之孝,尤令人感叹击节。两汉天水氏,独得三丈夫子焉。一曰汉州姜士游,奉母至孝。母嗜鱼,喜饮江水。妻庞氏,每旦出汲。一日舍旁甘泉涌出味如江水,时有佳鱼出泉下。一曰彭城姜伯淮,与二弟仲海、季江共被卧起,以孝友闻。桓帝朝,常命工图其像,屡征不起。一曰汉阳姜子平,少孤力学,事母孝,守道养高。郡守召为功曹,不应。名重西州。《书》曰:"孝于父母,友于兄弟,家政得矣。"夫三姜者,伟然三丈夫子也,善得孝友之政于家者也。乃距汉千三百余年,而吾崇于天水氏亦得丈夫子焉,曰维皇,亦以善事其亲闻。其尊慈杨孺人七十诞辰在某月,先谋所以寿母者,曰:"吾母年七十矣。平日敬事舅姑,顺事夫子,慈逮其下,自少至老。教子辈成人,子辈不预谋所以寿之。吾母之嘉言懿行,虽日在于三党乡里齿颊间,终非所以寿吾母也。"而孺人闻之,则有大拂其心者,曰:"吾生平敬奉舅姑,使舅姑得安心于纫箴爋醀间者,吾之寿在奉舅姑也。顺奉夫子,使夫子历诸曹署,不致陨越颠坠或伤中馈遗友朋契阔不终者,吾之寿在奉夫子也。兢兢业业,早起晚息,教吾子以成人,而逮下必宽且恕者,吾之寿在教子使下也。吾子子孙孙妇能敬守吾之所为,吾之寿在于天水氏可世世不朽也。吾子今之为吾寿者,不知如颖考叔之以君肉遗我为寿乎?抑如于公之高大门闾,智初之散民粥,姓名了了,使吾无忧于后为寿乎?若夫列长筵,奏丝竹,进史巫纷若之词,拜祝于堂前,此世俗之所为寿,而非我之所为寿也。"于是维皇不敢泄言孺人寿,而友朋闻之,深有会于孺人之言寿,出于寻常万万也。曰:"吾辈可无一言以寿孺人乎?"昔金乡范巨卿与汝南张元伯,同游太学,相善,同告归里间,克期,范谓张曰:"后二年,当过拜尊慈寿。"夫古人重朋友之义,期寿友母于二年之前,千里之外。今维皇生同乡也,孺人之寿值今时也。孺人之寿,固不藉吾辈之言增重,而何以上对古人。因相率属余为称寿之文,谋所以寿孺人者。余曰:"吾辈之寿孺人,无如以孺人之自为寿者寿之。两汉时三丈夫子之母之训其子,无逾此数言。而三丈夫子之孝友于家,亦无逾领其母之数言。维皇其听孺人之言以寿孺人,则孺人之寿于天水氏世世不朽矣。某等公进一觞于维皇,即以孺人之自为寿者为寿。"孺人闻之曰:"善。"敬举众君之觞。

白华庄藏稿钞卷七目录

烟波笔啸六十编文集   崇明沈寓寄庐著

  送序六篇
    赠天水童子序
    送郡司马李公还虞山序
    赠二侄入学序
    送李少隐还洛序
    送宋逊洪游燕都序
    送侄孙南庐之任溧阳儒学序

白华庄藏稿钞卷七

烟波笔啸六十编文集

崇明沈寓寄庐著　孙丕源曾孙奕董校刊
奕蒚
奕范苏
奕夔
奕万
奕葛

长洲沈德潜归愚　合定
镇洋程穆衡迂亭

送序

赠天水童子序 庚午夏笔

孔子之道，海也。七十子之徒，或遡江而下，或遡河而下，以期至于海，然就其中望洋而叹者多矣。孟子曰："观于海者，难为水，游于圣人之门者，难为言。"孟子也，遡江河而下得至于海者也。夫江之源远于海也将万里，其间支分派别，得流入于江，吾不知其几何也。河之源远于海也倍于江，其间支分派别，得流入于河，吾更不知其几何也。夫操舟楫游江河者，始未尝不由江河而下也。行未百里，见一支也，以为江河深而其支未尝不深也。行未千里，见一派也，以为江河阔而其派未尝不阔也。及其逆流入于支入于派，以为从是支从是派至于海不远也，而不知无论其远乎海也，逾万万里，其违于江河也。差之毫厘，失之千里矣。

今之学者，七八岁时，未有不从《学》《庸》《语》《孟》，求入乎孔子之海，以肆观夫汪洋浩瀚者也。及其长而眩惑多也。支分派别，逆流入于佛而祈福利者有矣。逆流入于老，而祈超脱者有矣。更逆流入于非老非佛，而曰天也毋之之说者，有矣。逆流入于似老似佛，而曰王也虚之之说者有矣。无论其支派与江河远也，犹操芥舟者，嬉游于坳堂之上，曰："吾自有其海耳。"呜呼！天下之学者何限，始儒而终佛，始儒而终老，始儒而终似老似佛，以至立异于非老非佛，而精专过于是老是佛。求其始终于儒以期无背乎孔子之道者，什百中难一二见也。忆少时之诵读夫《学》《庸》《语》《孟》，猎取夫功名者，反为异日学佛老之阶梯，逆流于污渎而已矣。于江河也直未之望见耳，海也云乎哉。夫所谓海者，以其大而无所不容纳也。江之水，流千万里入于海也，不知其为江之水也。河之水，流千万里入于海也，不知其为河之水也。即污渎之水，导之而归于海，海未尝不受之，一受之而亦不知其为污渎。汪洋浩瀚，变而已矣。惟是天下之水皆水也。未至于海，有曰江，曰河，曰支，曰派，曰污渎之异。及果至于海，海而已矣。虽然江河之流，流而不已，至于海者有矣。污渎而果能循江导河，以求至于海者，吾目中未之见也，见之自天水童子始。童子，吴产也，两世俱学似佛者，出于似佛者。而一旦逃异而求学于孔子之道，以求见于我，以为孔子之道如海大而难至也。遡源穷流，先求接夫孟子之传者，从程子、朱子小学始。今其年十三矣，孟子学而知矣，《学》《庸》《论语》学而知矣，六经七十子之徒，俱学而知矣。江河在是而海亦不远矣。虽然，余犹望洋而叹者也。童子之舟楫循江导河，行千里矣。然其行正未有已也。汪洋浩瀚，余知之而余不告之，是余以孔子之海，不能容纳夫污渎也。童子乎！孔子之道，海也。循江导河，乘风呼吸而至不难矣。此行也，毋为逆源横流，而复入于分支别派，反见变焉。可也。

送郡司马李公还虞山序 壬申夏笔

虞山者何？郡司马船政分防公署也。还者何？掌崇邑事毕还之虞山也。送之者何？崇邑士大夫父老子弟，德公之政，喜而歌诗以送之也。孟子曰："夫人幼而学之，壮而欲行之。"夫人之幼学也，所学者何事？学为天下当世事也。夫人不出而图吾君则已，出而图吾君，天下事皆吾事也，天下民皆吾民也。能不止佐一郡、捊一邑，强曰："一郡一邑佐之捊之，恒不足展吾骥足。且又暂也。其民也，吾可以随吾意指使之耳。"若夫人之所学者大，则固视民为邦本，而忠于为国也。吾于公今日之掌崇，而独有以识其大矣。崇，苏之下邑也，而民扰事冗。大吏江南者，往往以下邑视崇，海外视崇，而崇之士庶，亦往往不自爱重。狱讼繁兴，每受大吏之轻视。不惟轻视居其土之民，兼轻视治其土之官。兴朝以来，捊篆者未闻以郡佐往，郡佐掌崇自今日公始。噫！崇邑何幸而得公来也！公来而崇邑重矣。崇当七千里江口，南通闽浙，北极辽蓟，江南北之门户在是焉。崇之形势非小也。鱼盐之利，可以富国。开禁以来，南北洋船尾相衔，木棉之人岁以千万计，可以衣被天下。葭苇绵亘诸沙，樵采之舟，潮帆上下。崇之生产非渺也。佐朝廷，魁天下，珥笔侍从，歌廉吏者，出其学中。兼葭苍苍，所谓伊人，宛在水中央者有人焉。崇之人文非少也。崇城弹丸，崇地延袤，三百余里，春风杨柳，烟火相望，桑麻篱落中，鸡犬之声不绝。崇之人民非寡也。视崇者当何如乎？而公来矣。公以崇视崇，不以苏之下邑视崇。公以天下之民之事视崇，不以摄篆之民之事视崇。环视崇土，首以大邑详，请各大吏新圣庙之巍峩，为政事先，为学校造士，为生民树的。其视事也勤，而治民也清，以慎民不见其扰，而事亦不厌其冗。盖公之所学者大也。夫公之初至也，民有畏心焉，有公祖之尊，恐少父母之亲。既也民有爱心焉，公祖之保其孙，更慈于父母之护其子，尊也而亲之矣。今也民有虑心焉，虑公祖之去也，虑父母之去也。虽然，去而之虞也，犹之在崇也。何虑焉？去而将之朝也，则如之何。虽然，今之不能不去之虞，及异时之不能不去之朝，民皆无如公何也。然而公固吾公也。公之所学者，盖天下当世事也，在虞也公必加意焉，在朝也公必加意焉。吾民其无虑。虽然，公之来崇也，饮崇之水而已，而崇民之悬恋于公者奚奢。昔刘公之为会稽守而去也，有五叟送之钱，拣受其一。而公之去也，并一钱而辞之。士农工商酌酒抱靴相与送者以万计。余卧于兼葭中者三十余年，知公之为，为之诗四章，章四句，歌曰："沧江万派，秋水长空。君子还虞，袂贮清风。扶桑日出，千丈洪流。君子还虞，明月扁舟。朝潮夕汐，千古瀛洲。君子还虞，涂歌巷讴。

君子还虞,其人去也。君子还虞,其心在也。"歌毕,序以送之如此。

赠二侄入学序 丙子春笔

汉元朔五年,诏择民间俊秀年十八以上、仪状端正者,补博士弟子,诣太常受业。能通一艺以上,补文学掌故,称秀才异等,秀才之名自此始。《宋史》称范希文为秀才时,即以天下为己任。呜呼!何其重也。而今之人之重秀才者不在此,上之曰:甲乙榜可卜,温饱有地也。次之曰:武断乡曲,可出入衙署也。再次之曰:门户可当,书香可继也。呜呼!读圣贤书,所肩任者何等事,穷则独善其身,教谕乡里。达则兼善天下,致君尧舜。而何以今之人所轻者,为古人之所重。古之人所重者,为今人之所轻也。可慨也。今乙亥冬,我长兄第二子龙吟,补博士弟子,称秀才,于丙子春送入学宫。予分叔也,送之日,不能无一言以赠之。赠以送之者何,亦赠以古人之所重者而已矣。古之人所重者有三:立德、立功、立言。德之被于天下者大矣,而吾为秀才时何以得之?正心、诚意以修吾身是也。功之被于天下者广矣,而吾为秀才时何以得之?一事一物存心利济是也。言之被于天下者深矣,而吾为秀才时何以得之?著书立说言必有中是也。然而所从入之途则尤有说,器识居先而文艺在后,功名为轻而道德是重。时与有道仁人,讲求经济之实务,以博将来之有用。即为闭户先生,人称长厚,所深幸也。古胡翼之为苏湖教授,而其弟子望而可知者具此道而已。予家海上,耕读传家。所幸者,世无倚傍衙门,无市井狡狯伎俩,至汝身已十五世。祖宗遗韵,忠实有余,亦可云积之者已深,而报之者宜有日矣。虽然,吾之身承之者不可不重。孔子曰:"君子不重则不威,学则不固。"诚如是。其重而有其德与功与言之学,以天下为己任,如希文俟之得志可也。送之日,赠以言者如此,所以励吾二侄,亦所以报吾长兄,更可以慰吾双亲于墓穴。如松柏之茂,自今伊始也。

送李少隐还洛序 庚辰秋笔

呜呼!今日送少隐者,送少隐之能遵其祖若父五囊之秘辞,一旦挈其子若孙五世之家人,而还之于故乡故土,得见其故人,得拜其故墓,得安其身于故宫室与田庐也。噫!少隐之心,自此而安矣。少隐之心,又自此而悲矣。刘石乱华,衣冠之族从晋而东者,其后未闻有出一言送其生还故乡,死葬故土也。金源侵汴,衣冠之族从宋而南者,其后亦未闻有出一言送其生还故乡,死葬故土也。少隐自十岁去洛,有他乡之吟。至今六十有五归洛,有还乡之词。今而后喜可知也。而乃祖乃父之衣冠何在?而故明之至于奄奄垂尽者,比晋宋之于东南何如也。世谁不喜功立名、逐富恋贵,而予与少隐自少壮至迟暮,他乡似故乡,甘贫安贱,五十年如一日者,此心此理,直以今人作古人,复以古人会今日也。此其故,予与少隐自知之而第可自言之。共学于云山,同吟于烟水,前不期愧于孺仲,后不期愧于渊明。此心安,此理明也。然而此理之所以明,此心之所以安,孰知之而孰信之。登尧峰而指伊洛,望舜日而歌黄农。匪陶禅姚之事,杳然而不可问。栖箕守颖之风,自将随遇而获。古人有言:得志行其道,不得志行吾道。其道行,吾道彰。吾道行,其道亦彰。是故天地亦有不能尽人之心意,吾两人又何能必天地之如我。如我者心理也,不如我者气数也。心理,日月也。气数,风云也。天地之为天地,道其常,不可无日月。语其变,不能无风云。风云起而日月藏,此理之常而数无足怪者。吾两人当此叮其悲矣,亦云乐矣。白瀛至洛有二千余里之隔,自少至老有四十余年之共。虽曰能自立焉,而不至于有他者,不可谓非得朋之庆,不可谓非同心之助。今则各还其乡,田庐重耕,宫室重葺,葬初明于丘墓,拜德公于床下。尽物情,照人事。虽不能为人所不能为之业,而亦可云能处人所不能处之事矣。独是回思少壮,把臂他乡,矢心异日,以为天地可弥纶,造化可出入。而今血衰气短,皓首如斯,人世之有我两人于今日,有不可不尽之心理,亦不可不委之于气数也。自此乾坤之局境老矣,无言暮景之萧条危哉抱叹。此心此理,他乡故乡,总委之于亡何有之乡。而吾两人以今人作古人,以古人会今日者,其志自不可泯也。呜呼!以黄河万里不尽之长流,当沧海千古无穷之虚受。情至此而尽者,情自此而远也。思至此而穷者,思至此而起也。归哉归哉!何日忘之。庚辰九秋三日,序以送于尧峰秋水之阁。

送宋逊洪游燕都序 辛巳春笔

京师，古燕国也。宦海金穴，名场利薮，亦学士大夫建功之地，而人才磨砺之所由出，贤豪经济之用，而天下之所由治平也。予居东海之滨，西历江河之险，南游楚豫，而北达齐鲁，未及京师是怅。虽然，予自弱冠以来，名心尽而以文心为证，利心屏而以道心为凭。泉石之缘胜，而风尘之劳久息也。今吾子顿游赵，复飘然游燕。燕赵古称多感慨悲歌之士。其为名乎？宦海茫茫，谁为作楫之人。其为利乎？金穴沉沉，谁为贻赠之客。慨当以慷，歌复成悲，毋为燕赵人所笑可也。予读书五十年而不堪为世用。宁我笑人，不受人笑。宁我怜人，不受人怜。故至此必若吾子之为，早已游燕，更不复游赵。黄金台不识在否，登之而左顾右盼，旁若无人者当自隗始。此其故何也？功名事业在经济怀抱，而天下之治平，可以在我也。予因之虑子深矣。《易》云："六爻皆吉。"《诗》言："何用不臧，德行当躬。"中无忮求而劳谦故也。天下之能一才一艺、操奇握算者俱聚于此，以为名可争而利可攫也。独不思圣作物睹，出言有章，诡傲宜绝，黑白宜慎。九二之闲邪存诚，九三之修辞立诚。其言之有味，而诚之者深矣。是故，贤豪用世，自有一等经济。大名在我而不为虚名所误，大利在我而不为私利所诱。知进退得丧而不失其正者，《易》之所以咏叹夫圣人也。吾子远游而可不读《易》也。吾子而读《易》也，当味吾所以立言之故。圣人无巨细，君子有始终，无徒作感慨悲歌之状。因循岁月，中乎亢之为言，动而有悔也。圣人有云："欲善其事，先利其器。"又云："善友其仁，善事其贤。"至言当味，宜书诸绅。

送侄孙南庐之任溧阳儒学序 庚寅夏笔

溧阳，江南之望邑也。儒学，朝廷之师位也。士之志道，民之兴行，皆于是官攸赖。近世养民训士之典，各分其任。而铨选与得是职者，往往以闲曹视之，不甚以为意。此圣学之所以不兴，教化之所以不彰，汉、唐、宋、明之不能如虞、夏、殷、周，职是故也。孟子曰："设为庠序学校以教之。"又曰："经正则庶民兴，庶民兴斯无邪慝矣。"君子反经之学，于庠序学校之教，断必有赖。自孔、孟修明师道以来，治统属之上，而道统属之下。儒学之职，不独尊治统，沾沾于书生之科目，文章月有课，拘拘于圣殿之洒扫，春秋时有祭而已也。必兼是道统，讲明六经，阐扬四子，使学者肃然起敬，毅然有为。前溯孔、曾、思、孟之渊源，后循周、程、张、朱之模范。士能正心诚意，人皆礼义廉耻。道统者，治统之攸系也。使吾道焕然彰著于天下，以佐一代之治统，越汉、唐、宋、明，而追迹于虞、夏、殷、周。户淳良而世文明，始不愧夫天子命是官之名，曰教，曰谕，曰训，曰授，曰正，曰导。而任是职者，乃为有以深思而得之也已。今江南溧阳儒学阙是官，吏部以吾南庐丁艰起复补是阙。陆士衡所云，千里莼羹，未下盐豉者，溧阳之名胜也。溧阳，古所称江南之望邑，而荐绅先生有才望者接踵其间。南庐而任是职也，其知有所矜式矣。其亦思天子之命是职名，兴起斯文，继往圣，开来学，尊尧、舜、禹、汤、文、武、周、孔之道，弘君子反经之教。士奋志，民兴行。慎毋视是职为闲曹，不以朝廷之师位自尊。徒矜此名胜之地，与文人学士，登山临水，吟风弄月，第增此一段佳趣可也。南庐行矣，送以是言，为是学增光，亦世道之攸赖也。

白华庄藏稿钞卷八目录

烟波笔啸六十编文集　　　　　　　　　　崇明沈寓寄庐著
序二十二篇
　吴瀛薛氏重修族谱序
　浣香集序
　六柳亭制义序
　君山记游序
　玉冠山人前后得鹿诗画序
　重订四言脉诀补注序
　烟波笔啸六十编一序
　随笔偶记序
　闲中草序
　弃余草序
　竹堂草序
　梅花倡和诗序
　遗节记序
　无何有乡记序
　思亲苦吟序
　获偶谈序
　春波阁长啸编序
　秋水亭苍苍篇序
　他乡吟序
　哀弦集序
　李长蘅查山图诗记序
　家谱世纪序

白华庄藏稿钞卷八

烟波笔啸六十编文集

崇明沈寓寄庐著　孙丕源曾孙奕董校刊
奕蔫
奕范
奕苏
奕夔
奕万
奕葛

长洲沈德潜归愚
镇洋程穆衡迓亭　合定

序

吴瀛薛氏重修族谱序 甲子夏笔

予读《万姓统谱》，而知赵宋所序官次四百四十八姓，皆五帝之后。一似凡为谱者，上下百世，东西万里，可以宗而祖之，亦可以兄而弟之，非是则我谱不华。谱李氏者在在陇西，老聃之五十四子，种遍宇宙。谱陆氏者，处处河南，大中之一十三孙，裔满乾坤。殊不知父嘉奔宋，子而易孔。尚父封齐，姜而又吕。大宗小宗之别，窜居窜姓之嫌，其谓之何。此崇韬拜汾阳之墓；不如狄将军之不附梁公也。吾今于吴瀛薛氏谱而有感焉，戒焉，劝且励焉。粤稽统谱，薛为黄帝裔孙，奚仲居薛。至仲虺为汤相，代为侯伯。周末，公子登仕楚，以国为氏。战国时有居州。汉通侯厥以下；若宣，若广德，若方，若兼，若包。隋唐世若道衡，若聪，若仁贵,若收,若播,若元敬,若德音,若逢,若能,若存义。宋若奎。明若瑄。豪杰代继。而今乃高并狄公,下视崇韬。感何如也？当今车书一统,河东家世,登仕版列科第者,蝉联十五国,而不之一人,混吾目也,其戒深矣。薛氏别居瀛洲五百余年,今十有余世矣。观其所刻族谱,无富贵之炎,无贫贱之略。昭穆世次,秩秩彬彬,其人不一,例得并书。苏洵曰："亲尽无服则涂人也。"吾所与相视如涂人者,其初兄弟也。兄弟其初一人之身也,一人之身分而至于涂人者,势无如何也。幸其未至于涂人,使无至于忽忘焉可也。作氏谱者,苟存此意,则孝悌之心,可以油然而生矣。予于薛氏,有三世之知,我宾忝居葭莩之末,尊人瀛川公,赒恤里党,称乡饮善士。郎君维章以纯亘西聚五辈,文武吉甫,久有国士之目。族敦仁让,家尽谨质,父兄之教养既深且励,子弟之劝勉相率而成。一旦有文学者出,则宣也,播也,元敬也。有武功者出,则厥也,收也,仁贵也。入为朝廷辅弼,出为牧民节度者,则奎也,广德也,聪也,道衡也。暨道学之瑄,与诗学之逢与能也。高节之方,与孝友之包,与德音,与存义,善士之居州也,俱未可量也。呜呼！崇沙滨海,沚于唐而庄于宋,州于元而邑于明,沙中六子,凤称蕃衍,然亦如永叔之谱牡丹合九十六种,贡父之谱芍药合三十一种,岂止赵宋所序官次之四百余姓,出于五帝；虽统谱之万姓,何莫非盘古氏之所生也。所云戒与劝与励者无闻,徒有感而已矣。噫！栾郤之后,降为皂隶。希文之先,未闻华胄。今薛氏聚族于斯,而自成为一邑一家之谱也。孝悌之心,真可以油然而生矣。薛氏谱可传,缘敢为薛氏作谱序。

浣香集序 丙寅夏笔

人生一草木耳。虽然,天壤间生人贵甚,知饮食,知嗜欲,知嬉笑怒骂,知攘取,作骄吝眼,知夸斗,作雌黄舌。草木无知之物也,乌可与生人较？虽然,等人耳,立德也,立功也,立言也。否则一艺成名,亦可不愧乎自立。若徒知此饮食嗜欲等,以矜尚于世,曰："我人也！我人也！"斯岂直草木而已哉。神农之所尝,有巢之所构,一草一木,俱堪世用。斯人也,敢与此草木较也哉。虽然,天壤间,草木何限,为金玉芝,为栋梁材，世不轻有，亦不轻识。故立德、立功、立言者，天不轻生，亦不轻用。然德固我有，功因人就，唯著书立言，乃生人大不得已之所为作也。犹之空谷芝兰，不以无人不芳。海峤梓材，不以绝踪自蔽。人生幸者，帝殿梗楠，上林瑶卉，建大功，垂大名者也。不幸而寥落人寰；篱边之菊，岭凹之松，倔强不肯屈伏于秋霜冬雪之间，嚣嚣自得，足以树立不朽者也。余放浪于烟波者三十年，足迹半天下，求所谓材艺如松菊者，亦未易得。余瀛产也，有友须子石林，嵺生也。江南北相距者二百里，耳其名者二十年。客秋投诗数章，今春一接颜色，俞子锡后谓余曰："石林奇士也。"寄身半椽，作客经年。与人交，善戏谑。人饮之，一斗亦醉，一石亦醉。清风明月，叫啸吟号。桃虫桂蠹，舞蹈欢呼。骄吝于何生，雌黄于何作。饮食嗜欲，嬉笑怒骂，可有可无。有《浣香》一集，今属余序。昔子厚读退之诗，以蔷薇露浣手。石林之诗，浣亦香，不浣亦香。何也？石林固尝神农之所尝者也。采苓采苓，石林第知不朽之草木，而不知蘀兮蘀兮，石林所识已腐之草木，更附石林而不朽也。时盖丙寅之三伏，余避暑于山中，日对长林丰草，因推广昔人之云，以序石林诗，为石林告。

六柳亭制义序己巳春笔

制义传乎？曰传。汉之策，唐之诗，宋之论，何在而不传也。能启发人乎？曰能。二帝之心传，三王之治法，四子之微言，何在而不能启不能发也。而有明三百年来作者万万，传者寥寥，是制义仅可以科名笼络夫人，究不能使当世之人心启发于制义。虽然，仍观之于汉，贾洛阳之献治安。仍观之于唐，李白、杜甫老死而不能一第。仍观之于宋，苏明允之才，未尝先其二子而登。则知能传者在文字之性灵，不在科名之赫奕也。是故，志科名者显一时，志性灵者传万世，无疑也。假使汉之贾谊，唐宋之李白、杜甫、苏洵，一以科名文字为事，吾知汉无贾谊、唐宋无李白、杜甫、苏洵也明矣。而胡以至今日汉之贾谊、唐之李白、杜甫、宋之苏洵其人者，其文传，其人传也。其文者，至性造就之文也，经纶宇宙之文也。如海如潮，掀天揭地，古今来不可有二之文也。而主科名者则不取此而取彼。主科名者，大抵喜纤巧不喜错落，喜浅近不喜远大，喜平铺依阿，不喜幽曲浩瀚。然冀科名者亦有故。见主之者在彼不在此，故冀之者亦在彼不在此。上以此混下，下亦以此混上，上下相混，功名苟且之见可知矣。所以怀才抱道之士，宁使主之者不我悦而罢，不敢稍抑吾胸中之浩气，口内之名言，以冀苟且一获，即终其身不遇不敢自怨且怨人。所以不敢怨者，吾之文字，争万世，不争一日也。争在一日者，科名之文。争在万世者，贾谊、李白、杜甫、苏洵之文也。吾长兄平生，喜为贾谊、李白、杜甫、苏洵吐性谈灵、穷神尽致之文。设身而遇也，在有明时，陶庵大士之流亚也。然终其身若不欲遇者，不肯少落时溪，趋捷径，使吾文苟且埋没于科名，曰科名未足以重吾也。吾知今之制义必传，吾兄定在洛阳、少陵、眉山之间，屈在当时，伸在后世也。兄之文，一痛于秦灰，一散于友人宝之而世不出。弟某不忍听其不传，理其敝箧，复得平时课儿会友文若干篇，序以出之，行于世。当世之行不行无妨也，若使是文而传，后之有志于是文者见之，必曰制义代有是文也。其文传，其人传也，何云不遇也。

君山记游序癸酉春笔

予自弱冠过澄江，过则必登君山。因山之得名，自楚春申君，且近城，出自北门不二里。又屹立杨子江滨，登眺者，靖江浮屠城堞，隐隐然双目间。隔岸人家，横亘水面。东西帆影争驰，望至水天相合而止。时或风涛拍岸，则举沉没不出，盖天之所以限南北也。然是山也，肉多骨少，毛诗所谓砠者也。无壑涧洞谷之奇，无突兀崚嶒之势，无怪木灵禽松柏休荫之境。绝顶数椽，仅蔽风雨，无画栋雕梁之縢。山亦顽钝不灵者也，因春申而君之。呜呼！春申何如人也，山以君名，重耶？不重耶？上有残碑数片，诗与文具不堪读，读亦不能了。唯郝楚望之狂歌则有取焉，曰："山上我题诗，山下君埋坟。"呜呼！累累者君之朽骨乌在耶？又曰："沧桑异日有升沉，我诗君骨总灰尘。君之骨灰尘久矣。"西眺金陵，东瞻吴会，南极湖杭，北顾淮徐，唐耶隋耶？六朝与十二国，所谓升沉者，何俟夫异日耶？而山之青青如故。吴会四郡士子，年来一登其巅，慨当以慷不息者，非以有明科目之余风犹未歇耶？不然。梅花书院之中，衡文兹土者，长生之位，何三年一新耶？抑所谓举业如王唐瞿薛，果可以继孔孟，续周程理学，以王道治世耶？千百年去取士者，终以汉法授唐，唐法授宋，不必改耶？抑晋之法不必异汉，元之法不必异宋耶？我自弱冠至今，五十四岁登眺于此，所谓理学者，未知何在，我将何所适从耶？趺坐山巅，凿石而歌曰："登彼兹山兮，俯视此城兮，衡文此土。名与利其营营兮，孰辨其为君子为小人兮。长江千万里之水兮，永不清兮，我徘徊太息。千秋万岁后有人识我兮，姑纪我游。"而序之如此。

玉冠山人前后得鹿诗画序 癸酉冬笔

昔王摩诘诗中有画，画中有诗。今玉冠山人亦能诗，亦能画。诗不学摩诘，而其诗似过之，画不学摩诘，而其画似过之。山人者，昔日之公子，而今日之遗民也。当其少为公子，玉勒雕鞍，驰骤于天衢禁苑，玉堂金闺，指日可涉。未几而毁衣裂帽，蓬首垢面，麻裳草履，率妻孥躬耕，归隐于天目，往来于黄山石镜之间。著一冠，如道人妆，以玉为之，取其纯洁无玷。以为非此冠不足终吾身，非此冠不足明吾志也。因而学诗，诗亦自出机轴。因而学画，画亦自立间架。独未尝碌碌尘寰，轻与人以诗，轻许人以画。夫秦失其鹿，天下逐之。说者以为鹿者禄也，言秦之无道，自失其禄以亡天下也。山人幽潜于天目两峰之下，茅庐数间，蓬蒿塞路，自分作山中人以老耳。乃年三十时，忽一鹿驯扰，突至篱落，止而不去。又二十年至五十，又一鹿驯扰如前。迄今七十，出则两鹿相随，如山人之左右手。入则倚柴扉，相向眠于两枢边。夫鹿者禄也。山人矢老于玉冠，独寐寤歌，独寐寤宿，鹿亦有知，接踵归于有道，将以表山人之禄寿无疆也。山人每以自喜，感山川之如昨，叹故国之已非。作前后得鹿之诗十二首，前后得鹿之画十二幅。诗中藏画，画中藏诗。若举两都三百年圣子神孙垂裳问道之天下，痛悼形容于尺幅片言间，使人玩习之，欲歌欲泣。岂但诗与画，博人艳称而已哉。夫摩诘在唐，为太原之华族，居云台天阙之际，妃儿气焰一煽，不能自有其身。视我玉冠山人，为不仕之公子，至于今四十余年，称故老遗民，躬稼隐居于青山碧水，而忘昔日之绯衣紫帕。得意则花鸟皆诗，入趣则烟峦皆画。遇虽不如,而身能自立。此吾所谓过之者也。山人不辞千里之遥,不弃旧好,遗书相慰,问序于予。不欲以名姓著于人间,予遂道山人之意以序之。

重订四言脉诀补注序 甲戌夏笔

《记》曰:"医不三世,不服其药。"三世者,三书也。谓神农《本草》,轩岐之《素问》《灵枢》也。后世皆轻于谈医,医者每自诩,至究其三书之源委,如坐云雾。汉有七家,唐有六十四,宋一百九十有七,耳目中未闻未见,不足言矣。寒暑不辨,黑白莫分,几微之间,瞬眼生杀,学医人费,良可叹也。夫学者不极天人之奥,不穷性命之原,不究古今时序、方土肥瘠之异,何怪乎其于人多费。吾乡菊斋宋先生,少年名噪诸生,壮而躬逢阳九。道学文章,秘为二酉之藏。自能发灵光于异日,而隐身医学,究极三书。暨汉唐宋元明之名家,以为士君子亦会其理耳。得志,行道治天下,恫瘝在念。不则守志家居,无徒饱食终老。黄农邈矣,其书尚在。可以役使草木,可以拯济民人。复取紫虚崔真人脉诀补注之。以为人身一小天地,脉位法乎天地五行。昔在黄帝,生而神灵,犹曰若窥深渊而迎浮云。许叔微曰:"脉之理幽而难明。"医者不察,一旦临疑似之症,明以三指虚按,而其实何知寒热温凉。一七之谬,覆水难收。呜呼!脉之不明,咎谁归欤?先生之补是注也,功倍于作。令孙虚受,不敢没先生之志,将梓而行之,属序于余。余之生,虽后先生二十余年,然颇识先生之行事。先生生挽近之世,而有太古之心。其存日也,自当道名公巨卿,以逮荒村里巷细民,靡不引领于舟车之及门,视先生之三指为欣戚,所谓功在当时也。其殁后也,梓是书以传不朽,有目之医家,咸视先生之话言为定的,所谓志在天下后世也。昔鲁斋称东垣为医之王道者,余于先生亦云。

烟波笔啸六十编一序 乙亥春笔

何山不烟?何水不波?山以烟而神,时而兴云,时而吐烟。水以波而灵,一波未平,一波复起。山水之神与灵,烟波使之神与灵也。予也年逢三巳,不敢言旋乾转坤,第志在朋山友水,假山水之神灵以为缘。踏遍乾坤,题残日月,未识夫山神水灵其许我否。是岁之春,予尾大白玉冠,涉洞庭,登包山,作十日之游。是日也,值花晨,穿踏青之屐,上缥缈之峰。烟云不作,风波不兴。遇二道者揖玉冠而言,指予曰:"妙年人作时世装,何来而至此,山水有缘,得毋挟诗囊而怀搔首问青天之句乎?"大白鼓掌而笑,二道者从行忽不见,大白玉冠讶以为仙。予以为不然,是山神也,是水灵也。乾坤浩大,许我踏遍矣。归舟中,拟作遍游诗一百六首,总序一篇。大白玉冠从而和之,题曰"笔啸",冠之以"烟波",要之以六十编,誓诸山神,证之水灵,六编一叙,十叙完甲。虽然,天地如此其浩大也,山水如此其绵远也,烟波如此其缥缈也,吾以藐焉一身置其间,修短莫问,问学何穷,胡能扶天地之世运,正天地之元会。而天地亦峭然漠然,苍苍浑浑,乌知夫一我也。第天地间有山水,山水间有烟波,烟波间置我一身。有涯者我身,无涯者烟波。今也凌烟啸波,是吾之所以云诗也。得藉烟波以卜不朽,则我之长歌短咏为无涯也,吾之藐焉一身,亦与之为无涯也。长啸而问吾之所歌所咏,果可以如烟波之缥缈否?问烟波者,问山水也。山神水灵,兴烟吐波,其或有以许我矣。问山水者,问天地也。天高不局,地厚不蹐,苍苍其色,浑浑其体,乌知不有我一身也。长歌短咏,亦乌知夫吾身之不克,扶大天地之世运,正夫天地之元会也。请质之我友大白玉冠,以俟二道者至,登缥缈之峰,观此白银世界,久矣哉,非禹甸尧封矣,仍问之青天可也。时在己亥,还溯甲午,已得六编,序于无定舟中,六十编自甲午始顺治十一年也。

随笔偶记序 乙亥夏笔

逸庵主人老而好学,有随笔偶记二十四则,吾以为二十四则者,可以象天之二十四气也。续有论断百余篇,附于二十四则之尾,吾以为如岁之有闰也。共计千余纸,或撮成语,或自补其阙,约八万余言,可以醒世,可以自鉴,可以备考,可以励俗。逸庵可谓今之真好学者矣。吾观世之学士大夫,动言读书,曰正途,曰科目中人也。夫书者,五经、左、国、史、汉,历代之史耳。不知其所读者,于五经曾下一注脚否?于左、国、史、汉诸史曾了了其是非事迹否？曾上究天文，下穷地理，中验人物，得以经济生民否？忠孝节廉事业，当此者几人，不负其所言否？日读孔圣人之至言，而卜一旦之功名，不识其终身行事，曾合其一字否？"十室之邑，必有忠信。"此孔子所以致羡夫美质而为之浩叹也。考亭释之曰："美质易得，至道难闻。"学之至则可以为圣人，不学则不免为乡人。世之正途科目中人，具此美质而于是道茫然未知畔岸，是真所谓不知学。前不免孔子之浩叹，后不免朱子之悲哀，而谓之曰乡人者也。若逸庵者，真可谓今之好学者矣。年六十有九，于吾惜阴斋中，持史论十六卷，不匝月摘记无遗。家藏十七史、资治类书种种，于是知其论断之所由述也，随笔偶记之所得辑也。人之老而将死也，贪生念切，所好所学，不得其正者比比。好佛而学空，好玄而学虚，世道人心，日趋于荡佚而败坏。今逸庵之所好者，尧舜禹汤、文武周孔之书；所学者尧舜禹汤、文武周孔之书之学，则其于道也闻之至矣。昔从吾道人六十八而从阳明子学道，逸庵主人六十九而好学不倦，曰："非吾过为好之也。"其于学之也，往往有味，则其与从吾道人也何异，惜乎今未遇有阳明子也。余偶为是言以广吾逸庵之识，坚吾逸庵之学，或者即以为随笔偶记之序言，以报吾逸庵之请可耳。

闲中草序丙子春笔

天壤间安得有闲人哉？造化之于人，不靳于功名富贵，而独靳于闲。有位者，贤则思治其国而不闲，不肖则思肥其家而不闲，甚者此心搅扰而梦寐中不得闲。无位者，巧则计图富贵而不闲，拙则计谋衣食而不闲，甚者此心搅扰而梦寐中亦不得闲。虽然，莫谓无闲，闲亦有美有不美焉。富贵者闲，挟妓狎优，画船箫鼓。贫贱者闲，角胜呼卢，斗鸡走狗。是故，君子而闲也，集思广益，讲道论文，闲中得不闲之味，不闲中得闲之趣。小人而闲也，呼朋引类，宣淫导恶，闲中得不闲之过，不闲中得闲之罪。不观之鸟乎，飞飞不已而触于罾罗；不观之鱼乎，游游不已而入于网罟。闲之义深矣哉！惜我穷而在下，不能时与居官者析闲字义也，勤慎政事，晨坐堂皇，大圈其朱墨曰锁挐闲人。呜呼！锁挐者其果闲人也耶？衙门森列，甚非闲人之所有事，此必奸人也，邪人也。如果闲人也，必望风察政来也，观决狱讼来也。闲人而知书也者，进之而与之坐，讲风俗，宣教化。闲人而知农也者，进之而与之坐，课农桑，计本务。闲人而知工与商也者，进之而与之坐，别器用，等物价。斯世人何满也，安得有闲人而与之论闲哉？里中施君天涯，于治生中偷得浮生半日闲，或长吟，或短啸，风花雪月，道故谈今，集成一帙，名之曰《闲中草》。天涯而非闲人也，何得有此闲；天涯而闲人也，吾正欲与之论闲。易坏者身，无厌者心，不息者世故。穷而在下，无有位贤者之责，而令一日十二时，无片隙之闲可乎？《诗》云："十亩之间兮，桑者闲闲兮，行与子还兮。"三复斯章，作《闲中草》序。

弃余草序丙子夏笔

走声气于当途，号为文章家，操三寸管，丹黄今古，甲之乙之，定人之声价者，地不乏人。而余常游于洞庭彭蠡、五湖三泖之间，不敢轻见当世一人，受人之甲乙。人亦不知天地间有一我，我惟自知其为我，亦不敢轻出夫我之论议以甲乙夫人。近归老东海，茅屋三间，日掩蓬门而酣睡，曰："希夷不复作也，我且仿之，为其百世下之愚徒可乎。"丙子初夏，忽槎江蓼洲李先生，驾一叶之舟，将采药于三山，停桡于瀛海，访余于河干十亩之间，曰："君有《烟波诗啸》请出而细论。"噫！余无声气于人间，何自入先生之耳。诗只成为余之诗，又何足以入先生之目。先生曰："风声遥播，月影隙穿，人莫能掩，天自泄之。余亦有诗，所谓《弃余草》者是，愿有以序我。"噫！先生之所谓余者，何其可风而可雅也，惜哉其弃之多也。自今以往，茶铛酒榼，可日与先生论诗矣。诗者，情性之所寄也，风雅颂之煌煌可按也，赋、比、兴之彬彬可诵也。以风、雅、颂为经，而以赋比兴为纬，声和而气紧，格劲而韵扬。性即理也。言情而调畅，言理而意透。勿使唐人笑于前，而宋人讥于后。夫然后，吾之诗，不必走声气于当途，而当途之耳而目之者，多乙而少甲，多甲而少乙，听之可也。先生与余南北相望，倾盖之际，论深水乳，余复何暇远寻洞庭彭蠡而知有更近于五湖三泖者也。嘉定昔有唐娄程李四先生，师承昆山归先生熙甫。唐娄程李往矣,继而起者其在先生乎?慎而藏诸,毋弃其余。光焰自冲于牛斗,人品自定于名流。毋为文章声气家,涒溷而甲乙之,以卑我之声价也。端午后五日,寄庐某序于瀛天竹屋。

竹堂草序 丁丑夏笔

寿至伯阳,终归于尽,然非《道德》五千言,安知其人之可法,其言之可诵也。童乌八龄耳,得杨子为其父,至今人以为未死。寿与不寿,在天地间,不过差几旦暮耳,而不能立一言以自传,又不能得人之一言以传我。开辟到此,有功德与,无功德与,同归澌灭,何可胜道。然无功德如童乌之小子,而垂其名于不朽,是尤何说欤?此其故可思也。吾于是为《竹堂草》慨且幸也。《竹堂草》作于甲寅,去今丁丑二十三年矣,吾亦几忘之。故人之侄某,忽于敝箧中出之曰:"此吾叔之作也。"人琴断绝久矣,草之叶已脱矣,为蠹侵者尚余其半。呜呼!可慨也已。故人生于世者二十四年,违于世者今亦二十三年。《竹堂草》者,其养病于竹堂,因病而有作。作而违世之年也,大抵叹且息多而笑且语少。竹堂宛在,而竹堂前之草,年年春碧而秋黄,而所谓故人之竹堂草者,逾二十三年。而笑且语者复见其碧,叹且息者复见其黄,吾能无对此而泣涕也耶?故人之寓此竹堂而有草也,盖有大不得已而作也。白鹤云仙,而梅花之消息已断。蓼莪成蔚,而椿萱之堂构何存?寡母放声于赵府,枯骨言归于公论。二十三年中,变幻百出,故人其知之乎?夕阳无语,故人如在,吾能不对此而亦叹且息耶?故人不复作矣,犹幸此草留于人间,吾能读之,故人之笔墨存,故人之才学存,故人之口舌心思存,而如闻故人之笑且语、叹且息矣。幸也其终不死矣,而又何争此旦暮。傲童乌,逊伯阳,区区论寿与不寿为。故人者何?宋氏,天宠其名,德凝其字,亦白其别字,茂才也。序以出之。

梅花倡和诗序 丁丑春笔

予归瀛九年矣,躬耕白华庄,引水于大通之河,为农夫以没世。而所称素心人,奇文相赏,疑义相析,作耦耕其人者伊何人欤?新河顾子抑庵,以《梅花诗三十首》,属家孟和,予不禁击节而歌曰:"籊兮籊兮,风其吹汝。叔兮伯兮,倡予和汝。"山中高士,林下美人,此真不愧耦耕其人也。余因和之,抑庵又和之,而余又和之。呜呼!宇宙间人物众矣。讵知沧海之中,现一弹丸黑子如瀛洲者,有子期、伯牙其人,如我、抑庵、家孟,歌咏不绝,更得吾槎江李君蓼洲,如阳襄者入海不返,援琴而抚《高山流水》之曲欤?我于《梅花诗》三十首不无一唱三叹焉。夫梅花者,破腊先春,经雪飞香,非富贵之惊艳于暮春,而无傲骨可称者比。得志则为广平之赋,铁石心肠;不得志则为和靖之吟,暗香疏影,其品格更非趋炎阿世之可得而窃似。所以抑庵高唱于十洲三岛之中,虽云梅花不得志乎,终不失为蓬壶方丈之仙姿,吐香于雪满月明之候矣。和之者,若蓼洲、家孟,联袂于圆峤寰瀛,摇曳于清风十二楼之间,使人可想而不可即。盖花藉人而韵,人因花而洁。花若有待于人而开,人亦若有待于花而见。吾于梅花有会心焉。孤山不远,将种满于大通十亩之处,十年二十年,老未至于死。耦耕之暇,招我素心人抑庵辈,唱和不辍,岂止于三十首而已哉。虽然,是三十首实为之嚆矢,不可听其零落于人间也。质诸耦耕者,以为然乎否。相属以是为梅花唱和诗序。

遗节记序 丁丑春笔

自古及今,维持天地之正气,纲纪家国之大事,当死而死,不当死而不死,天地赖之而有生色,家国赖之而获昌大,惟忠臣与烈妇之节为然。当国破家亡之日,竭蹶扶持,九死不移。究之国终破,家终亡,所谓遗孤者,命之不长,天禄永终,而忠臣与烈妇,亦随之以殉。百千年后,青史不及载,野乘无所志,其畸行幽光,灭没于人间者,何可胜道?亦有备尝艰苦,斡旋天地,重光日月,所谓遗孤者,昌炽昌盛矣。而其忠臣烈妇之心,谦退若不及,绝口不向当途道只字,当途亦无齿及之者,又岂无其人也哉!呜呼!吾今于吾族得二人焉,一忠臣,一烈妇。夫吾一族之人,多亦不过万耳,而得二人,二人前后相去又在五十年之中,况乎天下之大也哉,自古及今之远也哉。忠臣者何?明都御史讳廷扬,字季明,别号五梅,行百五,为我伯行是也。年十七补诸生,资累万。崇祯十二年,上书海运,补中书舍人。海运有功,升户部郎,晋光禄卿,转太仆。而国破君亡,抗节航海,授都御史,兼户部侍郎,统舟百艘,与江南顽民义士,遥相应,图恢复。天之所废,人谋不臧,为飓风摧破,身被俘执,动之以刀锯而不屈膝,惑之以爵禄而不薙发,囚于金陵七十八日,怒骂乞死,谈笑弃生,从者七百人俱死之。所谓竭蹶扶持,国破君亡,当死而死者也。烈妇者何?农家者流,宋氏之节母,为吾姊行是也。年十八于归,二十一夫亡,守四月之孤孩,至于成人。事舅至八十,姑至八十六,庶姑至五十六卒,资嫁庶姑所生小姑二人。外无伯叔兄弟,内鲜应门童子。寒灯纺织,烈日耘锄。荒乱荐臻,而甘旨时饁。风雨飘摇,而松楸不改。以义媳为孝子,以慈母兼严父。子而又孙,家声丕振。所谓斡旋天地,重光日月,不当死而不死者也。之二人者,国尔忘身,家尔忘私,节为何如者耶?拘于当代之成例,一以敌国为伪,而史乘不敢录;一以穷乡迟报,而督学不为上。圣天子扶持世道奖励人心,当不若是之拘。而世之因循于时俗者,每忘大学齐治均平之大道,至诚经纶天下之大计,使忠臣烈妇,九死不磨之苦节,埋没于光天化日之下,澌灭而无闻于后。悲夫!予将有家乘之纂,记而序之,以为吾族光,亦庶几使吾后人知效法焉尔。

无何有乡记序戊寅夏笔

古之世,士大夫往往以官为家。而韩退之送杨少尹,则以不去其乡为羡。呜呼!世之乱也,虽欲不去其乡不能。晋时刘石蹂躏中土,太原王氏,官于朝者举族南迁。迄于今,言江南王氏者,半从太原来。而无斋王先生,则来自明季。予未知先生家于太原,与今之家于江南者果一本否。而昔之不去其乡诚可幸,今之去其乡为可悲也。先生官于楚豫六年,官于中州六年,丁内外艰读礼于乡六年。因而戎马生郊,太原失守,举家依于河南者一年,依于淮、依于扬者一年。流离播迁,家室飘泊,浮海至浙至闽者三年。奔窜不遑,寄食他人,转而依湖南,复转而依江南者十有六年。可悲哉!妻子食力自存,先生埋名终老,而先生病矣。先生病时,作《无何有乡记》,记先生之不能不去其乡,而东西南北,举目波涛,何处是故乡,何处是他乡也?家世于晋,曰某树先人之所种,某水某丘童子时所钓游,付之无何有也。宦游于楚郑,曰某官前朝之所授,某士风某民俗前官之所移易,付之无何有也。而且鼠思泣血,天下陆沉,陵寝莫问,丘墓谁扫,付之无何有也。而且扬州萤火,腐草不生,淮水鼓钟,长流不返,付之无何有也。而且沧海鲸波,仙霞鬼啸,湘潭抱石,江河击楫,已矣乎?总付之无何有也。先生之记其乡,亦孔悲矣。虽然,先生谓乡无何有,而予则谓先生所经之处,莫非先生之乡也。心之所注意,口之所托兴,与夫身之所相与者,皆笔之于记。先生何不幸而流离九死于异乡,抱无乡之恨,而是乡之人物山水又何其幸而得先生之笔,为有乡之乐。则凡先生之可歌可泣、可喜可悲、可错愕笑骂而不知其他者,俱留于先生所经之乡之人物山水。而谓非先生之乡,可乎?独是运世递禅,元会终穷,天地亦且归于无何有,而遑论夫先生之乡欤?即先生所经历之乡。古之世,士大夫以官为家者,久矣哉。沦于无何有,而所云乡。先生殁而可祭于社者,其子孙又乌乎在。先生之见,超于天地之外,而不凝滞于物者也。《易》曰:"其亡其亡,系于苞桑。"先生之能不有其乡,先生其至今存可也。

思亲苦吟序 己卯春笔

人之志,有所不克遂,则抑郁而萌之于胸,起居寤寐之不忘而成思,思有所不克通,则呼号而宣之于口,咨嗟慨叹之不已而成诗。人之情大抵皆然,而忠臣孝子之用心为独挚也。苞稂思君,蓼莪思亲,风雅志之,是知忠孝至性,出于自然,有非勉强之所可为者,所以为古今人之极则,天地间正气之所钟也。吾邑卓人施子,故隐吏半陶、廉御史恒斋、孝子正轩三先生之后裔。半陶先生,以贡仕胶州倅,慕渊明之风味,退隐庐墓。恒斋先生,登正德辛未甲榜,仕至廉宪,清介乐道,人不敢干以私。正轩先生,守廉宪之训,孝顺著声,廉宪殁,镂木像侍奉,即出游必携小像与俱,时以晋世丁兰比之。建孝子坊,语云:"求忠臣必于孝子之门。"以吾邑人物考之,二百年以来,莫不以恒斋先生上下家世为可师也。今其后裔如卓人者,痛其尊人雪峰之亡,而有思亲苦吟一集,示予为之序,予何以为卓人序也？序卓人者，不过序其先世为孝子，而卓人又为孝子已耳。夫世之能文章通仕籍者，无论亲殁之后，阅蓼莪之篇，罔知怙恃，即逮存之日，烹肥击鲜，拥妻子，朝歌暮宴，而不念庭帏之内有垂白者比比也。卓人之苦思其亲，克臻夫孝者，虽本于至性，亦其家训然耳。由半陶先生至卓人，七八传恒不坠其先声。今卓人在读礼之时，思亲之居处则吟，思亲之笑语则吟，思亲之志意与所乐所嗜则吟，则所思不得不深，而所吟不得不苦。以终身孺慕之诚，步神童之捷句，随朝夕意念之至，吐天籁之心声。礼所云僾然肃然忾然者，其位如在，其容可接，其叹息之声，若唱若和于苦吟之下也。推卓人今日思亲之苦，发其先世之文章，咀酿而以醇出之，而大其显亲之志，扬亲之名。孝子之门，忠臣是慕，家世渊源，直接恒斋先生，为昌时之懿范。变苦吟之句，为升歌之颂，其所谓可风可雅者何如也。《下武》之三章有云："永言孝思，孝思维则。"孝子之志，于是乎遂；孝子之思，于是乎通；而孝子之诗，于是乎可以传矣。是为序。

荻偶谈序己卯春笔

予足迹半天下，而见所谓云山苍苍、烟水茫茫者，尝遇其人焉，若歌若啸，若狂若放，若有所抑郁于胸怀，有触即鸣，为吊古伤今之句，予亦既序之者屡矣。曰此避世之士也，今归东海之滨，耕十亩之田，秋水灌河，兼葭白露，前所谓其人者，我欲从之何在乎？重经己卯，探梅雪径，有晚怡堂老人，抱《荻偶谈》一集，举屐登桥，揖予而笑曰："春寒寂寂，梅花尚未，先生何事乎？其无事也，姑与我坐而论荻。"予曰："荻有说乎？"老人曰："吾向也未知荻之为可偶也，乃今而后知荻之为可偶也。折荻为庐，辫荻为门，编荻为帘，与荻作偶时发狂谈。先生其肯序之否？"予曰："诺。"老人从荻中来，犹未尽夫荻之义也。东海之滨其为荻洲者何啻百里，春日迟迟，洲之上簪而笔者其荚乎？暑雨时收，一望而涌翠者其薍乎？水天同色，秋月扬辉，摇曳而吐白。至于冬，兼高十尺，声飕飕焉，东西莫辨但见横吹如雪，聚地如絮者。吾不知昔时河济之间千树萩，其人与千户侯等，与此何如也。荻中人，荻中人，有何抑郁而有此谈乎？我以为忧，则乐处皆忧；我以为乐，即忧中皆乐。理乱不闻，是非不到，有何抑郁而有此谈乎？获中人，获中人，经纶满腹，吾知其向渔者而举网，樵者而落实取材乎？获之东，洪波万里，乾坤荡漾。获之西，白云千载，今古何极。予亦获中人也。老人甲子又四，予差三，同焉以老，溯游从之，相与剧谈半日，手取佩刀，断获一枝，虫书其说，只留自乐，嘱其谈并藏诸获中。

春波阁长啸编序庚辰春笔

自古奇文出于奇人，而奇人胸中必吐奇文。奇文者，奇人不自以为奇，第世无其人，其文秘，而传之千百世后，然后以为奇文出于奇人也。汉末造而奇武侯诸葛之文，宋末造而奇信国文山之文。奇人具天地之至性，奇文具天地之至理，然后不朽于天地间。吾因有慨于明末造之百子先生焉。先生产身涧瀍，壮从汲公游，学道于百子山，故以百子字，而其素志则有大望于斯世焉。惜世无有知之者，即知之亦无有及其时而用之者，所以晚游南雍，不得已而应举子选，登壬午科，然非其所好也。甲申之岁，窜身于江南，隐迹于五湖之滨，构一阁曰春波，以为吾所望者春也，而风波如故。长啸于阁中，惊天地，动日月，山川为之震荡，风云为之呼吸。率子训孙头陀行径，终焉以老。庚子秋，予访先生于小云岩，时学琴而识先生之丰韵，胸罗万象，气横一世，遇而幸也；为孔明之为，遇而不幸也；为文山之为，其不幸而不遇也。学沉德操，智秉希夷，作桃源之黄发，为湖海之绝伦。而其人则大奇人也，其文则大奇文也。读之而当皋羽之哭，读之而广圣予之传，读之而备忆翁之心史。《出师》之表并其忠，《正气》之歌同其烈。予不敏，推我少隐之志，谨辑而藏之名山。庶异日者，起其焰而发其秘，以为昔者天未尝不生是奇人也，而何以默默焉老是人也，可慨也。

秋水亭苍苍篇序庚辰春笔

予尝读《易》，至《坤》之"天地闭，贤人隐"而慨世道之衰且乱也。"龙战于野，其血玄黄。"虽欲不隐，不可得矣。印史先生，抱虎变之质，当未字之身,去涧瀍之二水,就太湖之三万六千顷,赋蒹葭之什而著《苍苍》之篇。秋老遥空,霜天肃杀,五阴已至,阳九无权。所谓彼苍者天,谓之何哉?天道变于上,地道顺于下。而所谓伊人,则在水一方。此秋水亭之所由作也。呜啸!长啸之编唱于前,他乡之吟和于后。而先生以苍苍之蒹葭,摇曳于汀兰秋水之间。彼日此月,更唱迭和,三世好遁,一腔血性。求之当世,邈矣何俦,白鸥亲近,黄鹤往来,有相忘于此一时之天而已矣。吾昔尝登秋水之亭,北眺神京,西顾钟陵,眷兹东南半壁,而有感于食其禄者,挈祖宗之神器,而身授之于他人,庇子荫孙,为一家数世计,而不顾身后之名,吐骂于青史,即决东海之弘波,实难洗其丑恶。视彼不字之身,挈家行遁,世为农夫以终老,虽其为寂寞于生前,而此心此理可以告无罪于天壤。况一倡一和,吊忠魂,旌义魄,毫尖墨沉,足以摧山撼岳,喷云荡风,亘千古而不磨。对三万六千顷之太湖,春波千里,秋水一色,照耀我须发萧萧而无憾者矣。寓也遭遇他乡,援为知己,睹三世之弘才,发泄于鸟啼蛩语,不啻龙吟而虎啸,景行高仰,天果苍苍其色耶。先生之运世,其虽不遇也,而先生之元会,千世百世后启秋水亭而读之,其于文章也,亦苍苍然其色,若是而已矣。人有不信俟之他年,我言可采,尾于全篇。

他乡吟序庚辰春笔

昔寓学琴于小云岩,七弦皆绝,时百子先生在焉,呼寓前,诏寓曰:"尔相三负。"寓错愕不知所谓,曰:"盍于予孙遁共学乎?"寓敬诺,始问三负何谓也。曰:"无其时,负天地;空所生,负父母;沾沾于问学,乏人缘世运,负自己。盍于予孙遁其学乎?"寓始跃然自悟,即与少隐订交。少隐者,先生孙遁也。长子三岁,偕其父祖十岁南窜,即有《他乡》之吟,今五十五年矣。日抱丘墓之思,顿作归乡之计。客冬寄书,属予为《他乡吟》序。以为如寓者,有三世之知遇,四十年之心交,可以一言相告者也。呜呼!读少隐先生之教,不觉泪渍纸背,低徊再四,不能序,而尤不敢不序也。百子先生暨印史先生,父子并科。遭逢百六逐波乱流,遗世独立不以故乡为可乐,而惟以故国为可悲。采薇蕨于吴山,埋姓名于越水,父子祖孙,自相师友,为当世之隐者,作千古之完人,女子贞岂止十年不字乎?少隐先生笃守家训,寥落周余钓鱼于春波秋水之间,智深勇沉,天地人三才之道隐具于一身。而其素志,时发于《他乡吟》者,可以告前人,可以告后人,而独不可以告今人者也。故其归故乡也,嗟涧瀍之遗老;而其寄他乡也,伤江湖之硕果。一万九千八百日之吟,好色不及于淫,怨诽不及于乱,以答苍天,以酬后土,藏之名山大川,发身日之光怪,将以续心史而固后世之人心,浩叹于无穷者也。昔传庾子山乡关牢落、王仲宣流滞感怀,二人者,有先生之世,而无先生之心之忠贞世笃者也。抚斯吟也,乾坤之正气犹存,古今之斯文不变,赋白驹之皎皎,咏于飞之燕燕,金玉尔音而有遐心,能无瞻望弗及泣涕如雨乎?《诗》云:"先君之思,以勖寡人。"中心藏之,何日忘之。送先生言旋邦族,而序其他乡之吟,百年千古,当与先生共之。

哀弦集序 壬午春笔

天地,种情之区也。夫妇,种情之人也。诗章,种情之境也。生于种情之区,遇夫种情之人,获夫种情之境,此亦生人之至愿,不啻关雎作十房中,而琴瑟友之。人坌此,可以乐而忘死矣。而吾尚其今何以有哀弦集也。椅桐梓漆,天地生是四木,以为琴瑟之材,四木亦藉琴瑟以见材。而琴瑟之所藉者又在乎茧丝以为弦,然后吐徽音而知琴瑟之材之果美也。锦瑟瑶琴,体也。大弦小弦,用也。琴瑟美矣,非朱弦不彰,两相配焉。沧海月明,玄珠滴泪,蓝田日暖,良玉生烟。清和之音,所以远感夫义山。而常棣之诗人,所以动妻子好合如鼓瑟琴之喻也。亡何而弦断焉?其如此琴瑟何?好音不作,知音莫辨,能不哀哉?能不哀哉?哀是弦也,痦寐求之。求之而不得者,今既得之,而何以忽断也。哀是弦也,心乎爱矣,遐不谓矣,而何以如草木芬华之飘风,鸟兽好音之过耳也。是集也下士读之而忽起,中士读之而徬徨累日,上士读之而情不禁其亹亹。中心藏之,何日忘之也?子建之七哀,少陵之八哀,鼻酸而已矣,止乎义而已矣。而何如吾尚其《哀弦集》指上无声而心上有声,情无尽而哀无尽,哀无尽而情愈无尽。昔之汝倡予和,乐而忘死者,今则如见其翠黛,如闻其咳唾。魂可以返,魄可以动,虽死而其乐常留于天地间也。为《哀弦集》序。

李长蘅查山图诗记序戊子春笔

天地中山水,无不由圣贤豪杰之生、文人才子之品题而显也。是故,生圣贤豪杰之处,固足以表山水之神奇,而山水显于文人才子之品题,尤见文章之增重。钴鉧西丘,名固奇矣,得子厚之记而名始彰。兰亭辋川,迹已陈矣,有右军摩诘之作而迹恒新。他如山海广舆,列于几案,然究不能尽收天地中之山水者。山内藏山,水外载水,文人才子,足迹不遍,手题不暇,山水无缘,不遇若人耳。抑若人不易得,而山水之缘,有待而显耳。明季李长蘅过吴郡邓尉之下,乐所谓查山者,图以显之,诗以表之。山仅如培塿,高不二仞,广不二十步,而通体皆石。固不敌钴鉧西丘,而欲步子厚之搜奇,以为如查横泊于太湖之滨,登其巅可以眺具区西北隅之六浮。六浮者,长蘅之颜其阁者也。坐其间,不啻乘槎绛津,人在星河,讵止观梅花香雪,快一时耶。越七十年,好事如清河父子者,悦长蘅之诗画,买此山而郭之,踵事增华,冀如晋王珉王珣兄弟之营虎阜。一时游其地者,信宿载觞其间,集险韵,传奇趣,乞贵介之序言以表胜,拟于兰亭,成诗者不减三十七人,作记者亦多感慨系之。而长蘅之诗画,益增重矣。夫滕王阁王勃序成而子章袖手,黄鹤楼崔颢题诗而太白让名。此山不改,六浮宛在,则长蘅之品题,不得而泯也。而其晚游诗云:"昔来我独赏,近乃游者竞。"似明谓后人有与我争此山者,不知此山之秘于天地中也久矣。广舆不及记,山海不及经,若待长蘅之画与诗而显,后即有诗与文过长蘅者,亦应让长蘅一头地,而况不及长蘅耶。世岂无子厚右军之文章乎?两不相遇不得不让长蘅之独发其幽秘也。吾将过此山而吊夫长蘅矣。

家谱世纪序壬辰冬笔

予家向有一族之谱,明崇祯元年,辑于堂伯伯宠公。续有一家之谱,清康熙元年,辑于从堂伯禹门公。俱有谱序,有谱传,世系详明。今又五十余年,予有志修辑久矣,因循未果。年七十有四,精衰力薄,不能远稽博考,仅将迁瀛始祖相传一家之世次,递及而书之。某也生某,某也生某,识此身之所自来,由近以及远也。某也生某某,某也生某某,识雁行之所由排,因此以知彼也。上述始封出处,下记世序讳字,聊以示吾子若孙云尔。相传始受姓之祖曰"聃季公","聃"谥,有周文王第十子,故曰"季"。太姒所出,与武王同胞。食采于沈,因氏沈。沈丘,地名,今属河南开封,即沈子国也。国中有丘,丘上有平舆沈亭,巡行阡陌车止于此以平其政,卒祀季公处也。季公留相王室,封子一于沈,沈有平舆世派,季公之嫡系也。续有吴兴世派,嫡系之别封也。源则一而其流则异,末固繁而其本实同。宋室南迁,都统公有责守汴,扈跸渡江,屏藩勾曲。宋季弃职迁瀛,则吾尚书员外郎节隐公子芳始也,节隐以字行。贤者避世,其次避地,节隐有焉。及殁,返葬勾曲大村,不忘本也。生悫隐公震卿,亦以字行。宋之太学,元之逸民也。诛茅崇土,子孙世守,历年五百,传世二十,越明迄清,丁巳逾万,非我节隐、悫隐二公之阴有其德,何以能聚族于斯。二百里之间,烟火相望,行将日大与崇始终也。三传生安一公,讳景旸,四传生吉父公讳彦祥,华父公讳彦彰。吉父公居南宅,华父公居北宅,南北分自此始。今之沈安圩圩七年总墓主穴,则悫隐、安一两公暨南分吉父公也,墓从南沙朱昕状再迁于此。我北分华父公墓在排牛涂中隆庆元年地,华父公实启我北分之传,生吾五世善隐公讳德芳。善隐公生六子,讳熙宗、熙敬、熙昌、熙亮、熙虔、熙岩,号大六分。君子之泽,越五世而滋大,非古语之所得限也。北分之蕃衍,实开于六世。长房一隐公讳熙宗者,我六世之祖,生铃、镛、铠、鉴四公。我七世祖挺芳公讳镛,生八世佐、佑、偃三公。佑、偃无子。佐字端夫,年二十七而亡,九世尧夫公讳惟仁,时方三龄,祖母陆守节抚孤,辅创巨业。生六子,讳棠、棣、梁、寰、桅、栋,号小六分,称雄于十世矣。藉非我祖母陆之节守,尧夫公之奋起,则七世之挺芳公、八世之端夫公,几几乎禋祀衰微。而小六分之聿兴,义称于合族何赖乎?我十世高祖世瞻公,讳梁,克承先业,守而兼创,生十一世讳煇、讳燠,及我曾祖讳烛,字克明,号南畴,善继善述,生五子,讳塈、场、壕、圯、璒五公。我祖奉畴公讳圯,圯音夷,桥也。昔留侯受黄石公书处,故祖字书桥,则世十二传矣。又生六子,讳大昌、嘉昌、学昌、建昌、际昌,暨我先严时彬公讳运昌,号守隐,守先世之节隐、悫隐、善隐、一隐,无愧四隐家世,称后六分云。生我五子信、仪、俊、任、儒。信居长,以余信名游昆山庠,故兄弟辈以余字冠于下一字上。予自改"余任"为己任以自警,故字右以。缘予生也晚,当有明之末造,世乱播迁,二十岁二十一岁,附广平寓居茂苑之鹤市,又改名寓,故又字寄庐。二十二岁,附两大人居于玉峰之南菉葭浜,生吾男长虹,字飞雄,又字赤城。应生时母梦云。二十三岁仍迁鹤市,著偕隐图,吟诗百又六章以见志,守先世之道,东西南北,出游无定,杖履所至,迹半天下,故号烟波客,又号嚣嚣子,历有传记诗章以序时日。倦游归里,十迁甫里,人又称甫里先生。至五十岁晚还瀛,志守亲宅,有孙六人,泗、濂、渠、洛、津、源,而以丕字贯其上。泗字大东,濂字示南,渠字念西,洛字道北,津字星群一字汉洲,源字宿发。志警焉,志慕焉。追踪大六分,予有厚望焉,因题十字,曰:"长丕奕世绪,久树万年模。"为十五十六世递传之命名。故吾名曾孙曰奕董、奕黄,董字对三,黄字度汪,十六传者,以奕字贯之。至于十七传,不妨以世字贯于下,十八传以绪字贯于下,曰某世某世,某绪某绪云。两字命名,不论在上在下,定期有出处,不重复,得次序为贵。瀛洲日大,将百世传。后起者,当知吾意,满此十字,再续十字为排行世次。读书知道理者自能晓予言也。勉旃无忽作家谱世纪序。

白华庄藏稿钞卷九目录

烟波笔啸六十编文集　　　　　　　　崇明沈寓寄庐著

记二十一篇
　里约记
　假山石记
　弘农氏新楼记
　拜汤公祠像记
　寄庐记
　养轩记
　广廉石记
　藏息记
　拜全德庙记
　一六居士记
　惜阴斋记
　逍遥居记
　白云楼记
　乐志堂记
　杀鹤记
　双鹅记
　六柳亭分韵记
　轩轩记
　花市记
　甲申岁朝记
　御史风规新治记

白华庄藏稿钞卷九

烟波笔啸六十编文集

崇明沈寓寄庐著　孙玉源曾孙奕董校刊
奕蔫
奕范
奕苏
奕夔
奕万
奕葛

长洲沈德潜归愚
镇洋程穆衡迓亭　合定

记

里约记 丙寅春笔

昔以匹夫而化乡人者,陈太丘王彦方是也,况南面者乎？今上二十有三载,简抚吴之大儒至任。越明年春,颁其乡约数条,及《小学》《孝经》,令朔望于学宫,聚其士民,一一讲谕之,期年教化大行,士民悦服如父母。夫表忠而葺贤祠,杖僧而毁淫祀,尝闻其语矣,今见其人也。余偃息于山林久矣,一日里之人数辈,前有斑白者二三,叩门而进,揖谓曰:"吾子出则经旬,入则累月,其亦闻有以孝教民,以俭节民,以礼范民,举直黜邪,惩贪省事,整齐吾民者乎？吾乡固泰伯、季札揖让之乡也,今复油油然而兴起矣。然烟火十万户,蹴踘走马,离诸之习气难驯。吾里不可无约,奚烦上之人数数然也。吾子善体上意,其为吾里约之。"

约之维何？曰："斯人也，于妻子则厚，于父母则薄，里之人相与为之教孝，如其不从也，则驱之。斯人也，尚气质，好刚勇，语言唐突，里人之相与为之教弟，如其不从也，则驱之。斯人也，呼朋经类，豪华侈竞，里之人相与为之教俭，如其不从也，则驱之。不然，妻妾妒宠，家室喧哗，而礼义之风荡。是人也，不可杂于吾里，相与驱之。名分相干，闺门混处。而廉耻之节丧。是人也，不可杂于吾里，相与驱之。再不然，趋依贵族，子债盘折，贿赂权门，结势欺凌，是亦里中之大盗也，见里约而不悛焉。里之人，相与烦吾上之人无迟，然吾私以约里人，不敢约诸通国之乡人焉。乡之人有仿佛于是人之一节者，慎无入吾里也。"中有一辈，嗫嚅蹙頞，前曰："老者之约诚善矣，吾恐逆人之鳞而反见驱夫人也。吾不恐夫今之小人而无议，甚恐夫今之君子而读书者。今之约中于今之小人者十之一二，中于今之君子者十之三四。此约出，以一帖闻吾老之名于有司也，危矣！吾恐上之大人，治神而不及治夫人。"老者跃起曰："无哗！吾里幸无是人。吾里中之读书者，《孝经》小学而已，进之《语》《孟》《学》《庸》，再进之《五经》止矣。人未尝有以喜功好名之书来教吾里中人也，幸无是人也。"余笑曰："老者且退，里无是人，里可不约。虽然，老者之言，固太丘彦方之遗训也，不可不记。

假山石记 丙寅冬笔

记余少时，游包山，过西麓，山下多斧凿痕，问之，曰："巨室取为假山也。"还过尧峰，山足下斧凿痕若断若续，知其为巨室所取故也。转而至横山一带，山约四五里，而已虚其半，意数千年来，为巨室取运不已。噫！山何不幸而种兹石也，致遭斧凿若是，抑天之生是物也，理或然欤！一日者，寓中城，得游巨室园，观焉，见其危然突出者曰丈人石，其下鼋鼍狮象之状，累累如贯，而石工尚为之经之营之，整顿所谓峰回路转如山者。余曰："是石也，驳而不纯。"石工曰："孔而细润者，为水所激啮，曰太湖石也；齿列而晶晶人不敢攀援者，尧峰石也；角而横出，纹理视前二石稍粗者，横山石也。用无量力，日取诸三山之精萃而成此假山也。"余曰："惜哉！是石也。昔者真而今则假矣。"石工曰："予，小人也，恶敢犯上？昔之诸侯，有假仁义而霸国者矣；今之先生，有假学道而立教者矣。假为真犹贵于世，真为假，何不可之甚，而惜诸？"余不觉莞尔而肯其言以退。荏苒三十余年，一日复过前所谓巨室之园而观焉，前之危然突出，累累若贯者，颠仆于草莽中，若病尫头不能起焉，乌从别其为太湖、尧峰、横山，问所谓巨室者。贿赂事彰，迁徙五千里，今已不知若何矣。其石之大小粗细屈曲者，被运不已。余曰："是货诸他巨室，而别作夫假山乎？"曰："余窑工也，殆沽诸窑而将付诸火矣。"余曰："惜哉是石也，今已化有而无矣。"窑工曰："是殆不然，生于山，待用也；有于园，无用也，火而灰，全民用矣。不观此巨室乎，昔取民之有而藏诸巨室，今尽巨室之有而复散之于民，与石之在山而取之于园，今尽园之有而付诸火，以足世用，何以异是而惜为？"余不觉粲然大服其言以退。呜呼！三十年目中所见，变真而为假，化无用而为有用，巨室者不过一中间而已！感二工之言，趣而有合于理，故为之记。

弘农氏新楼记 丁卯夏笔

布政司之里火焉，有弘农氏者值其间，一日扫瓦砾，度其址，将营楼宇而居，遍召匠氏而计之，大匠曰："屋高一尺料大一围，楼倍于屋，料之大亦倍之，工亦必如之，而为主人者，又不计其工料，听吾匠氏之为，所建之楼，可以长久世守，而不至于倾欹。"主人曰："多废材，姑退，再商焉。"中匠曰："不然，楼之料，吾可以减前之半，其工，听吾匠氏之为，或者百年五六十年，风雨鸟鼠不无虑焉，随加垩餙，不至于大损，亦可以久安。"主人曰："工太繁，姑退再商焉。"小匠闻之大笑曰："此二氏者以为巧也，吾视之，愚焉而已。独不计屋谁之屋也，料之大小，工之省繁，量若财，凑吾直，月计不足，日计有余，省彼供，喜可知也。"于是操其技而进曰："主人之意吾知，主人之事吾能，吾为主人营若楼。"于是随主人之料，减匠氏之工，而直则日支焉。主人果大喜，喜其会吾意，且能吾事，料则科之，工则程之，直者日畀之。而是匠者，不无又苟且其间。未几日，锯者锯，斤者斤，柱焉，梁焉，椽焉，瓦缝参差焉。匠曰："楼成矣。"行道之人亦曰："某氏楼成矣。"而前之大匠过而观焉，睨而视焉，曰："楼固成矣,惜哉工简料薄,柱础何?墙壁何?门户是营,正夏之时,阵风或起,将若何?"彼小匠者大譁而笑之,主人意气自得,出焉入焉,不注意焉。众匠欢呼其中,各经营其所谓门焉户焉。巽之方,大风骤至,忽焉栋折榱崩,如雷之震惊,主翁之子折其足,匠亦覆压其六,一毙,一折手,一豁口,其三人者,肋断腹伤,将危焉。噫嘻!大匠之计,子孙世世之业也,子若孙或不能守,而为主翁者,不可逆覩其败而苟且其事。中匠之计,没身之事而犹不听听彼小匠,未始不用若财,以为成功可计,不知彼视以为成功者,苟且之计也。一旦覆压其子与众匠俱及于毙,遑问彼楼哉。呜呼!弘农氏之楼,犹晋初明季之天下也。四境未治,而朝廷先已苟且。哀哉!何曾谢升之私语。正所谓屋者谁之屋也,有天下者可以鉴诸,任彼大匠焉可也。

拜汤公祠像记 戊辰春笔

大中丞汤公召为大宗伯兼师傅升任之明年,苏人思公不已。公道学人也,相与立遗爱祠于府学明伦堂前之右,书公之爵位于中而拜奉之。公在苏,朔望诣学,讲行孝悌之礼,期年化行,浇漓侈荡之俗,一变而清淳俭约。父勉其子,兄勉其弟,里巷中顽钝者,欣欣然长幼相率,交勉于善邦之士大夫,咸手额曰,胡安定公教授,去今六百有年矣。公之治苏也,教为先,其行事也,有次序,廉以率属,不怨而威,去淫祠用刚,拊子民用慈,平时熟读儒行十六则,为当世之大儒者。小试其行道之端于江苏,而惜乎止年有五月,内召作师傅也。虽然,公真平天下,治国家继往开来。师傅,臣也,辅吾王者必世后仁奚疑乃!是年十月十一日,薨于位,苏人思公愈不已,又相与画其像于祠,哭泣奠拜之。噫!公之功业有史官,文章有专集,之生之死,行事表表,在人耳目。而苏之人必鳃鳃于一像者,以为吾公也。尝治吾苏,苏之父老子弟,交勉于孝悌廉耻,于今称道不衰。虽其去之速,卒之尤速,而苏之人不无私心于公者,以为自今吾公不克见也,公之教化不克闻也。像公而吾侪朝焉夕焉,趋祠而拜,得如见吾公焉。如闻吾公之教之化,不敢背戾夫吾公者焉。则公之像大有赖于吾苏,而亦兴起后人,见惟学道化民者,得祠之像之于圣人之学也。某于今戊辰春正月三日,谒公祠,瞻公像。某苏人也,稔闻公教,一拜。公学道人也,具圣贤之义理,为一代之真儒,某景之仰之,不见吾公,见公像,一拜。公少年科甲,中休林下,晚举博宏,公心不免于功名,而事亦暴于天壤。惜也！某遁迹山林,不获于公执经问难,讲关闽濂洛之宗风,徒欷歔涕泗,仿佛公之生平于公像,又一拜。公河南睢州人,讳斌,字孔伯,号荆岘,又号潜庵。公召于康熙丙寅二月,祠成于丁卯之春,像奉于冬十二月,去公之卒六十又一日也。属下烟波客沈某拜记。

寄庐记 己巳夏笔

寄庐者,草庐也。烟波游倦,退归故里,作此庐以托处也。或曰：庐者,舍也,宾客行道所舍也。噫嘻！余非行道之人乎哉？大禹曰："生寄也,东西南北,皆可庐也,皆吾可寄也。"余年五十又一矣。《记》曰："五十曰艾。"艾,更历也。《诗》曰："保艾尔后。"艾,安也。言人至五十,更历已久,可以安也。昔吾先人于五十时,退寄于此,种花五十亩,养竹一千竿,先人之志有在矣。余今五十亦退寄于此,志先人之志不忘也。先人之墓在是庐之西南,白云碧树,时可眺首而见。春二月吉,得升成沙人诛茅五千斤,得永盛沙人刈苇亦五千斤,婺源人载北山之木得五十茎,吴兴人载南山之竹亦得五十茎,俱以买山之资买之。邻里曰："成此庐也,茅盖焉。苇四壁焉,木梁焉,椽焉,足矣。竹作线焉夹焉,少之。"于是又益之茶亭五兄之竹三十,姻戚之竹四,新河长兄之竹六,洪勋甥家之竹十,总之又五十茎。二十五家之邻里,为吾不日成之。是庐也,五间又半焉,竹几竹椅,蒲团、蒲簟,参差于其中。陶琴一张,沈画一幅,有香香焉,有茶茶焉。广州砚,新安墨,湖州笔,注吾六经诸子,涂抹吾二十一史焉。庐又曰半者,置竹床一焉,息我夜半或歌或咏之身也,实志我先人百年而半焉退寄于此之志。或曰：殆如匡庐、匡俗先生兄弟之隐处也。蜗庐,焦孝然先生日呻吟其中也。草庐,诸葛先生躬耕于此以待三顾者也。余曰：不然。陶元亮诗曰："众鸟欣有托,吾亦爱吾庐"云尔。己巳五月十五日,洞开北窗,对千竿小竹,作此寄庐小记。

养轩记 庚午夏笔

养轩者,内侄京兆之室之似亭者,然曰亭矣,而又实其北与两旁,余名之曰轩,而以养冠之。或曰:东轩,苏子由谪居之所,号东轩长老者也。南轩,张敬夫宴息之所,号南轩主人者也。而先生外无子由之文章,内少敬夫之道学,且其室又非先生之有,而强而名之曰养轩,或者取儿宽都养之意也未可知。余曰:子由之东轩,敬夫之南轩,今恶乎在?不观之曾子舆之居武城乎?武城之室,非子舆之有,而曰无寓人于我室。夫武城之室,子舆曰我室,京兆之室,何不可曰我室?在当时,子舆氏教读其中,定有以名其室,惜其言湮没,或火于秦,而未知其名之云何。而我今之轩曰养者,日夜坐卧其中,将养其身以有待也。或闻之,笑而讥之曰:"先生何养乎?四十五十无闻,亦不足畏已。先生年何若乎?有待者待何年乎?"余曰:否否!四十而不动心,孟子大贤也。五十而知天命,孔子大圣也。朝闻道,夕死可,一日有一日之养,子云何养乎?养心莫善于寡欲,心当养也。养其性所以事天,性当养也。我善养吾浩然之气,气当养也。子第知蒙以养正,童年当养,而不知养其大者为大人;晚年吏当养也,殷深源之书空。王荆公之执拗,失养之之道也。陶元亮之素心南村,邵康节之微醺安乐,得养之之道也。养其一日可已乎?乐天知命,圣人之养也,不养不成圣人。隐居求志,贤人之养也,不养不成贤人。忧道不忧贫,君子之养也,不养不成君子。有待者,吾将养吾身以待为圣为贤为君子,而敢曰吾年已矣,无闻矣,不必圣、不必贤、不必君子也。圣人曰无闻不足畏者,恐后生因循,日复一日,诿之今日不学而有来日也;发愤忘食,乐以忘忧,耳顺心欲,不知老之将至。圣人之所有待者何如?吾日三省,人不知而不愠,箪瓢陋巷,若将终身焉。贤人君子之所有待者又何如?若夫及其老也,孳孳于利,惟日不足,子孙是计。洒扫我室,朝夕忏诵。祈福于非其鬼,此小人忧死之不暇,而又何知所以养其身以有待乎?夫天下之人之身,等身也。养得其道,为圣人,为贤人,为君子,不然而荒忽以老也。富贵而长年,居华屋,倾吏势者,人视之啧啧也,没世以还,如污渎之注于海,杳不知其何有矣。吾忧吾身之不能为圣为贤为君子,而吾年犹可及待。故随所居养名其轩以警之,岂忧吾身之不富不贵,养其身以冀幸,而云有待乎?子不知吾之所以为吾,而又安能免乎子之讪笑?或闻之,爽然自失,俯而思,仰而叹曰:"先生之所云养,养在内也;吾人之所云养,养在外也。吾今而乃知先生之名其轩有道矣,非若东轩、南轩徒以之为号而已,或亦以道警余者也。"因其问答而记之。

广廉石记 癸酉秋笔

人贵所遭,物亦如此。夫廉石之在郁林也。郁林之石众矣,未尝以是石为廉,是石亦众石中之重且蠢者,未尝自以为廉。适太守罢任归,无越装,泛海舟轻,取是石以重之。石之供人取者,非奇即怪。是石也,重而已,何奇焉?蠢而已,何怪焉?及归,不忍弃。家在临顿之里,因置诸大门之前,人过而见之者,曰此郁林石也,曰此太守归装轻而载此也。太守者何?吴郡陆公绩,字公纪也。遂相与廉太守,相与廉是石。夫郁林之石奇且怪者众矣,是石也,遭是太守而相与廉之,何其幸也!及太守家几传,而门第剥落,石为民家有。民家不甚重是石,瓦砾相视,渐埋没于土中者历几百有年,然其首昂然,土不尽掩,过者犹能指而称之曰:此汉末郁林陆太守归装所载之石也,而未有表而识之者。明弘治间,始以其汉物也,相与异之,舁置御史院侧,作亭覆其上,刻而名之曰"廉石",旁立一碣,大学士吴宽记之曰"郁林石",待诏文徵明八分书之曰《学士记》。是石也,僻而能通,淹而复显,抑又何幸也!盖昔者南中有贪泉焉,饮之者,见宝货以两手攫而怀之,物之能移人心如此。今之廉石,过而视之,其廉者,固欣然摩挲爱玩以益厉其操;贪者,将俛首赧颜黯然动念而改行焉,独不能移人心乎?明季,御史院毁于火,八分书碣为人攫去。六十年来,是石巍然尚存。夫石之产于吴者,奇形怪状,不可殚述,良工采之,好事者赏之,君子则藐之。此石自粤至吴,七八千里;自汉至今,千五百有年,顽然数尺,重而不奇,蠢而不怪,尽山中皆是物也。良工弃之,好事者藐之,君子则赏之,岂徒赏之,又从而贵之敬之。视其物,若与鲁璜楚璧等,物也欤哉?人也。后之为学士待诏,记而书之者何人？有能相与异置于郡太守之门，使当官者有所警于心焉。则是石也，僻而能通，淹而复显，人也欤哉？物也。幸也，庆相遭也，广为之记。

藏息记甲戌冬笔

藏息记者，题柏子聚三躬栖读书之所也。柏子年少不务外，于所居之中，辟一室，长不满丈，阔得十笏之三。首启二窗，如人之有两目，通阳光，照书史也。腹侧辟双扉，伛偻而入，几列一大账簿，天地人、古今之事在焉。六经百家，如《六韬》《三略》《七子》之书亦在焉。余曰：噫嘻！坐于斯。如鱼之得坎，蟹之得穴也。他日者，鱼修养夫鳞，从黄河而上，循九曲，跃龙门焉。蟹修养夫甲，横戈跃马，捍牧圉，靖边疆，四垒无警，封侯万里焉。虽然，柏子今则未也，吾尤以为如蜗庐焉。《学记》曰："藏焉修焉，息焉游焉，沉酣于六经，肆力于诸子焉。"柏子曰："诺！谨书藏息二字于双扉之上，以记我之室，且广我之志焉。"是正冬藏之日，十月十有五日也。

拜至德庙记甲戌冬笔

至德庙者，姑苏金阊门内吴泰伯之庙也。吴之名始于泰伯，故庙之。余自丁酉寓苏，访前狄梁公抚吴时所存之四祠，只见层楼叠阁，辉煌争丽，相望于城中者，非老氏之宫，则佛氏之居而已。求所谓有吴之始泰伯祠，瓦砾荆榛中脊塌角折者，仅存数椽，余为民家所侵，神像久坏风雨，瞻仰其光者，一拜而已矣。然千百世以来，有世道之忧，过之而怆然神消，蔼然神交者，予又不知其何心也。是虽其人有是至德，然不获昔圣昔贤之表暴其至德，终亦同于荒烟蔓草，澌灭于亡何有之乡，又何从而庙貌之景仰之若是。孔子曰："泰伯其可谓至德也已矣。三以天下让，民无得而称焉。"今丁卯岁，潜庵汤公，继梁公之所为抚吴，越千有余载。撤至德庙，重新之还民居。芟荆榛，去瓦砾，塌者翘之，折者蠢之。予时得觌其光，神像俨然，中奉泰伯。左仲雍，百世后人宜不知其貌，而貌之者如其貌而奉之已。右季子，枣面庞然，鹤骨飘然，风流蕴藉，真不愧夫德让之子孙也。历世稍近，貌犹得像之乎？予由是各践其位，三拜。拜泰伯能偕其弟仲雍；仁之至，义之尽。托孤踪于采药，几微无难色，一旦之万里荆蛮，而能自大于吴也。拜仲雍克遂其兄之志，得泯其父之心，中清中权，高隐居之芳躅，而能自有于吴也。拜季子循先世之余风，奋当时之高迹，以伯仲之心为一心，之延陵不返。终其身示臣于吴也。呜呼！伯仲为季弟之兄，不宜让者也，而让之极其隐，此其所以为至德也。季子为诸兄之弟，宜让者也，而让之极其正，此亦无愧乎其为至德之后人也。伯仲以让始，季子以让终，合祠共飨，永保吴疆，宜矣哉！千百世下，吴人祀诸不忘也。名之至德，重其让也？惜乎其后，离诸豁宰之染深，而礼让之风渐邈。迄今吴之人，入是庙者，拜至德之光，有不慨然念旧也夫。

一六居士记_{乙亥春笔}

欧阳永叔宦成致仕，退居颖上，集古录一千卷，藏书一万卷，蓄琴一张，置棋一局，清酒一壶，惟一吾焉日饮其间，自号曰六一居士。夫一吾也，时而酌酒，时而抚琴，时而观书，时而博古，吾之为吾适矣。而中置一棋焉，犹有胜负之心乎？矧棋非一吾之所可得而手谈也。去一棋焉而曰五一，则得矣。时偶检《永叔集》而微论之。夜之分，则见诘于飘飘欲仙者，深衣博带前揖曰："子之论六一，诚是矣。我笑子之第成其为一六也。明昼试有以语我。"予觉而思之，后人不可轻论夫前人如此，此必欧阳先生也。指我为一六，吾真第成其为一六也。吾七八岁时，躬当鼎革，长大亦无功名心。负笈烟波中三十余年，所遇者渔樵，所论者禽鱼草木。今归而居东海之滨六年矣，性不饮酒，酒无一壶；手不谈棋。棋无一局；琴不能蓄，琴无一张；书不能藏，书无一卷；不能博古，终身无古录。而且名不挂于仕籍，号不章于人世，惟一吾也，行六而已。渔者能呼，樵者能呼，吾亦自笑其为我，而又何怪乎深衣博带者之笑我也。吾今而乃知所号吾矣，曰一六居士。渔者樵者闻之，复大笑曰："六而一，一而六，居士也，毋乃混称于斯世乎？"予曰："否否！此先生恐混其所称，特揖而示我而命之者也。六而一，一者我也，六者非我也。一而六，六固我也，一亦我也，一六六一，大相径庭，东风解冻，海水溟溟。"正月六日昼刻为之记。

惜阴斋记 乙亥夏笔

古人名其燕居之室曰斋。斋者洁也，庄也。洁则无不治，而庄则无不敬也。夫人燕居一室，而至于无不治无不敬，则亦可称行正品修，刻峻自励，而无愧于有斋之名者矣。子遁世者也，燕居之日多，斋亦宜乎其有也。而特不能以洁庄自著，有愧古之名斋者。虽然，不可不以之自励。自励若何？曰：惜阴。惜己一生之阴有限，而不可一日任其悠悠而东西也。陶士行曰："大禹，圣人也，惜寸阴。吾人当惜分阴，惜阴之名其斋，当自士行始。"虽然，士行之惜阴，惜其阴以用世者也。予之惜阴，惜其阴以遁世者也。惜其阴以用世者，惟恐世之不我用，若果用之而世不自我而治，吾甚负此一生之阴。其所惜者当何如也？惜其阴以遁世者，惟恐世之不我遁，若果遁之而我仅随世以老，吾亦甚负此一生之阴，其所惜者又当何如也？《易》曰："遁世无闷。"夫遁世而能无闷，其于潜龙之学何如？必心斋坐忘者庶几可以语之。不然，徒有斋之名，而失斋之义。凉风飒全，偃仰于斯，窃附羲皇上人，而不知此日之短长，以分阴自励，真可惜也。日逢短至，作此《惜阴斋记》。记者何？欲自励也。

逍遥居记 乙亥夏笔

予有故人石瓠，字大樽者，年已八十矣。构一居，名之曰逍遥。来游来观者，皆曰取《小雅·白驹》之诗于焉。逍遥者也，吾以为吾故人之意，出于《庄子·逍遥游》之说，而非《诗》之所云也。其名其字，显吾生者出此，而其居之藏吾身者独不出于此，非吾故人之意也。故人瓠曰："吾尝游于天柱之山，而知昔之炼五色石以补天也。尝游于无极之水，而知昔之断鳌足以撑地也。天地之不足，而吾欲观其补之撑之，将不啻其一元之又一元，万万无穷年也。奚羡于九万里抟扶摇而上者之大鹏？击水三千，息以六月者也。吾今以蚯蚓其身，潜藏于此，不为鹪鹩，不为鼹鼠,前无所求于世而有用,后无所求于世而无用。吾自适遭其为吾,而不忧瓠落之无所容。吾将抱吾之大樽,浮于河汉,履吾支机之石,而下视九万里之世,苍苍其色耶。汝何以知吾意之名吾居?汝既知之,且为吾记之,毋为世之游观者恩。"余曰:"吁! 此正吾故人瓠自名其居之意也,而又何藉予言为之记? 藐姑射之山,神人居焉。肌肤若冰雪,绰约如处子,不食五谷,吸风饮露,瓠也。其将磅礴万物,以为一世期乎治? 其将似之,乘云气,御飞龙,而逍遥于无何有之乡,广莫之野,而莫可知也。虽然,生刍一束,其人如玉,毋金玉尔音,而有遐心。吾与尔姑俟之百年,所谓伊人,于焉逍遥可也。"书之以为《逍遥居记》。

白云楼记乙亥秋笔

往余乙卯岁,遍游姑苏西偏之山,信宿于大白山人。时梅花覆屋,香从窗隙入,竟夕不散。诘朝启窗视之,白云缭绕,风动香生,因叹山人之所居庶不俗也。山人笑曰:"山中何所有,岭上多白云。只可自怡怪,不堪持赠君。奈何?"余亦笑曰:"白云天壤间固有之物耳,何须君持赠?"余时一棹清风,浮家泛宅于五湖三泖间,而山人守兹白云故物,硁硁然不与世遇,世亦不我遇。戴一白祫巾,穿一大领白布褐,白雪则高卧不出,白昼则闲消一局。白石为屏,昭其俭也;白酒一壶,咏斜阳也。笑白乐天醉吟宦游为多事,李太白醉眠长安为不达。荏苒十二年,丁卯之冬,山人寓书于余曰:"白云冉冉,清风无恙。予构一楼在白云中间,将子能来,登高四望,记而赋之。"余拟来岁春赴山人招,比赴而山人作已数日矣。呜呼! 山人也,真不愧夫山中人也。余登白云之楼,南眺洞庭笠泽,东顾云间沧渤,北瞻淮徐泰岱,西望长江濠泗,帝乡在焉,山人之作也。念乃祖东荡西除,三百年间,孝陵一片地属之他人,子孙死亡,流离播迁无处所。山人之心,能自若乎? 虽然,生眺白云间,死葬白云下,有克子,人称小白山人,巾仍白祫,衣仍白布,樵于白云之岭,耕于白云之麓,钓于白云之波,而晦明风雨。诵诗读书于白云楼中也,又十年矣。余往承山人招时,小白方弱冠,今克承家训若是,则山人庶其舍笑于英英白云间矣。余胡可以爽山人之约欤? 爰书往语,以记山人之构,是白云,怡怪兹白云也。仍为之赋曰:"山人之始也,吾不得而知也。山人之终也,吾不得而知也。万山间兮白鹿舍薰,气冲牛斗兮白鹤同群。吴钩埋于花草兮白水成纹,不知其他兮白杨处处为坟。往来斯楼而乐未央兮太白山人,悠悠兮千载白云。"

乐志堂记 乙亥秋笔

河南百子李先生,当有明之末年,年七十,避地洞庭之阴,十居春波秋水间,构一堂,自题曰乐志,盖取师尚父君子乐得其志之辞以自表也。先生讳维熊,沉潜古学,以能文名,七十八中南雍壬午试。子籀,字印史,是年年四十二,亦举本籍乙榜。其孙少隐,长余三岁,与余有同志之契,今年值其周甲,曰:"吾老矣,吾继吾祖、吾父之志而乐于斯堂也五十年矣。思年十岁,吾祖携余手指吾父而言曰:'天福三年来应举,雍熙二载始成名,吾其不能为梁灏矣,尔亦不应为梁适。吾父子乐志于此,吾之愿也。'续又指余而言曰:'吾老矣,旦暮间不能保汝之成人以见汝之志也。'后十有二年而吾祖卒,又十有九年而吾父卒。呜呼!祖言在耳,吾祖吾父恶在也?唯兢兢焉继吾祖吾父之志于斯堂而乐之,吾祖吾父如在也。吾之志,惟先生知之,乞为吾记之,以明夫吾祖之题是堂为乐志者,诚有由而不苟也。"夫百子先生,盖深契夫天人性命之学焉。年愈老而志愈坚,数愈奇而节愈厉,激昂太息,直欲挽江湖之日下而砥柱之,尧舜邈矣,志未尝少衰,何其壮也!此由其性情之中有天乐,彼苍者天,能穷先生,不能穷先生性情内快然自足之天。今日者,有山可眺,樵可也;有水可临,钓可也。俯仰其间,此乐何极。则适其自然之天者,凡以乐先生之志也。又由于诗书之内有人乐,彼何人斯,能穷先生,不能穷先生诗书中悠然自得之人。今日者黄、农、虞、夏之书可读也,二十一史之书可读也。一歌一咏,乐以忘忧,则完其一世之人者,亦以乐先生之志也。先生之志得也,匡尧辅舜,拨乱世,反之正,而可与世共其乐。先生之志不得也,一棹秋云,半竿春雨,而可离世而独乐,父子熙熙,祖孙怡怡,五十年于斯,则全其固有之天性天命者,皆乐先生之志也。印史先生能继之,少隐先生又继之,斯人之乐有涯,而先生之乐无涯。斯人之志在一时,而先生之志在千古也。斯堂之题,此也为不朽矣。余尝入先生之堂,仰先生之光,徘徊于秋水之亭,眺览于春波之阁,云山苍苍,箕颖风长,声应气求,类多高人逸士。啸歌相和以老,此殆闻先生之风而起者耶,则先生之托志于师尚父而不泥其迹。曰:吾固不能为梁状元,斯成其为先生之乐志也。而又岂仲公理之论,沾沾于肥遁者,为足仿佛其万一也耶?

杀鹤记丙子夏笔

丙子六月一之日,狂风拔木,潮势滔天,近海居民庐舍,似乘桴浮于海者十之八九。天池之鹏,不能以六月息。宋都之六鹢退飞,殊未以为异。时有双白鹤,止于农家之舍避之。农家之夫,以为不祥也,杀而腌之。呜呼!鹤盖云仙者也,而何云不祥?薛公之画青田,东坡之赋赤壁,辽东之华表,千年始归,郡城之北楼,三百甲子一来。若以为不祥而非仙也,公侯不好之使乘轩,隐士不纵之以报客,太子晋不跨之以吹笙,赵清献不携之以入蜀。而今以为不祥而腌之也,华亭不闻,杨州莫上。农家之夫固陋矣,而亦鹤之咎也。夫天将下雨,商羊鼓舞,既云鹤也,必议时也。天其变也,引吭长鸣,云霄高举,何空之不可飞,何山之不可下,而及于凡人之手耶?吾以为此非鹤也,必驾鹤类耳。鳅鳝是贪,缩迹于泥沙潮汐之乡,而争恋于葭苇蓬蒿之下,农家之夫以为不祥也,固其宜也。如其鹤也,春秋之麟,锄于野人。今日之鹤,毙于农夫,安见其为不祥也?又未必非鹤也。虽然,麟出不以时,而鹤亦出不以时,不可为麟咎者,亦不可为鹤咎。

双鹅记丙子秋笔

天下之物,凡有助于人,可为世风者,皆足记也。崇邑丙子六月朔,飓风陡起,汐波撼发,沙汜洪潮,丈二横流,边海人物,涛翻浪涌,漂溺者无算,男妇老幼,死者计五六万。至五之日水退,人有从东方来者言二事。双鹤避风患,见杀于人;双鹅遭潮难,独救夫人。鹤之见杀,我记之详矣,鹅之救夫人奈何?时漂入海者,有儿八岁,双鹅夹之行,儿得两手分抱一鹅,巨浪冲突,儿手将脱,鹅必大声耸其翼。自夜至晓,随风波涨,望西南流,自晓至晡,随风波落。复望东北流,经浅获救,各无恙。呜呼!是日也,男妇老稚死者五六万,而是儿得救于无知之双鹅。鹅为儿家之鹅也,忠也,义也。鹅非儿家之鹅,而往救夫儿也,仁者,智也。况得两鹅同心坚持于波浪一日夜,我虽未往相夫儿之为儿何如,鹅又何如,或者以为天也。是亦天下古今之物,足记为世风者也。噫!鹤称仙禽,见杀于野人,貌貌者蠢然矣,独救是儿。鹤之仙,不如鹅之蠢多矣。汉之漂母,以一饭救王孙。弥衡之才,以无意见杀。鹅虽一物,救人如漂母,鹤之仙,衡之才也。

六柳亭分韵记丙子秋笔

丙子八月,白露之晨,吾六人者,集于瀛海之六柳亭,宴中秋也。逊竹林之一人,而席地幕天,肮脏于二豪,增渊明之一柳,而脱巾漉酒,仿佛于山阴。是日也,走狂雷于日午,洒凉雨于中天,联句既成,分韵亦得。倏尔金风之顿扫,俄焉素月之扬辉。兼葭秋水,伊人宛在,玉露当空,海鹤横飞,长歌短咏,不醉无归。莫知斯山之沧桑,勿计人心之得丧,并无西冷之大言,只见南山之佳致。河边之素榆,灵槎拟约,花上之提壶,羽觞徐举。吾六人也,虽年齿不齐,而所谓清风明月者,无贫贱富贵之有间,岁岁如斯,忘他乡之戚,获同心之助。见友朋之乐,为家门之庆。是六人者,六柳之应也。翠阴绕户,碧树留云,列序于是亭也。论年齿尤论主客,客则武陵、抑庵、陇西、蓼洲、东海、去非,主则平舆菊人,其弟寄庐,其男青雷也。

轩轩记丙子冬笔

大人先生之燕息读书处,必额题高悬于梁栋间,庵焉斋焉,倩一当世巨笔,字以表之。其庵焉斋焉之素壁,尤必长幅如其壁焉,倩一当世文章巨公记以传之。而吾尚其弟则曰:"吾犹士也,吾又何必庵之斋之,以步趋夫当世之大人先生为哉！吾自题吾读书燕息处曰轩，上垒一字，亦曰轩。"而问记于余。余曰："吾弟盖取诸唐孔戣'轩轩自得'之语也。"夫世之人，闭门独处，食焉终日，临事则跼蹐于高天厚地之间，此不识轩轩之为道也。马新息曰："居前不能令人轾，居后不能令人轩。"其慨叹于世之人者深矣。此新息之所以能轩轩遨游二帝间，晚成大器也。轩轩之为道，其何如者耶！苏子由居高安，创东轩，而文章日著。张敬夫居绵竹，构南轩，而道学日崇。班固之颂朱轩，华词典茂，掞藻天庭。李贺之赋高轩，操觚染翰，旁若无人。此皆得轩轩之为道者也。轩轩之名，于人也不多觏，人之臻夫轩轩也，亦未易得。轩轩者，嚚嚚之深义也。嚚嚚者，无欲之谓轩轩者高明之谓。夫人而至于高明，难矣，苟非无欲，其高明何由而至也。吾弟之为是轩轩也，其所至可知已矣。爽垲弘丽，夹窗助明，图书满壁，格言是程，内以模范夫居心之正直，外以规则夫处事之均平，其静存而无为也。则廉隅自守，动往而时言也。则慷慨直方，不失我为士之所期。有以藐视夫当世之大人先生。余之所答，不识当所问焉否？以表吾弟之居处，永记于东海之蓬瀛。

花市记 丁丑夏笔

花市者，虎丘山塘也。唐白乐天凿渠以通南北，即石筑是塘以障水，所云白公堤者也。宋朱勔创以花石进媚邀位，吴中人士效之。迄今子孙居虎丘之麓，咸以树艺垒石为业，呼花园子，选四时花卉，凡一草一木，竞相移接，或古梅，或盘松，或小小榴刺、拳石、剪植盆中，曰盆景。列市于塘，因花成市，晨夕代变，奇色异彩，掩映于烟栏月砌间。郡城豪子弟，以至下户清间，日游于市，买置几案为玩。四方宦游之至，暨商贾射利者，莫不倾囊而取。故邵弥花市曲有云：虎丘山家田不辨，虎丘草木纷如霰。又曰：不争罢亚争芳菲，一株艳绝千钱微。盖草木之功盛，而桑麻之业衰矣。吾游花市有三慨：夫乐天风白太守，凿渠以利往来，功绩在人，以是白公堤之名千古不朽。而缘堤以成祠，渐盛于民居，民咸得而指之曰：某也忠而祠，某也义而祠，某也妇而可以比于丈夫焉而祠，某也男而不知为何许人亦祠也，可慨也。朱勔之琐琐富贵，瞬息焉在，其取媚忘国之态，至今以为口实，子孙遂流为花园子，移接矫揉，人咸以是艺呼之，奔走取悦于富贵之家，博其资以养身，可慨也。吴之人不务其本，攻于花草盆碗，七里之塘，目睫之见，非朝伊夕，画船箫鼓，缙绅豪华，挟妓遨游，商贾皂隶，并棹争驱，而富家儿女，亦鳞次其间，花市曲，吴风录，观之而有不慨焉者乎？君子览古至此，以为西子流风，千古胎祸。探本穷源，吴越以智术争霸故致此。贤者之谋人国，当以汤文之王道致治。苟其不然，一身之用不用无害也。

甲申岁朝记 甲申春笔

今岁在甲申，某六十有六矣。大清皇帝康熙四十三年，风调雨顺之时也，某丁六甲，两历甲申。昔六十年，则大明皇帝崇祯十七年，天崩地拆之时也。呜呼！日月如梭，乾坤依旧，人民已非，山河如昨。黄帝、蚩尤争战以来，几几乎跨己午二会矣。方舆万余里，为历世斗杀之区，即唐、虞、夏、商、周，称文明之世，所云干戈不动者，历不能过百年。百年之内，每多未安未靖，非家难，即水旱奸凶，君若臣尽忧勤而后克治。若是尔何乐乎为帝王？此孔子所以著为君为臣之不易也。许由、巢父，卞随、务光，不知古果有其人否？诚自足乐也。慨某六十六矣，幸安无事之秋，得遂南北东西之志。烟波中三十二年，朋山友水，啸傲人间，何水不波，水波不兴者，月有几日；何山不烟，烟云缭绕者，月常几日。山也水也无涯，吾生也有涯。归而挈妻子，偕隐于瀛洲大通河白华庄者，又十有六年矣。人世之变幻无穷，年华之转移易过，秦烧终冷，诗书无恙。虽其中遭劫火而不获见于世者多，意亦某之德薄不可传。不然，亦气数之适然，无如何耳！今老矣，终其身无能为也，亦无可为也。慕英豪之志气，羡圣贤之学问，夜分呼号，日中歌啸。亦曾负笈千里，访良友于名山，倦游终岁，剖微言于蜗室。而卯木重逢，午火薦会，传世十二种，双啸六十编，一旦付之盗焰，能无德薄生不逢辰之叹乎？天长地久，午会未终。文明再启，红日升东。朔风凛凛，春阳已通。吾何求哉！乐道守躬。岁在康熙阏逢涒滩之元旦，记于白华庄之寄庐。

御史风规新治记 辛卯夏笔

予隐而在野,居东海之滨,耕十亩之田,萝薜行径,泄泄闲闲,不知邑之治,孰为县?孰为丞?孰为尉?一日者,农作之氓,轰若有所得,欣欣然奔告于予。有所谓御史风规,乃邑中绅衿,颜其额匾,而横于今尉之厅梁间。人之瞻之,而悚然敬畏之者。何谓御史?莫谓尉卑,毫毛不肯假借,崖岸自树,凛然一朝廷命官也。何谓风规?莫谓治隘,设立能异寻常,治事人出入相顾,不敢参语其旁也。予初闻未敢信,再述,慨然有所动于中。夫官无大小,能自树立,明太祖朝之冯坚是也。事无巨细,不容少假,宋仁宗朝之李沆是也。朝廷官耳,为朝廷出治,何论大小?地方事耳,为地方分理,何论巨细。为民即为国,为国必为民,民为邦本,官代君绥,能勤事者即为忠,能理事者即为清。不苛不纵,不急不怠,官尽官职,事行吾事,民心安辑而世道已立。一官一邑之事治,而可以报吾君矣。呜呼!其难哉!而风规御史能之,民必知所感矣。民知尉治狭隘,非所以安吾尉,择日料材计工,各出其资,踊跃廓夫尉治。前厅后座,专房耳屋,瓦石材具悉称,匠宅不日成之。民之知报夫尉,而尉更欣欣然知所以戢事安民,报吾圣天子矣。圣天子风闻之曰,一尉也,而能绥我民辑地方如此,他日佐理郡国,其必堪夫大任矣。呜呼!其难哉!尉治新,风规称,其成功之日月,邑中绅衿必有能记之者。予草野之人,第记农作之氓,欣欣然奔告于予故事。邑尉某姓,某名,某省邑人,康熙四十九年春莅任。

白华庄藏稿钞卷十目录

烟波笔啸六十编文集   崇明沈寓寄庐著
 碑记三篇
  双清书院碑记
  祖茔十分轮祭碑记
  平舆氏北分总墓碑记
 传九篇
  王蓬头传
  徐三瘸脚传
  董先生传
  甫里先生传
  陆孝子传
  徐刻字传
  郭订书传
  渔者传
  广耐辱居士传

白华庄藏稿钞卷十

烟波笔啸六十编文集

崇明沈寓寄庐著　孙丕源曾孙奕董校刊　奕蔦 奕范 奕苏 奕夔 奕万 奕葛

长洲沈德潜归愚　合定
镇洋程穆衡迂亭

碑记

双清书院碑记 甲午秋笔

一代帝王之兴，必有一代之臣僚辅理其纪纲，而更有允文允武者，经营天下省邑，起百姓而辑边疆，移风俗而兴教化，廓大一统之盛治，而奠安于百世。然非圣天子寿考作人，贤宰相培植世道，则不能雍容化理，而六字尽歌允文允武之臣，猗欤休哉！我崇邑双清书院之立，士歌于学，民歌于野，商旅歌于涂，良有以也。崇为长江之锁钥，当七千里之要冲，为十郡之屏藩，南闽广，北京辽，万有六千里，沧渤相连，潮汐与共，迩来三十年海不扬波者，何莫非圣天子仁德之广被，而亦获诸贤佐理之力也。朝廷所亲命曰："江南清官，天下第一。"允文者我抚宪张公，允武者我提宪穆公，一德一心，奠安江海，而东南之民，尤幸江海弛禁，渔盐乐利，万国通商，梯航络绎。崇地周遭四五百里，烟火十万，所产者无算之木绵，暖被于天下，所需者无算之籼粒，饱赖于上江。一出一入，家给人足，衽席相安，颂我圣天子弛禁之宏化，即颂吾江苏之文武无双，内和外宁，休养人民之力矣。窃惟周官以六计弊吏也，必冠之曰廉，惟廉故能清。抚宪之治江苏也，锱铢不染，起善惩奸，七郡一州之士民，咸仰其肃清。提宪之驻崇明也，丝毫不混，安内攘外，四营一邑之兵民，咸仰其肃清。而且勤以察，严而蔼。抚宪学规鹿洞，道接鹅湖；提宪日敦诗书，时说礼乐。崇邑孤陋荒僻，嫌无书院，讲学论道之士无由而进。今者择地以建，获双清以名，入斯院者，无不肃瞻，而竦心诵法。而又治县学之贤大夫，明广文，月朔望，陈圣谕大清律，一一训诫于斯，则文武之士，咸知当今圣天子之教化，躬娴道学经济，向之出入廨署，结豪强而起讼端者，一变而为礼乐文章，彬彬大雅。而凡民之农隙而来听者，亦知六德六行之宜遵，八刑之当创惩，欢欣鼓舞，归室庐以相传谕。则兹书院之立也，大有补于世道人心矣。猗欤休哉！抚宪张公，讳某，号某，河南某邑人，某科进士。提宪穆公，讳某，号某，京师某邑人，某科进士。时维皇清康熙五十三年，岁次甲午某月谷旦，县侯某、县佐某某、县学某某、缙绅某某恭立，邑人某恭记；某书，某泐。士民醵钱乐建者，例得书名于碑阴。

祖茔十分轮祭碑记庚午春笔

祖茔者，大父奉畴公、大母顾，合葬之茔也。大父母生六子，先君子其少也。先君子合葬大父母于沈安状，盖苦思积虑三十余年，详审万全而后葬此也。大父母终之日，先君子上有五兄，俱无恙也。鼎革以来，二十年中，变故殆尽。先君子之思，于是苦矣；先君子之虑，于是深矣。筹度葬地，得沈安字状，先君子曰："沈，吾姓也；安者，安吾父母于此。父母之身安，吾之心安，世世子孙之心亦安也。然而此墓地也，吾二兄焦劳拮据以有此也。二兄七十五暴卒无子，为之维持调护，嗣三转而始定。今此地已为嗣有矣。嗣有，仍吾二兄有也，吾若遽以二兄之地葬吾父母，二兄之灵在天定首肯也。而吾昔日未尝质诸二兄，吾不敢也。吾出吾箔沙九顷头田二亩五分兑此地如其数。"择癸丑年十月十日，成礼而葬大父母于此，随附以二伯父、伯母、继伯母。先君子曰："此墓地也，吾虽出田如其数，仍二兄地也，吾何忍不附葬吾二兄，而使吾二兄嫂流离于他处也。吾二兄卒时，公拔祭田八亩三分四厘，奉祀我父母。祭时，吾二兄嫂均之，世世无废，不可改也。"呜呼！先君子之心，审之详，虑之远，诚万全者也。然葬大父母以后，越五年，吾先君子亦弃世。吾兄弟因循至今，余又远寄长洲，先君子万全之计，未及推而广之。余今归矣，思吾先君子兄弟六人，生吾从兄弟十六人，十六人又生吾子侄辈二十有三人，生且未竟也。而且子之下又子，侄之下又侄，后其可量乎？今以吾兄弟行与从侄辈计之，大父母以下六房，酌作十分，依十干法，祭扫大父母墓，断以今庚年始。庚年大房侄时豪、时杰，辛年应二房矣。二房无后，三房侄道信，应嗣二房者也。壬年应三房，道信既为二房，而道信之子廷玑、廷璧归嗣其两伯，应值三房者也，分任之奚疑。癸年四房侄锡朋、天祥，甲年四房侄邦宰邦相，乙丙丁戊己五年，则吾六房兄弟五人信、仪、俊、寓、儒次序承之也。而五房独缺者，五房侄长庚无力，俟其有力，跻之同办可也。周此十年，终己而复始庚。吾先君子万全之虑，至此可以全矣。虽然，吾先君子之心，犹未已也。夫人之为人祖父母者，孰不欲其子孙后人之昌且炽；而为人之子孙后人者，不克绳其祖父母之德，而第乞灵于祖父母之墓之风水以期昌炽，则大非吾先君子之心也。故凡吾兄弟暨我之子侄后人，各自淬砺其心，父勉其子，兄勉其弟，子顺其父，弟恭其兄，修身而齐家，则吾大父母之茔，自致松结盖，柏荫苓，龙形鹤巢，不召自来。是故，风水发自阴穴者，地灵而冀人杰，潮汐沙土之风水易竭。风水发自人心者，人杰而地自灵，子子孙孙心地之风水无涯也。此吾先君子万全之计，安吾大父母之墓者盖如此。孙男寓推而扨诸石，树于墓道之阳。

平舆氏北分总墓碑记辛巳春笔

古云：墓者，慕也。欲后人思慕而继述之，志其志，事其事，久而不忘也。吾家自聘季公食采于沈，分姓平舆，二千余年。都统公扈宋南迁,留居勾曲。又百余年,建康告警,择迁崇土,别族为宗,自我尚书员外郎节隐公,讳子芳始也。节隐公返葬于句容,再传为太学悫隐公,讳震卿,又再传为处士安一公,讳景旸,以下生吉父讳彦祥、华父讳彦彰两公。吉父公居南宅,华父公居北宅,南北分自此名也。崇土易崩,迁葬艰辛,百年难保,石函安厝,亦势之无可如何者。恭记悫隐公安一公改葬朱旴状,转迁沈安状,为始祖总墓。而南分吉父公以下,间有附焉,华父公独改葬于排年涂,为我北分始祖总墓,附葬者间亦累累。呜呼!凡为我北分子孙,宜有以慕而思之不忘也。华父公后讳德方公,德方公后讳熙宗、熙敬、熙昌、熙亮、熙虔、熙岩六公,俱附葬于斯。熙岩公无后,而长房熙宗公以下讳铧、镛、铠、鉴四公。铧公后为俊、佺,俊之后有纹、约、经。约之后有瑊,瑊之后有承忠。挺芳公讳镛,为我七世祖,生我八世祖端夫公讳佐。铠公后为杲,杲之后有琄、璧、玺,而复云有天宏者,亦约后旁支,俱附葬焉。长房石函在总墓者一十有八。次房熙敬公以下讳谦、训两公,训公后有相,亦附葬焉。次房石函在总墓者有四。三房熙昌公生有五公,附葬者有二,讳杰与穆,葬而失讳者一。三房石函在总墓者亦有四。四房熙亮公以下讳镇、铗、钟三公。钟公别葬,镇公后有僎,铗公,后有仪、俨、价,俨之后有从尧、从禹、从辅,价之后有从礼、从序,从尧之后有宗韶,从礼之后有宗金、宗玉,四房石函在总墓者一十有五,而外有施氏、顾氏、施氏石函三焉。五房熙虔公以下讳镂、铁两公。五房附葬于总墓者石函则有三,自正位父抱子以下。六公雁行。除别葬外,世次递降,墓图石函可考者四十有六,失讳者一,以氏传者三,通计五十焉。墓地苗额,计四亩五分九厘二毫,其墓域横十三步三尺,纵二十三步一尺,迁自万历初年,至于今坍削榛芜,谁之咎欤?整理之可也,墓田随墓者万有八千步,自我北分四房十一世孙誉出,招旗尖墓田三千四百步;陆瑞状墓田八千四百步,自我北分二房十二世孙祚祉出,是亦敬宗睦族,禋祀粢盛之要道也。今皆属南北分,专轮祭。沈安状之始祖总墓,应亦归其半在墓旁者,轮祭我北分总墓,庶几公焉。二房十三世孙再昌,目击历世已久,谱系散失,墓道榛芜,墓田窃踞,恐再世委诸草莽,或至沙土再崩再迁,湮没难稽,故恳恳然命长房十四世孙寓,按图推分,记而泐之于碑,树于墓道之阳,使后世之为其子孙者,仰而观,俯而视,水源木本。某也吾北分之所共以为祖,某也吾一分之所自以为祖,慕而思之,辣然有春露秋霜之感,举足之下,如见于上,焄蒿凄怆,優然忾然,毋谓有千百年之远,而不接其音容,不闻其叹息之声也。躬行扫祭,肃然而将,洞洞属属,次序成礼,是乃天经地义。继志述事之大端,孝敬之心,敦俗之道,由此而著矣。时树碑整饬其墓事者,十三世孙再昌,承命推而记之。广其说为族人警者,十四世孙寓也。十三世孙腾龙、夫德,十四世孙余信、霁曦、忠行成,十五世孙相国,十六世孙嗣昌、如玺同襄事者,例得并书焉。时康熙辛巳三月日恭记。

传

王蓬头传丙寅春笔

天下大矣,古今远矣,忠义性成,如河上之樵夫,岁寒之葛翁,读史至此而不为三复咏叹者几希?然犹识其人,睹其事,求其名不得,因其所为之事与地与时,而记之曰樵曰葛,不知上下数千百年间,东西南朔万千里内,一部二十一史处,樵夫之外何限樵夫,葛翁之外何限葛翁。斯人也,不轻示人一见,即见矣而或不识,或识矣而非心知其意者,不克彰其事与名,而趋时慕利者,往往反非笑之曰:斯人也,不狂且病,何至于此。呜呼!可胜浩叹哉!吾于有明之末,东海之滨,得一人焉,非有家国之任也,非有勋禄之及也,非有名挂于龙虎榜,姓列于胶庠也。闻之先师恭懿姓沈,讳齐曾,字孝舆,一字愧舆,曰:年可三十,读书不拘时调,家颇殷,妻子暴卒,有田四五顷,人欲者让之。曰:"地犹母也,大地已更姓,片壤非我有也。"日蓬其头,不剃发,食平日之预蓄者,食毕即酣睡。间或出,衣长领短褐,至海滨,波涛汹涌,望之则大笑,潮汐落则大哭。时无寒暑,障一扇。或问之,曰:"天犹父也,天而如此,我何忍视也?"后不详其所终。王其姓,或又曰黄,因蓬头,人谓之王蓬头云。呜呼!事闻于先师者二十三年,先师终又八年矣。忘其名姓不能道,又不克游于先生大人之门以彰其事。当时欲其土者,未始不非笑之曰:"斯人也,贫且癫而将死也。"噫!斯人也,命也有性焉。不求谅于人,不求知于世也,骨朽于地,则产为灵芝;血流于水,则化为蛟龙;气冲于天,则变为景星卿云,青史不足显其名,赠谥不足荣其身,区区幸生苟免之徒,犹自诩于人曰:"吾尝齿于科目,而甲之乙之者,乌足以仿其万一,而又何藉乎名不出于里巷之人之一笔也。"虽然,天地之生生不尽也,或者余笔犹存,异日见而读之者,景仰悲悼,徬徨掩卷,而兴起曰:"樵夫葛翁之后,又有其人,未可知也。"笔之以竟先师恭愍之意。

徐三瘸脚传 丁卯夏笔

呜呼!人奚论古今也,奚论贤愚也,奚论有位无位也?人而肯为古之事,今亦古也;肯为贤之事,愚亦贤也;肯为有位之事,无位亦如有位也。虽然,人不皆古也,古之人而为今之人者多矣。不皆贤也,贤者而大逊于愚者多矣。不皆有位也,有位者而戾于无位者多矣。天下古今,乱日常多,而治日常少,由夫有位者之贪生者众,而取义者寡也。夫所谓贪生众者,吾推其故,半由于释氏。夫释氏以前,岂不贪生,然唯以后之有位者为尤甚。有位者,半奉教于释氏者也。彼释氏者,平居则抗礼于君长,临难则曰吾释氏也,理乱久已不入于耳矣。且释氏者,谈空为教者也,空则一死如泰山者,彼则视之如鸿毛,以鸿毛视大死,必泰山视夫生,而不知当死而不死,生也,比之鸿毛尤轻也。萧衍,善谈空者也,陁于台城,宜速死矣,必忍之,忍之必至于无可如何而死。项羽,未晓谈空者也,败于固陵,宜不死也,且江东之地之众,可以图王,而竟自决于死。是故,善谈空者,不惟君也,臣亦如之。萧瑀望风而拜,才如王维,不肯竟死。未晓谈空者,不惟君也,民亦如之。田光江上丈人等,一言涉疑,履信于剑,吐心于波,此其故。吾悟于有明之末年农子徐瘸脚。瘸脚者,瀛之野民也,世业农,未尝知书识字。少小时,独知不喜奉释氏。间有释氏至门,持椎逐之,觏于涂,必毒詈之曰懒奴懒奴。乃父乃母,朔望日野庙拈香,必痛哭阻绝之。父母心厌其子,常不使之知,知则必泣谏累日。及长,因痘疗,瘸其脚,故以瘸脚浑其名。行三,人皆曰三瘸脚。值明之末,耳闻纷纷起义,泣对其父曰:"我家胡不起义?"父曰:"痴儿子,我乡人也,而安于农,起义胡为?"瘸脚大蠢其父曰:"懦夫懦夫！"疾走村学究所，乞问"忠义"二字书法。学究写二字与之，归即裂白布一幅，照前点画，大书二字于中。明早，揭竿标诸宅前。父知之，惊坠于床下，裂布，折竿，大唾其面曰："我一家几死于尔也。"瘫脚气潢，蹼被卧于床，日无言。唤之起，不应；与之食，倾于侧。积五日，母探之，瘫脚已僵矣。告其父曰："痴子胡以死？"启其床，五日之饭，粒粒犹在。死之年，二十有三。呜呼！惟其痴，所以舍生而肯死，不顾父母，不顾兄弟妻子。惟其愚，所以取义而速死。若瘫脚而读书，而有位，曰我有位在也，万钟之养，妻妾之奉，而胡以即死？瘫脚农而愚者也，奋然为贤者之事，今人而古人也。吾因是更悟夫樵夫小珰之辈，俱不喜奉释氏者也，俱未晓谈空者也。不然，而胡以肯死，且肯速死。

董先生传 丁卯夏笔

董先生者，余十三岁时师也。贫甚，馆于余家，独好学，暑时夜分不息，足注于甕及肿，未之或知也。教诸童子，循循无已。通诸子百家言，能诗，善八股文章，文出，袭之者屡捷去。又好行书，一方之扇皆其笔也。为人恂恂，多长者风，独不好名，卒不遇。卒为乡先生以老。卒之年，余亦四十一矣，时远在浙闽，予弟经营其丧云。先生讳某，翼王其字。临殁语其子曰："吾勤学一生，未尝一日无事闲出，赖舌耕得糊其口，顾视吾家儿女衣鹑结，灶上烟朝夕恒不给，老农家柴寠中黄白粒粒，甕头泥弃于壁外，蚓犹醉死，寒时备几榾柮，团坐，妻子醺醺而已。识彼周孔胡为哉？"生三子，俱学稼。

沈子曰：先生可云穷于命者矣。先生之为人，人人遇之而喜，先生之文竟不遇，人袭先生之文即遇。呜呼！天能穷先生，不能穷先生之文，先生之人未尝遇夫人，先生之文未尝不遇夫人也。命也！悲夫！

甫里先生传 丁卯夏笔

先生，不详其姓，甫里，其别字也。寄居甫里因名，非甫里人也。居甫里将十年，因与甫里将别，先生曰："吾于甫里，不能无感。"今已去，甫里中无先生也。前此十年,先生俨然甫里中人也。里之人,先生约之;里之桥,先生疏之;里之庐,先生赋之;里之生死老疾,先生庆吊扶恤之,是甫里中不可无先生也。先生何忍恝然言去?不知先生之于甫里也,出入不苟,交际往来不苟,动静言貌不苟,门上横山赠以古句云:"杜门或以看山出,谢客惟容问字过。"先生虽居甫里,甫里不得滞先生也。先生何必去?何必不去?故先生居于甫里,甫里中有先生也,而非甫里中之先生也。先生不居于甫里,甫里中无先生也,而即甫里中之先生也。先生于甫里,不能无感。因即以传甫里先生。

陆孝子传己巳夏笔

孝者,百行之本,万善之原,动天地,感鬼神,化强暴,格鸟兽,是故《孝经》成而虹见,孝之道大矣哉!上自帝王公卿,下及士庶,孝行称于当时,传于后世者,不可殚纪。而穷陬迥陌,樵耕袯襫之辈,目不睹诗书,耳不闻训诫,而天性笃挚,孝行纯全,能为科第学校中人之所不肯为,而不得学士大夫、高人才士之一品题,而埋没于荒烟蔓草者,岂少也哉!有明永乐时,集史传诗书所载孝行事实,卓然可述者得二百有七人。此二百七人,何其幸也!余浪迹二十余年,节烈忠孝之事,于樵夫牧竖辈未尝不感之慕之,为之咏歌至再。虽然,余亦草野中人也,身无学士大夫之责,言即当,乌乎传而不知天经地义不可得而泯没者,余能言之。余之言,安见不藉天经地义之大而传也。余向与吴山诸弟子,集孝悌忠信四类,地远千里万里,世远千年百年,况吾桑梓也哉?况当吾世也哉?吾友金子天府,授余《纯孝录》一编,即吾邑今日孝子陆事实也。孝子年四十犹未娶,佣工膳养,江次翁之所为也。麦饭自食,米饭供亲,蔡君仲之拾椹也。佣食可口者辄不食,携归跪献,郭原平之忍饥、颖考叔之遗羹也。父疾十七载,母病十三年,只身奉养,药饵时给,过于张稷之忧疾,久于蔡邕之废寝也。工力所得,节省为两亲送终计,仍不使两亲知,胜于周磐之禄养,勤于子平之营葬也。他如父服辞娶,余惠不食,钱偿僧失,价赔邻物,佣养残疾之族兄,盖付遇雨之走妇,责之读礼之家,谦让未遑,学道之士名实未副者也,而孝子一一尽善如此。呜呼！孝子能为科第学校中人之所不肯为，为一邑风。世之读诗书、握余资者，不能敬，且不能养。三年服未终，拥少妇，击丝竹，对此汗透脊背，掩卷多余愧矣。孝子陆姓，讳元成，父朝惠，母宋氏，家世业农，贫甚，不读书。今娶矣，决其必有后，必大且昌。一孝为百行先，人号之曰百先，崇明平洋沙人。

徐刻字传 辛卯夏笔

徐刻字，名新，字德新，孝子也。身中长，貌微瘦，须可数，性和缓而多气骨，入俗而不流于俗。本籍吴江，因母穆苏籍，居长洲西里。业刻字，精于六书，能诗，不多作，知大道理。与吴中名士往来，不务虚名。凡负虚名者至其家，必缓以绝之，故平生未尝受人欺，亦未尝以一毫欺夫人。人有惠之者，家虽贫，必量惠厚薄往报。葑门袁孝子重其曰："徐君，刻字中之圣人也，勿因其业以亚其为人。且其为人，亦不受人亚也。"深为之援引。娄东王太常隶书匾额，非授其手者，不肯书以付。当时如吴祭酒、李侍郎辈，斗大奇字，风棱挑剔间，毫毛稍不称，经其手，必补出其毫骨，愈增灵劲可喜，一时称其技绝，虽小书亦不苟且以应人之求。予初至吴，方弱冠。彼长予十五六龄，色必下予，予甚重之。比屋居二十余年，两家寒暖深相悉，故其交愈久而愈深。知其十五六时，父即见背，奉寡母以居，未尝一日远离，终母之身不娶。人劝之娶，笑而已，母亦不命之娶。前母兄过，恒多煦沫状，逾于同母。及母没三年方娶，得妻随一子终其身。其孝也，盖孝于无形声者矣。母甚端庄，未尝出内户限，性好洁，即厨灶问亦如镜面。徐恐娶不如意，无以奉母，徐亦如母之洁，故终母之身，未尝露形声以致母愠也。予与徐交三十余年，不见与人有雀角之嫌。见予喜诗，赠予诗韵诗法，平生善成人之美如此。己未灯节十四夜，西里夜半火声，予惊，披衣庭望，在徐屋南，徐方殡其母，抚母柩恸。予家卯奴登屋亦恸曰："不惟徐亡，徐火，予家亦烬矣。"李侍郎惊徐将火，急呼众苍头往救。登屋，风忽转北，火向南，徐母柩得全。予家无恙，有徐孝子为之障也。孝子不肯轻受人惠，而予得蒙孝子之惠若徐者，惜其家世寒而学力寡，揆其为人得之天性居多，加名士一等矣。力葬母于父墓，身虽无子，有兄之子以扫其墓，母七十余终，徐亦七十余终。

沈烟波曰：予传孝子，孝子不因予传重也。予实因孝子障予二十三年，心不能忘，传其实以传之也。孝子何以障予，待其母孝，故能障之也。及予归故里，别孝子，孝子泣曰："三十年交，一朝弃之，生未死，心莫能忘。"予亦泣。不五六年，孝子亡，予未死，终不能忘。又五六年，予受盗焰。呜呼！无孝子为之障也。思孝子不已。又十年为之传。

郭订书传 辛卯夏笔

知天下古今天、地、人三才，家国兴衰理乱，万事万物，九州外国人迹所未及到，耳目所未及见闻者，莫如书。予栖隐鹤市，邻人郭子贤曰："予祖少好书，家贫甚，无由得书。因喜订书，精其技，謦贵家大族之藏，假装潢得肆其涉猎。予初离傅训之日，祖呼而前，嘱之曰，'予家世单薄，无由藉以起家，富贵非我有也。身不能佣以耕，他技又非我能，且非吾愿，业订书自予始，至汝三世矣。天下贵重足以省身成人，兴俗致治者，惟书。订书业虽细，亦清高可自喜，来往俱非俗辈，与圣贤儒者语言，终日相亲，甚不可造次亵慢以从事。吾与汝父订书多矣，有籍可查，无贵家大族、单寒下士，吾视之一也，非一视夫人，一视夫书也。书方折，必薰香端坐以进，考其前后，补其破损，然后两手以提之，束版以服之。及订，整齐其墨引，上下其簿叶，锋刃以截之，砂粒以磋之，重线以绾之，锦套以装之，牙签以标之，然后累叠付其家，层楼危阁以藏之。虽然，有治世之书，有乱世之书，有不可不读之书，有不可多读之书。何谓治世？平天下、正人心，风俗由此淳，世道由此立，此不可不读者也，四子五经类是也。何谓乱世？天下不平、人心不正，风俗由此而坏，世道由此而败，此不可多读者也，小说异端类是也。予因是凡订夫治世等书，书成，心必翘然以喜，必薰其香，肃其衣冠而再拜，愿夫读是书者，异日功名远大，必有以昌明世道，使成唐、虞、夏、商、周，而后可无负是书。订夫乱世等书，书成，心必怒焉以惧，不敢熏其香，亦不能肃衣冠以拜，第愿读是书者，警心惕目，搔案吐詈，毋使世染成桀、纣、幽、厉、秦、随，而后可申戒是书。惜予业订书,无治平之责,广晓夫治世之书,杜绝夫乱世之书,然而不可不端其好恶于予心,分别夫两等之书。两等书中之当读与不当读,当读而时读之,体认于心宜不厌也。不当读,一览之惟恐有累于我心,绝去而痛恶之恐不速也。是在读之者之知所去留矣。业是六十年,目睹夫藏是两等书之家久矣,稽之记籍变迁抑又多矣。好是治世之书者,家必昌以隆,今且欣欣然如鹊之起,禄寿不尽。好是乱世之书者,家竟阴以消,今且戚戚然淫荡不可名言,甚且犯重法,膺刑戮。亦有备藏夫两等书,不能好而读,读而恶之而绝,今且子孙不肖而货焉。线或脱矣,叶或落矣,牙签斜挂,而锦套尘黯黯矣,揭观其里,绝朱墨之迹,手未尝触,而蠹且巢焉,曲折夫蚓道矣。是皆予熏沐肃拜而装潢之者也。呜呼!可以戒矣!"吾于是知子贤之祖,盖贤而有道者也,子贤能守祖说以传其道者也。世无论富贵与贫贱,能端其好恶,虽贫贱,亦心行其道。苟失其好恶,虽富贵焉,身昧昧以终耳。矧其子孙之不肖,显戮阴消,不旋踵而亡,如所云六十年来,淫善之报,可戒如是哉!好恶是非,颠倒久矣,淫邪之风俗,不可骤挽。古今事,书籍所不及记载者何限?群圣诸儒,语言文字,可以日读,而异端曲学,绝圣离伦无稽之说,立天、地、人三才之道者,所当放流而亟绝之者也。人可爽然于读书之道矣。子贤之祖,名谨言,字申之,吴中鹤市人。今其曾孙元爽,能耕,多田,广积谷,为粮民矣。因请不没其曾祖说,为作郭订书传。

渔者传 辛卯夏笔

汉武时,有夫妇业渔奉其母以居者,处南海之韦港,历三世,两死于风波。其妇曰:"驾扁舟,凌万顷,生涯水面,浮萍何异?不如舍舟就陆,量潮汐之深浅,度性命于鱼虾,稍可得日,亦去险即夷之计也。获大而丧身,何如寡得而安命?"于是变舟傲屋,张细网于金滩,坐钓纶于银湾,夫妇日盈篝而归,安寡母,字儿女,妇之智也。一夕风雨霁,星月出。妇语夫曰:"夜虽深,光可乘,汐涨平,鱼哈滩之候也,急往,必盈篝。"夫前妇后,遥见滩上光荧荧,夫惊馁凛不欲前。妇曰:"人生不有命乎?气壮则阴磷自消,何馁为?"妇先勇往。汐已退,磷忽灭,宝光灿烁无算,足不能前。曰："何物也。"俯而掬之，俱元镪。夫益骇，谓妇曰："贫人安望得此？携之归必有灾，不然必变。"妇曰："我夫妇得见，斯幸矣！稽首海神，应归我。不变，非我有。"即变祷毕，不变。妇曰："天赐也。"尽篝之回，凡三往。妇曰："足矣！可以养生送老。"仍业渔，然而夫妇倦矣，将改术。妇曰："我夫妇如此，将必为人所窥。我与若既善操舟，闻朝廷悬垦荒令，给牛种，垦熟，三年毋税。棹此舟而北至两河之旁，择善地投垦其间，郡县人投垦者必众，人不我诘也，且无异乡之侵凌。"于是辞邻里，别故旧，沿江溯淮，至河上，果择善地，出前所获，自称有力，另募广垦分种，岁得粟千百斛，三年外，称巨富矣。善获其宝，善去其乡，而善施其用，皆其妇之智也。时有纳粟受爵之合，夫谓妇曰："予闻人云，四十强而仕。予年正及，予母寿且康，予儿女亦将婚嫁而强壮，富而不显非夫也。纳粟若干，晋级若干，予少出费计可校尉，三年，尔可诰，亦不枉轻去其乡，劳半生矣！"妇净之力，且言曰："无德而富，谓之不仁；无才而贵，谓之不智。我且惧无德以善后，若何更无才而上贵？亲老儿拙，若将善后之不暇而反肆其志以倾前乎？两世风波，我是以去险而即夷，轻去其乡，不得已也，缘高不已，必至于颠。今若又将涉风波以灭顶乎？"夫不听，纳粟受爵，爵守边。不数年，边警阵斩，吏议当失亡多，籍其资，子女配掖廷。呜呼！变夷履险，风波灭顶，智出妇下矣。渔者奚姓，名何，骠骑将军霍前部都尉。

广耐辱居士传壬辰秋笔

居恒每慨风俗之薄，自不能行。间有独行于世者，非且笑之，阳毁而阴沮之，若必欲乱人之耳目，其是其说，然后为快。呜呼！不能助人为善，反逆料其不能终于为善，且怪其为善。予无移风易俗之权，慨且叹而已矣。一日者，读李氏《续藏书》，明江右罗文恭传同乡耐辱居士一事，古人又先我而叹之矣。正德丁丑，居士葬母，庐墓侧，朝夕号泣。逾年风雹伐屋，居士庐独不坏。山多虎，虎夜绕庐不相惊。里中不肖者始以为诈，久之恶其所行异俗，且高出于己，谋阴沮其事。乃结党伪为盗，夜火其庐，执而苦楚之。良久，假手脱，居士无奈何，抱木主奔归，即拥户不出，自号耐辱居士云。呜呼！居士内无愧于心，外无愧于行，能格于风虎，而不能格于里中人。得文恭一传，而阴谋沮其所为者，适足以彰其平日之素行矣。独是当世之人，既莫知重其行，而任不肖者之毁之，又不能正毁之者之罪，而表居士之庐以为法，世之漠不关心固可慨，而居士之全不属意，尤可欣叹者矣。夫居士所为，不过中庸之道，适得其常而已。人自不能行，反以为奇伟惊俗，世又岂独一居士乎？岂非泯没者众，而失表扬纪载者之罪乎？夫忘其表扬纪载而任其泯没，犹且不可，况又阴沮以违戾其诚心哉！今之世即有其事，而无文恭焉与之同乡。或窃笑之，阴坏之，如耐辱居士者，可胜叹哉！居士，吉水人，刘其姓，文恭，讳洪先，嘉靖中状元，道学文章名于世。居士自号曰耐辱，可云不辱其身矣。人而行其事，屋何必不风坏，虎何必不夜惊，是在今之明中庸之道者。

白华庄藏稿钞卷十一目录

烟波笔啸六十编文集   崇明沈寓寄庐著

  记事二篇
    五梅公事记略
    张贞女记事
  墓志铭二篇
    贡监选授州佐杨君墓志铭
    迁曾祖父母墓碣铭
  阡表一篇
    沈安状阡表
  疏二篇
    拟于少保狱中上睿皇帝疏
    重建题安富桥疏
  对一篇
    灵台壁廱考对
  问答二篇
    自问
    与黄生问答
  表一篇
    购求遗书谢表

白华庄藏稿钞卷十一

烟波笔啸六十编文集

崇明沈寓寄庐著　孙丕源曾孙奕蔫 奕范 奕苏 奕董 奕夔 奕万 奕葛 校刊

长洲沈德潜归愚　合定
镇洋程穆衡迓亭

记事

五梅公事记略 乙卯秋笔

公姓沈氏,讳廷扬,字季明,别号五梅,崇明南沙人,乳名百五,长身秃额,立竟日不动,家雄于资,尚气节,倜傥慷慨,邑中人识与不识,咸以百五称之。年十七,补诸生,岁荒民乏,捐四千金拯济乡里,义声震直指。宁波冯某挈子元扬,千里觅馆,与公遇逆旅,公留之归。旬日,请公儿出馆。公曰:"吾未有子,先生与令子安心读书可也。"岁终,以百金送之归,元扬迄连第进士。苏人周应璧,抚宁侯朱国弼客也,抚宁章劾时相温体仁,未几,体仁以他事收应璧以及抚宁,五毒备至而死。公在燕独经纪其丧,返葬于吴。时明季多事,年四十,慨然有经营四方之志,仿汉卜式助边,资授武英殿中书。值流寇乱,河漕难挽,公抗疏仿元世海运曰："安常不必计及海，有变不宜全恃河。"并陈辽饷捷径事宜。上海程图册，辑《海运书》五卷，言行之有八利。既与漕臣朱大典议不合，又抗疏曰："当此主忧臣辱之时，有力者宜效力，有智者宜毕智。"又曰："国初行令如迅雷，趋事如流水。今如此蹉跎岁月，何时而成？臣但愿效忠，不愿博官。愿自买船载粮，先试以为榜样。为国非为身，做事非做官，不废朝廷一钱，不失朝廷一粒。设有不利，臣身当之。"时崇祯十二年十月也，疏八上而克行。十三年，授户部尚书郎，督理海运，忘家捐资，与二三童仆，出死力奔波于海陆四五千里之间。帝喜，面谕抚宁侯曰："居官者人人似沈廷扬，天下不难治。劳费久矣，宜以京卿酬之。"十五年，升光禄少卿。十六年，升太仆正卿兼户部事，开运淮河，屯田泗水，与漕抚史可法竭力呼号，挽滞为通，起罢而捷，往往拂诸权贵意，公自矢不顾也。时抚宁视漕至淮，与公相见。曰："公讳与史、左、洪三公，朝廷亲笔之御屏，出入必顾，示天下此四人可大用。"史即可法，左讳良玉，洪讳承畴。左、洪以兵，史与公以漕也。亡何？有甲申三月之变。弘光立，授公监督四镇兵马，总直浙山东粮储开府淮安。先是公为户部时，梦乘黄盖，前列两印，缁衣人持大盘，托一僧头上献。觉曰："必吾生无子之兆也。"功成名遂，留侯辟谷，与赤松子游。晚年领一衣钵，归老云山，作智识秃翁矣。及是两印列前梦兆已见。然公惟用太仆印，署前太仆衔，曰："先帝厚恩不能忘也。"筹济镇饷，与淮抚田仰，竭力调剂。而君荒臣眊，将骄兵惰，南都瓦解，乞降之不暇。公纠旅航海，敛众舟山，为恢复计。时下江南帅杨公绳祖，遗书招公曰："抗节波涛，公之大志。其如大厦，非一木所支何？"公曰："轮囷离奇，方寸皆材。夷齐何人，愿以舟山作首阳，可也。"因聚众斫石而誓曰："鞠躬尽力不能毕吾志者，有如此山。"山灵海若，备闻此言。时尊隆武命，为都察院御史，兼户兵二部侍郎，总督浙直水师。丁亥春，统舟北上。松江督帅吴公志夔，湖山义旅吴公易，杨公廷枢为联络遥应。然天心攸属，人谋不臧。四月十四日，飓风虎起，黑水蛟翻，舟胶于福山之徐六泾滩，遂见执俆元昇，麾下人七百从焉。呜呼！公之壮志虽未就，是风者亦天之所以成就吾公者也。巡抚土国宝，坑七百人于姑苏娄门之李王庙。坑时，土向公曰："惧乎否？"公徐曰："七百人，义士也，倚吾为主，我何惧！"笑向七百人曰："尔快去，无留恋，早晚来随吾。"七百人齐声曰："谨俟公。"其声如雷。迄今阴雨，青磷出没，尝闻呼啸声，娄门人言之，舌犹吐不能缩。土曰："公真铁汉。"劝公剃发。公曰："安见铁汉肯薙发乎？留此几茎，好见吾先帝于地下。"于是槛送金陵。见内院洪、固山巴，公背立不顾。洪与公有旧，欲脱公，曰："尔是假者，闻沈某已为僧去矣。"公曰："沈某是真，洪某是假。洪某守死辽阳，御祭谓何？"巴曰："洪某已不认，尔在海何为？"公曰："吾行吾志。"巴怒形于色，命武士转公身，掌公颊。公曰："吾死且不惧，讵畏掌耶？"箕坐于地，指洪大骂曰："天下事都坏汝等。"洪命送之按察司狱。时门人周公亮工值按察。亮工，前令潍县，受公荐举者。劝公薙发，出涕曰："亮工与公昔日同事，天命有在，公一人何苦乃尔？"公张目曰："我不识尔，昔日同事诸公，皆先我尽节矣，我死犹晚也。"推冠指之曰："尔晓此千条万缕者，父母浩气所种乎？头可断，发不可断。"劝者益力，公持志益厉。七月一日，门人韩范进狱慰问。公命酌酒，未半，公下视，若有所思，韩忽下泪，元昇亦下泪。公忽起，厉声曰："侄昇泪胡为？吾今以美事贻尔，泪胡为？"韩曰："恐公有所思，思家乡耳。"公曰："国已破矣，何用家为？忠臣不怕死，不顾家。死期已到，将有慷慨之行。有所思者，思文天祥辈耳。"述前梦缁衣献头事历历。重命进酒，畅饮竟日。顾旁一卒侍，命韩酬之百金，曰："劳尔刑时择一利刃。"卒有恶状，曰："小人何敢？"公曰："古今成败大事，忠臣尽志时候，不杀不了，与汝何碍？"二日酉刻，公方巾宽袍，轿至淮清桥，南拜讫，从容仰卧，自撩其须曰："来杀！"推刀断喉而卒，侄昇亦如之，时年五十三。杀之时，地忽起一火如斗，向南而坠，人马皆惊。送之者，门人亮工等，所以得从容就义者，亦亮工与内院洪念旧之力也。夜分，洪命仍以衣冠得归葬于虎丘山塘。妻袁氏先卒，妾张氏倾囊中金，置墓前祭田四十亩，守其冢。太仓诸生吴受以诗吊之曰："为愤忠良是曙星，特凭尺土当重城。心悬越峤常云起，血入岷江更水清。故里尚悲颜可识，新朝亦叹面犹生。不知科目人多少，国忌谁曾恸一声。"夫田横，齐国之亡命，从海岛者五百人，感义自杀，史册犹张其事。公堂堂天朝，为国忠义，抗节航海，其人为何如人？侄昇为何如人？七百人又何如人耶？公之忠，昇之孝，七百人之义烈，洵足垂之千古。乃知公之为者，不敢传公,即欲传公,又其人不足传公。虽然,公之人,天生之,天下必有天生之人,自能传公者也。小子寓,忝为公侄,恨生也晚,不能尽知公之行事。其遗文悉沉于海,海运诸疏,已足不朽,然亦仅获其半。呜呼!传公者未知何人也。寓将有家乘之修,搜得虞山之《初学》,栎园之遗书,四明冯氏之手札,暨高阳文若之口授,汝南云芝之笔记,并内史硕甫之亲见,父兄故老之晤言,其气浩然,其节凛然,其生平大略有如此。记于烟波深处,附传公者不朽云。乙卯秋日,侄寓谨笔于无定舟中。

张贞女记事壬申秋笔

古今动人羡慕感叹,不能自已者,惟节烈慷慨之事。而出于妇人女子者,尤令人悲酸痛悼,咨嗟遐想,而不自已。朝廷三十一年以来,吾郡如吴县周贞女,茂苑王贞女、苏贞女,松陵计贞女,一时名公巨卿,为之传,为之诗,以纪其事。今吾瀛洲有张贞女以守节循礼著闻。贞女年二十二岁,夫樊,同庚,贫未克娶,辛未秋入泮,讳悟,今壬申夏五月十七日病亡。贞女闻讣,脱簪珥,易缟素,恸绝复苏者数,志在奔丧。父母亲戚阻之行,曰:"樊生孤贫,少育于外祖张,柩将别厝,汝欲何归?贫无立锥,汝同谁守?"贞女曰:"张公,吾宗也,世读书,能知礼义。古人有程婴杵臼,今岂以樊生贫贱死生而有二心耶?吾十指夜纺朝绩,足免冻饿。吾至,求樊氏子为之嗣,忍听其无后斩祀耶?"言讫,欲自尽,遂许之行。二十二日,肩舆赴灵前恸,麻衣八拜而起。求见外祖张公,求立樊氏后。樊、张二族推悟之党兄次子四岁者为其后,成贞女之志也。厥后,以月之二十二日为常,陈生之书籍,设生之裳衣,瓣香酌酒而哭告曰:"夫亡无相见期也。二十二日,氏归夫终身之日也。夫志不遂,四岁嗣在吾能保之,继吾夫志焉。"百日后,父母欲贞女宁家。贞女曰:"氏之奔丧守制,与出嫁迥异。父母欲一晤,可来,吾不能往。俟吾嗣长,志能续夫,此吾归宁之日也。不然,终身守吾夫灵,不敢一举足阃外行也。"呜呼!二十一史中,食其禄而尽其节者甚多,求如贞女之不食其食,求立其后,志在血食其禋祀,亦不概见矣。况贞女向后之年遥遥未艾,从容自誓,托孤寄命,樊氏、张氏与有荣施,保护之者,当尽其道焉。敬为之纪其事。

墓志铭

贡监选授州佐杨君墓志铭 甲午夏笔

君姓杨氏,云龙其讳,时乘其字。杨之先为世族,其别族于瀛海也。自宋季始,由元历明,代有伟人,为瀛巨族。迨我皇清鼎兴以来,时乘其最也。字悦泉,讳振绅者,王父也。王母黄氏,同心拮据,其兴也勃然,发祥之首也。字新侯,讳鼎宰者,父也。母施氏,贤而有礼,相夫子以守成,谨厚称于乡里者也。丈夫子一,时乘君是也。年未冠,有成人度。始而母丧,继而祖丧,未几而父丧,不逾年而王母又丧。既无伯叔,亦鲜兄弟,遗两幼妹,谁怙谁恃?四年之间,遭此闵凶,孙也而子之,子也而父母之,茕茕孑立,事不失礼。娶沈氏,为诸生讳靖远女,诸生讳金斗从姊也。同心拮据,不啻如昔之王母佐佑夫王父者,宜其勃然再兴也。两妹,一适某,一适某。君历尽诸艰,内应外酬,能而得体,三党朋从,翕然称服之。克自树立,莹声黉序,缘例监贡,选授州贰。门闾既廓,交游亦阔,客无虚往,席无虚设,名声籍甚。望门投纳,途穷之贫士必周,晚路之茕孀必济。待举火者时至,完家室者恒告,能推祖父之余光,赖获同心之内助,虽其量也,亦甚仁矣。惜也!年仅知非,终身不育,竟乏其嗣。幸内助之贤,推立胤子守故业,筑牛眠。嗣子讳某,亦娶沈氏,即嗣母沈孺人之从弟、讳金斗、字辰远女。辰远与时乘为从姨兄弟,中添从郎舅,今又称儿女姻,内以姑侄为姑媳也。卜葬有期,介其岳请予志其墓。墓在某所,某年月日,铲诸石,而纳诸圹中。金斗,予之三服侄孙,既悉君生平行谊,敢不拜手以志君墓而铭?

铭曰:弘农氏世大其族也,扬与杨昉自唐封。吾瀛之土世有伟人也,不识子云伯起其何踪?君今其安兹牛眠也,高其马鬣而荫百尺之松。行将大于嗣子嗣孙也,亿与绾而隆隆。君其不朽也,世世有崇。

迁曾祖父母墓碣铭 后丙申夏笔

呜呼！世岂有为其子孙而不顾其祖父者乎？顾其祖父而不顾其高曾并高曾以上，亦断断乎其未之有也。何也？吾之身所自来也。然亦不可谓其竟无之也，有之，必其子孙非贫病则斩嗣。斩嗣者，其心必忍，以为我嗣既斩也，而又安望我高曾祖父母之得以荫庇夫我也？贫病者，转念多恨，以为我既病也，身且不保，而兼之贫也，时更难竢，高曾祖父母之不见谅夫我也，甚矣。恨则忍之所由致，忍则恨之所必到，甚之拆园货砖，忘禋绝祀。恨也，忍也，又安望其顾我高曾祖父母？托之可以行事，推之可以成事也乎？呜呼！此吾老五房侄某之所以俯望西洋而泣，老大房侄孙某之所以仰盻西山而悼，西洋田没，西山祀绝，亦事之无可如何，而非我侄与我侄孙之过。曾祖父母墓，万历中葬于烂沙合套，松柏翁葱，佳气隐隆，相者云："当出翁封，嗣不副望。"然曾祖以下，五房大房登黉宫者三，内岁贡进士一授训导，文试三第一。四房登黉宫者二，国子监生一。五房登黉宫者四，内廪膳一，惜强仕过三卒，文集散佚，入秀监者一，授县佐，为武庠者三。五传丁有百六，富厚称于里党者指双掌屈，亦可云曾祖之福庇卋子孙也。不浅矣。谨述曾祖讳灿，字德明，号南畴，生于正德己卯，卒于万历辛巳。曾祖母龚氏，合葬有传，生五子。大伯祖讳塈，号小畴。大伯祖母徐氏，生一子。继伯祖母杨氏，生四子，两氏同附葬，有传。五子俱别葬，讳号另详。二伯祖讳场，号敬畴。二伯祖母宋氏，同火附葬。生四子，俱别葬，讳号另详。三伯祖讳壕，号仰畴，生于嘉靖辛亥，卒失传。三伯祖母宋氏，生于嘉靖乙卯，卒于天启辛酉，火附葬。生子友闻，号怡畴，寓堂伯也。伯母施氏，火同附葬。子讳从洙，字圣祥，酣歌废业，晚过虞山训蒙，嗣绝。四即吾祖，性温气和，知烂沙之不久，识东旺之有时，举室迁县城东五十里堡镇东沇富状。讳圯，字书桥，号奉畴。祖母顾氏，合葬堡镇西沈安状万历元年地，生卒详传。生六子，二伯父、伯母附葬，讳号另详。五叔祖讳瑽，字元渐，号厚畴，敏而好学，著《怀葛集》《旦省录》，散佚。叔祖母施氏，合葬长沙地，生卒详传。生二子，讳号另详。呜呼！曾祖南畴公之有此五子也,田连阡陌,僮奴千指,而五子亦各能树立传世,葬于烂沙合套,在万历中年。今因海啮迁葬,谨择箔沙陈六状地,亦万历中年得拨东三十里,即东旺沙,与蛇山盼望。寓生于崇祯己卯,庚与曾祖同,中隔三己卯十有八年,年今七十有八,得迁葬曾祖父母,异数也。是地也,吾父缘吾祖之东迁,识明运之将衰,置买于崇祯末年,避难居此,分授于寓。在今清之康熙元年,相土之师云:"此壙地南北约长三百余步,北头吉,南头更言,自南自北,君其念之。"呜呼!异哉!天欤人欤,数也。头与畴同韵,得无念尔祖乎?凡为吾曾祖后者,俱当念之。地理验,祖号显,天数合,人事和,敢不聿修厥德?是役也,启烂沙合套故墓之园,择今康熙五十五年丙申夏四月八日丁酉,斗定日午时,停至十一日,自烂沙买舟,循海道,迂回而东六十里,从当沙港至大通河换舟,舟人失守,园砖散逸,由倪龙江桥转入大常河,过米行镇,计程共九十里。至十三日,室收日午时,定葬穴道,轿我曾祖父母居正中之位,地名陈六状北则,万历二十二年拨民。从葬者,大伯祖、二伯祖、三伯祖父母,暨堂伯祖父母,共十一位次,作五金井安厝。缘农忙,恐梅水泛潮;另择冬藏吉辰筑靠山,挑方基,开泮池,勷成风水吉穴。是壙之地北高南旷,四望邻宅悬远,面河,东西潮聚汇。计日有九。计工五九,聚会孙子十有余。始终其事者,胞弟儒,年亦七十有四。启园时祀土神者,侄某某,侄孙某某。安厝时祀土神者,侄某某,侄孙某某。寓年老矣,喜首其事而尾其功,得天日之晴明,地理之安康。厝毕,暮同相师、胞弟,乘月还惠民河儿家,漏已三下五鼓,雨大注。越明日,宴相师。云:"厝工毕雨注,神龙行水,吉兆也。"呜呼!无论其他,曾祖父母暨伯祖父母,既安且康,予心毕矣。窃思是墓之子孙几二百,当代高曾祖父母,祭而启葬,葬毕而祭宴,而不一至者独何欤?可谓顾其祖父者乎?而又安望其顾高曾以上者乎?噫嘻!惟仁与义,可以行事;惟礼与信,可以成事。纵多智巧,断凭天道。是故,铭于碣以示之。

铭曰:皇天后土,锡福平舆。既得地理,更合天时。凡我后人,口锄曰书。循规蹈矩,毋玩居诸。虽有智巧,全恃天施。天之降福,惟公无私。

阡表

沈安状阡表 辛卯夏笔

呜呼！此吾先君子守隐公、吾母吴兴君合葬之墓也。自宋季吾始祖节隐公弃其尚书员外郎，避世来瀛，至吾守隐公十三世矣。传家耕读，未尝卜宅于城，节隐公之志也。故先君子曰："身不能仕，须为真隐。身不能创，须当善守。吾其守隐也，守志也。守隐云者，自号成节隐之志也。"守隐生于明万历庚子六月二十日亥时，吴兴生于壬寅十月二十五日辰时，差二年。吴兴卒于清康熙乙巳六月二十七日辰时，守隐卒于戊午十一月十七日寅时，后先十三年。守隐生年七十有九，吴兴生年六十有四。守隐卒八年，丙寅四月九日，同吴兴合葬，即今之阡表，在沈安状万历元年地大通河阳也。阡表之东，即奉畴公武陵君祖父母墓在焉。风水家以为父抱子，两墓屹立。尝记守隐公扫墓时，指而言曰："葬尔祖父母，在康熙癸丑十月十日。窀穸之刻，天南云起，雷声一震。曰：'予家世隐，雷何震为？'"越十三年丙寅，葬我守隐，方起土，获一钱，背文有守隐公下一字讳。长兄曰："顶兆也。"漆灯犹未灭，吾家之故事也，葬之必获吉。呜呼！世有隐行，获吉何疑？守隐公讳运昌，字时彬。吴兴君施氏，讳庭梅，派出竹山。守隐曰："予夫妇四十五年，生一女五子，勤劳笃训，始终如一，未尝有一事一刻愠见于面，一生砥砺，淡泊自甘。明季之守隐，无愧于宋季之节隐，可以考隐迹于十三世中矣。"始祖节隐公，字子芳，扈跸南渡，都统公之曾玄，世出河南平舆吾聃季公采邑，始受姓之地。返葬勾曲，不忘世官于宋也。二世祖悫隐公，字震卿，宋之太学。三世祖安一公，讳景旸，为元处士，卒葬瀛西洲，志继避世也。清顺治壬辰，从朱昨状迁葬沈安状大通河阴，称平舆氏总墓。四世祖华父公，讳彦彰，次居北宅，称北分。五世祖善隐公，讳德芳，生六子。六世祖一隐公，讳熙宗，字克承，其长也，称大六分，生四子。七世祖挺芳公，讳镛，其次也，生佐、佑。八世祖端夫公，讳佐，二十七岁亡。祖母陆守节，葬俱在排年涂，称北分总墓。九世祖尧夫公，讳惟仁，三岁父背，能受训于节母陆,称创业之伟人,六子各授一宅,称小六分,义风彰世,棠、棣、梁、寰、棁、栋,名声不衰。十世世瞻公,讳梁,小子寓高祖也,守而兼创,无忝前人。两世墓葬享沙黄虎状。十一世曾祖南畴公,讳烛,字备明,兄弟三人。曾祖居季,孝弟世行,纂序有曜,墓葬烂沙。生五子,修世隐图。四即吾祖奉畴公,讳坯,字书桥也。生六子,先君子守隐其季也,墓抱守隐。守隐虽少,善事吾祖,善让五兄,尝作训曰:"人莫重于孝悌,为人不识孝悌字,何以读书?读书不行孝悌事,何以为人?圣人开章言学,次章论孝悌,吾子其谨识之。识而不行,非吾子也。"始祖自勾曲入海,吾一支未尝有出仕之人,然少小必谆谆以读习为先,亦未尝不具出仕之学问。世守隐志,尤必以耕锄为重者,恐子弟一至于失业,流为挑达,不孝不悌也。夫吾家至四世而传分南北,至六世而北分又传分为六,吾一支北分相传,为六分之宗也。七世而又分为四,八世而又分为二,九世单传,即吾三岁背父、节母陆训之成人高祖尧夫公也。十世而又分为六,吾曾祖世瞻公其第三分也。十一世吾祖又分为三,十二世吾父又分为五,至今十三世。吾兄弟又六分矣,吾北分大房一隐公相传,六世、十世、十三世,三传六分,丁之盛莫过于此。其事业,其学问,较大小六分何如也?屈指躬传以来,兢兢无失德,业亦未至于废坠。予年七十有九,老病不堪久度,谨择鲁论"温良恭俭让"五字,分记吾五子分书。顾此五字,回环思义,为人在兹,兴家在兹。先贤有云:人之将死,其言也善。吾五子其无失先世恒业,其善识之无忽。呜呼!先言具在,敢不佩服?吾守隐公生予兄弟五人,予行六分居四,生崇祯己卯九月五日酉时,时守隐公年三十有九,吴兴君年三十有七。值明季荒乱,九岁始就外傅,然海波不靖,学何以殖?守隐与吴兴,每为诸子忧焉。吴与君生予得嗽疾。然鸡三唱,必唤予等起学,亲为予等梳。日初出,必催予等至馆。夜膳毕,亲燃灯,必嘱予等读。君虽嗽睡,专听读声,严为警戒,岁以为常,勤劳于五子者,次序四十年。疾缠身者,半分其年有余,年仅过下寿以终。呜呼,痛哉!守隐规子以大端,吴兴矩子以细行,迄今为之子者,年已七十有三,读《小宛》而惴惴,读《蓼莪》而哀哀,同彼昏然而莫知者,能不忝然于吾父母也哉!噫!二人如在,明发忧伤,平日素行,惠及于人者恒多。寓生年晚,长复远离,不及日记何以表扬,寓罪无赎,行将思树碑于墓阡之阳,惟表我父母训子遗言,为五子之后人,读而知守世之不易。是日也,六月二十二,为康熙辛卯夏去秋归之候,大风拔木,急雨助潮,警而记之于白华庄竹屋。

疏

拟于少保狱中上睿皇帝疏 辛卯夏笔

天顺元年正月十五日,睿皇帝复辟,逮少保于谦、内阁王文,及都督范广等于狱。廷鞠,王文反复力辨,谦俛首不语,但言石亨等意欲如此,辨之何益?法司承亨等风旨,竟以"意欲"二字附会成狱。帝犹豫良久,曰:"谦有功。"众未及对,徐有贞直前曰:"若不置谦等于死,今日之事为无名。"帝意遂决。少保谦在狱中,上疏辞睿皇帝曰:"臣谦万死。臣谦有言,臣头可断,臣心可鉴。臣之功,在太祖、太宗、天下臣民者。不意臣之罪在徐有贞、石亨等,用'意欲'二字杀臣。谓今日之事有名耶?天下者,太祖、太宗传之于陛下也。陛下之天下,太祖、太宗之天下也。陛下当日北狩,陛下之天下已失矣。陛下今日复辟,陛下之天下已得矣。借问当日致陛下失天下者何人?今日致陛下得天下者又何人?倘当日陛下北狩不归,则今日之天下,已非陛下之天下矣。倘当日景陛下不奉皇太后命代总国政,抚安天下,及命臣谦兵部握兵权,则太祖、太宗之天下恐不可问,而遑问今日陛下之有天下耶!又遑问景陛下七年代理太祖太宗之天下耶!此天下者,景陛下不得而遽有之,陛下亦不得而遽有之者也。假使当日陛下北狩,皇太子时年二岁,臣等即奉太后令,承教而立,陛下为之父而陷身于北,太子为之子而正位于南,猾虏之心,安知不以宋之徽宗待陛下,而以宋之高宗待太子?握重货在箧,要求无厌耶!则陛下之返斾终无期,而襁褓之太子,左右国政者,安必其无他?况陛下之英明,尚不能保臣身于今日,而臣之一身,安能保之于太子世,定谋帷幄,太祖、太宗之天下必无恙耶!伏乞陛下细思而审量之。无论景陛下有恙不起,固陛下之天下,即景陛下无恙在位亦未始非陛下之天下。天下者,太祖、太宗之天下,陛下自得之而自失之,自失之而又自得之,他人孰得而夺之以与人耶?贪位要宠、招权纳贿之辈,有事则倡南迁,保妻子,委陛下于草莽,无事则固高爵,争夺门,擎陛下为孤注,陛下独知此辈为今日之功臣,实不知此辈为陛下昔日之罪臣。在臣身为陛下七年之罪臣,实不知臣心为陛下万世之功臣。浸假天不生臣身于陛下北狩之时,诸臣不以太祖、太宗之天下为重,而一旦作宋高南迁,在太子身或无恙,而陛下不为宋徽,不可得也。天幸生臣身于景陛下佐辅之日,违众论而独断,重视太祖、太宗之天下,京师陵寝根本不可弃,山河土地尺寸不可裂,设谋定计,保守关隘,风鹤之人心始固,鼠首之臣辈亦坚。斯时也,社稷为重,君为轻,不知者以为臣专也。臣不专则事不集,臣非敢真轻夫君也。社稷能保,然后徐图君耳。昔楚项置汉太公于俎,命须臾难保,而高祖视之不过以为分我一杯羹耳。当时不谅高祖者,以为天下不顾家,而不知漫语轻视太公者,实所以速太公之归也。景陛下之待陛下,何以异是?而孰知臣谦已获罪矣。设使当日臣亦同众轻视社稷,不能保陛下,其能保有今日之天下耶?在臣以为太祖、太宗传之子子孙孙,曰惟臣谦之功,陛下七年南城,则曰臣谦有罪,忌功媒糵者,因得以为口实杀臣,称今日为有名也。呜呼!死则死耳,一腔热血洒于此地,未识陛下日后待此辈何如耳?一心可以事百君,死生利害,惟其所遇,臣尽臣心而已。臣头可断,臣心可剖,狐死不首丘,鹿死不择音,太祖、太宗在天之灵可鉴。纵陛下不思臣,意欲死臣,他年必有思臣,彰之青史者。叩首叩首,臣谦待死。臣谦辞疏。"

重建题安富桥疏 庚午春笔

邑中之桥,巨者难以概举。由城之东门东行十六里,至第二条竖河,曰"第二条竖河桥"。东行再十四里,至新开河镇,曰"新开河桥"。东行再二十里,至大通河头,南北者曰"大通河桥",东西者则曰桥而已,余今题之曰"安富桥"。夫是桥曰"安富",向无是名也。且邑中之桥,名以河者居多,此独名以"安富"者何?桥跨当沙港,港之西曰沈安状,港之东曰沈富状,两状相凑,名曰"安富"。《传》曰:"安富尊荣,适相符也。"港南北相通三十余里,而是桥跨其上,居邑之中路东西大道,如其邑之长，官府循行，往还于斯，车马奔驰，络绎于斯，商贾行李，人民肩挑背负，争出于斯，望气者曰："崇邑之势骎骎而东北矣。"堡城之镇，绵亘十里，当沙港之潮汐，日见汹涌，是桥也，环石以锁之，以结其气，镇之南北东西，安者益安，富者愈富矣。惜无好义公且能者，募成于是镇，而里中之老者曰否否。石者未可旦夕就也，且未可廿两百两计也。桥已圮矣，不及虑远，姑就里中疏之，工省则易成，不如木之便。若夫石，非不坚且久，而争利者锱铢必算，望其慷慨曰：镇之南北东西风水攸系也，且俟诸异日有力而能破悭者。余曰唯唯。遂疏之，建题安富桥簿首，告之里中，先襄成未木者。

对

灵台辟廱考对 辛卯冬笔

愚读文王灵台之诗，而知台之作，明天道以立世也。又读于乐辞廱之句，而知辟廱之兴，明人道以治世也。天道也，天之所有事也。人道也，人之所有事也。天事不立，则天道不明，世胡由以立？天之所以为天，苍苍而已，岂第苍苍而已。人事不治，则人道不明，世胡由以治？人之所以为人，懵懵而已，岂第懵懵而已。寓考灵台之所由作，作于黄帝之世。帝立占天官，因而设台。台高二丈，周四百二十步，所以候日影，占星象，望云物，命羲和占日，尚仪占月，车区占风，鬼臾茞占星是也。天之事历历，而天之为道彰彰。人世用以立，四时不言而喻，所以谓之灵也。文王之灵台，文王因之也，然不独文王因之也。考辟廱之所由兴，兴于有虞之世，上庠下庠，国老庶老，贵德尚齿，尊贤尚宾，命伯夷典礼，夔典乐，契为司徒以教是也。至周谓之辟廱，辟璧，通；廱，泽也。水旋丘如璧以节观者，故曰璧廱。人之事历历，而人之为道彰彰。人世用以治，五伦不言而喻，所以镐京璧廱，东西南北无思不服也。周文、武之璧廱，周文、武因之也，然不独周文、武因之也，自古帝王莫不登灵台，幸辟廱，昭天事，宣人事。而后世能行之者，惟东汉之明帝，永平二年春正月，宗祀光武于明堂。礼毕，登灵台而望氛祲，察灾祥，幸辟廱而行大射养老礼。举三老五更,帝升堂自为辨说,诸儒执经问难于前,冠带缙绅之人圜桥门而观听者,盖亿万计,当世以为荣。然论者惜桓荣授经,专门章句,不知仲尼修身治天下之微旨大义,故其君之德业如是而止。若使子思、孟子之徒遭遇此时,得行所学,则五帝可六,三王可四矣。今世非无灵台也,钦天监之司天台是也。今世非无辟廱也,国子监之太学是也。能行之者,何异黄帝时之灵台,周文、武世之辟廱。天事人事正,而天道人道明。于变时雍,即唐、虞;太和宇宙,即成周,古帝王之德业在是矣。因命灵台辟廱考,愚敢述其说以对如此。

问答

自问丁丑夏笔

予读尹彦明"人本与天地一般大,只为人自小了"之语,而有味乎其言也。更读子思子"天地之大,人犹有所憾"之语,而觉平日之功夫,何矜张浅陋一至此也。予也,少不知所为学,及长,无师承,亦不知所为学。东西南北,出游十年,知所谓学者在是矣,久之而自悔者半。墙壁户牖,著作十年,知所谓学者在是矣,久之而自悔者又半。今归故乡,将九年矣,其所为学者,心领而自得之。及反复古人成语,而自问夫所为学,何自小于天地而与人喋喋也。悔不一悔,天何言哉?终身守之。乡之学,真不知所为学矣。呜呼!十年知言,十年养气,老至茫然。自问生平,其将何以对吾父母,以对吾天地?惟自问夫心而已矣。心一日不死,心一日此学;心一日能悔,心一日进于此学。学无穷,悔亦无穷。呜呼!至诚之道,可以前知,而究不知所为学乎?天地无私,日月常明。吾心一点风过云行,前言足味,往行宜赓,力田之暇,性理深耕。

与黄生问答己未春笔

岁十有三日,北海有黄生者,不知其与汉之叔度何如?不知其少也,克尽夫扇枕温衾之职何如?但自称曰渔逸。渔逸求见先生者再矣,恐有他山之约,故敢乘新岁之间,涉百里之汪洋,喜获朔风于一旦,斋宿而后见。再拜而起,曰:"钓台消遣者,平日之诗集也,敢抱来前,未知有合于古之为诗者,且与今之为诗者相去何如也?请教。"予曰:"坐。"茶竟,然后发问:"我未阅夫君之诗,于古何如,于今又何如也?且问君之志于诗者,钓而诗乎?诗而钓乎?钓而诗,于古不远;诗而钓,于今不远矣。古人之于诗也,半生于温柔敦厚,得天地之佳气,间有不得志于时,如清夜之鹤唳,萧疏远引;如微风之鼓涛,幽郁移人。今人之于诗也,半出于牢落不平,吐人世之戾气,少有不得志于时,如风蝉之引翼,喧哗叶底;如雨蚓之发窍,琐细泥中。钓而诗,无意于诗,诗从钓而得,情动乎辞,有不期然而然之致。古人之所谓'诗也,可以云群而不党者也。'诗而钓,有意于诗,钓从诗而见,声荡于情,有无可如何之事。今人之所谓诗也,难以言矜而不争者也。君自思之而自言之,而后可以消遣钓台,忘情斯世矣。命之曰逸,去北海、桐江不远矣。"生曰:"可矣哉!先生之论诗也,不止于论诗也,生闻命矣。"复拜而起。片言机合,酌之酒,竟其《钓台诗集》,送之河干而别。

表

购求遗书谢表 丁卯秋笔

伏以圣世崇文,虎观网九州之秘;王家稽古,秘书罗二酉之藏。宇宙山川,玉掩名贤著述;英才廊庙,金搜传世篇章。藜阁声宏,芸香价溢。臣等诚惶诚恐,稽首顿首上言。窃惟河洛献先天之象,八卦兆开今古文章;典谟接传道之心,六经包举乾坤义理。汉代每举石渠著作,唐人多称文馆编修;通考刊于延祐之年,性理集于永乐之日。必濂洛关闽之书出,而后禹、汤、文、武之心傅;必治安天人之策收,而后汉、唐、宋、明之业广。慨自饰刑名于道德,焰尽祖龙;谈性命于老、庄,风靡司马。六朝三百载干戈,道丧文弊;五代十六国战争,礼坏乐崩。遂使治世名才,老作述于山林经济,亦有安边妙策,弃简帖于酱瓿盐梅。兹盖伏遇皇帝陛下,体备参三,统传精一,圣以师圣。聿兴愿学之心,治益弘治;

爰举购求之典，诏兹督抚。不惜大盈之库，颁于州县，莫遗断简之章。或关治道，或切养心。正学焚书，忠臣之榜样；智舒质实，隐士之规模。埋山片纸，堪与景星丽日俱昭，胜国遗编，不使蔓草荒烟同尽。云霞灿烂，陡传光发萧斋；金玉铿锵，又见声开鲁壁。出诸云水之乡，簿染苍苔碧藓；登之天府之国，套含玉轴牙签。千金一字，人歌盛世之重文；万里片言，时唱熙朝之大典。臣等学惭鹿洞，志慕龙门。士安陈请，尽给秘禁之储；班嗣遭逢，久赐群书之副。伏愿益勤学圃，广辟文林。访道崆峒，茅殿松轩之意；探书委宛，丹文绿字之传。则不待金光熠耀，文星常护于薇宫；抑且玉树琳琅，群彦咸趋于秘府矣。

白华庄藏稿钞卷十二目录

烟波笔啸六十编文集　　　　　　　　崇明沈寓寄庐著

书十二篇
　　武陵桃贻泰山五大夫松书
　　上汪钝翁先生论文书
　　与侄蓝生书
　　与铿尔山人书
　　与施竹山先生论初学集书
　　答金天府书
　　贻侄蓝生书
　　答施竹山先生书
　　答陆星洲乞诗文书
　　答梅雪村书
　　与长兄书
　　答王佑君书
柬二篇
　　柬宋聚揆
　　柬复隐南
启二篇
　　告宅神启
　　瀛堡诗社启

白华庄藏稿钞卷十二

烟波笔啸六十编文集

崇明沈寓寄庐著　孙丕源曾孙奕董校刊
奕蔿
奕范
奕苏
奕夔
奕万
奕葛

长洲沈德潜归愚
镇洋程穆衡迓亭　合定

书

武陵桃贻泰山五大夫松书　甲戌夏笔

秦皇帝二十八年,东行郡县,封泰山,避风雨,休于大树下,诏封其松为五大夫。五松惶恐不知所出,曰:"秦,虎狼也。脱不受,迫之以斧锧,吾五松不知死所矣。"明哲保身,诗人称之,遂相率奉诏。后六年,坑诸生于咸阳者,四百六十余人。卢生、侯生因亡去,匿于泰山下,松因欢欣鼓舞,私相慰藉:"《易》称见几而作,吾等之谓也。"武陵桃源洞桃闻之,贻尽于泰山五大夫松。其书曰:"南北迢迢不相闻问,秋风萧瑟,鹤侣遄归,过我而谈及君家受秦五大夫之职,并述君始恐恐然,终欣欣然之象,愚与君,同树立于天地间,素知君家为夏后氏社稷臣,与竹氏、梅氏,称岁寒三友,多磈砢之节,具龙鳞之表,尤与柏氏称知己,相比辅,人世间共目栋梁之器也。尝诵法孔子,受知圣人,美其后凋。今君所为缩朒若此,社稷臣固当如是耶?后凋者能无见愠于孔子耶?岁寒者能无失色于梅与竹耶?栋梁之器能无见诮于人世间,为柏氏羞耶?彼秦者,弃礼义而上首功之国也。君生于齐鲁之郊,太公周公之遗教犹在。鲁仲连亦齐国士耳,不肯帝秦,欲蹈东海而死。而君受知于孔子,反出仲连下耶?君之王秦迁之共,处之君与柏氏之间,呼君,君听其饿而死,褎如充耳耶?或者又曰:齐之王降秦,齐之臣无不降秦者。君当秦之时,处齐之地,不得不尔耶?然于吾楚则大有异矣。楚虽不能自立,而尚有吾桃源一洞,妻孥熙熙,鸡犬闲闲,黄发儿齿,犹奉周家正朔也。天下称四大家者,桃与梅、李与杏;绩称二大家者,松与柏。今日者,愚可以对梅氏,而君不可以对柏氏;愚未尝与梅为岁寒友,而独可以首梅称。君与竹梅结岁寒友,居首,而乃今而后,即甘居梅下,曰竹梅松,颜觉赧矣。嗟乎!秦上首功而弃礼义,其祚天不永也。为君计,莫若善辞其大夫之职,挂冠于泰山之前,如我桃源洞避之,庶几无负孔子之知。不识洞径,问吾楚地渔郎,倩彼一引可也。越冬迄春,鸿宾归便,顿首贴书。吾洞虽小,别有天地,春水将发,落英片片,大不寂寞也。"君子以为桃源隐者,远出五大夫松之上。呜呼!曾谓泰山之松,不如桃源之桃乎?

上汪钝翁先生论文书丁卯夏笔

某幸读先生《乙未房书》者三十二年,幸见先生古文辞刻于坊中者已二十年,幸闻先生勤勤恳恳训迪夫后学者亦十余年,而居处又幸非千里百里之遥,而卒不获一睹先生容,一领先生言,先生固望隆而门峻也。而某山林伏处,年四十九矣,未尝一修刺出见当世先生长者。某亦宜山林终老,而又何以兢兢于先生一见之幸?韩退之有云:"仁义之人,其言蔼如。"欧阳永叔亦云:"道胜者,文不难而自至。"先生之古文辞,某固未尝受读,而当世之望门墙而趋谒者,日户外屦满,则仁义之所出而道德之所归也,无疑也。虽然,某窃有言,某与先生分悬势悬,乏通家之谊,平日又未有一二先容于左右,若遽有言,言虽当难合也;若不言,则今日欲一幸见先生者又何谓也?夫以为先生者,今世之文章宗匠也,某伺望于今世者已有年，而未获其人，获见先生，则犹苏子由所云"于山之高见嵩、华，于水之大且深见黄河"，而文章之名于先生者，果何若也？文章之说有二，今文古文是也。今文者，摹腔装句，撮弄圣言，苟求得乎功名，赫奕乎一己，耀乡里，荣妻子，或者显亲之志因之而见。若于斯世斯民之利病，于其心毫未干涉也。然斯世斯民，终无怪乎其然也，其所由来者久矣。至于古文大不然，非古文之必欲立异于今文也。圣人曰："言以足志，文以足言。言之无文，行而不远。"古文非古之文也，而好是古文者无几也，言乎古则不好之矣。夫好是古文者，非经纶乎圣贤不敢述，非洞悉乎人世不敢道，非裁正乎心思不敢明，非宣精夫二十年学识不敢作。而杨、墨、释、老异端之谬，辨之又辨，斯文也，担荷斯道，挽回斯世，非苟焉而已也。而若人往往轻易之，不以为狂则以为妄。曰：斯人也，老死于岩足而已。斯人也，愿老死于岩足；斯文也，实文章宾匠之所急欲一见者也。先生望隆而门峻，某恶衣食，陋体肤，木石之与居，麋鹿之与侣，且非有大不得已于先生，如韩进士之三上宰相也。人皆以为某不自爱，不自量，不自安其道，不摈绝之则呼叱之，其必然也。而不知先生之门，仁义道德之所在也，先生而仁义道德也。门虽峻，昂首翘足，直入而已。昔苏明允布衣也，年五十，上其所著文二十二篇于永叔。明允与永叔未尝有一日之雅，永叔是时不拒也。某之文固不敢比明允，先生之为人，自是永叔。今某有言，言当与否，果恕其狂妄而诏之以进。某再缮写出平日所谓古文者冀正。若曰：斯人也，何人也，而何遽言也。某亦惟恐入山之不深，入林之不密，适中乎人言也。今而后，人言其教我矣。某敢不自爱，先生其垂鉴焉。幸甚！

附录　康生兄与钝翁往复书四则 康生兄，青城叔嫡侄也。青城叔，名世奕，与钝翁同顺治乙未榜。康生，丁酉贤书，名晋初，号朴斋。

康生兄达钝翁书

浃旬不晤矣，失教甚。有舍弟名寓，别字寄庐者，食古多年，景慕老年伯。近作一书上达，复自思无故中止，某见之不忍其弃置，代贡于尊案。观其志一代作者，半吞吐于书中，得大手笔一点，声价十倍，感甚！

钝翁复康生兄书

经旬不晤，忽飞令弟台甫寄庐尊作，俨然欲为一代手笔。其志趋步于唐、宋人，亦须从左国子长辈号召起。虽未按其全军，谅非偏师也。愚门下，仍如令弟所云功名文字耳。若不弃，惠然肯来，几席生光多矣。更闻其长于诗，并惠一览，幸甚欣甚！

康生兄再达钝翁书

回谕教我舍弟寄庐多多矣。但舍弟养于山林者三十年余，知老年伯为当今宗匠，虽欲就正，实非衒道，以求合也。年伯之谕，知欲造就之耳。舍弟止留古风一首呈政，身竟飘然长往矣。外有诗文数首，向存于敝箧者，并送阅。俟舍弟来，率叩阶前，未迟也。

钝翁再复康生兄书

再接令弟寄庐文章，得力于子长、昌黎者，近来归太仆，不可不一注目也。诗亦在逋翁、公绪之亚，知非碌碌者比。虽然，惜其自视太高，既入城市，避不得许多风尘。愚即日回尧峰矣，约令弟寄庐，共作山林知己可也。

与侄蓝生书 丁卯春笔

年余耳三百里路，不及一晤，恨事恨事。岁暮阅科案，屈吾侄居后，多一曲，不足虑也。鳌头奇幻，往往如此。六月间，上良常，望无过吴门而不入。如愚者，世上之闲人也，不争名于朝，不趋利于市，胸膈间，纵或具无量经济，在今日从何处发泄。花朝月夕，东西南北，惟吾意所命耳。以故三十年借诗古文词遣兴，藏之笥箧，终不效退之、老泉辈，奔走人间，有大方过而目之，颇为许可，亦未敢恃此陡出而行世。近与吴下同人说诗，入诗窟，订诗家，合古今天下计之，真充栋，真汗牛。而私心每每窃恨者，吾瀛自唐迄今千有余年矣，充栋汗牛中无其人也。天下大矣不必论，如吾郡，文献之邦而考订之区也。郡有吴先贤传，而吾瀛独无。吴门茂苑、松陵、虞山、玉峰、娄水、嵺城，有古今人专集、合集，甚之二集、三集，而吾瀛独无。忠烈如家五梅，熙隆之代不讳矣，而吾瀛置之不敢道。雪筠，文章魁首也，近古文集中刊其一篇，而又外之为吴县。南陔之诗，吾瀛之大凡也，而遂载之于娄东。他如元朝秦玉，高人耳，晚隐玉峰，郡志以为昆山。由今思之，非无人也，人自无之耳。人自无之者,无于考之订之之人耳。虽然,亦风俗有以成之,大抵固于视己而亵于视人。惟其固于视己,亵于视人,此吾瀛之所以独无其事,因无其人也。愚不自揣,欲仿唐陆龟蒙之辑《松陵集》,以《瀛洲集》风其面,已故者搜刻为前集,近今者广征为后集。向与孝舆论及,次与管子征汇谈之,数年之间,二人往矣,恨恨然无可与道,盖未有不笑为迂且阔者。愚闲人也,何劳如之?夫吾瀛风雅固多矣,风雅不传,吾瀛之不光也。欲为古今吾地人雪此一恨,未知风雅在何许人也?愚烟波浪逐,与吾地文人踪迹殊疏,非吾侄无可与语者,乞宣之,得一如我闲人,又耐烦此事,搜征邮寄,勿视为迂且阔可也。事非朝夕,候过郡相晤,烹此雨前虎丘再谈。

与铿尔山人书 丁卯冬笔

足下生平,某知之素矣。某之生平,谅足下亦知之有素。某与足下,诚非泛泛者比。某今欲进一言,恐非足下之意,然某终日夜思之,深愧某无一能于足下,宁以此言进而绝欢于足下。足下之过也,不可以知而不进此言。听足下之为,则某之过何辞?足下又何乐乎?平日之知某也,因是敢以一言进。足下固今之所谓山人也。山人者,足下自居之而人谓之也,非人称之而足下因循之也。足下固俨然山中人也,麋鹿之往来,足下知其性;草木之盛衰,足下知其时。与夫樵夫牧竖之讴吟上下于山之巅、水之畔,足下或心鄙其粗,陋其野。然既共居于山也,亦当识某樵也,某牧也,某樵而能讴,牧而能吟也。况足下习诸子,通百家,画图夫樵夫、牧竖亦不知凡几,而独未尝画图夫虞帝之与木石居,与鹿豕游,则何也?蓬壶子者,亦山中人也,余素知其能以樵供亲,亲老,力樵以营亲墓。今庐于墓,嘱诸子以樵,余知其世守夫樵以老也,而能于诗长吟短讴,自少至老,存其可观者三千余首,计欲其人删之,删之而归于简,又不肯就见夫山外人,以为与其出于世而无适于用,不如其藏诸山而供樵夫牧竖讴吟也。春之暮,录其诗百首叩足下,意谓足下山中人,冀欲删之也。过夫夏,足下不之答。秋又录其素所得意之文数首,再叩足下,意不得之于诗,或得之于文,而并出示夫前诗以慰之,未可知也。冬以来,足下仍不之答。足下或别有一道在名可得而闻,身不可得而见乎?《记》云:"叩之以大而大鸣,叩之以小而小鸣。"则又何说?且山人与山人见,非有势分彼此之别也。山人之诗文与山人观,正声应气求,恨相见之晚,把臂山巅,此倡而彼和也。或以其诗不出于山也,文亦不出于山也。噫!山中人,止言山中事可也。足下若以此鄙之陋之,足下平日以山人自居者过矣,又何怪乎山外人鄙视夫山中人?朝投一刺,暮投一刺,而不即见也。某深虑足下之待蓬壶子,大非舜之居深山之道。蓬壶子固无恙,与某亦相知有素者,某知之,敢不以此言进。某今可告无愧于知足下矣。冀垂谅焉。

与施竹山先生论初学集书 戊辰夏笔

长夏无事,承以《牧斋初学集》四十一篇见示。牧斋,明季之文章家也,其全集虽未尽窥,而闻见超卓,轩轾一时人物,于四十一篇,亦可领其大略矣。其用物广,铺排阔,间架整,取事切,华堂盛馔,衣冠列坐,宫商迭奏,一丝一竹不乱,斯不可及者。至于大海狂澜,弥天地,荡日月,汪洋浩瀚,莫可涯涘。乘风鼓浪者,可惊可喜,可畏可悲,而逮夫波恬云净,一泻千里,尤复澹汤空明,则非其才之不足,其气有以限之不能充塞也。譬之美人,鬓发如云,丁当象服,严重不敢犯,非彼胭脂女,一笑留余态者。呜呼!是亦一家也。

答金天府书 己巳夏笔

慕先生十年余矣,通候先生亦三年有余,识先生则自上年冬十月始,促膝间,平日若饥渴者,仍澹然讷讷难出诸口,诚如先生来谕,此意当有默喻者,而先生何复言之谦也。天下古今来,出与处耳。吾辈读破十年书,不可出则惟有处之一途。捉襟肘见,纳履踵决,亦吾辈安贫者必然之势。箪食疏饮,孔颜乐境,不可不寻耳。严武之枉驾,少陵安然受之,形诸歌咏。严自访道,杜能自高,正所谓千驷万钟,视之如敝屣,于我何加也?而某平生志在桑梓,偏为是喋喋者,不忍桑梓之有人而等于无人。凡举桑梓中之前后诸先生辈,一振起之耳。至于桑梓中之或有识予,或不识予,或有爱予,或不爱予者,尽以真长之腹置之也。先生实今日桑梓之领袖,而谦言若此,则大非某平日之慕先生。通候先生悃衷,而又何斤斤于先生之一识?请自今先生勿复谦言。桑梓之事,当与先生共之。前所贡拙作诸种随笔录出,或者博先生之开口一笑也。大暑后一日,接先生手教,后十二借凉日,敬复先生。俟暑退如尊命,再候先生。

贻侄蓝生书 庚午春笔

客秋两至汝书馆,两不晤。子猷乘兴来,兴尽返,返后未识其何如耳。愚则至今硁磴于心。新年来,愚甚无事,日杜门读古。昨读苏氏《族谱亭记》,曰:"某人者,是乡之望人也,而大乱吾族焉。"又曰:"吾书焉,使夫人观之,则面热内惭汗出,而食不下且无彰之,庶其有悔乎?"老泉可谓善于立言,遗诫后生者矣。六行者,有六斧钺在焉。忽门前剥啄一声,曰吾兄来也,曰吾弟来也。坐喘未定,合辞曰:"某无父。"愚大骇,未及问。又曰:"某之妇无夫。"愚又大骇。始合辞大言曰:"吾烂沙之墓,某齐衰五月之祖也,不至,不轮祭,不校。吾享沙之墓,某齐衰三月之祖也,轮祭。吾至其家,不迎;晚欲宿,不纳。问之,曰:'不晓。'再言之,驱其妇,妇驱其仆婢,大吼而出。"夫齐衰三月之祖,某居与墓甚近,富又且贵,又轮祭而不祭,又不纳来祭借宿再从之叔,是无祖也。某之身何来?某之父之身何来?无祖是无父也。且思某虽不大贵,独非学校中人乎?学校中人,平日不能以礼训其妇,妇驱其夫之从叔以出,是无夫也。无父之人,使其妇为无夫之人,大不孝,大不敬,犯上,必鸣之于县。愚曰:"无庸。不孝不敬,鸣之官,终其身玷也,终其身不齿于人也。独不思某已无子绝后乎?"吾兄弟合辞又大言曰:"由此言之,无子者不妨于无父也,不妨于无祖,无兄弟叔伯也。"愚应之曰:"此其所以无子也,不观之某父即我从兄乎?昔我从兄,苦无同胞,视诸从兄弟,不啻同胞也。有嫡叔,苦早殁,视诸从叔,不啻嫡叔也。扫墓必至,轮祭必时,葬父母惟恐不及其身,所以有子且多。稍富贵,如今日之振振绳绳也。今某反是,吾知其必无子,即有必不多,不能富且贵,如吾从兄之后者也,愚故曰无庸。"吾兄弟合辞又曰:"不尔,吾必鸣之于学。夫吾始祖迁于瀛而世墓于瀛也,俱有祭田以给祭扫。是墓也,无祭田,惟无祭田,此子孙所以不肖,往往不肯破其悭而祭其祖也。吾等鸣之于学,必罚之使出夫祭田,以世给祭夫祖墓,不至如某之不晓,且可以遗诫夫后之不孝不敬者也。"愚又曰:"学犹县也,必欲罚之,不如鸣之于同是祖叔侄兄弟辈贤而有才者,诫以罚之,庶其晓而悔乎。悔也,敬夫祖,即敬其父也,有后也必矣。不悔,鸣之学未晚也,鸣之县未晚也。"夫不孝不敬,大乱吾族者,吾兄弟此鸣,如执斧钺之在手,诚善鸣有道者也。吾高曾祖其有灵乎?孔子曰:"鸣鼓而攻之可也。"吾不能步吾兄弟而鸣,而沮吾兄弟不鸣,是吾之读古适启吾兄弟笑也。愚于是仿老泉之意,书焉,贻于某之同曾祖兄弟辈贤而有才如吾侄者知之。仍隐其名,使他人观之,则不识其为谁,而某之观之,则面热内惭汗出而食不下也,悔也必矣。

答施竹山先生书丙子秋笔

吾县夏六月一日,海潮失汛,没死五六万人。竹山先生闻之,传为吾县没也,将为文以哭某。逢海上来人即问,及闻吾县无恙,某亦无恙,止哭某之文,而邮慰某之书。噫!某何人斯,初闻之动先生哭,继闻之动先生慰也?以为吾县何止百万人也,百万人没,岂独不没某一人,先生何为而不哭?先生曰:"哭者,非哭某没于潮也。某没而文章没,哭某者,哭文章也。"继而知百万人不尽没,岂竟没某一人,先生何为而不慰?先生曰:"慰者,非慰某不没于潮也。某不没而文章亦不没,慰某者,慰文章也。"噫!先生知某者深矣。某能不为先生生,幸而吾县没死止五六万人也,某得安坐茅庐以不没,浸假吾县而百万人尽没也,某必安坐茅庐,必不致于没。斯言也,传之于吾县人,人必以为妄,而先生必曰否否。斯人也,斯文也,天之所以生而生者也,五六万人可没,而斯人必不没,百万人可没而斯人必不可没。噫!先生之慰某以生者,其亦至矣。忆某之得交于先生也,在蓟门槐里之时,由今溯之,平头四十载,某之泛泛于楚烟越波者三十有年,先生尝诏某,曰:"东海之滨有茅庐焉?胡不归?"某之承先生诏而归也,又八年矣。先生平日之所以知某者深,故今日之所以信某者亦深。先生初闻之所以哭某者切,故继闻之所以慰某者亦切。呜呼!某何人斯,动先生之知,先生之信,先生之既哭而复慰若是也。若以某为能文章也,当今之世名能文章者亦多矣,先生何为而不之知、不之信、不之哭与慰也。若以某为不止于能文章也,当今之世号能知人者亦多矣,又何为而不及先生之独某、知某、信某哭与慰也。虞翻曰:"天下有一人知己,可以不恨。"先生者真某之知己也。韩退之之文章,古今无匹,越二百年而受穆伯长之知,传诵之至今愈显。某之文章,自问与退之相悬万万,先生则今日之穆伯长也。当某世而受先生之知,幸也!知过于退之也,又何恨也。先生之书来,慰某以能文章必生,某可不以书往答先生。百万人内不能文章亦生,某之生,不能助先生之生,而先生之生,实能助某以生。其中所以生不虚生之故,捧诵书言,不能不为之汗下也。某生于南北溟之间,大海环绕,不无鳌龙之戏䁔,鲲鲸之变化,自今以往,大鹏以六月息,海运则怒而冲天,某将拊其背而扶摇于九万里之高,遐览斯世于无穷也。其何敢苟且同海上百万人,呼吸于波涛而俱没也。先生其必知之深,信之切,欢忻鼓舞,望之不已也。此某之所以答先生以生也。

答陆星洲乞诗文书 丙子冬笔

书来,知星兄今日能归矣。归而事双亲,友二弟,乐甚!来谕云,恨相见之晚,又恨相别之速,庶几其送之以言而有以益我。噫!恨在此而乐在彼,意谓能送星兄归者必余也。虽然,微星兄谕,予必有以送之。往予弱冠时,承父兄命,奔走千里外,访道寻师,托迹于山水,不求夫遇,亦卒无一遇。归而送予者诗与文满箧,其竹山先生云:"东海之滨,有茅庐焉,必子之家也。芦花三径,修竹一篱,钓而归,清酒满尊,高歌于柳风梧月之间,讵不乐哉?"当时以为能送我者惟此言也,星兄则异是。星兄志于科目者也,志于科目,而不以科目之言送之,余固不言也。志于科目,而第以科目之言送之,予之言尤浅也。吾以为星兄之今日,譬诸成衣者,必需夫针。虽然,成衣者之需夫针,固已,不知衣之得成于无迹而章诸身者,全恃夫线也。针不过一时成衣之物,而线与衣,佩服而终身者也。衣之美也,线之固也。文章者,科目之针也;道德者,科目之线也。恃文章以得科目,而无道德以发皇其事业,虽科目不贵也。星兄之针,新发于硎矣;星兄之线,其牢固于箧乎?则所以章诸身而显荣其亲者,在指顾间耳,乐何如之。异日者,归怀得意,高望我于玉峰顶上而不见,以一叶之舟,重访于蓬蒿茅屋间以实我言,恨可消也。予之能送星兄归而答夫来谕者,惟此诗三章,文一篇,不失夫书之所言也。其得当于所谕,益我否?谨奉答。

答梅雪村书 丁丑夏笔

两载相思,积成万叠,况以纯凋落,而沛初德凝,物化已久,既感逝者,能无自念乎?余也,与诸君有十年之长,须鬓苍白,孤栖海角,诵伐檀之坎坎,耕十亩之闲闲,生无益于人世,生若虚也;死后不知何如,死独晚尔。雪村与余东西间别,一水迢遥,犹能忆念,感我以书,怀我以诗,自分无他,而尚有雪村之一知己,还相赠答也。不知更有长我二十年如计尚先生者,近况何如?其人将八十也,是我一字之师。其文其诗,多可传可诵,小识伊于胡底也。承谕知心,一念及此。人生斯世,长短不齐,都为名念驱驰。久之,成者百无一二,况真名终不可得。缘读尽一生书,不知从何处下工夫作圣贤地步耳。余也老矣,若不至于死,欲留一佳话以传诸君,第荒惰失学,才劣识浅,不足以传诸君之名,而反淹诸君之实,是又余所大恐也。缘问雪村以为何如?酬次小诗并附。

与长兄书 戊寅秋笔

乾坤不老,人世无常。江河日下,今古文章。使天地而亦有老时也,文章乌乎用之?天地而不即老也,人世之变,瞬息间耳。是故功非言不传,言非德不立,而德亦非言不著,仁义之言蔼如,退之之文章也。道胜者,文不难而自至,永叔之文章也。有退之、永叔之人,始有退之、永叔之文章。而当时赖退之、永叔之言以传者,其果功德盖于斯世乎?

然有退之、永叔之文章,假其人以立言,其言自足有赖于斯世,传之者与天地同老也。呜呼!今而有退之、永叔其人,不必有其位如退之、永叔,而其文章可传,吾亦受其所假以传矣。而其人吾不得而觏之,而吾且无功德于斯世而吾将老矣。长兄长弟十二年,亦愿觏退之、永叔其人者,愿觏退之、永叔其人,而卒不可得,而将听其没没以老乎?江东兄弟间,自相师友,文章自能同乾坤以老者,吴有二陆,晋有二何,唐有二皇甫。皇甫仕盛唐无异议,二何值南北朝,称大山、小山,隐居不出,尚矣。独怪二陆为吴世臣,不知进退,华亭鹤唳,何足道乎?其所云文章冠世,玄圃积玉,无非夜光者,不过浮辞绮语,艳功谀德,无失两朝富贵而已。其于仁义之言,道胜之辞,茫乎未之有畔也。弟今与长兄,虽不敢望退之、永叔,而不致流为士衡、士龙之浮夸,大山、小山,其亦可必也矣。弟不敏,自少至老,积成《笔啸》六十编,《诗啸》六十编,兄亦既见之矣。弟固不能谓为乾坤中所有之一人,而汪洋万里,观于海者,自神禹疏导以来四千余年,积流成沙,积沙成地,地有斯人,不可谓非天地中之一人也。吾兄弟间自知之,《笔啸》乎,《诗啸》乎,两序之,合序之,俱可也。他日者,乾坤不即老,而吾兄弟之文章,或不致灭没于沧波巨浸之中。出之人间,曰某代某年某地某兄弟自相师友,而其文章亦可诵也。大山小山,同天地永老,幸矣幸矣!

答王佑君书 庚辰冬笔

予老,久不冀斯世之用,实予平日自不能用夫斯世也。佑君书至,盛称将来,惶恐惶恐。但自古道念深则志气盛,情辞挚则德性温,忠臣之纯良,老子之委婉,与夫朋友之文章相与以有成,孰不本于此哉!予居恒自勉,愧乏师承,间尝负笈远游,以求所谓有当者印证焉。东西南北,皇皇三十余年,同心之助,未尝乏人,一言之获必告,一念之私必正,洛阳三世之李,樵李竹山之施、九鸠横山之王,是吾友也,亦云师也。惜哉!五人亡其四已,吾学之不长,吾道之不见,能无昔日之思哉!归耘十亩,虽日闲闲自得,亦尝辍耕太息。然两年以来,获吾佑君,则此心一快。快吾之志气在,则道念不辍;德性存,则情辞自笃。佑君之助我,既酬以序，复贶以书，良友之质言，证之今日者，垂之千古也。夫人之浮辞饰说，每见左于正道。而我佑君不然，吐言之恺切，源本于六经，竖议之侃直，详推夫诸子，定省之恐疏是惕，贫贱之不足为怀，规我于周朱，而忧圣贤之学不传，律己于颜曾，而耻纵横之习难改。非得性命之原，而睹天人之合者，乌能知为如是也！予尝论之矣，宋儒印板道学，而才欠员融；明人仿摹经济，而术尚迂疏。辍耕之暇，息阴树底，取两朝言行一录，评骘进退，而醇道学之统，正儒林之绪。以为安石列于词科，希古立于熙朝，则儒林不致浮躁贻羞，道学不致空疏无用也。然而方收十族之忠，不愧真儒；王误百年之国，深惭伪学。隐居求志，行义达道，此我夫子所以致叹于未见也。三代以后，隆中之葛，洛中之邵，吾恒慕之而未能。青田具下邳之手段，苏门志南阳之旅寓，出与处俱当也，所以安乐微醺于垂老，茅庐大任于英年，不可谓学问之不真，道德之不优。躬爨养父，恬淡教子，斯人复起，吾当师事之，而佑君以为何如也？吾瀛当长江七千里之口，积沙成壤，为东海十洲之一，以吞星浴日之波，而起大鹏九万里之徙，开辟以来，一元中运，七万有年，文明之后，岂无人焉以震荡夫扶舆之气。一山一水之奇，尚有才人杰士出于其间，以为斯世用。瀛之雄涛浩瀚，蟠天极地，而曰必无其人，吾不信也。吾老矣，为吾佑君让之。呜呼！志伊尹之志，学颜子之学者，陋巷固可居，而石田亦可耕也。书以慰我，而复答之如此。

柬宋聚揆己巳夏笔

文章知己，浮可不叙也。杂作十篇，平平耳，无大深意。昨得聚揆半夜谈，某返桑梓越六月矣，知桑梓之有人也。昔欧阳氏之于文，至矣！自称每有所作，谢希深、尹师鲁伸纸疾读，便得深意。钱虞山亦云："冠首时，未尝知学为文也。抽黄对白，每一属笔，不能自休，见者交口谀之。浸淫二十年，字铦句列，始自悔其少作，尽抹去之以庶几求当于作者之林。间以示人，人或反唇相斥矣。"某之作，相斥笑，交口谀，俱未可知,而桑梓中之谢希深、尹师鲁何在？古今文章一道,作者难知者亦不易。虽然,固未有不能作而能知者也。言至此,大笑而已。杂作乞付下,俟再晤作全夜谈。谈竟,相与大笑可也。

柬复隐南丙戌夏笔

诗道废久矣。世之好为诗者,不过随声附和,多篇酬唱而已。问所谓历朝之体制,诗家之品格,茫然其未之知也。莺黄百啭,蝉翼千赓,亦曰吾尝求诸东阳之一东二冬三江七阳,期无失也云尔。予昔负笈西游,足迹半天下,作客于烟波中者,三十有二年。今东归大通,坐老白华庄,守辙于先人敝庐者,亦十有八年矣。未敢向人妄谈诗道,轻许诗人者,诚郑重夫诗之代有体制,家有品格。夫子所谓兴观群怨,忠于君,孝于亲者也。隐南瑶章飞挪,奉绎不释,擅易数字,僭拟知心,莫谓东海之滨,二十年来,把臂垂纶者少其人也。播谷声忙,遥和不遑,催归音切,片言未启,托凌云而呼明月,守蓬山而通流水,不啻歌阿之翙翙,而诵板之灌灌也。姑为记之,以卜他日之风雨对床一粲。柬中凌云侄,字蓬山,自谓。

启

告宅神启丁丑夏笔

乾坤实大,元会正长。千古文章,此生事业。景兹尧舜之世,怀彼箕颖之风,六幕不乏伊人,一方岂无同志。因思北山之北,遂至东海之东。秋月兼葭,素堪共老。溟池潮汐,洁可明心。大通有河,日本之波。清且涟漪,沈富云状。瀛洲之土,高惟沃壤。去五湖兮廿载,非耶浮家泛宅之民,归十亩者九年已矣。出作入息之子,歌伐檀之坎坎,咏桑者之闲闲。平生不计方圆,井田规篗,是处能通水陆,大路舆梁。先人有云"思衣、思食",长兄亦话"可耨可耕"。世守千竿,岁久成曾孙之竹。径开五亩,宅今安隐者之居,橘树无芽,芳兹桃柳,花田有秋,笑尔蓬蒿。

兄弟和同,荆愿田真之合;妻孥贫乐,未称孺仲之高。茅屋三间,蒲墩竹椅,蓬头一个,麦饭王瓜。六十编之诗,倚云长啸,三十年之史,按日闲评。告尔灵神,行我素位。时维大暑,制此小言。愿保将来,莫谈已往。或有匪类,暨乎阴邪。六神是殛,我宅太和。

瀛堡诗社启辛巳春笔

兰亭志兴,晤言之际,即检点韵言。鹿洞参疑,学道之余,亦推敲诗道。盖以出忠入孝,须琢磨群、怨、兴、观,养性陶情,自酝酿温柔敦厚。《古十九首》,存汉魏之遗风;《诗三百篇》,传商周之余韵,因之唱予和汝,自古及今,咏物怀人,缘时随地。吾邑当十洲之境,同人遭五际之辰。讵必七贤?秋月春花,称长歌短啸。敢云六逸?清泉白石,宜雄辨高谈。此日中流,回头是岸。工夫到处,触水成渠,统祈袁虎,边鸾概望,江花谢草。撚须以就,字字琳琅。乂手而成,言言锦绣。虽曰风随时变,未能远造陶玉,亦知诗以代生,自可长留天地。结小山之招隐,从今月月为常;托洛社之忘机,伴我年年以去。少长齐志,疏旧同声,若言咏必穷人;元献、东坡,不作终身贫贱,或谓吟惟隐者,巨山、廷硕,胡传早岁勋庸。快今日才聚英华,社成堡里,看他时名留鼓吹,集著瀛洲。一字虚心,一百里之人文不朽,十年养气,十七史之学问无穷。慎勿介朱陆之异同,切应寻孔颜之乐处,直吟至流水之闲心自得,方悟到浮云以外梦俱无诗贵入神,志当向往。谨启。

白华庄藏稿钞卷十三目录

烟波笔啸六十编文集　　　　　　　　　崇明沈寓寄庐著

呈八篇
　　代通庠呈两学师
　　节孝呈
　　里议呈县一
　　里议呈县二
　　里议呈县三
　　吴兴再世贞节呈
　　崇地长江通米呈
　　正经界呈
引四篇
　　代京兆创世祠引
　　重建第五条竖河桥引
　　六十吟引
　　代陆氏建宗祠引
禁约二篇
　　代晓谕地方二
　　族约

白华庄藏稿钞卷十三

烟波笔啸六十编文集

崇明沈寓寄庐著　孙丕源曾孙　奕蔫　奕范　奕苏　奕董校刊　奕夔　奕万　奕葛

长洲沈德潜归愚　合定
镇洋程穆衡迓亭

呈

代通庠呈两学师 己巳夏笔

崇明县，户长江，门苏、扬，控扼东南，兵马数千，俨然一巨镇也。发于唐，兴于宋，盛于元，厄于明。何言之？崇于唐、宋，不可备考矣。稽之邑志，元时属扬州，设知州，与高邮通泰北，视江都兴化而上之。明时特设太仓，改崇明州为县，属苏州，下等于常郡之末县靖江。一崇明也，何盛于元而厄于明，若是也，缘海波不宁，幅员凋敝，故至此。而特不可概今日海不扬波之崇明，朝廷设立州县、取士之法，每视土地之广狭，户口之多寡，人文之盛衰，分上中下设，土地开辟，户口增益，人文蔚起。邑视此，小可大。学亦视此，小可大也。今崇明言土地，土地幅员五百里矣。言户口，户口稠密，十万余家矣。言人文，人才宰辅，文章会元矣。江南人文甲天下，苏郡又甲江南。屈指所属皆大邑。大学入泮各十五名，科举各八十余名。崇明同隶苏郡，入泮仅一十二名，科举仅五十余名，恒不得与诸县比数者何也？厄于明，踵因循之故事也。不知今日之崇，更盛于元。若仍隶于扬，何高邮通泰之足云。故专以人文论，较胜于嘉定；即以钱粮额数论，亦不少减于靖江。何靖江已升为大邑、大学，而崇明独如故也？上年学院岁试，某等将人文应运，方兴海邑犹仍旧额等事具呈，彼时未奉纶音广额也。今圣天子巡幸南邦，加意作人，温纶下逮，酌量广额。然此广额者，概江南、浙江两省言之也。若照故额议，广则崇明进取，仍不能比数大学。其如朝廷兴教化、广作人之意何？其如一邑士风喁喁之望何？伏叩某官备，实通详，如靖江之例，升崇明为大邑、大学，将见厄于故明者，复盛于皇清，进取上等于长吴诸县，人文兴起于海邦万世矣！

节孝呈 庚午秋笔

为贞节难泯、纯孝足称，公恳申宪题旌，以励世风事。尝闻国有忠臣，家有节妇，其义一也。忠臣之苦忠，必待赠谥而行显于史册，节妇之苦节，必待旌奖而行显于志乘。而穷乡迥陌，苦节庸行，听其归于澌灭，里党之咎也。今新河镇东五里郁惟和状，儒童宋安宗之母沈氏，系已故民宋方正之妻，十八于归，二十一丧夫，时生安宗方四月。安宗之祖时年六十八，祖母时年六十三。父方正所出之庶祖母，时年亦四十一。沈氏年今五十九。其守节三十九年中，外无伯叔兄弟，内乏应门童子。家鲜余业，佃人之田。耘锄烈日，面发焦黧，纺织寒灯，手足皲瘃。奉事舅至八十卒；奉事姑至八十六卒；奉事庶姑至五十六卒。又资嫁庶姑所生小姑二人。纵风雨飘摇，而松楸不改。乱荒荐至，而甘旨时馐。教成四月之血孩，经完两世之坟墓。以义媳而为孝子，以慈母而兼严父。安宗今亦三十九，痛父早丧，悲母孤苦，节行久彰，孝道亦著。近日里党举安宗为圣学儒童；举母沈氏为节母。节母曰："吾寒家妇也，而子贫贱，何堪遭此。"真共姜二诗，未足喻其母之苦，考叔一事，未堪拟其子之行者也。贞节苦行，不忍湮没。据实公举，恳赐申详。裨得旌奖，以励苦志，以彰劝扬,世道幸甚。亲族连名上呈。

里议呈县一乙酉秋笔

为大正疆土以循旧章,以昭至公事。从来圣世所必诛者,豪强与舞文变法之人耳。崇明之为州县,起于元代,而其制度画一之规模,皆州守薛公焦心厘定。五百年来,未敢有改。所以薛公德政,禋祀于宦祠。虽城堞五迁,现年轮办。而千百里民,身家至瘠,急公完事,不敢告劳者,亦薛公之法。沙涨则均拨里民;以补历年承值之苦,有以大服其心也。今圣天子洪恩广布,海不扬波,沙土增涨,实朝廷之福,而亦崇民之幸。徐俟某官福星之降,均拨里民起赋。率循旧章,救瘠苏困,至公至当。何突有豪强不逞,贪骩变法。早视王土为奇货,忽弄官长入醉乡。百万青蚨,换七品篆章。以一纸书,作千万亩之富翁。独不思急公之里民,世受夫苦。而奸恶之豪强,坐享其利。循豪强之为,则豪强之上更有豪强。招打降,集无赖,势必至于争;争必至于杀;杀必至于乱。崇明之沙涨不已,则崇明之争杀不止也。某官生圣贤之邦,读圣贤之书。重整海邑,循旧章,昭至公,止乱已杀,息争抑势。崇明之疆土正矣,崇民之福也,皆某官之赐也。里民盛世奇,持公叩阍,为千百里民计,亦实为崇民计。则世奇,实崇明一人而已。第君门万里,何由特达?抚宪为天子喉舌之臣,而某官实崇民之父母。今日为崇民请命于抚宪,而达之君门者,惟此一父母也。某等乡鄙衿里,幸福星之降福,连名叩谢。

里议呈县二乙酉秋笔

为正经界,以安边疆,广额粮,以裕国课,直陈利害,叩天速行申宪事。崇明之民,望某官如望岁。缘某官生圣贤之乡,以仁政化民者也。夫仁政必自经界始。崇明分疆定界,设立一百十啬。涨拨沙荡,由母及子。自西为首,每啬十甲。叙次如鱼鳞,强不敢过分,弱不至缺额。若田不入啬甲,则谓之弊,而翻拨订正。此古人经济良规,不容豪强争夺兼并于其间者也。自元迄今,五百有年。几经豪强势占,几经龙图翻拨,然其故何也?崇明为长江门户,十郡藩屏,南连闽越,北接燕齐,余皇聚会之乡,盐盗出没之所。若任兼并之术,田无甽甲,势必互相雄长,招集无籍赤棍,以至于争杀。崇明浮土坍涨靡常,坍涨不已,则争杀不止,而至于乱。宋、元、明之往事,班班可考,足鉴者也。所以立县即设甽甲千百。田辖于斯,田不敢混而经界正。粮办于斯,粮不敢隐而赋役均。户统于斯,户不敢逃亡而按册可稽。良法美意不可转改也。迩来二十余年间,豪强逞力,智数舞文。不甽不甲,经界紊乱矣!可止可荡,赋役隐漏矣!打降处处,而盗窃在在,户口不可问矣。崇之势岌岌,而不敢骤发。如宋、元、明世者,镇帅之鹰扬弹压耳!若不急为整顿,而曰豪强起科,亦裕国也。自古及今,未见豪强之所为久利于国者也。又曰崇明亦数万户,何必百十甽、千百甲之均拨。不知古人立法,视地之规模,经画审固而后定。少于百十甽,则人少不足以承值;过于百十甽,则人多徒至于扰混。故立此规则。岁轮十一甽百十人以催粮值务。积三年中,淤涨荡涂以均拨之。所以偿其劳与费,非世世有以利之也。就今千百里民中,大半贫苦而无告,往往将祖遗里排弃于有力者承值。若必有利,何致轻弃之?所以然者,因豪强二十余年,瞰肥涨而阴占。其间即有所拨,不过豪强所弃之微渺,而非沙田,并非沙荡。守阜无力,故并此里排弃于他人是守耳。今已三届,十年不拨民矣!豪强尽占而肥,里民无告而瘠。催办国课承值公务之谓何势,将使甽甲如明嘉靖时之尽废而后已。呜呼,此不得已而行叩阍者也。某官莅崇三月,渐识豪占积弊。与其任豪占之起科,择肥阴占以欺民,即可捻升漏税以欺君,安在见其为裕国?孰若鉴古人之成例翻拨,里民升赋,民田升民,止田升止,升豪占之隐漏,课可以倍。上可广额粮以裕国,下可正经界以安边。止乱已杀,息争抑势。田不紊乱,赋不隐漏,户口亦可按甲而查,打降歇而盗窃止。不惟千百里民安,而崇明之民无不安矣!安边疆以治崇明者,次序如此。夫崇明之经界,一正于迁安王公,再正于永嘉何公。某官以秦镜为龙图,可以继往古而为三矣。直陈地方利害事宜,祈即查其何年占踞,何年起赋,何田当民,何田当止。一旦翻拨造入甽甲,升科倍赋,裕国安民。速断行之,申明抚藩府三宪,以慰望威之民,见仁政之行,必由经界始。

里议呈县三乙酉秋笔

　　为里民无告，哭告天台，速将利害申明各宪，救正崇明，以安崇民事。某官莅任四月，渐稔崇明利害矣。崇之立县，比内地不同。崇之里民，比内地之里民不同。缘浮沙坍涨靡常之土，立里民一定不易之则。三年一丈，计亩均拨，由母及子，自西为首，按图入甲，序次鱼鳞，豪强不得而兼并，业户比屋而垦耕。故立县之有啚甲，犹印官之有房科。啚甲之有里民，犹房科之有书吏。无书吏何以为官？无里民何以立县？书吏与印官相为终始，里民与崇明相为终始者也。自元历明五百有年之制度，今既奉宪与内地，同除革矣。里甲下之盐引车朱等项，久属赔填，乞尽行除罢，以安此里民归农可也。倘曰此系输将旧欵，何敢言除？亦当申明，派于起科之豪强，无累此，合县粮民为也。昔周公以大圣作家宰，分封不过百里。区区崇明此豪强曰："我要起科百顷。"彼豪强亦曰："我要起科千顷。"呜呼，崇明豪强例宜衿棍耳！势若具子、男、侯、伯之心也，旧土渐次坍除，新涨尽为占踞，势将逼此里民立锥无地，而尽奋然攘臂。彼豪强谁能术广精卫，变东海使顿淤为桑田也？里民者，国家之所以立县者也。豪强者，圣世之所当急为诛绝者也。今以起科属之豪强，而不付之里民，是以羽翼假之，以逞豪作强。其不至，如宋世之皇庄争夺，兆邵青等之霸踞也。几何矣！幸赖我皇清大一统，镇帅之鹰扬弹压，海不扬波耳。彼元世之州守薛公，明世之文襄周公，无不鉴此立县，定为一百十啚，催粮办务。而以涨土均拨，多寡妇之里民，补其劳与费。强不敢逾分，弱不致缺额。今一变为豪强之土地，始而税樵创立，大看小看名色。俟秋黄落，盘踞要津，樵担、樵船，征钱廿数千数不等。势横于关榷，继而抢圩。晌涂成荡，统党成群，枪刀林立。百顷千顷四围筑岸，兼并如秦世。终则起科，贿结书算，窜改册籍，紊越界址，择肥隐占，饱满欲壑。然后假业户名色，为鬼为蜮。改名易姓，嘱经承报升，变法过商鞅，以几许豪强而作三等名目；以三等名目而占尽民利。生于今世，当急诛绝乎？不诛绝乎？惟思业户者里民也。三年轮丈，堂堂册报均拨，就使今日之崇明，膺朝廷之洪福，沙土增廓，亦崇民之幸也。王士王民，起赋均拨，共受斯福。讵可以挟豪富而作强梁。暮夜无知，行掩耳偷铃之计哉！况豪强亦里民中人也，何出此不肖之人，坏一县五百年之良法，传万民千百载之骂名。贿赂权蠹，出则贱价买来，招摇合邑；入则贵价卖去，踞王土为奇货，隐肥田为涂粮。欺君误国，朦宪嚼民，人人得而诛之。呜呼，已矣！里民无告矣！古人云，"疾痛必呼父母。"某官崇民之父母也，有地方之责者也。今崇民遇豪强作祟，病笃而将危矣。不向父母而呼，谁为呼哉？君门万里，何由上达，某等哭告天台，速将崇明立县之利害，申明各宪，诛此豪强。即将比簿中千百里民姓名，开呈各宪起赋均拨，以救正崇明良法。崇民虽死无憾矣！

吴兴再世贞节呈_{庚寅春笔}

呈为再世贞节，叩赐奖额，并恳请题，以整人伦，以维风教事。尝闻世笃忠贞，史载男儿有几，家声节烈，志称女子无多。此皆古今正气所留。斯天地隆名不易。然非当道之褒奖，遂少异日之传称。故朝廷美丈夫之忠，草野嘉妇人之节，其义一，其道同。兹有吾邑布衣施行健妻龚氏，终身砺节，奉题建坊，于昔康熙二十三载。今其孙生员施寿之妻黄氏，一世孤贞，谨详节略。吴兴遭家不造，江夏秉节维艰。叹昔失所天，仅在二十一龄。称今未亡人，已臻五十三岁。争光日月，摩砺春秋。蒲柳韶华，潜消殆尽。松筠晚景，晓著有征。相夫子两年，晏安不闻于阃外。事舅姑廿载，勤劳偏见于闺中。之死靡他，号天自矢。所更难者，身无所生，而志坚如石。抑可颂者，事有所待而操厉同霜，白发茹荼，丹心凌柏。特申公举，例合建旌。某官风化人伦，文章山斗。植千秋之坊表，在一字之褒荣。伏赐匾额，优崇不特吴兴再世所铭感，并得请题旌节，抑壮瀛洲万古之美观，邑乘昭垂，海天永戴。上呈。

崇地长江通米呈_{甲午春笔}

为长江米船不通，崇民食米日艰一日。叩宪体恤民情，生灵苏困事，伏读禁示。自镇江、京口以东，江船不许载米到海口，海船不许往上江买米，此欲绝洋贩之弊，实非禁崇民之食米，以绝崇明之民命也。然而崇民阴受其苦，米价日高日少。某等有剥肤绝命之恐，不得不直陈要害。少佐宪虑，顺治年间，建议大臣，策崇明为长江门户，无崇明是无长江，故设重兵镇崇。由此观之，防崇不得不抚崇也。崇地西对通州狼山、常熟福山，东对上海吴淞江、嘉定、宝山，在长江口内。江船载米直至崇地，崇船买米日往上江。自从皇恩弛禁以来，三十余年间，崇米比苏、杭价反贱，崇民百万，莫不鼓舞欢庆。圣德无疆，因之崇沙日涨，崇地日辟，日消江米数万。设数日风涛不通，民即惊愁。今数月不通矣！能无菜色怨恨乎？宪天未尝不时刻念及崇米也，屡次载米平价。然不过暂济及县之前后左右兵民耳。至于乡野四五百里间，嗷嗷引领而已。崇土高阜宜棉，惟南沿江水种稻，不足十分之一。载土产之棉布，换上江之籼米。长江顺风千里，不一月可往来。若转京口，挨次以进，有甚不便者四。自丹徒以至丹阳，有粮舟暨苏、杭米货船之挤塞；有浒墅之过关纳钞，梁头阔狭，留顿需索；有太仓南马头之浅塞起驳；有刘河闸口之潮汐涨落，倏忽不及出口。六七百里间，转滞多端，必经两三月始到。计人船之费，比江行价多二三钱一石。国以民为本，民以食为天。为人上者应体恤之也。且海中之跳梁小丑，时而出没波涛，时而隐形陆地。自广至辽，万有五六千里，俱有汛防。战兵坐食朝廷之禄米，在海者驱之远岸，在陆者侦之汛口。康熙初年，南艚贼船千百成群，俱剿灭招抚投诚。未闻因片板不许下洋，贼无粒米而饿死之也。既为贼，自有贼心腹。沿海汛口何啻千百。即长江亦狭处十余里，阔处二三十里耳。驾船于黑夜波涛之间，独不可以出海口乎？贼徒又独不能买米长江，直往东海乎？京口以下五六百里地，独非出米之所乎。闽浙、山东海中诸岛，煮盐烧炭等人之食米，概能杜绝之乎？藏奸之处，防汛之人，果能一一搜罗而捕杀之？内地之米，果不使之搬运于贼船乎？恐崇民徒受禁米之累，而海中之贼，究不畏饿死而不作贼也？恐镇崇穆帅去后，不克身泛波涛而驱彼贼徒也。且崇船往上江买米者，俱有身家。船编号数火烙，海关稽查对票，本县信票，行止交纳。而为商者，又皆内有室庐，外有行家栖宿，可屈指人数姓名，敢以资本性命浪掷之乎？严查汛地，勿使贼徒无根据者混杂其中，待商无扰，遇贼无纵可也。圣世大一统，万国通商,货物各省周流载卖。区区崇地,江口之弹丸。朝夕所需食米,而不使由长江直往,必欲曲折之,稽迟之,留难狼籍枉费之,恐今日之大一统,无是理也,无是事也。冒死直陈,痛哭尽言,乞开一面之网,苏此百万生灵。若崇民得通长江一线之恩,永戴长生。激切上呈。

正经界呈甲午春笔

为剔积弊以正经界,抑豪强以起善良事。自古行仁政者,必自经界始。崇邑疆土,殊有井田遗制,丘形以方。田数以步,河横沟直。三年一丈,计亩均拨,由母及子,自西为首,按喦分甲,叙次鱼鳞,缘坍涨靡常之田土,立里民一定不易之喦甲。以喦甲定田土,即以喦甲稽人户。田辖于斯,坍除涨拨,尺寸不混而经界正。粮辨于斯,卖买推收,苗粮相对而赋役均。户统于斯,南北东西,星罗棋布而人丁按籍可稽,断绝豪强之兼并,铲除奸顽之隐苫,羁縻户口之流亡。自元历明,几经古人规画,成此良法,立为县制。所以崇邑比内地不同,里民亦与内地不同也。酌定一百十喦,每喦十甲,招立里民一千一百。管办粮数,承值公务。三年关拨沙涂,抵偿其劳费。强不能逾分,弱不致缺额。定为一田二价,曰承价,曰买价。买价归于喦甲之里民。办值粮务,为业户。承价归于甲下之丁户,垦种输租,为佃户。犬牙土著,海外磐石,今我皇清大一统,海不扬波,沙土增廓,朝廷之洪福,崇民之大幸。垦种者广开承价以乐业;办值者庆拨买价以苏困。孰知顺治末年,因海氛议撤海外六沙。康熙二十三年,剿抚平定,复还六沙旧业。不料六沙内之野鹅沙,山前沙坍缺。豪强睊之而心热,书算得贿而舞文。以前二沙所坍之田数,将永兴沙新涨之土,借抵坍名色,占为己有,而前时之撤户,惟有望海波而吴声饮泣矣!从此豪恶群起,借寡妇名色,曰膳田;借僧寺名色,曰香火田;借修圣庙名色,曰学田;甚至借乞丐名色,曰恤孤田。田则不图不甲,经界紊乱矣!粮则可荡可涂,赋役不均矣!人则打降,处处而盗窃在在,户口不可问矣。其骇人之名目有三。曰税礁,盘踞要津,礁担礁船,征百征千,势逾关榷。曰抢圩,睊涂成荡,百顷千顷,统党筑围,立号其圩,买价承价兼并如秦。曰起科,择肥隐苫,为鬼为蜮,改头换面，嘱贿报升。上下线索玲珑，变法过商鞅，遂至叩阍聚讼，十年方解，今起科之阖案已结，而补坍之名色更甚。诸弊丛杂，崇土乱麻，此皆起于书算，成于豪横，因循于官长之屡易，不及留心体察，警豪剔蠹。呜呼！寡廉鲜耻之风，尚不可长。而忽变为逞强食弱之场，视王制为弁髦，视善民为鱼肉，有心于地方世道之责者，其能无痛心动念乎？幸某官莅任，福星照临，秦镜高悬。伏乞均拨补坍诸色积弊，买价悉归之嚣甲业户，整除抢圩霸樵宿棍，承价悉归之翻垦丁户，则弊源绝而经界正，豪强抑而善良起。申明各宪，勒碑载志，大悦民心。无如此举，俟公余稍暇，另录《治崇策》《学校论》《崇邑田赋》《崇盐论》呈电。为此踊跃公呈。

引

代京兆创世祠引 辛未春笔

祠堂春，奠神位时祭飨，报本追远所出也。《礼》，君子将营宫室，先立祠堂，于正寝之东。古者，墓成，亦必建祠于右。近世士庶之家，少有言礼者，墓道间丛庡已甚。而我邑巨族大姓之墓，桑海不常，城堞五迁，往往艰于移动。子孙或至灰其高曾祖父之棺，墓域仅不失其遗骨而已。求夫墓右之祠堂，奠神位时祭享者，非必欲草率趋于苟便，亦我邑势使之然也。我族始祖总墓，近于康熙某年间卜迁于某地，迄今二十余年。墓右无祠堂，春祭时，十分子孙不下千人，饮福燕毛往往露立，借坐于寺院，杂乱无序。昭穆少长之道，几至不可问。即其中有欲考夫古所谓礼者，亦无其地，不至于草率杂乱不能也。族长某年为之叹息，踌躇瞻顾间，欲建祠堂，先立祭田，于是议。二十一年停夫千人大祭，止许应祭领祭二祭主会祭，省祭时饮福银，增置祭田，并协助田贰万余步，仅余百余金。建祠之举，望我族有力者，仗义协助，而规模可立也。规模一立，某为正室，供神位地；某为次室，燕毛饮福地；某为侧室，藏祭器杀牲地。树墓门，表墓道，渐次可以徐图矣。然设祠堂者，虽曰追远，而亦以惩后也。祠成之日，中设族长一人，座旁列祭主房长十座。或族众有不孝不悌、无礼义廉耻、财产争竞辈,举诉于族长,会集房长,仰质神主,剖析惩创。不直者让夫直者,必量事之小大罚夫不直者。崇孝思、敦气谊,其裨于一族者,大矣!更设一宗盟柜,藏世谱于内。从十一世起,预定二十字挨次命名。已往者不论。将来族众生子,周岁必往报夫祠。掌祠者启盟柜、出世谱,对神主,按世定字题名。庶后子子孙孙不致犯高曾远祖耄老之讳。而有不幸上中下殇,及臻胡考八十九十百岁卒者,亦往祠报注。三十年、五十年一修此世谱。某某有子,某某无子,某某夭卒,某某寿考,可不往问而详悉矣。虽或者追远惩后之事,不尽于此,而老老长长之道,我族行之,或亦邑中学礼者之次序也谨为之引。

重建第五条竖河桥引辛未夏笔

郁黄状第五条竖河,自有兹状,随有兹河,以通水道者也。河虽狭,数里之田视其通塞,占肥瘠焉。河之上设桥,通行人往来。某年间,南马桥倾圮,军功急移此桥面板去。暂筑土作坝代桥,以利行者。夫曰暂,不久之谓也。曰移,假之之谓也。日复一日,遂至久假不归。水道之塞非一日矣!夫数里之田以其通塞占肥瘠,则不得不去此坝,以仍昔日之水道。而行旅所经,尤不得不仍昔日之桥,以济众。今可喜者,河道通矣,水利兴焉。而可虑者,桥梁绝焉,行人病矣。因有望于数里之田,视其通塞占肥瘠者,协助建桥之赀,为行旅计,亦为水利计。爰设第五条竖河桥簿,量桥之工费,乐施无吝,庶几众擎则易举焉。是为之引。

六十吟引戊寅秋笔

人生草上露耳,人皆知之。而往往视若可与天地等其悠久,不知历何年所者。心多妄念,不能破夫贪之见耳。虽然,贪长生,学仙;贪登天,学佛;贪显己身,谋爵位;贪富子孙,谋兼并;贪快一时,谋色欲声势,此不善用夫贪者也。若夫贪多闻见,广读诗书;贪为圣贤,广积道德;贪作正人君子,时守孝悌忠信礼义廉耻。此善用夫贪,而破贪之见者也。即此血肉之躯,躯虽死,而此心此理永存于天壤间,运行不息矣。彼学仙者称尸解,学佛者谈转生,谁见之而谁信之？予虽未能即圣、即贤,而自少至长,不作妄念,不贪富贵仙佛。今六十矣！敢自以为寿也乎哉？自有知识以来,阅世观人,量时审己,存山林之念,隐湖海之滨,未尝轻进一步,未尝妄交一人。"名利"二字,于我如枘凿不相入焉。虽未尝得志显扬夫二亲,亦未尝失志开罪于二亲。归耕堡北大通河之阴,为伐檀之坎坎,学桑者之闲闲。毕天地之赋予,随我生之长短。思前五十在荠溪时,吟得《论语诗》三十首,用以自警也。而竹山、云樵,次和成帖。竹山奋笔题之曰《三寿作朋》,以为我三人者,贪诗书不贪仙佛富贵者也,得朋之乐,此倡彼和。十年以来,予入于海,竹山往矣,云樵遥隔。知己之思,何日忘之？因自吟《诗经题》三十首,终以《三寿作朋》句,不爽竹山意也,而不觉涕之无从也。人生草露,良友云亡,其如此存者何。六十之吟,仍以自警。暨远忆夫云樵,用吊我竹山也。著此为引。

代陆氏建宗祠引戊子春笔

吾族出自齐宣王,封少子讳达于平原陆乡,因氏。至西汉太中大夫讳贾,裔孙颍川太守讳闳,寓于吴,家焉。后五世孙讳康,为庐江守。而吾陆氏遂蔓延于大江之南北,与朱张顾齐称。至宋左丞相君实公讳秀夫,实庐江守之苗裔,居盐城南。宋末时,率妻子入海,尽崖州难。而次子仲良公,潜徙崇邑,家焉。别族于崇,为迁崇之始祖。迨明鸣山公念迁崇以来,族众渐蕃。东西二百里间,星居棋著,遇诸涂不相识,始修谱牒,以明吾陆氏之宗,忝列六姓之一。续有娄东仙舆公,纂修大宗世系,知丞相君实公一脉在崇,航海来辑。水源木本,乃有绪焉。惜遇寇氛,其工未竣。至知宜春元吉公,解组归林,续成之,幸矣！时欲建立宗祠,岁时祭享,以明尊亲之道。奈天夺我元吉公之速而未果。某每与某侄等言之,上亏尊先之礼,下疏睦族之情,未尝不潸焉出涕。缘力绵难以胜任,望我族之同志而好义者,襄成宗祠之室。祖宗得以时飨,子孙得以时会,族有公事得以聚议,往来路遥者亦得以息肩。自兹以后,族之后生辈,未登谱牒者,报名发梓,设宗柜而宗牒藏焉。孰为长分,孰为幼分,一举足于宗室而考焉。尊亲之道,瞭然矣。是为引。

禁约

代晓谕地方二 戊寅春笔

为晓谕地方事。本官爱民如子,立法如山,有利必兴,有害必除。照得崇邑形势,冲江口而立,西洋坍而东洋涨。环海面而居,南水淡而北水咸。北水恒塞,南水恒通。通者稻田多,塞者花地多。治田者欲其水进,恐海潮之难继。治地者欲其水退,忧霖雨之骤加。但潮水泥沙,河道易淤。所望秋成丰盈,疏河为第一事。然崇地东西约二百里、南北约四十里。横河、竖河、支河、小港,不一其处。有已成之河,有未成之河,有当疏之河,有不当疏之河。大抵崇邑之河,因南水淡而水尽通南。故南洋之河近海,而潮水易进易退,水急常通,年可不疏。北洋之河远海,而潮水难进难退。潮泥易淤,年必一疏。若夫已成之河,熟田熟地之处也。河道虽浅,而疏之甚易。按亩计步,一呼百诺。至于未成之河,生田生地之处也。河道未辟,而用力稍难。量度早开,始无两涝。凡有地方之责者,当农工告竣之时,宜条陈图形,何处当开,何河急宜疏浚,毋得袖手旁观,不为之所,以致潮水不通,田至旱干,雨水不流,地至泛滥。本官当始和布令之日,亲诣按查。如应开者不开,应疏者不疏,地方官必以怠缓重处。尔民亦必以游惰倍惩。诚如所晓谕,勤疏时浚,泥融可以壅地,港深得以通舟。朝潮夕汐,必获灌溉之功。春雨秋霖,不愁停溢之苦。家庆桑麻之饶,人歌乐利之休,河阳一县花。预为尔地方约,须至示者。

族约 甲午夏笔

古之氏族,大夫而有家者,则立宗子。宗子立而祀典不紊,名分秩然,世世守而不易。我家自聃季公平舆分氏以来,至都统公南渡,驻防勾曲后,宋季奉直大夫节隐公避世避地,相辟瀛土以居,讫五百有年。历世二十,而大宗、小宗之法亡,朴塞寡闻见者无论已。知礼义读书自负者,罔识古人之宗法何如。盈千累百,各自为家,尘忘始祖世宗之祭祀,涂弃五服通族之面目。诗所云"岂无他人,不知我同姓"之谓何,亦甚可哀也已。《尧典》"克明俊德,以亲九族",虽言有天下者,而亦递及于有国有家,下至于士民。夫所谓九族者,自高曾祖辈,逮曾玄孙辈也。士民各自有九族,即各具一宗法。甚章明较著,有心世道齐家、治国、平天下者,可不痛心于今日之氏族乎? 予自少隐而在下,为山林之老。无世道人心之责,而讵无世道人心之忧。念我亦有氏族者也,执此之忧而分,非族之长德凉业薄,族亦不肯听命于我,族自成其为族而已。虽然,风俗之变使之也,不独我族为然也。适有十七世名振元者,起而欲修明其族之事。初夏中旬之四日,笺期予以明日会。予谓吾族之事非易修以明也。矧尔年尚中也,世居下位,自太宗小宗之法亡。大而春秋之祀典,小而家室之尊卑,以至父子、叔侄、兄弟之寸丝尺帛厘金贯钱,器用之好丑,田亩之多寡,暨嗣续之应爱长幼,三党之亲故委曲,细则家庭德色谇语,巨则诟斗戕贼讦杀。有不可得而名言者,吾可得而修以明之也乎? 吾可得以六行倡而率之,八刑纠而治之也乎? 如可得而语也,诘旦请从事于会。振元曰:"为之约。"予缘叙数言,以约之族有七辈,南北分九房,所居烟火相望,如星之罗,如棋之布,周遭瀛土四五百里。是日也,至者仅四辈,仅合于登瀛之数,计列于左:十四世辈一人,寓,字右以,北分大房,年七十六,执笔以约者。十五世辈十人,邦相,字王臣,分如前,年四十四。秀乾,字天如,北分四房,年如前。学俊,字秀如,南分大房,年四十三。学贤,字耀先,分如前,年四十一。国权,字秉铨,北分五房,年四十。嘉珍,字聚昭,南分三房,年三十四。学儒,字汝为,南分大房,年三十三。殿元,字学周,南分三房,年三十二。嘉锉,字聚文,分如前,年三十。学通,字丽天,南分大房,年二十八。十六世辈五人:文英,字元周,北分四房,年四十八。存仁,字君仲,南分三房,年四十七。日宣,字三德,北分四房,年三十七。丕承,字则武,北分大房,年三十四。文荣,字耀宗,南分大房,年十八。十七世辈二人:振元,字大乾,南分三房,年四十三。振岳,字载五,南分大房,年二十五。序以世齿,申以族约。振元,盖司会以主约者,约之云何? 约以古人尊祖敬宗睦族之道,慎毋犯前之所云。自始要终,不致背戾。各相告以护持于是道,毋各自恃为家,毋各相视如途人,务必规矩我平舆氏一家之法,而后已,可也。约之如此。谨俟夫南北分九房通族之族长、族望,高明、贤者辈,期共修而明之,以无负我十七世振元之约。时盖康熙甲午夏月日平舆氏北分十四世某笔记。

白华庄藏稿钞卷十四目录

烟波笔啸六十编文集　　　　　　　　崇明沈寓寄庐著

说一八篇
　　补郁离子天说
　　鬼神有无说
　　生死有知无知说
　　广师说
　　贤子弟说
　　今日文章不可说
　　太古说
　　学规说
说二六篇
　　高宗梦赉良弼说
　　子贱治单父说
　　范献子自伤不学说
　　敬姜以鳖逐文伯说
　　公仪休拔葵焚机说
　　尧峰文钞说
说三七篇
　　吾过说
　　曲木说
　　吾庐谁庐说
　　放生池说
　　金银花说
　　蚊说
　　截说

白华庄藏稿钞卷十四

烟波笔啸六十编文集

崇明沈寓寄庐著　孙丕源曾孙奕董校刊
奕葛
奕范
奕苏
奕夔
奕万
奕葛

长洲沈德潜归愚
镇洋程穆衡迂亭 合定

说一

补郁离子天说 戊辰夏笔

客有问于余曰："郁离子曰：'天以气为质，气失其平则变，变而后病生焉。天灾流行，阴阳舛讹，天之病也。物受天之气以生者也。是故，瘥疠夭札，人之病也。中天之病气而亦病，虽天亦无如之何也。惟圣人者出而救之。元气之不汨，圣人为之也。若是，则天亦无权，听人之所为而已。'"余曰，然。然其言天之无为，不知天之所为天，原未尝向人言之也。天岂无权哉。天地者，人之大父母也。孔子不曰父母惟其疾之忧乎？人之所为不道，背乱反常，人之疾也。天居高而视下，有不为之殷忧乎？日月失其光，星辰愆其度，天之气失其平而变者也。天之忧不可见，见之于不平之气。人有疾，因而省悟之，鉴戒之，改其常焉。天即为之转其光,正其度。倘人之疾不之省焉,戒焉,更失其常焉。天之忧弥甚,甚而亦至于疾。日月薄食,星辰飞孛,而冬雷夏雹,时震怒焉。地亦因之而疾,山崩水溢,五谷歉生,灾沴不一而足。天地为之大病矣!天地大病,则人人受其大病,举天下死于饥馑兵戈。而天与人之元气索矣。圣人者,天之孝子也。知天地之大病,知天之忧不已,因出而补救之。而天即畀之以补救治世之大权。天地之心,不胜其欢欣畅遂。而默示之以和平之气,日月于是光华,星辰于是灿耀。卿云现,甘露降,芝草生,祥瑞不一而足。天地之病霍然良已。而天下之人,爱戴归诚,拔于水火之中,而天与人之元气复矣。凶人者,天之逆子也。使天而不生是逆子,则不知孝子之为功。凡人者天之庸子也。有逆子而庸子受其祸,有孝子而庸子享其逸。天何不不生是逆子,而逆子每不能体天之所生也。而独天之大权,不畀逆子而畀孝子,以时救夫庸子。是故尧、舜、禹、汤、文、武,天之大孝子也。朱均不肖,以畀舜、禹。桀、纣,天之大逆子也,畀汤武以征诛之权。天地几遭大病,又每忧后世之逆子多于孝子,而庸子常受其祸。孔子,大孝子也,宜畀之以补救当世之大权,而不畀之,而独畀之以赞修删定治天下之大教,以扶翼夫万世之为孝子者,并启牖夫万世之庸子,以警戒夫万世之逆子。大教所在,即大权所在也。大地之为大父母者,其忧何如?默畀孝子以人权又何如?而曰天亦无如之何也哉!天亦有时仁爱夫逆子,逆子不至于其逆。冀逆子之省悟,不即畀孝子以权。孝子虽时见逆子之为,为之咨嗟痛悼。而亦听天之命,时退处于无能为也。天岂无权哉!天之权,默相夫圣人之为,恒以不平之气示之。以见忧者也。因客之问,补郁离子天说之所未说。

鬼神有无说 癸酉秋笔

读《中庸》"自诚明,谓之性;自明诚,谓之教",乃今知鬼神有无之说矣。夫所谓有无之说者,谓鬼神为有乎,谓鬼神为无乎?谓鬼神为或有或无乎?吾以为谓鬼神为有者,愚钝人也。愚钝之人,往往不及夫人。妄言之,遂妄听之;妄听之,遂妄信之,谓鬼神为有也必也。谓鬼神为无者,峭刻人也。峭刻之人,往往过越夫人。不肯妄言之,其肯妄听之;不肯妄听之,其肯妄信之,谓鬼神为无也必也。谓鬼神为或有或无者,执中人也。执中之人,往往两可乎人之辞。言其有,不敢以为有;言其无,不敢以为无。谓鬼神为或有或无也必也。然此皆非也。孔子曰:"鬼神之为听,其盛矣乎!使天下之人,斋明盛服,以承祭祀。洋洋乎!如在其上,如在其左右。"夫言事鬼神而曰"使"曰"如在",此以诚而有鬼神也。又曰"非其鬼而祭之,谄也。务民之义,敬鬼神而远之,可谓智矣。"夫事鬼神而曰"谄"曰"远之",此以明而无鬼神也。虽然,鬼神而有,孔子何不直言其有;鬼神而无,孔子何不直言其无,而乃曰"使"曰"如在",曰"谄"曰"远之"。谓鬼神为若有若无,仍惶惑夫斯世斯人者,则又何说也?不知中人以上,可以语上,中人以下,不可以语上,世之为中人以下者多矣。此正吾孔子之善于说辞也。其意以为,竟谓鬼神为无,恐不肖之子若孙,沦其祖父于不祀也。此"自诚明,谓之性"之义也。竟谓鬼神为有,恐贪生贪富之愚夫愚妇,遍乞灵于非其鬼也。此"自明诚,谓之教"之义也,而岂或有或无之说哉。此中庸之道也。

生死有知无知说癸酉秋笔

生前有知乎?吾不得而知也。死后有知乎?吾不得而知也。生前有知,则人尽可以知未生以前之事也。死后有知,则人尽可以知已死以后之事也。而岂有独秘于吾,而吾又乌乎问。而胡佛氏有生前何处来,死后何处去之说也。此佛氏之言因果,沦于空虚,不得一验者也。此真不根之言,邪妄之说,背理之甚,比杨、墨而愈为害者也。果生而有知,魂托身以生也,未知父精母血感孕之时,魂先入其母腹,渐长焉,以待此生乎?抑初生之时,豫立其旁,俟附身以哌泣乎?又不知未托生以前,众魂杳杳其何聚乎?天下之生,日不知其几千万也。一一主遣之无错焉,能不惮烦乎?果死而有知,魄降于地已矣。善者之魂,宜即返生,人人尽知,去何去而来何来也。恶者之魂受无量苦楚,转转而魂常不灭,宜人人尽知,苦楚无量而亦必习于善也。而何人人不尽知,而善者常少恶者常多乎?抑如是有一生,必有一死,有一死,必有一生。生死循环,止此数耳。而奈何上古生人少,而近世生人多,魂又何从来而遽若是其多乎？况近世恶者日多，魂宜日少乎？此皆吾不得而知也。吾之所宜知者，天、地、人三才而已。天得一以清，地得一以宁，人得阴阳之气以成形。天地有元会运世，人身有生死病死。天地，人之大父母也。知天地，则知人矣，理一而已矣。昔者子贡问于孔子曰："死人有知无知也？"孔子曰："吾欲言死者有知也，恐孝子顺孙妨生以送死也。欲言其无知，恐不孝之子孙弃而不葬也。未知生，焉知死？"此孔子之善言生死也。

广师说戊寅夏笔

上自天子，下至庶人，莫不有师。自少至老，莫不尊师。师者，道之所在。吾少，以之训吾；吾老，以之训吾子弟。夫子所云，"孝悌、谨信、爱众、亲仁，行有余力，然后学文者也。"为圣帝，为贤臣，为廉吏，为正人端士，师以此授，弟子以此受者也。今之师道何如乎？文章为先，而孝悌谨信为后。功名富贵为急，而道德学业为缓。师以此授，弟子以此受。古道日啬，时调日卑，将见世情日薄，而人心日险也。师之所在，道之所不在也。师不自以为师而师，师者亦不知师其师。所以然者，予智之风盛学焉，而臣之为不必法也。却孔孟之实行，用仪秦之揣摩，一朝衒世，文艺契合，天下仰颂之。若不及，反以为道之所在，师之所不在。吾今日所师，师文章也。呜呼，师何如乎？欲其为道也，且文章亦非古之文章也。借圣贤之言语，作富贵之阶梯。甚且割裂其意旨，颠倒其辞说，侮慢夫圣人。童而习之，长而奉之，天下之人，几忘师之所在，即道之所在。道之所在，即师之所在也。夫使孔孟生于今日，不为科目则已，为科目，不能舍今之师以为师。虽然师者，师其道也。文章者，载道之器也。人果以道德为文章，以经济为功名。六经者，治世之文章也。孔孟者，文章之宗祖也。圣贤之言，何一语非师。孝悌、谨信、爱众、亲仁，引而近之，弟子之职业；推而远之，即帝王、卿大夫治世之弘猷。韩退之曰，"师者，所以传道受业解惑也。"传者传此道，受者受此业也。人非生而知之者，孰能无惑？解惑者，为讲明夫不孝、不悌、不谨、不信、不爱众、亲仁之惑，以归于孝悌、谨信、爱众、亲仁而无惑也。弟子奉其师训以终身。幼而学之，壮而行之。一方如是，方方如是。举天下皆入孝出悌,行谨言信,爱众亲仁,油油然尧、舜、禹、汤、文、武、成、康之世也。其为师道也大矣,其为师道也尊矣!

贤子弟说戊寅夏笔

天下之子弟,不皆贤也。惟其不皆贤,所以贤者益贵,而贤者愈见少。虽然,子弟之贤,非生而贤者也。入则孝,出则弟,父兄勉之于内,师傅训之于外,豁然而喻,顿然而悟耳。然天下之子弟,安得尽豁然而喻、顿然而悟乎?不教而善,生而贤者也。教而后善,学而贤者也。教而不善,困而不学,不贤者也。生而贤者,十之中难获一也。困而不学、不贤者,十之中有二三也。学而贤者,十之中可五六也。若困而仍学焉,犹可勉其为贤者,二三中犹冀其有一二也。以是观之,资禀由于天性,学问出于人工。天下之子弟,安在不可勉而为贤,而往往不学。即学焉,而不知为贤之道。此父兄不教之过也,亦子弟自暴自弃之过也。吾今为天下之子弟告焉。譬之行道者,终其日百里焉,或者吾之足力,不及夫人之足力。吾夜分而起,不休不骤,优游渐进,自至于百里,同时庐旅无疑也。譬之力田者,唯百亩是粪焉。或者吾之财力,不及夫人之财力。吾当春而预积焉,及夏而同焉壅之,实颖实栗,同咏茨梁无疑也。独怪夫足力不及而不能起之以早,财力不及而不能积之以豫,而同望夫百里之至、百亩之获有不及焉,即自诿于无力,自诿于无财者之可叹也。徐孝子不云乎,子弟欲为君子,而使劳己之力,费己之财,如此而不为君子,犹可也;不劳己之力,不费己之财,子弟何不为君子?乡人贱之,父母恶之,如此而不为君子,犹可也;乡人荣之,父母欲之,子弟何不为君子。君子者,即所云贤者也。生焉而学,学焉而学,困焉而学,皆天下之贤子弟也。彼子弟者,何必诿资禀于天而不奋于学,不为贤者之为而名夫君子。

今日文章不可说己卯冬笔

文章之至者,六经四子书是也。圣贤道学之传,立人极,正人心,修身、齐家、治国、平天下，胥此矣。永世莫能外，尽人不能离，所以谓之经。经正则庶民兴。兴者，兴于道也。是故。汉以来谓之讲经，宋以来谓之讲道。经由道而著，道缘经而传。讲经即讲道，讲道即讲经也。而近世之士，视经自为经，道自为道。治经不明，右道不力。此其患。一由汉之儒者，各治一经。夫各治一经，则六经不相通。经学熄而为经义。虽汉世之文章，犹存朴茂之风。而今日之云明经者，浮辞饰说，而离经畔道矣。一由宋之儒者，分门训诂。经书各为臆说。道学流而为俗学。即宋世之文章，已多僻远之见。而今日之云遵注者，命题割裂，而巧言侮圣矣。呜呼！文章者，载道之器也。修辞立诚，《易》著之。出言有章，《诗》咏之。故有时言道而道著，不言道而道亦著。若今日之文章，乃不主道而主风，不主性而主气，性道之教，变而为风气之说。性者足乎天，道者本乎理，风者动乎声，气者尚乎势。风气者行文之助，而非可谓文章之经世者在此也。故性道亘千古恒不变，而风气乃时必一变。夫人不为千古不变之文章，以主持乎世道，而必欲为时必一变者，是果何说也乎？吾以为不可说也。孔子曰："吾十有五而志于学。"夫圣人所云志学者，志在于古之文章。如六经者，学而不厌之也。唐、虞、三代之礼乐娴熟于身心，斯世之盛衰，一视我为用舍。而所谓不义之富贵，久已浮云视之矣。由此观之，必六经明而后可以言学；必六经明而后可以言文章。必吾之文章本乎六经，而后可以应斯世之选，出而维持乎斯世。今日之所云六经者具在，斯世之士果皆明之乎？果本之以为文章而谓可以说乎？呜呼！不可说也。自梁之萧统有选也，然统之选犹汉以下之文章耳。至于宋明，《三传》有节，《六经》《四书》有删，以至圣所赞述删定者，加斧钺于其间。如风、雅之有变，三千条之有凶礼，谓可以不必也。学士不复诵，朝宁不复献。圣后多圣，以为风气如斯也。且即变风、雅与凶礼，又乌可以已乎？人之生斯世也，冠、昏、丧、祭，所必行也。善善恶恶之心，所必至也。而曰用其冠、昏，舍其丧、祭，取其善善，去其恶恶，则是孝子之哀痛惨怛，必以为非。而衰麻杖绖可以不用也，则是淫人之奸邪悖忒，必以为是。而刑戮大辟，可以不施也。事有正必有变；礼有吉必有凶。正者世道以之为法，变者世道以之为戒。吉者，人道以之为始；凶者，人道以之为终。法戒昭然，始终一理。不可存用舍去取于其间也。必用正舍变，取吉去凶，则《易》之悔吝，《书》之吁咈，《春秋》之诛乱刺淫，皆可不必矣。吾恐六经四子，童而习之，不过假为今日文章之征引，功名富贵之阶梯。昔圣昔贤，惟精惟一，允执厥中，传心之要，翻为机械变诈行险侥幸争荣之地。而所谓讲经者，经已不必明；讲道者，道已不必行。不明不行，俗学充塞，经术蛊坏。语其貌则是，论其心则非。生心发政，作政害事，其祸有不可胜言者，起《六经》《四书》中之羲皇、尧、舜、禹、汤、文、武、周、孔、颜、曾、思、孟，稽首扬言而问之今日之文章，诚难乎其为说也，曰：呜呼！

太古说 乙酉秋笔

五帝以前，荒渺不可知也，存而弗论可也。必用推测之见以求知其事，不入于诞，则入于凿。如《春秋元命苞》云，天地开辟，至周鲁哀公十四年获麟之岁，凡三百三十六万七千年，自人皇至周，分为十纪，曰九头，曰五龙，曰摄提，曰合雒，曰连通，曰叙命，曰循蜚，曰因提，曰禅通，曰疏仡。夫五帝以来四五千年耳。其间人已能书，且有司籍掌记。尚多不可考。太古之人，纵浑朴多寿，亦不过一二百岁而已，且无字迹可记，可乌能传其年数之遥。一无差谬若此，非诞而何如？《皇极经世》云元会世运，一会万有八百年，合十二会，计之为一元，十二万九千六百年。而天数于是乎？尽天开于子会，而生天；地辟于丑会而生地；人生于寅会而生人。谓之开物而物无不生。夫太极动而生阳，静而生阴。阴阳一判，即有天地。既有天地，即生人物。既有人物，即生圣智。岂有一万余年阳始生而天开，又一万余年阴始生而地辟，又一万余年阴阳始合而人物生，又一二万年阴阳滋培而始有圣智出，非凿而何？诞固不可以论天地；凿亦不可以论天地。天阳地阴天清地浊。阴阳，道也。清浊，气也。人得天地之清气而生者为上智；得天地之浊气而生者为下愚；半清半浊者为中人。物亦有然。然不曰阳阴，而曰阴阳者，何也？阴近而阳远也，地卑而天高也。所以人往往得浊气多而清气少，故愚者多而智者少，妇多愚而男多智也。下愚概生而上智间出也，阴阳之道然也。天长地久，乌得而推测之？若天地之短长可推测而知，则上世之圣人早有以推测而论定之矣。阴阳之道息，则清浊之气散。人物沦而天地亦有时而泯矣。

学规说 丙戌夏笔

予今六十有八，退老大通河之白华庄，十有八年矣。第二孙丕濂从公骏先生游，先生病假，调摄代理馆课。追思二十三岁时，学道于尧峰秋水亭，百子先生行白鹿洞学规，示其孙少隐，时共学者六人。有坐次，有时仪，有日则，有月计，有年较，有专课，有分课，有互相质疑问难课。俱有程限，而不得造次。总名之曰"学规"。务精究夫身心性命，以增益吾之志趣。堂上大书一联曰"学颜大贤之学，志伊任圣之志。"迄今一动念间，恍若身履其地。今亦有孙，侍侧而不能行是学规，以期进于斯道。深自愧也，欲式是规以见志。思象山、考亭，宋之两大儒也，尚有异同之论。予愚而贱者也，则何能？因为之昌言以说曰学也者，所以学夫圣人也。学圣人而不得，亦不失为贤人，不失为正人君子。今之学者，果学夫圣人乎？日读圣人之书，是宜知圣人者也。而所行往往与圣人背，既不受圣人之教，宜亦谢绝之，不必学圣人之学矣。然犹今日学之，明日又学之，终身不敢越夫圣人之书者，又何说？曰功名富贵出其中也。若是，则唯学之不讲故耳。说者曰，今之坐皋比面南位者，未始不诏弟子，进而讲之，曰圣人首言学，第云悦乎？乐乎？君子乎其人，可也。所以学必至于说，必至于乐，必至于君子其人者，则坐皋比面南位之长者，亦未见其知而必行也。何也？功名富贵之念急，人不知则愠也，身心性命之功缓，说与乐不遑计也。谨以是学之规条，护于白华庄。自规而不敢规夫人。

说二

高宗梦赉良弼说 丁亥夏笔

尝考《闽中订义》，载黄帝梦大风吹天下之尘垢，而得风后以为相。

梦一人执千钧之弩,驱羊万群,而得力牧以为将。因著《占梦经》十一卷传于世。而予疑之。乃读《商书》,高宗梦上帝赉以良弼,以形求于天下,得传说于版筑之间。上不知而不及求;下不知而不及举。不形之于梦,说亦终于版筑而已。千古以下,又何所据而谓傅岩之间有一贤人哉。予由是信黄帝之占梦为不诬也。虽然叔孙氏以梦得竖牛,汉文帝以梦得邓通,梦一也,而所得之人迥异,则又何说也?不知梦实因人而感也。梦也,天也。梦又积想而成兆者也。圣如黄帝,明如高宗,不梦也则已,梦也必风后、力牧与傅说也。叔孙之梦竖牛,固其所矣,文帝亦汉世之贤君也,彼邓通何人而入其梦哉?文帝得一贾谊而疏之于外,邓通之入梦又何怪乎?古云:至人无梦,梦至至人,梦自不轻感也。至人举动格于天,故君非高宗不能梦得傅说,贤非傅说不能入高宗之梦。傅岩之野,去亳都甚远;版筑之贱,去天子甚悬。两不相求而两相遇。一以匹夫一旦居相位而不为嫌,一以天下大任凭一夕之梦而不疑。两相感而两相成,故曰梦也,天也。百八十有二年,西伯猎于磻溪而得吕尚,是盖师高宗之梦赉良弼,心诚于卜以求之者也。若汉光武之以谶用王梁,则误矣。天下大矣,后世远矣,草野时有傅岩之辈。君若高宗、西伯,自感其梦卜,不然徒劳梦想无益也。

子贱治单父说 壬辰春笔

子贱治单父,语于孔子:"此地民有贤于不齐者五人。不齐事之,教不齐,所以为治之术。"孔子许之曰:"贤者,百福之宗而神明之主也。不齐之所治者小也,不齐之所治者大。其与尧舜继矣。"故子贱鸣琴,身不下堂而单父治,此其于后世之为,令者何如也。邑有贤士大夫,为令之资也。令不资于贤士大夫,令不穀。士大夫匿善而不献,士大夫不贤。令将于是邑推士人夫之贤否?而贤士大夫亦于此日之令,征贤否也。诗云:恺悌君子,民之父母。夫必恺悌而后可以作民父母。父母者,至亲至爱之词也。日坐堂上,理民事。民之所好,民之所恶,令何由事事逆之于心,而施之于政,适合于民之所好,所恶,非与邑之贤士大夫,朝夕讲究之不能也。虽然投纶错饵,迎而吸之者,古今世比比。若存若亡，若食若不食，模棱世事者亦不少。不由径，非公正不至；非所言不言言必有中者，什百中难一二见。令能辨而父事兄事友相与者，予日望之天下之邑之令也。贤士大夫，邑不皆有。贤父老隐居乡里，抱经济不见于世者，邑往往不绝。令能细访而商之，是亦为令之资，不减于贤士大夫也。令无不职之咎矣，民皆贤夫令矣。然又岂独一令之政当然哉？天子于民，上下辽绝，日月不照，覆缶蚁蚁，不能叫阍。邑有贤士大夫，助其令以是非夫一邑。一邑之事无不理而合于是，则朝亦有贤士大夫，辅翼其世主，以是非夫天下。天下之事，无不理而合于是，则天下之民，安得不圣其天子乎？则知邑多贤士大夫，朝亦多贤士大夫。邑皆贤令，世皆圣天子矣。是皆兴于邑之有贤士大夫也。故孔子叹曰："不齐之所治者大，其与尧舜继矣。"岂虚语哉？

范献子自伤不学说 丙寅冬笔

昔者范献子，聘于鲁，名鲁先君之二讳，取病归。而遍戒其所知，曰："人不可以不学。适鲁，名其二讳为笑焉。余惟不学也。"后之人咸多献子。多献子能不讳短也。克自学也，下已以励夫人也。虽然献子之学，记问之学也。非古圣贤治平之学也。譬诸木本，大则叶茂。譬诸水源，深则流长。君子学其要者大者，家可齐也，国可治也，天下可平也。若夫记问之学，君子不过涉猎而已。而概谓之君子之学之所在也。虽曰已学，吾未尝谓之学也。

敬姜以鳖逐文伯说 己巳秋笔

余幼读《国语》，至"公父文伯饮露睹父酒，羞鳖焉小。睹父怒，相延食鳖，辞曰：'将使鳖长而后食之。'"夫食鳖琐事也，《国语》语之，余初不知其言之有为也。及后余居鹤市，过澳水。遇雨，止友家。早起将行，辞其母。其母曰："汝缓，吾子将有以食子也。"出见其子池上举网，得二鱼。一尺许，一将五寸。舍尺许而登五寸，余怪之。其母曰："吾子恶小者之不长也。"又二年，过黄林，一友家凿大沼，善饲鱼。客至网鱼，其母恒嘱其子举小者,其大者存之,俟他日货于人。曰小者味肥,大者味老也。嗟乎!何后世之为文伯者多,为敬姜者少也。惟其为敬姜者少,所以为文伯者愈多也。其两家幸不遇露睹父,平日亦未尝知其能延食鱼。不然,难免夫怒也。文伯之母曰:"鳖于何有?而使夫人怒也。"旨哉其味之深也。戏述此二琐事,以见古今事,古今人,相类而不相肖如此。

公仪休拔葵焚机说己巳秋笔

昔公仪休相鲁,拔园葵,去织妇。曰:"食禄者不得与民争利。"公仪休诚得相国之道者也。虽然,于治家廉俭之风,或未尽然。公父文伯朝其母,其母方绩。文伯曰:"以歜之家而主犹绩,其以歜为不能事主乎?"其母敬姜惊叹而起曰:"民劳则思,思则善心生。逸则淫,淫则忘善。忘善则恶心生。尔今曰:'故不自安?'余惧穆伯之绝祀也。"善哉!敬姜之言可为百世师矣。夫民师乎上者也,子弟师乎父兄者也,后人师乎前人者也。食禄之家以俭治家,子孙犹惧其奢。拔葵焚机,于公仪休则得矣。其遗风所被,乘坚策肥,相室之仆,赫奕于周行,民避之不胜也。衣珠曳翠,相室之婢,焜炫于高门,民效之不胜也。其仆其婢如此,而况为其妻其子,其奢丽又当何如也?高髻大袖之谣,古甚著之矣。夫萧相国之言曰:"子孙贤,师吾俭。"斯言也,大有合于文伯之母所云也。相国家风,当师此意。为当世是则是效焉。

尧峰文钞说甲午夏笔

予观《尧峰文钞》,而窃慨然其自附于能文且知道也。尧峰之于文也,予知其已三洗髓,三伐毛矣。故其言曰:文者,载道之器,《六经》《语》《孟》足以当之。《六经》《语》《孟》根本于道,道由是而发源者也。《原道》《本论》乃举其粗,治其流,而遗其精,未溯其原者也。其论韩、欧阳也,固当矣。殊未知韩、欧阳之《原道》《本论》,举其显然者而言。言道与本有所由传,非佛与道之虚无诞妄、无所传者,可得而混也。实未尝从"惟精惟一"处示之尔。敢曰韩、欧阳其人未尝识《六经》,晓"惟精惟一"之旨趣耶？虽韩之《宰相》三书，欧阳之《昼锦》一记，扬之过高或近于谀，抑之大卑或近于媚。媚与谀，甚不可训也。然亦止行文体势，抑扬使然。且当之者亦足以无愧，而未尝有出于不忠不孝之为。身居两截，遗千百世。群然笑且吐詈者也。由尧峰之言推之其于文也，必无是人，必无是文也。而其文不能尽然也，其何以对韩与欧阳。论韩与欧阳也，在韩与欧阳之文，固不足以抵《六经》《语》《孟》之文。韩与欧阳之人，亦不足以抵《六经》《语》《孟》之人。然《六经》《语》《孟》，亦不无精粗巨细，本末胥出其中焉。韩与欧阳之为人，斥异端，参邪佞，指贼徒，培忠孝。其行文也。亦自具精粗巨细本末，而未尝言背于道。不背于道者，可以证之于今，即可以证之于古。而今之尧峰，何若乎？若元之鲁斋也，鲁斋之祖父未尝臣于宋。若宋之圣予也，圣予之子孙未尝仕于元。无论仪俨辈无议于宋，而梦炎等甚觉有靦于元。呜呼！尽之矣。遑问其他，若就其文论，文固成章，有伦有脊矣，未免时地相遭，用情过当。如矍相圃之射，命执弓矢延射者扬觯而语，语毕，观者掩袖而大半走矣。

说三

吾过说 卯冬笔

五代时，山南之国有寡妇，行年五十，无子而处者。其邻人之妇，行年三十，生七子而亦寡。三十者曰："吾可以嫁。三十，年少也，生七子，多子也。犹之战国之士，相于秦，复相于楚。多才故也。"五十者曰："不然，吾可以嫁。五十，老成也。无子，犹未嫁也。犹之挽近之士。举于乡，登于科，未出仕者也。"相质不已。对户樵夫之女，适未嫁，而欲为其夫死，誓将终其身不改嫁者。闻之曰："呜呼！吾过矣。吾过矣。"宜乎今之君子，谓之曰："夫夫也，是拘于礼者也。"

曲木说 戊辰夏笔

东山之东有园焉。历晋以来，世为太原王氏业。不知几变更，近为敦煌洪氏有,且二百年矣。园之大二顷,不树花果,独植杉,以土性宜故。地二尺植一木,密故易长而不至于曲。园之南一木,荫隙地四五丈。寸曲而上,盘曲之。旁又多赘瘤,相传王氏时物。余戏指之曰"郭橐驼也。"二顷之园,四分递植之。或四十、五十年,或七十、八十年。祖若父植之,俟其子其孙尽园一分之木,伐以收其直,以瞻其家。而再植之,其子孙世守,而再伐。问之洪氏,曰:"四分递植之木,四伐三伐有方,二伐者矣。子孙七世于此,百年之前,食口寡,收其直,瞻其家,有余。百年之后,食口众,收其直,瞻其家,渐忧不足。自今恐木之大者,不及俟七十、八十年。小者亦不及俟四十、五十年矣。"余曰:"木大则直大;木小则直小。家之食口日益众,木又小焉,直又小焉。将若之何?园之南隙地,四五丈。胡不去此无用之曲木。二百年来,僭此土,五六百大木矣。"洪氏曰:"木也曲,不直用。故生之至今,且王氏故物不忍伐之。类于橐驼。祀为兹园王。"余笑曰:"王氏故物,无过麈尾。然晋之天下,祸于清谈。彼橐驼者,柳氏作传,不识有其人否?骨化为土壤,千余年矣。指此曲木而祀之,怪矣!此一木也,曲,故至今。王氏之故物,天下之弃物也。而又祀之,祸尔家不浅矣。"噫!直者早伐,曲者祀焉。无怪乎斯世之多曲而少直也。

吾庐谁庐说 甲戌夏笔

天下之物为吾有者,不得而诿诸谁。诿诸谁者矫也。天下之物为谁有者,不得而矜诸吾。矜诸吾者私也。私固不可以入道。矫亦未可以语闻乎道。何则?圣人之应乎物也。理而已矣。唐、虞时之天下,可以付诸贤,非矫也,理也。夏、商、周时之天下,可以付诸子,非私也,理也。天下之物,大观而大,小观而小。一理而已。而岂可以矫与私于其间也哉?甚矣,李文饶之私也,庐成而咏之,曰:"吾庐。"甚矣,张芑山之矫也,庐成而记之曰:"谁庐?"庐为吾成,庐为吾有,何妨吾之?而文饶之视吾庐,曰:"有以平泉庄一木一石售于他姓者,非吾佳子弟也。"何异秦祖龙之视其天下,一世、二世至千万世而恐失之者,故曰私也。庐为吾成,庐为吾有,何必谁之?而芑山之视其庐,曰:"异日者,庐幸而存,幸而子若孙有之。卒非吾有也,谁也？"何殊宋宣公、穆公之与其国于侄与弟,而终欲归诸其子者,故曰矫也。由吾庐之言推之,天壤间谁为吾有,即吾有之,吾子弟有之。一旦陵谷代迁,宇宙中有者皆不足恃。唐、虞之天下,亦付诸人也,而况吾庐乎？此文饶之所以未可语于入道也。由谁庐之言推之,天地一逆旅,古今一传舍,吾今有之,吾之子若孙有之,即为吾有。一旦人非金石,吾之身且不足恃。夏、商、周之天下,五六百年,七八百年,皆吾有也,而况一庐而何必谁之乎？此芑山之所以未可语夫闻道也。芑山将充夫子毋我一言乎？夫子之毋我,无有私于我者也。非云我也,而可无也。他日诏曾子曰："吾道。"未闻曰："谁道。"曾子习于夫子者也。他日去武城曰："无寓人于我室。"夫室为武城之室,而曾子暂居之,则亦暂吾之而已。文饶之吾庐,入世之心也,意必之见也,实诸所无也。芑山之谁庐,出世之心也,矫情之语也,空诸所有也。均不若渊明诗云："众鸟欣有托,语亦爱吾庐。"出之自然,与曾子无寓我室之旨,宛相契合。后世所以达人必归渊明。达者,通也。君子上达,进乎高明之谓也。夫人至于通而高明,可云深造之以道者矣,而岂有矫与私之见在其意中也哉。吾庐乎,谁庐乎,均不可以有意,因为之说。

放生池说戊寅夏笔

天下放生区处,莫大于海,其次莫如江,湖不足道也。近世学士、大夫,奉西方之教,戒杀生,置放生池。夫放生而曰池,非放也,锢也。戒杀而胜于杀之也。天地之大德,曰生。生万物于天地间。天地即一放生大区处也。帝王之世,含哺鼓腹,不识不知。刑措之风囹圄空虚。日月出没之所,罔不率俾。麒麟游、凤凰集,众鸟兽鱼鳖咸若。人民万物,各得其所,各安其生者,大矣。西方之教立,学士、大夫奉之若神乃世之罟获陷阱,举足而是。自天子至于庶人,战争不息,暴尸于原野者,何代无之。法庭之上,深文陷于刑辟,多金杀于牢狱者,一岁不知其几千什百也。而学士、大夫沾沾于一鳞而放之生之,其为量也,隘矣！且所放所生者,无巨海之纵,惟一勺之锢。我非鱼,乌知鱼之苦乎？考放生之说,始于唐、宋。唐乾元中,命天下置放生池,凡八十一所。宋天禧中,以西湖作放生池,为人生祈福。夫唐、宋时之放生池,愚夫愚妇,不忍一物之所为也。阉宦用而天下杀矣;新法行而天下杀矣。而祈福于一鱼,何其不忍于一方之一物,而独忍于天下之万民也。其为放生戒杀也,不已陋乎?三代以上,未有其名。然而所放所生,未有大于此时者。参观《王制》《月令》《夏小正》之所载,獭祭鱼,然后虞人入泽。豺祭兽,然后田猎。鸠化为鹰,然后设罻罗。草木零落,然后入山林。昆虫未蛰,不以火田,则非时而杀焉者寡矣。诸侯无故不杀牛,大夫无故不杀羊,士无故不杀犬豕,庶人无故不食珍,则无故而杀焉者寡矣。国君春田不围泽,大夫不掩群,士不取麛卵。田不以礼曰暴天物,则田而杀焉者,寡矣。《周官》川衡泽虞所掌,凡以供祭祀宾客丧纪之用。其他攻猛兽,除毒蠚,去龟鼋,射夭鸟,各有攸司,皆以生之之道,杀之也。唐、宋之人,独未尝于是一讲肄之乎?而胡区区于一池一湖,放之牛之乎?虽曰世人志识浅狭,不及三代以上。圣人同天地大德之生,俾万物各得其所。而亦何至人世之大观,有江海焉,懵不之知也。此孔子所以恶夫佞也。

金银花说 丙子夏笔

余诛茅大通河阴,十亩闲闲,为农夫以没世。青槿为篱,绿杨遮户。闲花野草,着脚生香。人生不得志于时,凭日月之往来,读黄、农、虞、夏书于绿阴树底,凉风徐至,韵鸟时赓,亦一佳境也。羡彼富贵胡为哉!夫富贵不过多金银耳。予所居金银花绕地,不栽接,不浇培。四五六月间,与苍松碧柳,翠竹红椒,缠绕于柔枝嫩叶之上,对对生花。黄白相间,摇荡微风,香满鼻息。今年如是,明年如是,不改常度。视多金银者,反号铜臭。相去为何如也?本草花性解毒,时服之,可调和血脉,无痛肿之病。草有如是之功,而未尝骄于富贵,吝于贫贱。犹之畜道德者,唯所用之,大之燮理阴阳,无灾祲之患。小之平反狱讼,沐子惠之仁,上下并受其益。反是则虽位极人巨,不能积功竖业,惟鹜爵聚敛。于民成怨,于国生害。金银非不多也,贪兹富贵胡为哉?绿阴树底,读书之暇,偶为是说。

蚊说 丙寅秋笔

蚊，虫类之至眇者也。触热而兴，逢昏而炽。大河以南，夏之时，无不有。考之方外传记，其专攻刺人也。食人血者三，则大变而为赤卒，二则小变而为芒蝇，一则可固其胆而至寒不速死。是蚊善为己者也，乌得不工刺人。蚊善变化者也，乌得不食人血。一而二二而三，虽然人之一身，痛痒所关。两掌下之，立毙床席间。侥幸者，帐四围，卒难以出。日出候，十不得脱一焉。夫蚊生天壤间，眇矣，即善变，究不越此虫类，而常或撄人而死。刺人之血，安必其能三能二，不如不侥幸于一者。随蓬萧之栖止，任天地之化机。何必工其术，以固其胆，求活于壁缝之间哉？此可警夫居官而墨者也，剥民之脂，嚼民之膏，曲民之语言，愚民之耳目，积而能变至四五品，极之一二品。其变愈大，其刺人之术弥工。一旦丽日中天，不得于君，而不测者，患亦甚大。即能免矣，其变亦不过如是而止。若夫侥幸固其胆，自谓不至寒以速毙。然值子孙不肖，荡覆无余，比蚊之求活于壁缝间者，并不逮。此其愚其智，又何如也。

蛓说 乙亥夏笔

夏虫之恶者众矣，无有甚于蛓焉。其虫生于热湿，大江以南比比而是。长不寸许，体负文彩。生于树叶而梅为甚。食叶，叶为之秃。梅味酸，岂蛓亦食酸者耶？毛善刺人，人往来于斯，风吹毛偶着肌肤，楚不可忍。夫虫类之善刺人者，莫如蚊与蚤。皆无蛓之文彩，体倍么么然。其性与蛓异。蚊喜声势，蚤喜跳梁。其刺人为患者，实欲吮血以利己耳。若蛓则不然，高伏于叶端，不见不闻飞其毛，毒及于人，比善刺之蚊与蚤痛楚更甚，而一无所利于己。蛓殆居高播恶者流也。我故曰，夏虫之恶者众矣，无有甚于蛓焉。噫！天下古今之居高自尊，往往所为无所利于家国，而徒多毒及人民之事。究之己亦无所利焉。且亦有文彩可观，而不见不闻刺人之矛戟，有莫可如何者，是皆蛓类也。

白华庄藏稿钞卷十五目录

烟波笔啸六十编文集 　　　　　　　　崇明沈寓寄庐著
题跋五篇
　题抚孤松而盘桓图
　题抱琴书以消忧图
　寄庐清福
　题赠菘图
　跋赵尧日画卷
吊祭文十篇
　吊龙亭侯
　葬施昆琭祭文
　慰费江夏文
　哭施蔚含文
　哭长孙丕泗文
　代凤仪祭颖文文
　祭施公亮文
　祭岳母张太孺人文
　代祭杨母卫孺人逾月而葬文
　代族侄祭其少祖母文

白华庄藏稿钞卷十五

烟波笔啸六十编文集

崇明沈寓寄庐著　孙丕源曾孙奕董校刊

奕蔫
奕范
奕苏
奕夔
奕万
奕葛

长洲沈德潜归愚　合定
镇洋程穆衡迓亭

题

题抚孤松而盘桓图 癸酉夏笔

陶元亮饮酒诗曰："自植孤生松，敛翮遥来归。"松当岁寒时，众木脱矣，独挺然于霜雪之间。此松之所以云孤也。元亮当晋宋之际，岁寒之日也，登皋舒啸，临流赋诗。从吾所好，著书甲子，晋室之孤松也。考盘在涧，独寐寤歌，可以咏而归矣。抚孤松而盘桓，宜其赋于《归去来辞》中也。张君湛华，时当明季。取此句成图，其旨深矣。亦唐顾君宝兹图，以命题。余不敢妄拟夫孤松也。亦唐门对河干，河水清且涟猗高揭此图于堂中，酌酒啸傲，临清流而赋诗，余尚能共我亦唐，抚此松而盘桓也，癸酉夏五，寄庐某之笔。

题抱琴书以消忧图 癸酉夏笔

琴以养性,书以广识。靖节曰:"衡门之下,有琴有书。载弹载咏,爰得我娱。岂无他好,乐是幽居。"所以《归去来辞》命意于此,以消忧也。张君湛华,节此句,而仿佛之靖节往矣。而所以为靖节者,千载以下不与之,俱往也。亦唐顾君,爱兹图而属余题。噫! 沧桑何常,靖节之辞,恒悬于宇宙;湛华之画,独惜于亦唐。亦唐其善宝之。明月不缺,清风徐来,抱此琴书,或弹或咏,性情于焉移,识见于焉广。欣然欢然,不知老之将至。呜呼! 乐矣。癸酉夏五,寄庐某之笔。

寄庐清福 庚寅冬笔

窥我寄庐,何荣何辱? 四壁萧疏,六时淡薄。矢心实直,树身真朴。有琴无弦,有书无曲。有床一张,夜眠朝读。七十二岁,不娴世俗。客来不迎,谈久有曲。只蔬只果,弗鱼弗肉。出我平生,量我器局。只论古人,如我谁属。壶丘不再,石户成独。吟非心史,歌非击筑。不必狂笑,何须痛哭。造化莫挽,凭他降禄。天乏时雨,运翁灌沃。呼僮煎茗,用实我腹。游戏人世,考槃迕轴。或有别询,言言忠告。韵高春杵,风清帐褥。坐我庐中,供我饘粥。秋林之桂,寒篱之菊。我纵不貌,我心自勖。晚菘早韭,前梧后竹。东海之滨,野老遗躅。命存天赋,性还我淑。濂溪尝云,太极洞烛。我行我位,我知我足。终我余年,随子孙续。先人有言,善字世粟。深耕易耨,节隐传嘱。瀛洲有土,白华有屋。壮寄他山,老归故麓。墓题诗人,烟波编目。此文不泯,看我清福。

题赠菘图 癸巳冬笔

昔周彦伦隐于北山,爱种菘。或问其味何如? 曰"秋末晚菘",而菘名遂著。好事者仿以为图,黄山谷题之曰:"士大夫不可不知此味。不可使天下之民有此色。"而菘名愈著,苏东坡诗云:"早菘细切肥牛肚。"

范石湖诗云："拨雪挑来蹋地菘。"洪舜俞赋曰："婆娑熊蹯之菘。"徐九经宰次畿，图菘于堂壁，曰："睹此菘使知清味。"九年升任，民不能忘，家图一菘于壁，曰："此徐公清品也。"清味清品，而菘名大著于天壤间。画家争图以为能，淡然较胜于牡丹之富贵，菊花之隐逸。予缘历叙古人成言，赠今日之图菘者，更当表其清节。庶几见粉霜白雪中，菘自抱一，假阳春气色，发现于中心，着处飞黄，宇宙清香。癸巳冬日，白华庄老人题于《半痴道人菘图》并书博粲。

跋

跋赵尧日画卷名晓，太仓州人　戊寅冬笔

天下人眼界空旷，无如善画者。古今善画者，多矣。而眼界空旷之至，无如元世倪瓒云林。云林之画，名于元世。元世以后之人亦知之。然而起伏开合，向背阴阳之理，犹属画中境也。其画中不著一人物，自有深意存焉。此其所以眼界绝人，高出千古耳。譬之古人善诗者，多矣。三百篇以后独称唐世杜少陵，后世读少陵诗者，以为雄壮浑融，沉著痛快，而不知少陵诗中，自有意也。少陵云"诗史"。云林可云"画史"。娄东赵君尧日，年少，称善画，挟其技将游天下。而先游瀛洲。瀛洲者，古称海中十洲之一也。西当长江蜿蜒七千里之口，东极汪洋弥漫浮天浴日之波。扶桑国隐隐在焉。少陵云："巴陵洞庭日本东，赤岸水与银河通。中有云气随飞龙。"十日，画一水者，似不可不于此留一真迹也。其波接壤娄东。娄东者，烟客元照二王先生之里也。二先生名重天下，且为后世重，如大痴云林。而尧日，幸生两先生之地，而亲承之为今麓台先生许可。面命耳提，声价十倍。将来挟此技以游，跳脱我笔法，变现我墨气，图夫名山名水，如天台雁荡之离奇，黄山三十六峰之突兀，洞庭潇湘之夷旷，剑阁栈道之险峻，以及匡庐悬崖三千丈之瀑布，层叠曲折，深之又深。如张博望之入星宿，先河后海，溯流穷源。如宗少文之图五岳于四壁，浙浙飒飒，众山皆响。一一收拾于尺幅寸楮中，而眼界空旷，用意如云林。其中深得一道焉，然后归上一册，复命于麓台

先生。先生大笑,曰:"此吾太原故物,而今为天水窃去也。"

吊祭文

吊龙亭侯己巳秋笔

呜呼!人生致万石,不如精一艺。吾于龙亭侯信之。世传造纸者龙亭也,而造纸实不自龙亭始,而龙亭有法耳。吾尝过桂阳登芙蓉,眺湟水,而慨然想见龙亭之造纸也。古今天下豪杰读破万卷,致君尧舜,纸之为功,何如也。而龙亭不可见矣。龙亭官常侍。常侍不传,传其造纸,封龙亭侯。龙亭者何?桂阳蔡伦也。

葬施昆琭祭文乙酉春笔

执绋叩首,叙以一言。曰:呜呼!人固难于生前,而更难于死后。生前者,尽其生之之道,我不可以必之,而实有可以必之也。死后者,全其死之之道,我或可以必之,而实非我可以必之也。何也?生云寄也。寄生于世,而问之我心,一事有所未顺,则于生之道亦未尽。哀哉,是生!生如未生,黍所生也。死云归也。归休于地,而问之我魄。一日有所未宁,则于死之道,亦未全。哀哉,是死!行于道路,如未尝归也。呜呼!生固难者,难于继我祖我父也。祖父有是志,而我能继之。即祖父无是志,我能发越以大之,在我者也。此吾生之所可必者也。死更难者,难于得我子我孙也。我有是事,而子孙述之,即我无是事,而子孙能推类以举之,在子孙者也。此我死之所不可必者也。若我昆琭则不然。优游物外,酒帘无债,世运逢冲,衣冠不改。生七十有四,而未尝有违心转目之事,与人世争是非。古人所云生顺者,生何如其顺也?翠微云峤,大启幽宫,华表将归,鹤盖成松。水金始而木金终。一纪于兹,有藏焉息焉之乐,而未尝经风雨、伴瓦砾。古人所云没宁者,没何如其宁也?因为之诗。诗三章,章四句。其首章曰:峨峨佳城,堡城之北。郁郁松楸,紫芝石屋。其次章曰:琬琰同龛,琥珀中藏。子子孙孙,春露秋霜。

其三章曰：香花绕路，云鹤翱翔。音容如在，笑饮三觞。呜呼！

慰费江夏文 丙戌夏笔

呜呼！天下古今之人，等死耳。死于利，何如死于义者之令人诵慕无穷也。死于利，非邪僻，则贪婪；死于义，非忠烈，则愤激。愤激者，正气所钟，为国家、为公举，留爱于人。人不肯为而我必欲为，为之必期于有成。至死而心未已。贪婪者，妖氛所致。为肥身，为阴讦，敛怨于众，受人咒诅。不有人祸，必被天刑，种累于子孙。世有义、利两途。人有清、浊二种。清者正气薰成，属于义者也。浊者妖氛染就，属于利者也。古今来清少浊多。天地间义微利炽。趋利之徒，如青蝇之集臭，屡扑之而复来。举义之辈，犹白鹤之乘云，总招之而难至。此其说何也？欲利于己，必害乎人。恃义而往，每堕人谋。所以明明知义之一途，可以名留千古，心常畏难，足将进而趑趄。明明知利之一途，终作丑遗天壤，欲念易歆，身一入而不返。是故爱利者较多于爱义，贪得者往往不顾名。义与利之不相合，犹水与火之不相入焉！不知水清火浊，清轻浊重，清高浊下，浑浊之势，难敌轻清之气。清常胜于浊，水常克夫火也。所以害乎人者，人终自害；恃义而仕者，时或受窘，然必终结于苍苍之胜。窘而攸往咸宜也。昔者蔡京、蔡卞算元祐之党人，刊碑以慕其名。而石工安民，固请曰："免镌下名。"迄今大名归之元祐诸贤。安民之名亦赫赫众著。缘是而思，吾邑五百年均田之良法，一朝变乱于贪邪。抱公愤而叩阍者，诚为义首，其间佐之者不乏其人。而费江夏犹元祐时之安民也。郡审之日，恃义而往，得疾而归。受含之时，舌犹喃喃，冀水之必胜夫火而卒。其为人也，至死不变者也。因为义利之辨，邪正之归，清浊之源，著水胜火之说，以慰之。呜呼！义矣哉，费君也！倾动合邑，操文而祭，连袂而哭者，踵相接。人谁不死？可云激于义而死者矣。

哭施蔚含文 丁亥夏笔

呜呼！天恒不肯轻付人以聪明才隽，非天之故为，是吝也。天之视聪明才隽也,恒重。人既受天之重付聪明才隽,而往往不及老我之才力以用世也,则人之自视夫聪明才隽也,恒轻。呜呼!此古人以之衡量人品,明天人之相感以道。而吾今日之哭我蔚含,则恒叹我之孤立于世也。天之生上智也不偶,其生聪明才隽不啻中人以上者流,亦天之所重,循循然加以学力,何患不及夫上智,而天亦必有以相之。蔚含少予四岁为肩随,然每以兄事予,予之聪明才隽,自量不及夫蔚含。而退然自放于山巅水涯,甘为自老之计。蔚含亦深量予之不及,未尝强予以世用。此蔚含之所以深知夫予。而予之哭蔚含,以其知予之能贫能贱,能安分寂守,不能为世役以老也。蔚含魁身辩口,得以济其聪明才隽,独立吐言于俦类之中,每为人所惊望而骇服。故不能若予之能贫。计富之才,适如其欲富之心,而气雄于邑门律令。不能若予之能贱。计贵之才,适如其欲贵之念,而声壮于绿沉电影。呜呼!以为如斯者,终我蔚含也,非天之所重付,吾蔚含以聪明才隽也。以为如斯者,不足以尽吾蔚含也,而蔚含何轻视夫天之重付,以聪明才隽以去也。以为蔚含不知天之重付以聪明才隽,而加以魁身辩口,蔚含不若是其憒也。以为蔚含深知天之重付以聪明才隽,而加以魁身辩口,今日之一去也,当深悟终于如斯者之浅也。夫蔚含之聪明大有过人者,以为安于贫贱。若待时不及以老,徒使我妻子困苦无以聊赖,抱恨于后。孰若贬行其志,无失于今,亦无大损于我,故予则啸傲于东西南北烟波中者,三十余年。予老矣,蔚含亦老矣。相知固深而相遇恒疏。归乡以来,每念蔚含之翻然练于才,深于学究,明天人相感以道之。故冀蔚含之知予,在寻常俦伍之外。而予之立于世者,为不孤矣。亡何蔚含觞行耆杖之后,心计之算胜,而枯槁于颜貌之间。江郎才尽,锦心绣肠,一吐而亡。邃使辩才无碍,逊郦生之谈笑于帷幄,诙谐尽致。少东方之割肉于细君,玻璃酌酒,荣矣。倚马露布,华矣。何竟与汝南陇西相悬也。此予之所以深哭我蔚含,觉世之知蔚含者浅,而予之知蔚含者深。而终叹予之孤立于世也。呜呼!

哭长孙丕泗文 庚寅秋笔

八月四日,舟三老报,吾大东长孙,覆舟于又七月二十一日辰时,归其行李。予哭不成声,作诗二十首代之哭。去覆舟之日一月,梦寐恍惚。杳不得其故,复为文以哭之。呜呼！哀哉！吾东孙,胡为乎舟覆于浔阳之水,而身死也。千石之舟,合抱之桅,胡为乎飓风不发,而顿倾折于小姑山之西南江面也。三舟并行,孙之坐舟居中。胡为乎旁两舟不动而独覆其中也？夹行之舟又不急为之援也。饶州之行也,吾孙主之。饶州之舟之行也,三舟之三老主之。是日之风也,传言吸山风也。吸山风,怪风也。吾孙之不谨,而有以致之,抑三舟三老之不谨,而致吾孙之死也。是日也,传之者以为天方明也,三老以为辰时早,膳已过也。同覆水死者三人也,传之者以为舟人俱免也,舟亦未覆也。则吾孙胡为乎独死也？传之者以为大樯三断,剩约五尺也。断击其首,沉于江不能起也。则是吾孙主乎？斜出小姑山,江面之过,而值怪风也,又何疑也。招招舟子,人涉卬否。三老不待获吾孙之尸,三老之过也。据三老言,溺未半而舟覆。则舟之覆也,亦三老不谨之咎也,又何疑也。三老八月四日述,二十一日辰时舟覆。二十七夜,吾孙催其行李之旋,而谆谆有以戒之。验之前一夜,先征梦于吾孙媳。孙若归立于房户,挟之坐。曰："舟尚未归,紧往有以催之旋也。"则知吾孙之魂,不待招而已归。吾孙之灵,何其神而速也！而又胡为乎其死之,若是暴也！呜呼,哀哉！吾孙死矣。吾孙之魂归矣。吾孙之灵如是其神速,而吾且有以问之也。吾孙平生谦恭和顺,未尝厌弃于三党朋友、长幼奴婢,胡为乎胆猎浔阳,轻生于三千里之远,独不顾妻子之年少而肠断也。更不顾父母之重托而盼望也。更不顾祖父母之老年而思于朝暮也。汝魂归矣,汝灵如在,汝知汝妻之年少,而应阴左右,其遥遥莫必之年如一日也。汝知汝桂儿之四岁,名奕董,方离褓褓。应阴左右,其聪明勤苦使成人也。汝知汝没后十六日,又生呱呱之二儿,名奕黄。应阴左右,其如桂儿之聪明勤苦,孝其母,顺其祖父母,显扬夫汝之生前也。汝知汝父母之勤劳,诸弟妹之幼小,应阴左右,其婚者婚,嫁者嫁,宜其室家,和乐且耽也。汝年二十七,汝胆甚雄,汝质甚聪。语云："千金之子,坐不垂堂。"又云："良贾深藏若虚。"汝胡为乎反之,而至于是也。汝正有为而忽败,吾正赖汝而无成。吾年老矣,吾又何望独未明夫汝死之时,舟覆而汝遂覆也。抑舟未覆,而风先摄汝于水也。波潆荡潏,沉之于水底,藏之于山坎也。

呜呼！人生于五行，死于五行。木土得其常，水火金遭其变。予壬午盗焰，几厄于火。汝今庚寅，怪风独厄于水。火不能陷祖而水能陷孙命矣。夫贺逢圣国变投江，八越月，尸浮江面，颜色如生。王子安显庆四杰，而终难免于溺。范少伯智虑绝人，长子商于楚不免于刑。才人智士，罹水火金之厄者何限？陆鲁望云："天下之山险于太行；天下之水险于吕梁。兼二险而为一，姑山马当。"予壮年往还六次浔阳，瞻顾其间，山雄水壮，长啸短吟。未尝不击节而歌鲁望之句以为大快也。汝今蹈是，天乎？人乎？梦寐之间，告予以故。

代凤仪祭颖文文辛卯夏笔

呜呼，哀哉！翁与予也，以肺腑懿亲之旧，而重结茑萝松柏之亲，自谓共此百年，杯酒言欢。不谓古稀未及，翁遽告终。呜呼，哀哉！以翁一身言之，则翁之生也，在国破家亡之日。以翁家世言之，则翁之身也，历臣忠子孝之秋。翁之痛心于孩提，而团聚于象勺，绸缪于弱冠，则翁亦备尝艰苦拮据。捋荼于偭偭哓哓之候，得有今日乔梓黉宫，家世依然，居室完美。诜诜振振，获螽斯之余庆。然非忠孝培植，余荫流光未易，振起于飘风叶落之辰，所以读崖山之遗恨，而文山、叠山之子孙未尝不易世而再兴也。惜乎，碧血之墓草未题，春祠之灵香未表。当此千金支木，炎炎长夏。以一身际六十八秋之兴朝，竟作夕阳西度，得毋翘首虎阜，而伤心于秋草也乎。呜呼，哀哉！吊翁于故宫花草，而忠魂血魄，泪洒汉天。吊翁于旧室衣冠，而事往人遐，心忾下泉。呜呼！流风余韵，在子孙之多贤。瓣香絮酒，三上泫然。

祭施公亮文癸巳冬笔

呜呼，痛哉！我公亮，姻翁也。予长翁九年，而有五十年之姻盟。翁为我从兄岸先之东坦，年虽有少长之差，而分惟以三服之称。见则一揖，而握手步谈，必移时。会则尽欢，而悃衷聚阔，必终日。至于有疑相析，有事相解，予必斟酌尽吐平生。而翁亦未尝不以予言为然，稍形面顺背却之非。且从兄星如，为翁姑之夫。族弟以抡，为翁妹之夫。久芳弟为翁第二郎君东旭之妇父。邻皋侄与翁作姻戚，长君际成则其佳倩，与巽六贤侄，兄弟间自呼谭公也。今长君又与我虹儿议姻，以予二孙弱息，匹翁之长令孙初茹，矧翁之尊慈，又吾绳武叔祖之嫡妹，则翁尤吾之自出也。绣水平舆，亲如辘轳环转。而翁呼予，则必叙吾岸兄之分。从近从亲属翁以为礼也。呜呼，痛哉！翁与予相见，貌正而肃，声重而恭。今又亲而益亲。以为翁之旧庄，在堡西，遥隔八九里。近构新庄，在堡东不二三里。翁今迁此。可以上朝暮而为晚年聚首宴谈之欢。翁平生多豪迈不群之概，雄姿杰出之风，未尝陷人于险，而必援人于急。故名重于乡党，震于郡邑，借翁一言以为轻重，翁亦以一言能定人之是非。有岩岩之气象，而人不得以意计之私撼之。寒芒正色，耄耋期颐，翁年自应尔。不意八卦余二，数日之恙，忽然奄弃，能不痛哉，能不痛哉？予将吊翁于白玉楼，而八万六千里之风云，不可得而梯步矣。予将吊翁于芙蓉城，而三十六洞天之仙境，不可得而飞渡矣。予将吊翁于遮须国，而七十二地轴之蹄轮，不可得而倏忽矣。人琴俱亡，一朝千古。死生分定，翁神自睹。翁多后起，谁不羡慕肃将三爵。临丧奠素。

祭岳母张太孺人文 庚午秋笔

呜呼！吾母之亡也，在去年七月二十三日，距今一周年矣。某之心，念念若不知母为亡者，生母之心胜也。母生年七十有九，若再历十年，八十有九，再历十年，九十有九，至百岁，某心终欲。生母者，母之恩长无已时，无以报母。生母之心亦无已时也。呜呼！夫人之生也，孰不有妻母？妻之母，孰不有恩？虽然，世所谓恩者，情耳，否则财耳！恩止于情，情胜生疑，情绝尘离；恩止于财，财盛树仇，财寡树怨。而母之用恩也，则出于寻常世俗之外。揆之以大义大礼耳！自某之赘，见侍居于母也，年有四月日，自始见之后，非遇正事，则不得拜见。后又年余，居与母居对巷七年。非大事召见，则不轻拜见。或者某有大事迎母也。出入门之候，一拜见而已。后五年母回崇，一年仅一拜见。呜呼！人之情，入妻母之门，孰不欲朝夕伺颜色于其妻之母者？母之情，年或不见于女之夫,孰不欲朝夕喁喁于其女之夫者?而吾母之心则不在,曰:"婿,客也。吾之女已嫁,归宁亦客也。彼至吾,彼客也。吾至彼,吾客也。客则不宜亵见,不宜燕坐。"其用恩于大义大礼者如此。呜呼!母亡矣,母之恩,则有不能忘者。某生东海之滨,当孤陋寡闻之地。幼矢志,负笈千里。自戊戌冬,侍居于母家,因得游长洲之苑,观莫厘笠泽之胜,求所谓三吴开国之芳踪,忠臣孝子之奇迹,先代人文之华美,古今书籍之充栋。既而泛长江,入襄郧,转洞庭,历潇湘、云梦、彭蠡、马当之险。庾岭羊城之远,既而下江东,过桐庐五湖三泖,机云才子之乡。富春仙霞钓客渔屠之处,既而乱长淮涉大河,帝王争斗之所,圣人生长之区。毕幼时千里负笈之志者,皆赖吾母生成教养之恩,得吾妇总辖其家政,故得优游十年,眺览选胜于外。广吾目中所见,耳中所闻,胸中所发泄,此恩之长,与山之高,水之深无已时也。呜呼!母亡一年矣。念母之心,欲生母而不可得。欲如往昔之年,因大事而一拜见,因岁时而一拜见,因往来出入而一拜见,以伺颜色之何如,而终不可得也。呜呼,恸哉!庚午秋七月日,为此文以祭之。

代祭杨母卫孺人逾月而葬文辛未春笔

维年月日,杨母卫孺人仙逝,终七之期,而孺人之二孝子,循礼士庶逾月而葬,合葬于华羽杨公之墓,李观状里。某等,姻眷也。谨以瓣香絮酒拜奠于孺人之灵,而叙一言以慰之曰。孺人产河东,归弘农。壮诵鸡鸣之章,老撄慈母之线。其为弘农氏光前裕后之计者,宜其享耄耋期颐之庆。而古稀过四遽尔奄抑也。呜呼!天地老不改,人生终有期,能不痛我孺人哉。虽然,莫为孺人痛也。孺人有孝子二。长曰丽公,幼曰爕公。能奉孺人之色于生,尤能安孺人之体于死。噫!世之不能安其亲于死后者多矣。亲死之后,暴其亲之棺于茅苫瓦砾、旷宅荒郊之处。枯棘生根,鼠鼯攒骨。独其子拥娇妻哺少儿,朝欢暮燕而不一念及之。及过之而脊不汗,颡不泚。逡巡岁月,俟彼风水,冀以两亲之朽骨发吾子孙者,吾恐天壤中不少斯人也。今二孝子奋然以孺人百日之期,不择日,不忌生,合葬于尊先严公之墓,《礼》曰:"士庶人,逾月而葬。"二公得焉。呜呼！当世之士大夫，视三千三百为迂物。而二公独能于草野中，毅然行之，不谓之循礼之孝子不可也。吾可不为孺人痛，而深为孺人乐，且歌也。歌曰：悠悠兮天地难老，促促兮人生难保。独我孺人得夫二子兮，无须向子平之营葬，将有萧希逸致乌之道。

代族侄祭其少祖母文 己卯春笔

呜呼，痛哉！吾哭吾少祖母刘于今，而不得不追念吾少溟公祖于昔也。吾祖少溟公，起家儒业，壮不得志。缘边疆多故，慨然怀班定远之投笔。少祖母亦青齐右族，年方笄，遭乱播迁，遇我祖于边关旅邸。默识为非常人，托身以归。时吾族叔祖五梅公，抗疏海运，为朝廷识拔，而招吾祖少溟公以从。蒙恩授职，持筹握算，转输军饷于辽海万里之间。六七年，兵强食足。上不负朝廷之眷顾，与五梅公之委授。下亦不负少祖母刘之缀衣怀食，慰寂寞于波涛黑水之中。吾祖少溟公时生三子，而先君为长。嘱先君以门户。先君遵命，身居黉序，惟绛帐授徒。冀朝夕色奉大祖母高，不敢少闲。两先叔追随效力于边疆，亦得幸列一职。斯时也，君臣一德一心。天下危而复安，吾祖吾叔，金印头大，可旦夕猎而致也。不意三精雾塞，九域飚回。五梅公吞血于金陵。吾祖少溟公，与刘祖叶舟归隐。抱谢皋羽之长恸，为宋室之遗民以老。呜呼，痛哉！哭吾少祖母，不得不哭吾少溟公祖。有班定远之志，而无班定远之时。国亡家落，吞声头秃，奄奄以殁也。虽然，所可少慰者，少祖母生吾公擎、公掌两叔。吾祖亡后，少祖母年正强壮，抚吾两叔，得至成立。擎叔又不幸早亡，又赖吾少祖母，抚孺媳杨，二遗孤得不至于冻馁。呜呼，痛哉！少祖母抚二幼叔，自守其节四十五年，苦矣，既又抚其二孤孙。孺媳杨，守节三十四年。苦更何如乎！今日者，子而又子，孙而又孙，沧桑几变，家室依然。慰吾祖少溟公于九京，矍然兴起者，祖母刘之功为不浅也。呜呼，痛哉！终念吾祖，不能遂定远之志，以慰少祖母边关旅邸，识为非常人，可再造王室于不衰也。呜呼！祖母九京相见，不无遗恸，椒烟一缕，歆吾三爵。

白华庄藏稿钞卷十六目录

烟波笔啸六十编文集附 　　　　　　　崇明沈寓寄庐著
　示孙篇上二十八条
　示孙篇中四十四条
　示孙篇下二十四条

白华庄藏稿钞卷十六

烟波笔啸六十编文集附

崇明沈寓寄庐著　孙丕源曾孙奕董校刊
奕蔿
奕范
奕苏
奕夔
奕万
奕葛

长洲沈德潜归愚
镇洋程穆衡迂亭 合定

示孙篇上 论学二十八条

人之植身于斯世也，不可以不学。学也者，增人之志气也，培人之德业也。不学则马牛而襟裾。学然后可以为人，然后可以为正人君子，然后可以至贤人，至圣人。斯世亦赖有若。人，天地之生人也。犹农夫之播子也，粒粒欲其出也，出欲其长也，长欲其茂也，茂欲其秀也，秀欲其实也。不出不长者，无论矣。长而不茂，茂而不秀，秀而不实，负农夫之播也，甚矣。

读书不可不理会。理则通，通则达，达则如水周流而无滞。会则醒，醒则悟，悟则如烛四照而辄明。

十年养气，才晓得我心风清月朗。十年知言，方识得此理鉴空衡平。

《五经》《四书》，大道也。圣贤，道上人也。历代诸儒，随圣贤而行者也,有此大道,有此道上行人,人皆有目。青天白日,望而趋归,正也。何世之才人,自以为智,双目炯炯,偏不从大道同圣贤一路,别开蹊径。黄昏黑夜,引人寸步以行,或云中见月,水底望星,即曰:"异哉,此觉路也!"呜呼,悲夫!何不一往我夫子殿上,端视两庑?所谓别开蹊径者,未尝有一于此。观者可以悟矣!世不言阳阴而曰阴阳者,何也?阴近而阳远也。地卑而天高也。母亲而父尊也。所以往往人得浊气多而清气少,故愚者多而智者少。妇多愚而男多智也。下愚概生而上智间出也,阴阳之道也。故曰一阴一阳之谓道。

予自有知识以来,未尝萌趋名觅利念头,则知予性本善,亦不为习染,坏却先天之气。但家鲜藏书,僻居海滨。前后无道学明师,左右乏切磋良友。弱冠以后,隐身不试。江湖自乐。然亦时刻未尝忘学。虽不能有过人之才,老而不倦,亦可云不失所守矣。

幼从小学用功起,循序而进,才理会全部大学功夫,则本原结实。异日设到临民时,必勤慎,多娴习,相亲相近而易于治。幼从大学用功起,躐等而求,遂忘却一段小学功夫,则原本空虚,异日设到临民时,非疏略,则阔大,好远过高,而难于治。堪嗟世之读书人,于大小学,全未理会用一番切实功夫。不思今日纸上空谈,实为他日见诸行事。若专事皮肤伎俩,临用时妄冀功名,有何功名之可云?

圣人之所以异于凡人者,心也。圣心无所不通,无所不达,通者,如大路,然万里万万里皆通;达者,如水流,然四面八方旁达,又如日月之中天,然万国九州无不遍照,丝毫孔隙无不容光。凡人之有是身也,即有是心也。心有所私蔽,即有所隔绝,则日渐沦于愚昧,锢塞闭结而不可解。冀其能通能达,何日之有哉?虽然,可以开其一线之隙窦者,惟在古人之书。计日而诵习之,体认而则效之,明师良友以讲解之,格物致知以推究之。一旦豁然,如睹日月之光华而感悟之,而通焉,而达焉。人皆可以造圣也。圣虽未必即至,而亦不失为贤焉,为智焉。人而胡不为也,胡不为也,哀哉!

人身由父精母血感而成形。形到生时,精盛血足,元气周流,伸而来也。魂附于体,五官四肢,视听言动,各得其司,神也。形到死时,精衰血竭,元气耗散,屈而往也。魄休于地,五官四肢,视听言动,各绝其窍，鬼也。近取诸身，百理皆具。屈伸往来只是理，魂神魄鬼只是气。有生便有死，有始便有终。天地之化自然生不穷，何复资于既毙之形。既反之气，为异端轮回怪诞之谈。不观之水乎？沟渠之间，日阳盛而涸，雨阴盛而满。何尝转已涸之水而云满也，水自然能生耳。不观之草苗乎？田野之间，秋阴盛而黄落；春阳盛而碧绿。何常转已枯之草苗而复生也？其所赖以生者，皆是其根其子耳。人之生也，子以传子，孙以传孙，亘古以来，生生之理，人人共和共见。若以他人之神魂，转为我之子孙，其所谓遗体者，相象乎？不相象乎？轮回托身，设或有之，亦怪也，非常也。诚如此说，父母为过路传舍之地，不慈不孝，接踵于人间矣。借问托生之人魂，候其母初孕之时，即投腹，而歆歆然闷闷然，必俟之十月而生乎？抑方生之刻，候附于儿体，而突然一哭乎。人于大地间一日同生者何限，不识谁为之主遣，东西南北，九州万国，若是其仆仆乎？天地生生，人身日多一日，不知何来此阴魂而化为阳魄也。一阴一阳之谓道，有一阴即有一阳。有一女即有一男。若如此说，不几男为无用而阳为虚设乎？多读书明道理者，决不受西竺谬妄之言欺诳。呜呼！圣人兴，西竺绝。吾道行，天地洁。

圣人千言万语，总不出于至诚两字。至诚者，无妄之谓也。学问至于无妄，才可以云读书。才可以云上观千古，下观千古。《淮南子》曰："道无形。埒也，尝之而无味，视之而无形。不可传于人。"呜呼！甚矣。其不知道也，乌可语之以道。道也者，生人之至味也，生人之至形也。人而无道，不可以为人。道不可味，味之于五常；道不可形，形之于四维。以味味五常，何味如之？以形形四维，何形似之。与生俱来，人尽在道中，胡为不可传？吾故曰："人而无道，不可以为人。甚矣。其不知道也。"

人生于世学为第一。学也者，所以开人心胸也，所以广人志气也，所以益人才思也。学也者，心胸之日月也，志气之风云也，才思之雷霆也。是故，心胸开则光明洞烛，志气广则飞扬腾达，才思足则鼓荡惊人。光明洞烛则义理精，而神鬼不得以撼其心。飞扬腾达，则智量高，而富贵不得以污其志。鼓荡惊人，则识见透，而谄谀不得以涽其才。

人之修德，其犹虚器欤。器虚则物可注，满则止焉。故君子恒虚其心志,所以视不过垣墙之里,能见邦国之表。听不过屋漏之中,能闻千里之外,因人也。人之耳目尽为我用,则我之聪明,无敌于天下矣。

人之于学也,当如登山。缓步而渐高不止焉。高至于山之巅,当如行道,紧步而渐近,不止焉近至于远之极。

牛皮贱物也,绷之于鼓,声动人心。炭灰弃物也,洗之于衣,色耀人身。况圣贤之书,道理在焉,可以聪明我心而德业我身者乎。古今以来,天下之物莫有尊重于此者。人而甘自慢于学也,贱物也,弃物也,不如也。

志者,学之师也。才者,学之徒也。学者,不患才之不瞻,惟患志之不立。《易》曰:"君子以自强不息。"不息,学也。自强,志也。自强然后能不息,惟不息然后可以见才。是故,才生于志,而志为学之师。夫子曰:"吾十有五而志于学。"不惟凡人当立志,而圣人少自能立志也。志立而学自成,学自成而才自足。六籍者,群圣人见志见才之书也。

学者之向道也,见先生则隅坐,见长者则随行,学问何穷?始于笄卯,终于鲐背。项橐七岁而为圣人师,非橐之过于圣人也。七岁而能不失乎道,圣人赞之,以为可师也。卫武九十而设左右监,非武之不及乎。左右监也,九十而犹不敢忘乎道。此左右监之所以设也。学无毫少,终身不可已。遇不遇,非学也,时也,命也。故惠迪不吉谓之命,从逆不凶谓之幸。学者守其所志而已矣。《易》曰:"君子以致命遂志。"

读书人除得一俗字,除得一腐字,再除得一拗字。方是能变化气质的,才可与论治国平天下道理。若能,于"毋自欺"三字关,透彻尽情。于"固穷"二字关,坚守牢壮,去圣贤修省功夫不远矣。

予今老矣,回想少年时事,话到不平处,未免色舞气张。然于名利富贵,自觉落落。养气十年,然后知少时之色舞气张为可笑也。每为一李、二徐、一施之所许,余则未之晓也。此可以自喻,不可以告人。人实未到其地,乌可与语。天下大矣,深山大泽,岂无胜予十倍者,惜无济胜具,不遑搜访。此心歉然未足。

读书人无良师益友,实为孤陋寡闻。颜曾遇宣尼,千古一师。复圣告逝,昔者吾友之叹,不觉形诸口语。徐李云遥,把臂何人?闲坐无聊,往往于诗书讨一消息。名言至理,时觉古人赠我不尽。午火劫灰,书籍沦亡。天乎？人乎？何生不辰，良友已隔，明师复失。奈之何哉！予年已老，安时达命。再欲购古书而重为订论，虽心思未竭。其如此，血渐枯，骨渐硬。出门千里，朝昏药食，不及蜗庐中，老荆随时而至之，为愈也。诸孙林立，其能知我之谆谆不已者。持家之道，衣食不可一日不料理，书籍不可一日不观看。不料理，必狼籍而渐至于穷；不观看，必粗俗而渐至于陋。衣食为养人之具，书籍为做人之具。读书而不能变化气质者，不理会也。作家而不能足衣足食者，不勤俭也。勤俭为作家之本，理会实读书之要。能勤俭能理会，虽无良师益友，犹可以成人。

人生于崇海，治生易而读书难。苟能挣得良田四五十亩，自锄自耕，不畏冻饿。购书实难，购古书善本更难。往往读了四书本经，略知古文数卷，做几篇应酬功名文字，遂以为读书已足。逢人便夸，全不体认古昔圣贤言语，作何应用。无论道德学问，都未理会，即经济康生时务，亦未之讲论。若云治生，治什么生！若云读书，读什么书！所以庠序中，能知古知今实学问者恒寡，抢荡争柴，出入衙门，乱经界者独多。明道之治晋城，晦庵之治漳州，予日望之。

人生贵于立志。志立则心之所向，正而不偏。闲暇，随观古人书句以陶我心胸，润我话言。故孔子曰："言以足志，文以足言。"不言，谁知其志。言之无义，行而不远。义能行远，则我之文字为有用之文字。何则？志在故也。遇则黼黻皇猷，天下太平。不遇，则立言醒世，独立乾坤。孔子曰："吾十有五而志于学"，立志也。后来东西南北，周流列国。道大莫容，删《诗》《书》，定《礼》《乐》，赞《周易》，修《春秋》，只完得一个"志"字。孟子愿学孔子曰：志气之帅也，气体之充也。我知言，我善养。吾浩然之气，则志正言善，不为血气所使。故曰"吾四十不动心"。学至不动心，才可以任事，可以担当世道。故曰"当今之世，舍我其谁？"

心之所之谓之志。心之所之不正，乌从言志？故人之学问，先从正其心术起，然犹在于意。意者，心之所发也。发处即人心之念头，实其心之所发。无过要念头，无妄我能谨。持平日之念头，消镕至于无妄，才可以与圣贤较量志气。

圣贤之为人，人人可学而至。但不能具圣贤之心，即不能到圣贤之地步。无圣贤之心，即无圣贤之志气，安望其能为圣贤之为人？圣人、贤人虽曰资禀聪明,亦从学问功夫才到。然而参也鲁,何尝不到圣贤,人人读书,全不知圣贤学问妙境。圣贤自有乐处,人自不知耳。此心只可自晓,不到这个地步者,虽与之言,觌面千里。

《诗》美温温恭人;《易》称谦谦君子,则怒不足尚。观《孟子》一怒,而安天下之民,怒又不可已。观《论语》一朝之忿忘身及亲。怒又不可为。试思一怒安民,非怒也,刚也,义理所发。一怒忘身,非怒也,暴也,气血所逞。刚可为,暴不可为。故事多成于心平气和,常败于暴怒激烈。张公艺九世同居,忍也;郑浦江九世同居,公也。忍字之问学,温温恭人;公字之问学,谦谦君子。公出于刚,忍出于柔。刚而公,学问固难到;柔而忍,学问亦不易至,刚柔皆偏于人之性气。刚必果,柔必优。总归于学问才纯。后生小子,切须公而退让,继恭人君子之芳踪,万勿躁而争强,蹈力士匹夫之覆辙。我故曰,归于学问才纯。

书者,圣贤之心法也。人人宜读,时时宜读,终身宜读。书中趣味无穷,不可以口头语言竟。经天纬地,继往开来,内圣外王之学问也。通透六经,网罗百代,道德文章之学问也。达则兼善,穷则独善。庶不枉读书素志,然得到达者有几人?穷者恒难固守。若能偕隐衡茅,立说垂世,亦不辜负五伦中之大道,忝生天地间,作一无着落闲人。一乡善士,百世高人。为己之学问,即为人之学问。

宋诗云:"书中自有千钟粟,书中自有黄金屋,书中自有颜如玉。"呜呼,陋矣!以此三等语加之于书中,无论《六经》《四子》书中,无此等语。读书人岂为此三者而然乎?呜呼!道学先生决无此等语。宋多道学先生,而吐辞若此,无怪乎宋之天下,奄奄坐削,称臣奉贡而致于亡。盖第知书中有此三事,牢记于胸中,沾沾于口吻,而不知致君泽民。如伊、周之辅其君,正大一统而称盛世。至多大奸大佞,贪富贵利禄,全不识有"羞耻"二字,皆此三者误之也。其依附道学者,又空虚无用。日与此等小人,玄黄争闻于朝廷。一味硁硁自守,保全门户,竟成了一个死煞模样,而不思通权达变。道学、经济互相应用。若屋、粟、玉等三事,乃志得意满,怵怵然小丈夫之所为。形容出人品来,非贪淫,即邪妄,世道沦于不可问矣。学者立当杜绝此三等想头,读书方为有用,做人自不落于凡品。心自正,意自诚。身自修,家自齐。致知格物,推而以至于高明广大。处则有守，出则有为。学成真学，道成真道。名利二字，直置之亡何有之乡。稷、契、皋、夔、伊、傅、周、召，可背望而至也。谁谓古今人不相及哉？即不及应用，自甘于巢父、许由、子陵、尧夫，何尝不可也。自古读书人，贵有质地。若质地一邪，就染出许多不好颜色相来。

示孙篇中 分别君子小人、持身立品之道四十四条

君子无我，小人有我。无我故无私，故事事无私。有我故有私，故事事徇私。

君子尚宽，宽则和，和则遇事从容中节。小人尚刻，刻则污，污则遇事急遽无序。

君子有耻，有耻则行事光明正大，纲常全备。小人无耻，无耻则行事卑污苟且，纲常全失。

君子之心惟中，中则四面皆见。小人之心惟偏，偏则一面而已。

君子谦谦，则和以处众，随才器使。小人不逊，不逊则刻以待人，求全责备。

君子之心公，公则明，明则经权不失，用经处见其仁，用权处见其智。小人之心私，私则暗，暗则经权全失，假仁假义，机械变诈而已矣。

君子之心磊磊落落，惟以大段见功。小人之心泄泄沓沓，每在小处结欢。

君子处事，公正自矢，惟不求说于人，故人有不说之。小人处事，势利横生，一味求媚于人，故人多以媚恕之。

君子知己，小人不知己。知己故学惟为己，为己则多见多闻，日进于高明。不知己故学惟逞己，逞己则不见不闻，日趋于污下。

君子重修品，兢兢守己，惟日不足。小人多败行，忙忙诈人，亦惟日不足。

君子敛才养气，气充则藏器待时，故出则有为，处亦泰然。小人露才使气，气矜则率意妄为，故出则必败，处亦放肆。

君子尚德，德不足，必修身，德足修身以致远。小人尚才，才不足，必坏事，才足坏事觉更大。

君子之志高，志高则气高，气高则慷慨直截而已矣。小人之志卑，志卑则气卑，气卑则委靡从事而已矣。

君子之言公，公则刚毅不可犯，不识者反谓之执。执有二说，执持，执滞。执持者，有学有守，君子也。执滞者，无才无识，不通也。小人之言私，私则柔媚以取悦，不识者反谓之和。和有不同。和而婉，巽言也，和而侃，法言也，君子也。小人之和，献谀而已，逢迎而已。

君子见事远，故作事多阔大。小人见事近，故作事多狭小。

君子小心，故作事周密，是故，小心者必能享业。小人大胆，故作事疏放，是故，大胆者必至倾身。

君子量大，见人有不是处，必霁容温语以遣之。小人量窄，见人有不是处，必盛气狂言以恐之。

君子为己必为人，故不行损人利己之事。小人为己不为人，故必作利己损人之事。

君子质直无伪，故与小人共事，每见欺于小人。小人奸诈多端，故与君子共事，必饰非于君子。是故，君子待小人，内严外恕；小人待君子，内忌外同。君子存心三自反，圣贤之道也。小人出语多自大，妄人之为也。

财也者，害人之物也。父子论则心离，兄弟论则情疏，朋友论则义绝，君臣谕则身亡。甚矣哉财之害人也。故圣人云："戒之在得。"

贪则鄙，鄙则吝，吝则刻，刻则毒。呜呼，一身可保，幸矣。而子孙难言也。我故曰："长子孙者，必宽厚和平。"

正人之言，善恶分明，是非在焉。听之也，令人竦然。邪人之言，善恶杂混，务期利口。颠倒是非，不捡点其失，误听而行之，往往受其害。

言贵徐，徐则和平易听而少失。言忌疾，疾则急遽无序而多戾，多戾则多悔。然后知言之未可易也。

大过不可有也，小过不能无也。不能无者，时凛于心。拭之如镜光无尘。不可有者，终身慎独而不犯，倘交游偶失，不幸而有之，即痛改而不至于再犯。子厚微之，千古为人口实。

势利念深，则不知有礼义矣；功名心急，则不知有廉耻矣。噫！今之仕者，不知道德为何物也。

士人有百折不回之真心，才有万变不穷之妙用。

人能于食之一节看得破，淡然无求；于色之一节忍得过，脱然无累，则何地不可往，何事不可做？

入世而不存一出世之念者，贪得人也，徒思富贵者也。出世而不存一入世之念者，硁硁自守人也，无志经济康生者也。入世而存出世之心，出世而存入世之志，其人不可一世人也。吾日慕之，未见其人也。

行善而不获福报，君子必为也。君子有恒心而更恭谨。行恶而祸遂及之，小人必为也。小人无忌惮而惟侥幸。曾子曰：人而好善，福虽未至，祸其远矣。人而不好善，祸虽未至，福其远矣。故以岁之有凶穰，而荒其稼穑者，非良农也。以利之有盈缩而藏其资货者，非良贾也。以行之有祸福而改其善道者，非良士也。

聪莫大于自闻，闻人而不自闻者，谓之聩而无耳。明莫大于自见，见人而不自见者，谓之矇而无目。睿莫大于自虑，虑人而不自虑者，谓之瞀而无窍。故君子之治己也，无事而不惧焉，无时而不惧焉。我之有善，惧人之誉，而我喜也。我之有不善，惧人之毁，而我怒也。人之有善，惧我之不能近而如彼也。人之有不善，惧我之不能远而如彼也。君子不惧年之时衰，而惧我志之有倦。

善从性生，人性本善，即人心本善。但天之赋异于人者，气有清浊。身受父母之精血而成。精血生于气，往往浊多清少。所以有恶父而生善子，善父而生恶子。异于气之清浊，而不异于性之本体也。何也？恶人之心，未尝不知仁、义、礼、智、信之为美也，心体光明气机障蔽耳。不睹之天乎？天体本清空，有时而风雨云雾障之耳。人心，天理也。云雾，气机也。是故，心有所偏便是私，心有所向便是欲。无所偏向便是太虚无极而光明洞烛，天之体如是，人之体亦如是也。所以圣人配天地，赞化育，称为三才。天地以好生为德，则天地之性本仁厚，粹然至善者也。当其化生万物之初，讵有化生恶物的道理？好生善物，天地之本体。间生恶物，天地之运用。日月光华，星辰灿烂，天地之善气也，感而生之则善。风雨晦冥，轰雷薄蚀，天地之戾气也，感而生之则恶。语其体，何尝不善，天地之性也。语其气，则有清浊。人之感生于天地者，本体无异，而运用有异也。人性本善，本体无异，人心偏向，运用异之耳。

人何不反求诸心,善养夫气体。天地好生之德,成父母精血之感,归于粹。然至善,完全一个太虚无极,便是圣人地步,可以配天地,赞化育,称三才。当世用我,达则兼善;不用,穷则独善,方不愧父母生我,天地间有我也。

贤者安贫,赋何必逐贫。君子固穷,文何必送穷。观此,名利之心,富贵之见,未忘也。读书人洗尽名利心,富贵见,才可与论天下大事。致君必唐、虞,为臣心稷、契。予旦暮思之,未获其人也。往者与一李、二徐游,遐想前人原不多觏。一李已遥,二徐乌在,二十年来,渠亦定想我也。

圣人之书固为人而作,欲人人读其书,造就一个善人,而有益于世教也。今则不然,借圣人之言,图功名求富贵而已。曰图曰求,无所不至矣。世道坏极矣!圣人复生亦无如之何也已矣。

人之立心也真,真则诚,诚则可以动物,加之学力,期进于圣贤也,不远矣!人之立志也假,假则诈,诈则机械,无所不至,而害人也不浅矣。假之羽翼,必小人之尤。而天下胥被其祸矣!今之读者,全为自己富贵起见。父师以此教,子弟以此学,有司以此取,朝廷以此用。无怪乎世运之日替也。

人生于世,幸而父母勉我读书。自少便要立一个人品起来。孜孜问学,必先修身正心诚意。其下手功夫,从"忠恕"二字做起,尽己之心为忠,推己及人为恕。见物而格,因知而致。忽然触悟,即为有得。正心诚意功夫,最要绵密吃紧。格物致知功夫,最要沉静善会。总非粗心浮气人可得而语也。世间事事物物,其中有一着实道理在焉,非若虚空悬渺妄解而得也。如此,则意不能诚,心不能正。而身亦未可言修。可见身心意不专在内。而物不格,知不致,何以见吾身心意之光明正大。可见格物致知不专在外。而意不诚、心不正、身不修,何以见世间物理之精微趣向?悟出源头,想出理路,方事事有一凭据,才无遗漏。如此,则一贯无不贯,一通无不通。家可齐,国自可治,天下自可平矣。遇而用也,推而行之,为一代之良臣。不遇而无用也,安而守之,亦不失为草野之正人。呜呼!人可一生不学问乎,人可一生不做这功夫,以还父母生我之身乎?纵使不获功名事业,救济苍生,治国平天下,而我一身之力量，实具宇宙之纲常，自问无愧于圣贤。脚根能立定，而心境豁然矣。讵不乐哉！讵不乐哉！《易》所云"安土敦仁，乐天知命"，此之谓也。

世人见人到富贵极盛时，啧啧艳称之曰："享这等福！"；见人至贫贱时守时，每每叹惜之曰："受这等苦！"独不思富到老，贵到老，荣矣。而犹孳孳于利，恋恋于势。早夜经心，云享则未也。予批之，曰：着一"魔"字。严价溪、李韩国辈何如哉？独不思贫到老，贱到老，苦矣。而惟诗书养志，淡泊明高。寒暑随时，何苦之受。予批之曰：乐一"安"字。彼管幼安坐破藜床五十年，独非福乎？清慎勤三字，庶人遵之，可以治家；学者道之，可以立身；居官遵之，可以理万民；天子遵之，可以平天下，传后世。何也，清则不杂，慎则无错，勤则有功。不杂则心逸而专，无错则事治而少悔。有功则无往而不得其宜。

人有言曰："甚矣，知人之难也。"人固不易知，知人亦不易。然而大智若愚，大诈若忠。知人则哲，自古难之。至于小义结信，小利结欢，口头朋友，随在相知。不知胜友如云，尽是浮云，高朋满座，谁非食客？古人云，二三知己。此言甚确。何以言之？知己也，而可多得哉！呜呼！我以为知己之难，更甚于知人也。知人先须自知，知己而后可以知人。必先我可以为人之知己，而后人可以为我之知己。两相须则两相成也。两相成则两相得也。如此，然后可以云知己，然后可以云知人。谩云我欲人之为我知己，而我先不能为人之知己，则自己先不能知己，又安望我之能知人哉！古人云，"知己知彼，百战百胜"。我故曰，甚矣！知己之难，更难于知人也。虽然，己之难知，因己不肯自知耳。我有一方，先从自己之志气看，再从自己之胆略看，然后从自己之学问看，看自己做得甚事，己可知矣。至于知人，鉴貌辨色，粗知大略。《神相编》不可不观，然后细审其心术，而以知己之方中三欵，次序试之，人亦不难知矣。

草木土生，失土则死。鱼龙水生，失水则死。人受阴阳之气以生，气散亦死。但人为万物之灵，知诗书，明礼义，必有无负于生者而生，乃有功；必有不愧于死者而死，乃不朽。古有未生而先祝其生者，愿天早生圣人，拨乱反正以宁天下；有未死而惟恐其死者，寄谢司马相公，厚自爱以活我百姓；有既死而犹望其生者，檀道济若在，敌马安得至此？其他生荣死哀，可法可传者，未能悉数。古有未死而先期其死者，时日曷丧，予及汝皆亡。有将死而自不愿生者，我平生作何等事，望须臾活耶？有未死而预拟再生者，双星订盟，世世为夫妇。其他生怨死欢遗臭遗害者，亦未能悉数。世之人，既不能为天地间不可少之人，亦不当为天地间不容有之人。固不应求名于世，亦自应整理夫身，不惭于人，不愧于心，可告天地，可对父母，可质朋友，可传子孙。如此，则无忝所生矣！若非礼犯分，流浪生死，死固不足惜，生亦徒取辱焉。

人之生于世也，明古今、通事物，品端行方，著作等身。虽不逢时，贫贱终身，农焉自给。然较之斯人，鸡群鹤立，乡里慕风，亦不枉生一世。不然，高车驷马，富奕奕焉，贵赫赫焉。贪焉，鄙焉，不明古今，不通事物，五遁三窟，自为得计。虽曰逢时，庇子荫孙，苟一朝失势，乡里物议较之前人，无其地位，则是人之生也可悯矣。

人不可有下棋心，着着算人，便非端士。世多假此作消闲度日，实为荒时废业。所以遗讥《晋史》，虽曰琴棋书画，列于清品，第历观工于棋者，鲜兼五福。予所以着棋诫也。人不可有看戏念，书犹不可全信。"戏"之一字，讵足训世？热闹场中，傀儡难观，既曰忠孝节义在焉，权奸邪佞别焉，胡不静坐书斋，从头细味此大账簿。或曰衣冠济楚，亦庶几近之。予所以著戏间也。

古人云："烦恼不寻人，人自寻烦恼。"不知人生一日，即有一日烦恼。衣耶，食耶，妻孥眷属，藏身以蔽风雨耶？赵州曰："除二时茶饭外，更无杂用心处。"何不并二时茶饭忘之，乃可以不用心，即无烦恼也。庞公云："但愿空诸所有，慎无实诸所无！"学道人，此身犹为大患。若是，则除却仙之一字，无以去烦恼，了当吾身。虽然，未见不吃饭，不着衣，而时时在人间世啸歌行乐曰仙人者也。"仙"之一字，乃聪明出世人，无计藏身，故为此杳渺诳人一着，究之仙何在乎？造命者君相，立命者圣贤，知命者君子，安命者达人。人能达则无所不通，可以少烦恼，与仙不远矣。

五伦列君为第一，盖以君能法天禅圣奠地安民，乘时出治，万国咸宁。道学昌明于上，恩泽流播于下。为之民者，世世沐浴其中，教养生息，无不咸备。虽欲不从其令，不感其德，则吾父子、夫妇、昆弟、朋友、团聚和乐，长享太平，胡可得乎？此圣人所以列君为五伦之首。凡为其下者,莫不当感戴之也。感戴维何？为官者尽其职；为民者安其分。尽职者清慎勤劳,地方宁靖。安分者各守其业,息讼急公。则国家康阜,世道休和,贤贤亲亲,乐乐利利,自然到"不识不知,帝力何有于我"话头。

示孙篇下 处家应物二十四条

人不可以不勤学。不勤学,则无文理可观。如马牛而襟裾。人不可以不作家。不作家,则无基业可传。如豚犬而饮食。无文理可观,还可以农贾自守。无基业可传,求为败家子终身,恐不可得矣。

学者以治生为急。治生之道,莫过务农耕锄之暇,疾力读书。读书之妙,一培植性情；二长养志气；三通晓古今。成个不俗不陋的人品,切不可有喜功立名之心。付之自然可也。耕锄为衣食之本源,读书作圣贤之地步。若徒观杂记,淫心荡志,不谙时务,逞意偷闲,品渐流于低,业渐流于薄。虽晓之乎者也,终属腐滥儒生。是故,克守农业,作土著根本,则固穷有道,决不至流离漂泊。

大约少年作家者,决要计口量食。粮田必得一口十亩,及时耕种,设有荒年,冀可少免冻饿。暇则翻阅古人书本,虚心体认,便叫养性陶情,安身立命,才称男子本分。虽不能云奇,性巧者不过于浪荡,性愚者不失于呆蠢,被人拐骗欺侮。若夫家庭门内针线之暇,即勤纺织,减其华饰,为节俭之本,亦治生者所必讲也。至于西方之教,扰乱中华。圣贤痛恶,此流斥绝,方许读书。

婚嫁虽云姻缘,亦必门当户对、朴实勤俭为第一。然为丈夫者,自存一向上念头,立一闺阃规模。古人家训循循善导自至勤劳甘苦,和顺宜家,成一内助的道理。此虽出于本性,而不知成于好样子者居多。治生之道,半由内助。家业兴衰,关系不浅。

藏书家切忌藏小说曲本。大凡无益于身心性命,治家务农之说,总宜杜绝。若夫古人格言,务须楷书黏壁,以备省览。

昔汉于公树德,大兴驷马之门,宋窦氏行仁,高折五枝之桂,根深叶茂,源远流长,自然之理也。为人子孙者,亦念及此乎。见官室坚固,念曰:"我先人缔造也。"见田地阡陌,念曰:"我先人开辟也。"见器皿完备,奴仆趋跄,念曰:"我先人经营之、抚养之也。"而我子孙居之、享之、用之、使令之,何以报之哉?以德报德耳,继志述事,世济其美。不然非义而动,悖理而行。鄙所遗为寻常,视所享为固有。纵欲败度,稔怨速祸,惟利是图,日趋于亡,自不肯修德以报,又不返念祖宗之积德以传,其何以长世哉!《大雅》云:"无念尔祖,聿修厥德。"我家自始祖迁瀛,至我曾孙辈行已十七传矣。幸本身接代者,世无失德,耕读相延,清勤克守。故堂联云:"守世清勤约,齐家孝悌慈。"为我子孙者,当为之三复念诸。

父子天性,无有不爱。能勤劳其子,是以不爱为爱,故多成就。若放逸其子,是以溺爱为爱,必多衰败。昌黎云:"业精于勤,荒于嬉。"孟子曰:"教者必以正。"正为教子之体,勤为教子之用。正而不勤,惰其子也。槁木死灰矣。勤而不正,荡其子也。跅弛跃冶矣。《国语》敬姜云,自天子至庶人,各司其联归于正,各尽其力致其勤。即体用兼到之语也。试以耕读家论,出就外傅,读书识字,洒扫应对进退,持躬处事,朝夕不懈。无憾而后即安,长就田工,春耕夏耘,秋收冬藏。出作入息,寒暑无间,风雨不懈,无憾而后即安。农之子恒为农,时冠婚礼丧葬,仓箱储积,陈陈相因。士之子恒为士,达兼善,穷独善。礼乐门墙,绵绵弗替此莫非出于教子之正。且勤者为人父母者,咸知之。为人子者,咸体父母之心以思之。

生财大道,开与节而已。然非勤不能开,非俭不能节。未有舍勤俭而能开节者,亦未有舍开节而徒能勤俭,以云财恒足者。开节是勤俭源头,勤俭是开节要著。世人贸贸,有不知开节即不知勤俭者;有知勤不知俭、知俭不知勤者;更有徒知勤俭,因勤害俭,因俭害勤者。何谓不知勤俭?惰其四肢,惟知衣食。何谓知勤不知俭?拮据成家,苟完苟美,妄想荣华。或输金纳粟以求官,或趋炎媚势以干誉。扩门第,广交游,食必珍馐,衣必文绣。外渐赫赫,内渐空空。何谓知俭不知勤?承祖父之遗,忘生发之要。不交一人,不费一钱。闭门守株,蚕食自在。一遇凶荒,坐以待毙也。若因勤害俭,因俭害勤,则又何也?人不及谋我谋之,人不及为我为之。凡可利己肥家,莫不攘臂称首。极之,天怒人怨。将向之铢积寸累而来者,一旦遭横祸而亡,钻李而卖,数米而炊,鄙吝酸涩，积祸结仇，过街鼠矣。能免乌员之噉其喉耶？由是观之，徒勤徒俭，何益？我故曰：大道在开与节。开之中有敛积之道，勤不失之泛勤。节之中有流通之道，俭不失之过俭。开节勤俭，互相应酬，故曰大道。

夫人孰不愿富也，富竟如吾之愿也，亦知富之所自来乎？非止勤俭也，蓄积也，权子母，广经营也。福荫耳，根器耳。何云福荫？祖父积德所贻。何云根器？自己存心所致。两者交有而富，可长保。吾可以语，处富之道矣。不夸己有，不笑人无，不唆讼，不撺斗。悯人之凶，乐人之善，济人之急，救人之危。见人之得如己得，见人之失如己失。矜孤恤寡，敬老怀幼，救死助棺，帮取赠嫁。收养遗弃女儿，埋藏无主尸骸。敬礼三光，珍重五穀。不炫名，不图利。不求报，不后悔。存心若此，福荫何穷，而且无故不轻剪裁，非席不擅宰杀。省自己以给贫人，留有余以补不足。请良师，交益友。孝悌忠信礼义廉耻，时时延接有道。环坐请论，左图右史，格言满壁。如此，家有不兴，兴有不久者哉？不然，忘本失德，恃有凌无。用财媚贵，趋炎附势。背亲向疏，家道不和。其涸也，可立而待。或曰，富者，命也，相也。数，前定也，不知数不得而拘。命好心不好，前程恐难保。心好命不好，一生也温饱。相随心灭，相逐心生。我故曰，既有福荫，复要存心。

贫为逆境，当之者尤不嗟命薄，叹数奇，怨天尤人，速去乃快。予独谓，贫乃天地间大炉锤，锻炼人材之具。帝王将相出其中，英雄豪杰出其中。大圣大贤、正人君子，修品砺行，乐亦在其中。盖以人之才智，事之成就，非贫不悟，非贫不立。从古盛德大业，大半从困苦中得来。故孟子说得妙，天将降大任于是人，心志必先苦，筋骨必先劳，体肤必先饿，一身必先空乏。所为必先拂乱，故能疏动其心，坚忍其性，而增益其学问。我故曰，贫之一境，乃大炉锤，锻炼人材之具。于此而锻炼不出，则亦败草死灰矣！贫亦应该的，何怨尤之有？总之大小不同。即人间小小结构，成就一番事业，亦未始不由困心横虑，征色发声，然后警悟通晓，奋发兴起。

酒色财气，人多好之。而财尤甚。酒有量之浅深，色有年之老少，气有性之缓急。惟财无浅深，无老少，无缓急。得则喜，尽多尽要。失则怒，一文不舍。早夜阴谋，死生不顾。甚至父子分颜，兄弟争斗。以财为命，以贪为能，何耶？众美所归也。有财则贱者贵，疏者亲，怨者悦，拙者巧。凡吾身之娱心快意，皆于此中得。然亦知有命焉，不可强也。命中不有，虽贪何益？命中苟有，此心不良。随得随失，贪又何益？所以君子乐天知命，修身以俟。财有不期，而自然勾吾之足用。但是爱财之病，缠染已久，无缝不钻，无隙不入。神农、岐伯之手段，总不能用药以救其贪病。呜呼！吾有一方，士农工商，各在自己本分上。认真做工夫，名曰勤俭方。财不用贪而自足也。

天地以阴阳二气生万物。人为万物之灵。禀阴阳二气成男女。《易》曰："一阴一阳之谓道。"古圣人因是道以立婚姻。一夫一妇，各家其家，各子其子。相传匹配。庶人无子，四十方许娶妾，重嗣续也，并非淫乐好色之谓。无奈世人不娴礼法，越礼犯分者比比。古圣人所以又著防闲之法。男女七岁不同席，男就傅训，女随母教，示内外之别。后世异端杂起，烧香看戏，男女混杂，大乱世教，而人不之非。治世之圣君贤相，存其法于律，何不彰明其教，断令天下？官是郡县者，聘端士正人，着地方乡村，于朔望讲论之。不改，则法律从事不恕。地方官亦以之为殿最。庶乎家知礼法，异端歇息也。不然，人心日非，世道日衰，不可救药，独不思僧道何人也，戏子何人也。可令童男女妇相亲相近乎？因之无礼之人，犯法者众。圣教不彰，圣道不行也。呜呼！"戏"何字也，"异端"两字不解也。缘着一条，以示后人读书，知礼法，达而兼善天下者。

僧、道异端，奈何与儒并列。就今日而言，僧、道直淫人耳，乞人耳，身不入于士农工商，而惟暖衣饱食于士农工商。衣不暖、食不饱，为乞人之术。衣暖食饱，则为淫人之事。士农工商，往往受其拐骗污辱者多矣。仁、义、礼、智、信之道，乌从讲贯而知之？就其中稍有知识者，究亦不能跳出僧、道中之所为，则亦僧、道之而已。所可笑者，儒教中人，疑团满腹，偏要钻入僧、道中队里去，转乞他，忏罪恶，祝富贵，延寿命，再投人身以为得意满愿，独不思其人何人印信，何来上天梦？梦，而可为我忏祝转乞人身也。儒教之坏，非僧、道可以渐染。由吾儒之心一不正、平生罪恶种种、临老慌张，钻入于僧、道，转乞其术，以解孽，而得以染之也。今日僧、道之不肖，异于禽兽者几希。而复乞怜于僧、道，曾禽兽之不若也。呜呼！

书中有"勤紧"二字，有"懒惰"二字。人能于勤中加紧，工苦而力倍。自然一钱不浪用，一事不浪抛，家道自殷。人若于懒中再惰，工废而力乏。自致无事不抛荒，有钱亦散佚。贫富二端总于"勤紧懒惰"四字中看出。所以古人警戒后人，"勤"字下必加一"紧"字。"懒"字下必加一"惰"字。诚当书壁而时想。为父兄者记之，为子孙者记之。古语说得好，须将有日思无日，莫待无时想有时。

处贫难，处富易，人之常情。予谓处贫固难，处富更难。富者众之怨，金傍两戈。财为祸患所生。觊觎必多，妒忌必多。千求不遂，谤毁丛生。一有蹉跌，虎视眈眈，舟中敌国矣。若要事事从人，安得人人而济之？具边加才，可见有具者，必须具才。处之贵得其道，不然举趾高，处心荡，宫室车马，衣服艳冶，过于人，其涸亦可俟。苟贪吝鄙啬，放利而行，灾害不旋踵而至。贫者异是。布衣暖，疏食饱，绳枢瓮牖，朝勤夕俭，何异安乐窝？田畴耕治，鸟语花香，何异极乐国？渔樵问答，野老往还，何异高轩过？夫妇团圞，父子慈孝，即和蔼天，清凉界。久而不变，为九江陈、为浦江郑，小富小贵可俟，何患害之有？由是观之，贫不乞人，富不骄人，识分知足，积德行仁。积善之家必有余庆。贫不终贫，富可常保，在方寸间耳。处贫富者之道也。

五伦中，"朋友"下独加一"交"字。可知四海皆兄弟，天涯若比邻。然虽曰广交游，其间原有一段审择去取功夫，非如父子兄弟，天造地设，无可移易者比。世人不问贤愚，不分高下，亦不论善恶邪正。投机者是，有财者亲。初相见时，酒食游戏相征逐。诩诩强笑语以相取下。腹心可托，头颅可捐。指天誓日，久要不变。及或名位相轧，钱财相交，小有参差，心形立变。或视财势衰败，改弦易辙，反眼若不相识。倘其友而陷阱也，不一引手，反挤之，且下石焉。中山狼哉！小人情形转盼若是，交不择耳。故刘孝标著《广绝交论》。《字汇》，"交"字注解甚妙。初注曰："共也，合也。""合"字义妙，合则友，不合则罢了。转注曰："互也，更也。""更"字义更妙，不合原可以更。得的"交"字中大有意味。古云"择交"，先要择，然后交。圣人曰：因不失其亲，亦可宗也。

处天下事，论理不论势。定天下事，握机先握要。当事静如山，不可动；事过介如石，不可移。事在机先者胜著。事在机后者败著。当机立断，临事有为。心在事外，可以处万事而有余。事在心中，即当一事而不足。

凡物苟有所获，方有所好。好读书，功名在焉。好力田，衣食在焉。好培植，草木、花果生焉。好田猎渔捕，肥鲜甘脆出焉。若无分毫之利，受终身之害，稍有知识，掉首不顾。乃甘心入局，如赌博者，是诚何心？计惟贪耳。利之所在，人所必趋。如十得八九，当趋；五六亦当趋；二三趋亦可。赌博十不获一者也，必趋。且因贪而反丧，甚之背父母，拗妻子，变田弃宅，典售衣服器皿，五指一掷而委诸奸人之圈套。以致乡里讪笑，亲朋厌弃。或忧愤死，羞愧死，饥饿困苦死，争胜负斗殴死。贪心不已，变入盗贼，桎梏死，牢狱死。投奔他乡，死于山林江海，与寺观道路中。死虽不同，总因"赌博"二字一以贯之也。如是恶业，万不可为。一误再误，十百千误，恬不为怪。噫！我知之矣，非先人奸诈哄吓横取生此败类，即自己昏厌甘习下流，灾及其身。呜呼！是人虽愚，亦由奸巧哄骗。人而不受哄骗者，能人矣。

天下事，有全利而无分毫之害者，莫如书。有全害而无分毫之利者，莫如讼。故书可勤也，讼不可健也。健讼者乐此不返，何哉？有恃耳。何恃？恃财；恃势；恃口舌；恃刀笔；恃膂力、钻刺；恃门第、羽翼；恃衙门情熟。牵诈善良，悍然不顾，造害无穷。因致公私用竭，害财奔走，日夜害力。移轻作重，指无为有，害心肠。匍匐公庭，若坐牢狱，害体面。家人抱怨，亲朋讪笑。缸空瓮空，冤仇重叠。你不休、我不歇。在家乏趣，出门防患。总因一朝之忿，一言之触，倔强害之耳。亦由读书不通，理道不明，不知《谦卦》六爻皆吉，《讼卦》皆凶之故。讼出于无奈，应敌则可，健则断不可。无如健讼者，如鸡昏斗老不觉悟，甚至偃蹇而死。大约为人毋傍衙门，毋近匪类，无恃倔强胜人，讼自不犯矣。若夫强作中保，轻管闲事，讼亦不召自来矣。戒之戒之！

鳏寡孤独，虽人道之变，亦人生之常。贫窭孔迫，无人拯援，必至饥冻错死。所以圣王施仁，必先四者。若有力者遇此，应发怜悯心。疾病施医药，饥寒给衣食，死丧助葬埋，嫁娶与费用，尽我力量而安全之，谓之财援。或无力者，亦能代为筹画，使之不至于困苦流离失所无傍，谓之力援。援虽不同,总以怜悯心扩充之也。如此,人必感,天必佑,福禄寿嗣,不待言而昌且永矣!是故,人能怜贫,天亦必怜夫怜贫者。反是,见危不救,啬吝自夸,天亦必转而报之矣。

《易》曰:"刳木为舟,剡木为楫。舟楫之利,以济不通。"不通则利绝,相通则利开,"济"字义妙。船是圣人造,利亦是圣人开。可见圣人行权妙用。百般货贝,处处相通,国国贡献。舟楫之利,致远以利天下。利何如之?商贾效之,行险博利,由是起矣。奸诈之徒,逞风波而作强盗,甚至勾引外国,为杀身遗患之事,不无烦朝廷之谟划。如此风波畏途,如此强盗劫杀,守经者决不肯轻蹈其险,此是大本大力。遣人往返各省各国瞰利之所为,而非小本侥幸,亲身冒险之可妄议也。权是圣人通变之用。经是吾辈守常之道。朝廷之利薮,亦朝廷之忧患。造舟博利者,慎之慎之。若为国家效力者,亦必求至。当豫备则可。不尔,宁经毋权。

世人不知世务者,皆曰有钱为尚。呜呼!此言也,坏世道不浅。殊不识"钱"字,两戈重叠,制字者殊多深意。此乃害人之物。争端从此起,人心从此乱。法纲虽密,而犯者甚多也。皆"钱"之一字害之也。士农工商识得透,看得破,取衣食足矣。勤俭为尚。若于"钱"字上加功,毋乃贪利乎。"禾"字边一"刀"字,利固有,而害必随之。制字者戒之愈切。当思富贵在五福之称,自然而然。谦逊为尚,行我仁义道德,则福自天来。故古人云富贵在天。人心凶险,世事纵横。帝王大度,官府莫问,而第以文章考校,道德无闻。吾不知斯世之天下,将何如也?名师不聘,家教不严,子孙混账,婢妾无分,而第以钱财较量,懵懂度日,吾不知此等之人家,将何若也。予老矣,待尽之年,而尤不能无言者,精神尚旺,才识不下于若人,地图走半,人情机巧历尽,一生食力,镂户自高。间尝独走扬州,上书当道,恢复合邑里甲。安文襄之制度,革除五港埠头,宁客货之往来,俱让名于人,千百拆年,取利无算,百千船只,装载自如。予则独守本分,丝毫不较,揆之于心,可云自得者矣。晚遭冤焰,然能焰吾之屋庐浮物,而究未尝焰吾夫妇家人之身体,彼则劳用机心,消磨殆尽,我仍恬淡度日,吟咏犹然。妇得寿考,谈笑以终,我尚优游自在,目睹天下之是非,时验当躬之阅历。故偶然陡发此言,以见年虽暮冬，而心不啻冰雪之照耀于目前也。姑为记之，以示将来读书明理之子子孙孙曰：我祖父母虽偕隐蓬蒿，亦尝学问，多胆识，作不朽之事业，留功德于无穷者也。则《烟波六十编》为不负矣。

　　作家之道，耕种第一，商贾次之。春耕、夏耘、秋收、冬藏，利自天来。纵逢歉岁，工本不丧，较晴量雨，勤力为主。且踏着实地，父母妻子团圞，故曰农耕为上。涉江渡海，饭铺行家，资本小心，若有差误，性命更重，置货脱货，眼力心机，况着处皆虚，父母妻子盼望，故曰商贾次之。

烟波笔啸六十编诗集

崇明沈寓寄庐著

第一卷　劫存集　自己亥至壬申
　古今体诗一百四首
第二卷　劫存集　自癸酉至丙子
　古今体诗一百二十六首
第三卷　劫存集　自丁丑至壬午
　古今体诗一百一十首
第四卷　又生集　自癸未至戊子
　古今体诗九十五首
第五卷　又生集　自己丑至辛卯
　古今体诗九十八首
第六卷　又集集　自壬辰至丁酉
　古今体诗九十二首
附诗余七首

白华庄诗稿钞叙

余既抄寄庐先生烟波六十编文集,叙之而付诸其家矣。复取其诗集及复占毕,含咀匝月,凡抄得若干首。先生早岁壮游,题咏颇富,今多不存。存者皆归老白华庄以后,流连景序,唱酬闲适之作,故今所抄者未逮什之一。弟念先生同时若汪苕文者,曾谓其诗在通翁公绪之亚,此或其少作,然乎以今观之,俱未类。盖先生之所景行者,唯尧夫,其诗亦大类尧夫。唯其学之也,有素故见诸其辞,亦有不蕲合而合者,非强以相肖也。传称尧夫居洛中,每出尝乘小车,用一人挽之,其自咏者,曰"花似锦时高阁望,草如茵处小车行。"而温公赠之以诗,亦曰"林间高阁望已久,花外小车犹未来",其风致如许。今先生以十亩自乐,而居有诗书园池之可玩,出有友朋族属之与偕,乘天时而殚地力,以仰而取,以俯而拾,而寄之于一觞一咏间,亦及于天地理数气运之默循阴阳之嬗化,称心冲口,务以从其吟风弄月天然之趣,盖具有唐虞三代熙熙皞皞之景象焉。谓非近于尧夫,其可乎?昔唐人尝以诗为心声,比之天籁。夫天籁,则乌以雕饰为哉!后之读是集者,领其质朴钝素,优游澹泊之致,于以反诸太古之元音可矣。若夫镂馈攒错,巧驱雄驾,以自希于懒祭者流,则先生之诗宾相去远甚。而由此审其所尚,孰眇孰贵,即少陵别裁之意具于是矣。

乾隆庚午季秋寒露日,迓亭程穆衡书

白华庄烟波诗啸　雍正二年中秋后两日，吴郡守襄平蔡永清芥亭氏序于崇海行署

甲辰孟秋中浣八日，洪潮泛滥，冲决东沙。余奉制军命，按部绥辑。烟沉灶冷，村落为墟，落日酸风，哀鸿遍垫，有不禁悲从中来者。次堡镇，地形稍高旷，居民幸不同遭陆沉，主于沈氏之白华庄。沈为瀛海旧族，主人颇知书明道理。中秋，月色如水，夜凉难寐，沈子叙谭之次，出其先人寄庐先生手泽曰烟波劫存又生各若干卷，问序于余。先生固曩时壮盛出游，涉历名山大川，发为声歌以舒其蕴抱者。卷皆编年，书甚富，格局词义，苍老浑厚，洵大雅遗音，非晚近靡靡之响所可同日而语。迨夫归老衡门，竹杖布巾，优游陇亩，与二三田夫野老，话桑麻，课晴雨，著作日益多，而汲汲悲悯之怀，于桑梓室庐，尤深致意焉。盖崇为江海尾闾，积沙成洲，因而成聚成邑。缥缈于烟波葭苇中，沧桑之忧，非　口矣。寄庐有见于此，故每形诸咏叹。今寄庐往矣，风潮之变，固不获见，然自兹已往，安得都人士尽如先生，抱朴守贞，履丰年，享大寿，厘桑土牗户之忧，耕田凿井，波涛不惊，以常安于熙皞之乡也哉。爰因沈子之请，书此以弁其端。

烟波六十编　竹山施臧序于竹堂前之四勿斋_{改名藏一字念园}

　　烟波沈寄庐者，敦笃人也。人衣亦衣，人食亦食，初未求异于人，而高情逸韵，自然超超脱脱，他人不能同之。幼年工文章，振笔发谋，斗答时贤，有一日千里之目。方弱冠，放浪当世，视举子业不足以抒泄其胸中之杰气而托迹于诗歌，朋山友水，随境触发，眼空一切，既多著书，岁出其吟材，争霸骚坛矣。然寄庐亦非耽悦于歌且咏者也，学道有年，研求经济之务，博涉万有，使其踞要路，奏绩于平治之业，当亦绰绰尔矣。肥遁自甘，贵而无位，高而无民，抱乾爻之上九而勿用，因其藏大用于无用也，思与轻烟之缥缈，清波之层折，游心于世外，而与飞羽沉鳞为绝尘之想，固其所不必也。且烟波亦不可漫尝者也，岂无不火而烟，不水而波，几欲置其身于焚溺，而何必眷眷于烟波耶。故夫缕烟一举，而腾空设想，寸波一摇，而怒涛骇目，为可怡悦于心也。此犹缚于色相之见也，吾欲进吾寄庐于颜子坐忘之学。

烟波六十编诗啸　康熙五十五年后丙申六阴三日,白华庄沈寓自叙

诗啸六十编旧稿重录成,慨然曰:予之烟波事业,自年十六年至今七十有八,幸六十编之愿已遂,生可以终而生犹未终,父母久葬,儿孙成立,匹夫硁硁之志不可夺,自立于斯世者,可谓快然于心矣!游天下大半,朋水友山,啸傲人间,或经才人之品题,或经同志之序言,俱录于稿端,俾后人观之,以为可否何如。或谓是人也,生于是世,亦能具此一段英伟气概,崇实议论,自成见解,生不虚生,亦为不孤于世有如是而已矣!独恨劫存集,自甲午至壬午,起于午而亡于午,五午之间仅存拾遗数首以记花甲,其间不无远游吊古,慨伤兴废。而少壮之精华勃发者,俱委诸灰烬。然亦不必追恨也,詹尹释筴,人世皆然而又何必系心于此。唯昔伯鸾终吴,德曜亻身力里归乡,枯骨淹没于金昌亭下,予寄庐于姑苏鹤市三十二年,犹得偕广平入海,伯牙子期之遗音,志在高山流水者,有同心焉。烟波事业,付之子若孙,守世不失。是编也,后人有志者读之,可慨亦可喜也。书之为烟波六十编后序,而藏之白华庄。

烟波笔啸六十编诗集卷一

崇明沈寓寄庐著　孙丕源曾孙奕董校刊

奕蔫
奕范
奕苏
奕夔
奕万
奕葛

长洲沈德潜归愚合定
镇洋程穆衡迓亭合定

劫存集自己亥至壬申

息躬吟有序　己亥

平上去入四韵递咏。己亥岁,予将远游,发轫于一百十六首。壬午盗焰,风火收去过半。我今老矣,衷聚前集,止存平韵诗三十首,虽俚率不伦,亦可备己亥一编。

东海生身不钓鱼,鳌头让占我徐徐。年交志学能诗赋,世述归田拟种锄。六位过来嗟午短,三才生下叹人虚。不尤不怨称君子,时命相遭得自如。

月明今夜叹无肴,呼妇同吟度乐郊。酒尽空瓶沽鹤市,诗成好句付书巢。妙年休作王章泣,尚白何须杨子嘲。可往可来舟莫定,云山永住共诛茅。

幼读义经识解咸,悔亡贞声细为芟。往来斯世徒多虑,进退何人每畏谗。猛雨暗风长啸户,碧空皓月独栖岩。波通江海团团路,题尽云山一布帆。

过卑犹 辛丑

犹明丈夫概,伏剑死卑犹。忍听西施去,知逢伍子羞。

润州蓬湖居士过访 壬寅

峨然道貌下蜗庐,何处焦先慰索居。结草十年明月晓,开门一日好风嘘。丹山堪过当招隐,沧海能游学步虚。丁卯桥边许浑住,新诗百首记南徐。

次西山看梅行 癸卯

吴山一带山,吴水千重水。我欲老其间,西方曰彼美。

浣花池

兰桨轻舟荡绣鞋,红莲粉朵映娇娃。香风晚起群歌舞,笑堕清波紫玉钗。

渡太湖遇风,口占 乙巳

湖涨拥孤帆,浪花四面起。沧波曾钓鳌,未识予谁比。蓬壶虽不在,洞庭山甚迩。我语日昭昭,发发午还止。

采石太白楼独酌 丙午

太白仙人去不回,空悬云月待人开。千秋不改沧江水,万仞常存联璧台。眼底功勋郭令勇,心头诗史杜陵才。岁寒松柏青青节,携酒登楼独酌来。

贵池怀罗昭谏

梅根浦上至今推,金榜无名昔不知。春感曲江归去隐,世传莲驿古来诗。钟陵老妓还相笑,光启庸君竟失之。在彼何妨千载诵,石城太守凤凰枝。

登黄鹤楼 丁未

危楼保故在江滨,楼上白云秋复春。迹著仙人杳不见,诗传黄鹤更无伦。乾坤流水东西逝,今古风帆上下频。烟景眼前何足道,凭栏长啸两间人。

乌江庙吊楚霸王

破釜沉舟百战功,舣船犹待渡江东。生无面目存三楚,死有神灵助一风。只合重来分王气,如何五体付冥鸿。可怜年少英雄性,让汉摧秦千古恫。

过鸿沟,观刘项战处

鸿门一宴割鸿沟,失算无多又借筹。若使当年听舞剑,秦家鹿走不归刘。

登龙潭驿望

龙潭驿望浩烟波,江北迷离感慨多。燕子高飞空在此,孝陵夜哭奈如何。汉唐一统风云布,晋宋偏安日月讹。鹢首不知天道醉,濑边岩穴卧渔蓑。

经桃源 戊申

树绕青溪曲曲苹,相欹绝壁接嶙峋。疑来洞口无程觅,信有仙源旧俗淳。波色落红惊逝鸟,洞声喷碧跃游鳞。桃花流水依然在,不见当时黄发人。

湘潭清风阁唱和 庚戌

别馆芳菲恋客情,春游吟罢夏还赓。繁花碍蝶低难舞,密叶藏莺早听声。山水阁开留画史,壶觞日落辍棋枰。风清月朗湘弦度,一调更初诗又成。

襄阳城题

南会舟航北会车,中原少逊载坤舆。咽喉蜀地诸山仰,星宿吴天众水居。望楚峰前无战骨,沉碑潭下有吞鱼。鹿门耆旧今谁在?床下奇人拜受书。

秋日,汉阳城北望,时同尹三禄在,次和

汉水茫茫一派秋,诸姬楚尽见江流。千章木落风初冷,三户人非世总浮。大别劳传铁锁穴,郎官名在酒牵舟。乘间踏昼同登望,沌口烟波几度游。

福州寄王石民 壬子

榕城胜处不胜谈,旗鼓相当风正南。东海祥光连海峤,西山壮气葬山岚。一员龙眼名齐荔,五瓣羊桃味过柑。异果珍葩奇在树,白膏数尺敌奇男。石民父殉难,故云。

渡潇湘

潇湘江接洞庭波,庙说黄陵祀二娥。斑竹无心传染泪,苍梧有影话征驼。招魂楚些存天壤,悟主离骚显汨罗。欲吊湘垒忘往事,长沙才子又如何?

将入广州,过大庾岭

庾岭横天断,云封瘴气来_{云封寺在岭上。}故乡归万里,异域望多哀。此实因何事?彼将谓我材_{此谓庾岭},彼谓广州。梅花还未发,奋翼赵佗台。

长夏吟寄,怀樊当世 癸丑

长夏欣无事,悠然怀陕西。蓬蒿终没屋,岩石老耕犁。千古烟霞阔,一官泉穴低。人生谁百世,适志在云栖。

赠友 甲寅

乾坤何事不因人,一剑磨成批鳄鳞。不破武昌江不济,浪头蓬脚胆通身。

报仇雪耻是男儿,攘臂擎拳奋一椎。遇有大风西北起,黑云片片海东垂。

神谋秘算不寻常,千乘兵车看奋扬。大敌顿摧小丑服,方知老将计沙囊。

桑榆策算似雕鹗,万里雄风转厚坤。豪杰何心传太史,敢将肝膈向人言。

寄徐宝岩 乙卯

北系燕山鸟,南张沅水鱼。一年六千里,二月四封书。出喜公乡事,归怀父母居。人生不得已,到此重踌躇。

观史偶吟 戊午

事业一时隆,文章千古信。德崇语自真,立言可不慎。

葑门楼望 庚申

轩豁东南一大邦,声高子夜谱吴腔。鱼虾网出冲波鸟,菱荇船归彻夜釭。湖浪重重通浙海,野云叠叠到淞江。好游六月荷花处,水涨薰风掀小窗。

水仙草本,不凋。梅花木本,易落。不凋者可招致而时玩于几席,易落者必往访而方得大观。二花居腊殿而春首,香冉冉其来者也。风雨一月,能无怅然 辛酉

易落梅花岁岁开,丛丛三径水仙栽。今年风雨明年止,秉兴同吟得月台。

游孤山 壬戌

有梅谁放鹤?处士本无家。千古通名姓,孤山春色华。

重题竹堂寺壁 甲子

不到竹堂久,竹堂僧去山。寺中花几种,无复旧时颜。

沧浪亭 丙寅

传唤沧浪水,亭新闹夕曛。何年成太守?今日整都君。古树镂云

色,孤舟拥浪纹。谁怀孺子意?清浊智同群。

野居 己巳

古宅梅花里,西偏安乐窝。寒家十口外,茅屋五间多。鸟听风声竹,鱼观雨点波。小池无别业,分付种新荷。

题六柳亭

多栽一柳傲陶潜,门里清风透草檐。有酒北田分种秫,无官东海独编帘。素心兄弟过相析,疑义儿郎待去砭。四壁萧然谁作传?先生他日自能占。

野居

海外何人问薜萝?风声入处有行窝。诗非和靖梅招鹤,字不义之帖送鹅。兄弟同居篱落好,儿孙共爨菊花多。叮咛老仆锄青草,十亩秋棉拙妇梭。

装家具

春雨顿然沛,桃花夜涨津。归来天有意,行止水为神。甲子逢当世,烟波续散人。阳襄风韵好,千古话遗民。

归欤吟

亲戚不知故,嫌吾返茅庐。游子恋故乡,五十赋归欤。先人遗十亩,吾敢舍遂初。乐与城郭远,朝夕读残书。十五年前间,神曾萝告余。始祖祖墓迩,双亲墓近居。春秋躬祭扫,时率子孙锄。天地自寥廓,风云起门间。有花又有竹,有池又有鱼。闲闲人境外,无马亦无车。

贻顾梁卤

五峰酬唱忆三秋,衣带江波万里游。不定去来吴客远,自分南北故乡愁。行厨诗思清人骨,藏箧文章露剑头。沧海黄沙千古恨,纯光脱鞘壮瀛洲。

西园雅集图歌

怪树劣松指行途,喷泉怒石藏蓬壶。西园奇特何人睹,博得李家一画图。此图妙绝收穹苍,千金难买出八荒。当时人物圆张皇,不朽大笔米元章。说法圆通坐蒲团,道服碧虚琴尾冠。无生一论费舌端,急流勇退几多官?巨济谛听听何言,少游侧帽何轩轩。靖老俯视水潺湲,仲至仰观石簸掀。人生行乐富贵怜,宇宙谁人悟出禅?不如归去来分闲,伯时缀出妙无边。黄服乌帽东坡仙,提笔兴酣书石巅。丹阳天启伫立闲,无咎披巾笑拍肩。子由观书观何书,读破十年万卷余。莫怪鲁直熟视渠,文潜蹴石意何如?童子执杖亦踌躇,女奴云鬟揭华裾。堪笑端叔视不居,捉椅堦前歌乐胥。西园雅集七百年,至今读之人现前。画者为谁画杳然,序者为谁序独传。今古才人不少生,天下西园亦有名。风韵家姬宛转声,不识那能王晋卿。

长歌行访黄惕斋

我欲诗罗瀛海士,出门第一访黄子。黄子不见见修竹,怪奇磊落青云里。忆昔烟波三十秋,天下贤豪半鹿裘。故乡定有勇男儿,钩出珊瑚千丈流。蛇山之树曲盘虬,高巢白鹤啸丹丘。太湖峰巅栖鹘惊,双翼拍拍过瀛洲。瀛洲水势乱沧渤,难觅蛟龙涛出没。谁将好手赋三岛,令吾神往多年月。捧持征引当尺牍,斧扣昆冈拾珠玉。昆冈何处人常道,登城空忆瀛城北。碧云起睹鹤三声,何地飞传貌姓丁。秋风时至暑时退,盖张赤日驱蜻蜓。转上玉麟童望竹,浩然气概碧天擎。此来得观素心人,科头白眼吐平生。出君之书诵君诗,太白江南斗酒时。右军当日笼鹅去,悔睹君家父子迟。书我竹簋不敢折,赠我云笺不敢亵。眠我精舍酌我酒,秋桂丛丛招我说。我说东海有奇人,奇君书法义之真。雄涛澎湃激海门,坐君竹林共君论。

袁孝若会予江上,时为丹徒广文

先生官冷奈如何?把臂寒江话绿莎。铁瓮城高藏剑戟,金山石窄鲜松萝。楼登万岁文章在,岛望十洲花月歌。巴蜀雪消七千里,一帆春汛海门波。

登暨阳城歌

暨阳城上望江北,淮阴惨淡树无色。圯桥直通跨下桥,当时人物何奇特!人奇特,除暴贼,汉家天子统一国,秦欤楚欤顿焉息。还首君山叹黄歇,穿窬奸计三千客。死传朽骨葬此山,有无难话杜康宅。呜呼!千古窃山名。哀哉!智术识者惜。识者惜,溯陈迹。长江波浪雄风起,令我面北想黄石。

宿弟叙彝 庚午

两过杨河宿弟家,讵因中路计停车。文章既济瑶台草,议论云卿洛邑花。宗子十千传姓大,海乡五百历年华。忠魂淹抑才人尽,谅有同心一叹嗟。

踏青杂咏

清明还十日,麦穗吐高田。大概春犹早,多因冻未坚。陇头物竞长,天下事当权。可惜贫无地,人歌小有年。

地气今年早,人工此日齐。风无桃脸笑,露见菜花啼。粉蝶慵忘色,黄蜂懒过溪。烟消寒食后,细细咏春陧。

三月二日上巳,薛以纯招饮

历头上巳当初二,曲水流觞到处船。海外不闻花事往,河东忽有凤杯传。兰亭酒政何人记,皇甫诗章自我先。烟景江南还似旧,六朝今日过千年。

当暑达惕斋

千竿修竹道人家,枕簟清风赋落霞。揭地掀天当帘幕,兴云出雨斗龙蛇。尽堪潇洒书忘暑,聊俟苍凉钓泛槎。学种东陵耘十亩,不能时命吕安车。

白华庄三伏吟

热气漫天地,此庄独见凉。阴风旋茂郁,积水泛苍茫。字帖虫鱼迹,义章花草香。我恒高枕簟,怀想不能忘。

酷暑乾坤赫,池泉松竹清。好禽时换韵,烈日不知行。口昔青年啸,头今黄发縈。冷然风在木,耳内起涛声。

访朱云樵暨施竹山不值

云边水际可人栖,一到云岩访旧蹊。岩屋不殊前日景,山花落处路皆迷。

鹿城东南门外闲步

东南门外水云乡,草径闲观八月凉。岸柳未黄秋气早,野田有路稻花香。林藏古寺深深屋,水绕荒坟曲曲塘。望里行人惊华表,松楸不改旧冰霜。

重九思旧

重九重思旧,先生甫田名。春波三世谊,秋水七人盟。千古堂还在,百龄窝已成。优哉我东海,有剑不须横。

送友之洞庭山

洞庭山里木奴时,好景君当遍看之。缥缈峰峦天半路,太湖波浪眼中棋。一团元气藏文石,千古清风锁玉池。舟里先生归去后,郑家五女胜须眉。

一阳吟

黄钟发宫音,一阳天地复。举笔洒千言,寒云蔽茅屋。人身一天地,天运何其速!五十余年间,翁头过百六。我欲叩彼苍,时正风雨哭。将多冰雪加,丈夫竟雌伏。

今日行

今日何日岁云徂,雪花掌大朔风呼。寄庐主人高阳徒,落魄东归东海墟。英雄用武不可图,手提秃笔龙蛇涂。杜甫浣花草堂无,秦系注书石砚枯。我将岁事付妻奴,何穷岁月烟霞娱。须臾天边紫云敷,扶桑日出歌黄虞。

上元宴集黄惕斋,次和雪中怀友不至原韵,时同陈孟来、马晋侯、倪荣书、胡佑人、黄缵文暨德滋、旦宜、延之辛未

老松披雪好丰姿,头白鳞斑志不衰。兴尽子猷何怯访,情深和靖独

题诗。梁园词赋今何似,瀛海英豪半在斯。月白风清良夜饮,龙眠笔力属谁知?

高卧深山冰玉姿,精神满腹几曾衰。一床败絮吟清梦,千里良朋索雪诗。鄙吝顿消黄叔度,文章终愧揭徯斯。银桥灯火烘春夜,潇洒风流明月知。

磊落平泉玉树姿,雪堂何必慨其衰。通家宴集龙门客,联璧人歌凤穴诗。江夏才奇多子琰,徂徕颂善少奚斯。有谁高唱阳春曲,托付西山白雪知。

湛岳同招并美姿,云栖野老不言衰。行歌雪里王恭氅,醉咏江头杜甫诗。自啸自嘲非癫可,何人何日献鸡斯?名山许我深深闭,虎魄龟苓千载知。

见燕

护汝檐巢待汝身,春光千里下风尘。半年冰雪不相见,依旧黄裳见主人。旧年一燕腹下黄色,今亦然。

时雨

大雨连朝夕,花田接草池。人心忙半夏,天意落三时。竹有禽投宿,鱼非我不知。层层河设网,海阔竟何之。

平居

平居惟好善,事事逊今人。莫望优天下,相看老此身。黄河清少日,碧落色长春。千古多风雨,吾安吾道真。

六月谣

六月热,五谷结,谚语相传人遍说。大暑将回初伏绝,夜半床头绵被接。不识此语诚然哉,老农强半忧生业。七年之旱九年水,尧汤何害何喋喋。天时人事不易彻,长官清勤万民悦。

交秋自况

海盐子鳌烧青豆,金翁春醅昼漉篘。老妇恐饥亲手办,小孙喜我共盘饘。古人有道十年读,白鹤何心二顷谋。高卧北窗风自到,碧梧摇动一庭秋。

枫木

慨彼枫木,少遭百六。不居汉宫,垂老回禄。
景兹枫木,造化钟昔。老本龙潜,香脂琥珀。
阴阳炭兮,天地炉兮。霜作色兮,红于花兮。
其木神兮,忽焉于变兮!与时行兮,人不可以无此智兮!

会金笈文

倾盖前人事,同舟下玉峰。羡君好伯子指正希,喜我有同宗家五梅公。家世看能继,文章可并踪。何年读青史,相对泪重重。

同朱湘佩九月五日吟

同君母难日,共在马鞍山。故国登高望,白云何处攀?双魂悲夜梦,两鬓泣秋颜。千里蓼莪痛,相看涕自潸。

晤赠陆东丸

瀛海孤寒地,云间一鹤来。无松栖健翮,何处下仙才?阆苑搏风过,苏门长啸回。片翎宜自爱,好去宿天台。

题东丸扇头画意相赠

山深一茅屋,步出杖藜人。闲著书千卷,衣冠五十春。柴门山以里,内坐有心人。算尽尧夫数,中涵千古春。停笔思何事,貌非今世人。梅花山屋绕,恍见羲皇春。

次酬施竹山先生

相思一旦喜相逢,朱陆鹅湖话异同。岁月著书豪杰志,鳞毛共老圣贤功。他年再会知今日,吾道重伸见古风。水远山高心自迩,康安千里一车通。

对雪

朔风三百雪飘摇,懒惰诗人学解嘲。不作太玄逢圣世,独浮大白对良宵。小孙同调啼号少,老妇知心岁月遥。一领羊裘三十载,有谁物色到今朝?

岁暮入城

一年虚度叹生平,老爱居乡又入城。还念酒杯朋友共,难忘门限子孙迎。宦途苦海从游骇,世事枯棋不着赢。早买良田二三顷,岁时斗酒慰奴耕。

半月春风过旧年,春云春树陇头妍。不知芳草心何若,偏为行人意外牵。鹿迹泥融芦有齿,禽声香绕树生烟。西园懒菜长盈寸,冒雨谁来结道缘。

岁暮

无才归老旧柴窝,遗笑乡人说紫螺。只好斗升奇食器,不能钟石巧催科。草堂竹叶时怀杜,官阁梅花独姓何。弹指千年经几变,有香有节守烟萝。

壬申岁朝 壬申

女嫁男婚已十年,少文五岳杖头钱。出门不问扬州鹤,归路唯凭范蠡船。经济书奇娴草木,渔樵事琐识山川。烟霞自古供名士,没屋枯蓬老石田。

寄上方山主人

上方山色近如何,松木千章间薜萝。远见樵柯逐鹿去,久无画舫赛神过。状元碑字同危石,御史香名共伏魔。人籁不如天籁贵,我将巢隐啸烟波。

饮沛国精舍,会龚汉伟、于京兄弟

卜筑南城清且宁,主人座右更多铭。魁梧碧沼游双凤,寥落青冥聚五星。酒兴数花甘饮暑,诗工敲字许题屏。相逢胜舍难兄弟,话半乾坤一草亭。

留余堂牡丹 时主人宦京师

无人抚护与施妆,深锁重门绕院香。自向杏林收艳色,谁怜苔草伴孤芳?名花独语思知己,佳客深心叹冷肠。京洛化缁无少恨,上阳宫正舞霓裳。

五月初吟

风雨翻天至,相逢五月初。林藏传信鸟,壑纵跳梁鱼。人世多污浊,乾坤大扫除。浮云东北尽,星月照清虚。

送掌篆郡司马李公

福星万里照姑苏,出佐南邦按海图。帘卷青山冰作案,琴横夜有鹤为徒。嘘寒有意先悬榻,示辱无心并去蒲。掌篆崇川方五月,涂歌巷咏野欢呼。

奉答吴中龚汉伟原韵

坐破藜床慕管宁,壁间空自画东铭。文章落魄同山草,年纪蹉跎到发星。足下青云龙夹日,枕边白石树为屏。蒙颁瑶检如丹桂,愧杀苔钱瓤锦亭。

过承天寺 时洪都察立碑逐僧

偶过承天寺,驱僧十尺碑。都官真不爱,诸佛竟何为?径塞阶生草,窗虚乌宿榱。梁公烧未尽,遗毁慨今时。

登鸡鸣山眺新亭

鸡鸣山上眺新亭,黄屋金龙山自青。眼见九重皆雨露,心知一代尽菰萍。功臣铁券藏乌迹,宫女霓裳现马形。独眺山头观故俗,楼台叠叠树冥冥。

燕子矶怀古

燕子高飞上帝畿,凤凰何处作台归?当年未遇山河改,今日相逢杖屦非。破碎石头无王气,渺漫江面下斜晖。六朝事业消磨尽,菏笠渔翁坐钓矶。

登观音山观音寺

背山成阁面长江,树杪涛声钟声撞。秋荻动摇花滚滚,风帆便利影双双。岷沱此水朝东海,龙虎何人问故邦?止静禅僧真乐事,楞严一卷老岩窗。

题北山弘济阁

寺成山下倚前峰,山势嵯峨寺亦重。云里楼台千古石,江边城堞几枝松。耳闻六代春声沸,眼见前朝秋草茸。留得娑罗三树果,老僧一棒落横纵。

燕子矶阻风

似与斯矶独有缘,东风三日荡秋天。芦花未老摇江渚,禾黍全枯望野田。故国丰碑年号在,新亭悬额易官镌。水豚鼓浪常无歇,看尽山头朝暮烟。

马晋侯、倪鉴五同游漫园

高门大第级徐升,额字联题共指称。莫扫寒凉三径叶,惟看雪亮一池冰。书楼佳气南山入,石垒斜阳野竹增。借问主人谁与酌?荷花摧尽桂花崩。

澄江漫吟

澄江江南地,朔风缘何利?不曰时隆冬,天地亦相闭。偶向街头行,两耳刀割弃。胡以御重寒?聊尔入帘肆。穿此刘伶苍,登此杜康桥。桥东一酿家,酒味何萧萧。我因问古人,奇方隮一朝。叹息复叹息,虚名千古昭。

澄江试院逢雨

江阴开府镇江关,玉带河环万寿山。不待国亡更试院,天参乔木雨潸潸。

登暨阳浮图吊江阴侯

极目层巅小暨阳,江阴曾此战边疆。能摧吴士三千甲,独镇蓉城二十霜。乔木寒深无片叶,青山凋甚改秋妆。楼台叠叠斜晖里,玉带河环作试场。

祖绍文、李万联同登君山

三上君山雪半山,江天一色朔风还。心惊岁暮寒威重,身立峰巅松韵闲。千片萧田冢累累,万层碧浪棹弯弯。诸姬楚尽吴疆接,凭吊春申泪共潸。

登澄江城楼怀感

三十三山中一城,长江北枕水犀兵。波连沧海通仙岛,潮入金陵贡帝京。楼橹依然前雉堞,人民已改昔冠缨。峰峦倔强斑斑色,血染池隍流未清。

曝日

坐向南荣曝太阳,江南冰雪渐消藏。老人莫说年行暮,柳展梅舒春昼长。

偕绍文过万佛林

偶步禅林看,层云佛万尊。假山欹作洞,老树倒盘根。不问何朝寺,传言是处园。凭高目四顾,瓦砾一荒村。

遇袁孝若广文

岁暮他乡遇,十年冷一官。客心谈过日,旅况夜同寒。松柏经霜惯,云山到处看。芙蓉江上水,清彻暂盘桓。

觞度除夜

时雨当春至,吾身出暨阳。流年惟一日,献岁向何方?朋友扁舟共,云山满目苍。江湖殊可乐,四海弟兄觞。

除夜舟望

一望乾坤白,方知雪夜晴。星摇远火出,水静薄冰生。今夕千觞举,明晨一岁成。舟行随地乐,莫去问前程。

烟波笔啸六十编诗集卷二

崇明沈寓寄庐著　孙丕源曾孙奕董校刊

奕蔦
奕范
奕苏
奕夔
奕万
奕葛

长洲沈德潜归愚　合定
镇洋程穆衡迓亭

劫存集自癸酉至丙子

岁四日,再访金筮文不值癸酉

文章道广出门多,再访龙门不遇何? 车马巷中当拜岁,友朋方外备行窝。人居东海春风咏,家寄吴城故国歌。若话甲申乙酉事,清哀声断泪滂沱。

万寿亭中花

万寿亭空锁,春来树满花。枝枝墙外见,四海帝王家。

圣律见我约游灵岩诸山,待舟江次,不果

灵岩春日草齐芳,约买扁舟访屧廊。坐对西山狮子笑,留行东道主人忙。松云叠叠迎游屐,江浪重重送去航。我亦渡头停一日,眼眶倦阅世风狂。

草茅杂兴

地僻花开径,和风笑语香。平居忘北海,清梦乐南阳。钓罢黄鹂唤,耕余青草芳。春秋看递禅,星斗现文章。

东海最东处,结茅成隐居。持螯歌蟹舍,抱膝咏蜗庐。不羡风云变,闲观天地虚。古今一瞬尔,时读异人书。

雨后得雨

莫嫌雨未足,今夕又雷声。快矣同千里,潇然下五更。老农随荷笠,小暑尚能耕。赋税江南半,从今秋有成。

酬施梅庄见寄

种秫田何在?头无漉酒巾。随情安素位,度日自生春。道德原从性,文章实有神。功夫用尽后,没世未为贫。

至和塘

自昆城达娄门,凡七十里,积水无陆。宋至和乙未年,昆山主簿丘舆权谋筑长堤。堤成,植榆柳五万七千八百,菱蒲、芙蕖称是。堤外长流堤内渠,菱蒲五万七千余。堪嗟法立无人管,岁久塘倾石渐虚。

题三高祠

谁言越相是能臣?一世功名一美人。假使夫差身早死,五湖风月待何春。范少伯

是君是后自沦胥,荆棘铜驼蚤见欤。倘或此身先二陆,西风何处忆

鲈鱼？张季鹰

二顷低田养鸭群，无官无责似闲云。洞庭风月何人管？醉咏兰桡换夕薰。陆鲁望

草庐吟

古人勤访道，今我细研书。不识门前径，空脂天下车。蒹葭摇白露，潮汐沤清渠。此地边东海，云谁式草庐。

辞誉

世人不晓我，面誉为清客。我本清贫人，客名我所怪。二字相连呼，大非我本色。琴棋书画辈，名乃称其实。胡然加于我，射御圣人式。我实逃名者，所以辞之力。烟波三十年，诗文亦借笔。往来山水惯，不臣不友日。倦游归东海，高下与人匹。少鄙章句学，素心人无一。不知亦不愠，嚣嚣毋意必。古人获我心，我入古人室。万卷书读破，乾坤事看毕。不敢轻语人，聊以欣自述。黄花秋自开，白花春自蕊。寄庐四五间，主人竟不出。

饮酒

平生不善饮，饮亦不至醉。一醉直百钱，一日醉一次。吾年五十余，应省廿万外。家中尚尔贫，醉者笑我昧。我贫我之命，我贫我非病。我观日醉人，比病还加横。不知者放达，知者谓心死。爵禄人最贪，醉者何异此？究竟方不奇，不造千日酒。不然宁如我，常醒开笑口。

见雁

八月下旬八，秋分才六日。我往十亩间，雁声何凛慄。仰观奚啻万，行乱字不一。稻粱江汉多，处处网罗密。胡不少耐寒，沙地广可牧。

羽毛生长此,自大成一族。岁岁秋南征,劬劳惊暮宿。防风深防雨,半充南人腹。凄其翮未暖,当春向北漠。长养子孙繁,再来再遭戮。呜呼雁何愚!乾坤万万秋。迄今犹不悟,肃肃栖南州。

三秋谢德邻至

何能海外访孤城,吾更悬城一日程。仙鹤除非天上至,白云常见海边生。三花绝岛人愁暮,万里长风客壮行。独坐篱头望南雁,鹊栖五柳报车声。

八日,陪谢德邻宿江夏

九月霏霏八日狂,登高无路望他乡。秋风满眼皆寒色,边地斯时应早霜。好友怀家难画舸,良辰遇雨有壶觞。嘈嘈杂杂消弦管,团坐依然谢屐旁。

十日,雨晴,送德邻

鸿飞鹤唳见边乡,沧渤瀰漫万里长。自古波涛生大海,从来风雨出重阳。船归起水开明发,人坐通津叹望洋。秋老天高江冷日,黄花满路送君香。

题菊

秋气苍然老,黄花舒笑颜。东篱谁是伴?元亮久清闲。

黄花为西风所败,饮客作短歌

竟谓小春月,南风篱菊香。团圞主客醉,高歌夜初长。更尽寒飚发,倒颠我衣裳。耳边声飒飒,风骤雨亦狂。出照阶前色,枝枝伏地跄。

我为花数屈,花为我凄凉。不道一年忙,一旦败乃芳。人事固难料,天数未可量。主与客顿醒,客共主徬徨。手扶花枝起,一笑再举觞。

睹风云有感

云本不自行,因风而奔逐。风亦未能定,东西又南北。此事谁为主?阴阳气把握。所以有道人,不为名利缚。不义富且贵,空中过我目。浮萍岂有根?波涛成平陆。千年百年间,世代成百六。况乃一人身,转盼在暮宿。宁为草野安,无求当路恶。造化在诗书,了我一生福。

文章

文章自有真,胡乃人喜假?聋俗亦颇好,久不作大雅。圣人忘肉味,韶乐知者寡。况迩郑卫间,优伶工步冶。谁为海鹤盟?孰则江鸥社。独居东海滨,感叹风斯下。曲学以阿世,之乎并者也。空生刘孝绰,好事无传写。

归耕

归来耕十亩,恐惰先人遗。男女十二口,数米不足炊。舍北有租地,邻老志迁移。其价只廿两,质贷我能为。谋之长兄可,协之龟与蓍。可竹亦可鱼,中可作愚池。觇我心欲之,彼竟昂其辞。野人学点鼠,假色示居奇。闻之一大笑,嘱妇且忍饥。英雄困如此,用武非其时。

我生

乱离值斯世,我生才七岁。衣冠成一代,依稀记前辈。忽忽五十年,文献俱凋谢。天宝说开元,兀兀如长夜。空读万卷书,五行较耕稼。把酒坐陇亩,风云起叱咤。此亦胡庸为,乾坤不用假。春草多生意,秋菊自酝藉。肥种十亩田,农夫作姻娅。子孙有余饶,素位而行舍。四十九年非,到彼六十化。笑我诸葛公,管萧徒匹亚。

我家

我家造南渡,扈从勾曲止。中更丧乱多,宋末避海涘。蝉联五百年,耕读传孙子。绿杨烟相望,聚族繁生齿。十千推我姓,族大重桑梓。习俗称豪雄,诗书无显仕。至我御史公,保发崛强死。烈忠赫一代,他年奇青史。我生才七岁,觏此大风起。边云漫天地,长夜如何已。悠悠五十年,农亩安且喜。衣食稍自赖,山林稍自理。诸侯不我见,天子不我使。头童若小儿,寿星与我比。我非玩世人,世道应如此。我非薄功名,祖宗我是履。我行我素位,河干我老矣。茅屋三四间,七绝我家柿。杜门恒吟咏,出门游山水。问我何如人?我重我廉耻。

慨

诗书圣贤业,专为爵禄驰。文章本道德,功名借作私。稷契因何贵?慨想唐虞时。商周亦邈矣,傅吕动人思。我今一男儿,生乎今之世。愚贱每自安,景仰当代制。皇皇大一统,尊鲁试六艺。圣门重四科,今日荣一第。赫赫列高位,营营示远势。此身黑貂裘,此心忘粗粝。

十二月对月

文章冰雪表清虚,今夜光华当岁余。可喜此心堪对月,何忧斯世不传书。身穷学富十年读,志大家贫五斗储。自古无愁推李白,我生应入广寒居。

招乌员

乌员,猫也,一旦云亡,作此招之。

世有良将,如虎如彪。鼠辈纵横,四国是求。

直臣在朝,獬豸其冠。鼠辈纵横,触之则安。
云何往矣?不可得矣。招之招之,返我閾矣。
寝之以毡,我之爱也。去之如屣,尔可悔也。

明月

　　明月在天,素影在地。君子有心,示之以志。其志何如?唐虞可致。世无用我,十年不字。
　　明月在天,素影在树。君子有心,感之以遇。其遇何如?商家可傅。万里风行,乾坤霖雨。

海不扬波 为解公颂

海不扬波,其流浩浩。我公至止,安我父老。
海不扬波,其流荡荡。我公至止,整齐我党。
公休休也,雨油油也。民之福也,田有秋也。
涂歌巷咏,尔百姓也。意思深长,我公政也。

吊康生兄宰澂江河阳县、卒于任 康生名晋,初号朴斋。

　　竟作云南万里人,铜章墨绶老官身。只留一县花歌岳,不惜分阴命厄陈。玉笋文章藏二酉,金莲才调暗三辰。招魂莫视同迁谪,薰解南风奏舜民。玉笋、金莲,河阳二山名。二酉者,兄举于丁酉,率在癸酉。

除夕谣

　　今夕何夕岁云除,江北江南农妇啼。富家爆竹斗儿女,轰轰入云花落梨。姑苏城中十万户,阊门出走半佳丽。一家千声省万钱,足收野外十斛涕。堪怜野外涕不止,堪笑城中声不已。今夕何夕岁云除,破锅无米只有水。咎我高天夏无雨,咎我厚地秋无成。无衣转眼叹春归,无食将何再种秔。小儿掘得野菜来,大儿担得乱柴回。破涕为欢煮作羹,老躯口口喂提孩。今夕何夕岁云除,团圞儿女守破庐。星光照我腹空虚,忍到明年早犁锄。

书感 甲戌

二十九日太簇宫,池阳风俗律送穷。假使吾穷真可送,何故人家十九空。昌黎儒者亦效此,道不我行身等终。不若圣人吐微言,君子固穷为大公。寄庐寄身东海中,茅屋三间满径蓬。宅前百本春初韭,宅后千科塌地菘。不管年来雨与风,不管人间西与东。世情今古尚员通,我性枘凿不相蒙。闻达诸侯岂愿逢,耕莘钓渭何必同。义黄天地正冥濛,生生死死几明聪。生不我逢作海翁,荡胸决眥看云踪。浩荡波涛万里雄,星辰吞吐睡蛟龙。

黄圣律招同长兄侄公远观梅

园居花事盛,节又近花朝。春色绕亭立,香风入座摇。主宾来对饮,叔侄见同招。气味相投处,何须拟管萧!

书近况,寄吴山道旧

地僻何人过,幽居称我慵。闲花情自远,静夜睡能浓。开卷忘长日,占晴学老农。呼童勤舂麦,好去作朝饔。

暮春即事

春长无事漫逍遥,谷雨花开香气饶。为燕修巢常启户,因鱼养子更添潮。芳园野草看丛杂,晓树山禽听羽谯。万物至斯生意足,百年老干亦妖韶。

春日闲步

眼已昏沉齿已摇,暮年乐事任逍遥。无荣无辱山民逸,不暖不寒春事饶。烂熟棋枰知黑白,模糊日月望云霄。闲吟一首糟糠饱,抱瓮浇花怕折腰。

长城曲

秦帝筑长城,防胡不防子。胡儿日在旁,千古笑青史。
用尽愚民力,长城万里夸。谁知汉唐后,一统统中华。

初夏袁舜赉、童相如过,坐梅树下小酌

床头小瓮尚余香,君适何来得遍觞。畦内邵平瓜未熟,圃间郭泰韭还芳。遮桥杨柳风摇绿,没屋蓬蒿日射黄。无鄙草庐同一乐,花开花落任沧桑。

五月二十二日纪事

昼长倦坐启书帷,日色初西正未时。陡下一声雷动壁,忽摇几阵地倾维。王家有道勤修省,野士无劳发叹噫。莫说江南桑土乐,海潮归处尽抽丝。江南海税甚严,故云。

又五月歌

天心重著述,假我又五月。不寒不热时,整我读书窟。居在东海滨,久已绝板谒。榴花射人目,茅屋蓬蒿没。喜彼不我知,风云下天阙。树阴添布衣,昼炎脚不袜。尘垢远皮肤,清净种种发。胡为胡然老,相非封侯骨。十亩亲所遗,闲闲歌采蕨。经史时兼习,耆艾还矻矻。讵无

素心人,望断鸦群鹊。大孙十一岁,朝夕听子曰。

赠西相寺皈安

曲曲禅房傍玉峰,悠然天籁数枝松。庭留夜月听清磬,榻挽游人悟晓钟。逐鹿城中飞鸟迹,降龙山下隐云踪。他年演说生公法,岩石颠头花雨重。

偕绍文游遂园,不值

缓步玉山扎,欣欣游遂园。相期谈曲径,不料扃双门。富贵当时赫,繁华过目昏。何如马鞍石,千古树乾坤。

次邵学台原唱

读书万卷意悠然,轻出何如稳在田。春雨染深三径草,秋风漾起一池莲。正心学问宗前圣,持世功修辟后禅。抱膝长吟无不可,马牛莫积子孙钱。

附录"原唱"

看罢家书意惘然,人人劝我买庄田。狼山不卷千年画,冀水新栽五亩莲。三鼓升堂真说法,孤灯坐帐似参禅。囊空自愧惟存我,不许儿曹索俸钱。

秋日游徐园 时在修葺,而尚书已殂

园西幽觉胜,坐看玉山头。日射松逾好,峦空心自悠。尚书业未竟,仙鹤翩谁留?云物凄凉处,游人尽道秋。

兹园何自好?好在山之阴。万木森然耸,一泓静矣深。南峰看户牖,北郭枕丘林。富贵相沿地,能无微感吟。

过周皇亲墓

曾见王朝肺腑亲,墓门赫奕动行人。万千里内家无敌,十七年来国并沦。石马迹荒摧旧冢,流莺啼处下西邻。金张许史归何地?玉匣珠襦赐紫宸。

重别施竹山先生

别后重来别,相违相会难。人推年纪老,路自海天寒。直钓熊罴出,高眠日月安。西湖东海处,同抱一文竿"投文竿,出比目"在《西京赋》。

用原韵吊邵学台

天挺英豪岂偶然,忽焉涸丧玉埋田。当空皓魄直通帝,到底污泥不染莲。惟我只今真是创,何人此后再能禅。清官卜得传青史,含殓时称少一钱。

殿琛过我太仓孝廉,名大雅。

朝潮夕汐一瀛洲,直接江源万里流。自笑枯鱼枕四塞,何来仙鹤下三秋。文章华国倾朝士,妻子诛茅狎海鸥。白首荷蒙青眼顾,愧无鸡酒款相留。

我家文字说休文,千古江南鹤不群。一自织帘高白屋,何人腰鼓踏青云?娄城风雨三冬足,瀛海烟霞十亩勤。健翮养成冲汉起,扁舟还冀访耕耘。

黄花

看到黄花老,霜浓十月时。夕阳开口笑,泥饮醉东篱。

忍听黄花老,西风过此身。篱边无限业,物色是何人?
何害黄花老,诗情人醉乡。渊明无事业,节操伴清霜。

十月二十日,早吟

万里西风寂,龙知江海蟠。五更霜似雪,重被觉还寒。

立春吟

似雾还非雾,非烟有似烟。絪缊春气动,厚地合高天。

立春后一日雷雨

春雷闻隔岁,隐隐起西南。天道三阳复,潜龙动海潭。
雷后听风起,云行则雨施。田间瞻望久,正是见龙时。

乙亥元日 乙亥

东海闲人乐有余,消闲日读数行书。身心满月凌千古,富贵浮云视太虚。换岁桃符新夜半,向阳梅树绽春初。年来年去蓬松鬓,景物优游笑自如。

生人至愿在西成,东北条风听五更。竹叶带椒家献寿,雪花如掌雨同声。今宵茅舍高歌饮,异日春田尽力耕。我亦郊居有十亩,呼儿破量举三觥。

春日饮亡友惕斋斋头,次成

乾坤万物尽含新,吾友云归不共春。选日赏花常有酒,分曹敲韵更何人?盆山断石孙枝绿,砚水无波筊管尘。事业正深中道绝,悲同葛亮痛纶巾。

手缮遗稿墨痕新,笔底春风恰到春。只有梅花可比玉,更无铁画合斯人。瀛洲自昔空前调,沧海从今叹绝尘。深惜当涂青眼少,清平未吐拭龙巾。

题陈杏仙"仿大痴笔意图"

叠叠峰峦虎豹蹲,笔尖图出几松筠。乾坤着处为元土,山水中间少一人。恨远当年无与语,幸题今日得传神。庄光死后殊难继,寂寂烟霞千古春。

送春吟

绿树南林恨未齐,一春风雨夕阳低。薄寒云翳人游怯,迟日花香莺乱啼。万里江山看野马,百年时世作醯鸡。五行旋转将何了,木过东方金又西。

过京兆旧居咏梅

经年不到此,玉树又含青。实自春风结,花先寒雪馨。阶前观秀色,座右凛新铭。云路他时事,能无忆典型。

雨滞

西风暂转雨初晴,薄雾垂天阴复明。篱落网丝张玉版,荷池鼓吹闹蛙声。浮萍水涨身无定,游蝶烟寒翅不轻。我滞江乡将十日,涂泥一尺泞难行。

过惕斋斋头,旦宜、延之邀晋侯、德宾、佑人饮赋

慰得相思是地来,主人避客不胜哀。枇杷雪化深深结,橘柚烟归历

历开。棘句频题春有梦,糟床共对两留杯。依然次序园花放,烂熳篱头八斗才。

自吟

风波海外更茫茫,保处寻梅问柳乡。每到黄垆谈酒史,惟归茅屋坐藜床。牙琴弦绝鱼龙散,范甑尘生日月荒。向后余年皆我幸,还期用舍计行藏。

五月旬有八日夜,梦惕斋

昨夜见故人,意气逾畴昔。同饮令兄酒,谈吐推诗伯。叹隔半年余,面貌加肥白。语言觉更亲,顾我多剌剌。我心喜不胜,昆弟遭莫逆。议论到精微,一笑醒狂客。

陈翰宣留赠

望七闲人爱读书,更搜奇石拘精庐。此生不愧天之赋,至死何妨气自如?砌上数花春到腊,门前一水海连渠。盲风怪雨俱无管,悔尽当年明月虚。

东归后吟

夕汐朝潮荷满沟,门前杨柳弄轻柔。归来只合高高隐,出世何妨默默休。万状烟波同鹤啸,一时人士共云游。漠然不与予心并,蔬食曲肱到白头。

同穷吟

穷居东海一蓬门,抱膝高吟气独存。国老无缘绝请药,贤人少量不开樽。正心学问师萝石,养勇功夫抑孟贲。五十七年鸥鸟性,一丘一壑老孤村。

石榴花

当户石榴发,朝朝开几花。仙归留鹤顶,织剩挂龙纱。日爇红炉火,云深碧树霞。来从沧海外,摇落散天葩。

丹徒周树百过访

载将千日酒,千里到蓬瀛。不识刘玄石,何知孙子荆。东篱眠醉菊,中冷秘春醒。独访烟波客,酣然抱月横。
柴门无事闭,没屋是蓬蒿。有月生秋兴,何人忆酒豪?长江千里水,瀛海四周涛。仙客乘风至,堪怜倒屣劳。

寄庐闲吟

杨柳门前聚晚鸦,闲闲十亩尽黄化。一从遁世居东海,每有奇文号大家。竹长数竿欣待凤,枫高几树笑餐霞。因时随遇生平过,明月清风弗用赊。

题野寺

是是非非忽昨今,常怜尘世用机心。惩奸徒打弥衡鼓,好色空调司马琴。简洁何如僧发净,幽闲难比寺门深。惠休无本真还俗,烦恼人间叹楚音。

怀确士老人

望断长天色,低头忆阆间。相羊歌甫里,岑寂旧精庐。鹤市濂溪草,荇池庄子鱼。故人时在此,不得共居诸。

先生七十八,面貌似童颜。秋水斜阳钓,晴云古树攀。近将文字隐,早透利名关。翘首吴塘路,酣歌赋小山。

晚进金闾水门

摇落西天日,金闾过水门。歌楼倚艳冶,画舫载琴尊。卜夜因秋兴,忘年共夕飧。不知城野景,相隔一乾坤。

遇范庄,重葺文正书院,感吟

先忧后乐语何真,适过庄前院复新。当日深惊小范子,千秋犹拜大贤人。义田有记家能读,相业相传代不贫。莫说三吴堪世守,三韩留得一枝春时修院者,辽阳范氏。

访梅雪村话旧

昔居不一里,交成一万晨。相长同师友,今难岁一亲。西山梅似雪,东海草如茵。岂谓君疏我,实我远君身。文章道义根,心术是为真。居官居当路,风俗几还淳。的的青云上,何处问秋旻。雕鹗无廉耻,鸿鹄作隐沦。君子不素餐,伐木大河滨。小人亦力食,取禾三百囷。屈指旧时朋,大半鬼为邻。前哭林云日,连丧薛以纯。呜呼一世人,其能拔斯民。泾渭分清浊,天地无常春。讵但碌碌子,孔孟道难伸。尔我胡为者?何年化玉尘。

题竹菊图

太湖石畔三枝竹,乱草堆边七朵花。不愧高人示行径,何惭雅士卜邻家。晴空淡荡云为叶,暮景萧条金作葩。惜乏白衣使送酒,频摊红毯醉流霞。

自苏娄门至娄东,一望秋波,怅吟

泽国苍茫湖海通,江行百里对秋风。高田缥缈波吹白,远树依稀叶脱红。鱼水相投船泛泛,稻粱何处雁空空?征徭感谕三分免,郑侠难图百姓穷。

篱下吟

赋菊也,思少时曾赋,今仍依韵再吟。

栽得黄花碧海东,秋光淡荡啸霜丛。篱边物色王弘酒,野外诗豪陶令风。九日何人吹落帽?五弦独自送归鸿。莫嫌斯地无知己,伴种周颙蹋地菘。

无数黄花胡不归?知心相映故山晖。自怜向绝青云路,独乐常开白板扉。十月寒香同橘熟,三秋风色伴鲈肥。黄农隐逸有谁晓?千古文章茂叔挥。

秋花何得种皇都,寄傲东篱混酒徒。若肯当春骄富贵,不安在野乐樵苏。才高天下十分色,德重人间七友图。霜落每寻知己伴,陶公殁后至今无。

年年九日好襟怀,霜满篱头色满阶。深喜此花和我老,更多异致到心斋。男儿必上辽东帽,妇女除非德曜钗。欲制颓龄将一采,南山双寿气何佳。

晚觏花开色不群,香飞篱下护黄云。性甘僻地供闲隐,志乐诗家斗宿醺。五夜寒霜歌橘叟,一轮秋月话桐君。登高啸酌重阳酒,得比流觞王石军。

苍然松柏望南山,山下秋花更解颜。秀色可餐神自淡,清霜独立意常闲。根生篱落风波外,香比芝兰伯仲间。归隐老莱知见爱,云霞满地舞衣斑。

大地清霜裂芰荷,吴江枫落莫谁何。篱前忽现飞黄蝶,月下应称有素娥。丹桂空言推碧宇,玉兰无信到山阿。渊明采后孰为主?种满尧夫安乐窝。

江南菊放正重阳,携手登高笑语香。天地晚花皆雨露,园林国色尽风霜。先生五柳看摇落,处士双松自激昂。篱外早开三径路,东邻二仲好相徉。

一夜霜飞万木零,独留晚菊制颓龄。可怜荷背同秋草,应笑苔钱似落萍。富贵不淫芳竹径,贱贫莫改艳柴扃。自从元亮归来爱,德冠乾坤千古馨。

林下吟 丙子

赋梅花也,少时赋过,今又吟之。

白映林家一板扉,始知处士玉山依。如何香在寒风出,却似人行朔雪围。粉蝶未生谁物色? 霜禽虽觉懒迎晖。我将种满云深处,坐拥羊裘待钓矶。

江南陡见一枝春,雪粒冰花种绝伦。千古丹黄俱是假,三分粹白本然真。岭头只许环青士,树底单容著玉人。相伴巢由何处所? 常闻东老不嫌贫。

朴素寒香品自高,生来情性近诗豪。锦心呕吐元承旨,白帖吟哦何法曹。出世清如彭泽柳,避人奇过武陵桃。蓬莱山下栽千树,好与仙家酿白醪。

寒风猎猎已生香,五出偏偕六出狂。吹上氀巾歌皓首,带来鹤氅舞霓裳。月横三弄美人色,雪落一方君子乡。今古云谁堪比节? 后凋松柏续琼芳。

齐开老干白花村,竹雪松云知己论。五岭寒烟无片叶,十洲晴照现孤根。幽香缕缕风前思,疏影萧萧月下魂。之下有之东晋事,西林分付种儿孙。

石湖梅谱不须删,尽作龙鳞雪里攀。万国寒光能索笑,一枝冷色莫嘲悭。何人种出源头水? 自此移归少室山。好向西湖处士话,先春远胜五溪蛮。

白云一片下江皋,未许凡葩带雪桃。茅舍凄凉仍肮脏,玉堂富贵绝牢骚。鹿知长岁亲报足,鹤愧无香自拔毛。岭峤芳菲难画处,吟残何逊适相遭!

黄昏怅恨月参横,雪照孤窗息短檠。天地无私巢父洁,冰霜其操伯夷清。影侵纸帐我偕老,香绕柴扉谁写生?蝴蝶梦残双眼白,杖藜朗朗玉山行。

记异

六月一日大风起,潮门殷殷雷相似。或云夜半天河倾,平地波涛丈二驶。哀哉梦中逐鱼鳖,雄波出没无乾坤。降此灾兮天冥冥,遭此劫兮万生灵。前年四郊啾野鬼,今日云何尸逐萍。上官闻之心胆惊,伦离啜泣动朝廷。志记万历乙亥庚,风潮两作庐浮溟。百姓听兹愈不宁,痛呼父母边海生。莫敢万里雄涛争,腐此身腹嚼鱼精。呜呼怀山与襄陵,尧时洪水滔天兴。自在吾君与吾相,薄赋轻徭户口增。予年五八丙子称,洒笔记异灾氛应。海不扬波太和征,人定自然天不胜。

姑苏竹枝词

菱角青青蟹腹黄,蓴鲈滋味只寻常。无聊张翰思归后,吴地秋风异样香。

治平寺里雨潺湲,枫叶纷纷霜染斑。九日登高何处去?大家小户望吴山。

吴中佛寺赛民居,春昼吴娘曳锦裾。佛在西方眼倦看,翩翩蛱蝶步清虚。

花园子里卖花家,家在山塘遍卖花。真是移花接木手,株长五寸自开葩。

杨梅鸡豆藕红菱,异物苏州时见称。榜鼓清晨贩湖鲚,街头六月卖凉冰。

尖髻高冠异样新,兴朝服式变苏人。年年更改殊当事,莫诮田家学未真。

山塘七里半祠堂,塘上游人指点忙。何若五人一片石,千秋万古义声长?

瀛洲竹枝词

万里长江历泻泥,蓬莱水浅黑云低。唐朝开辟渔樵处,天赐银沙封帝闱。

横州捧檄到崇明,改镇为州功绩成。可惜桃源沧海里,渔郎识后起人争。

刮沙煎卤白逾糖,禁锢牢笼天赐场。久久通商开万灶,应教斥卤富边疆。

杨柳家家四面池,板桥鸡犬夜梭迟。篱头几种红黄色,地上棉花遍白时。

黄鱼直接海南帆,子鲝应收海圠咸。海错何穷谁最品?河豚春网更超凡。

苍苍葭色露为霜,茅屋秋风息一方。长啸横歌天地老,诗人宛在水中央。

对菊

篱菊开何晚,身当十月霜。讵因时已老,颜损古羲黄。

冬至后之吟

猎猎阴风刮地皮,坚冰一尺力回曦。乾坤有意连冬冻,日月无光向火吹。老矣百年寒病骨,酪然千日醉深卮。狂歌惊散鸦栖树,消息梅香南向枝。

送陆星舟归玉峰

与君相识只三年,未吐文心隔九天。一旦高山重琢玉,几时流水再调弦。鸥浮潮汐栖沙草,鹤纵云霞啸紫烟。六翮养成飞自远,脊令原上睹联翩。

吊张翼如

布帆无恙到云间,霜促文星陨斡山。动说百朋千里去,惊传白马素车还。他年书在儿承志,何日身归妇解颜?华表柱头终鹤语,灯帷寂寂泪潺湲。

烟波笔啸六十编诗集卷三

崇明沈寓寄庐著　孙丕源曾孙奕董校刊　奕蔦奕范奕苏奕夔奕万奕葛

长洲沈德潜归愚
镇洋程穆衡迓亭　合定

劫存集自丁丑至壬午

丁丑二日吟丁丑

瘦年人半旧衣裳，瑞气新凝屋粉妆。万国岁归丁丑历，三阳日凛甲寅霜。池头冰合人行镜，树顶风和鸟拂床。宅畔几枝梅破腊，同昌传种辟寒香。

酬童相如见寄

我自安偕隐，君今正壮年。碧空玄鹤啸，沧海白鸥眠。日月催人易，风云不我怜。精神须抖擞，翮劲自冲天。

四月二日午中药毒犬毙，夜半数窃儿挖入，惊骇邻里慰问

没屋蓬蒿月一方，及肩墙少绝珍藏。青毡旧物渠无用，莫认寒家金错囊。

烟波行 招仆卯也

傍我烟波千里行，盲风怪雨共生平。汝今何事轻身往，忘记今年学种秔。

学古

半学王孺仲，半学庞德公。十亩地种棉，十亩田耕穜。古人志非偏，食力享余年。省已少乞怜，实以之自全。道德可高身，文章贵本真。如向云端坐，下视六合尘。世途只趋炎，常被烈火爔。有时冰山消，余波忽涵淹。人无大力量，何敢云斡旋？乾坤多缺陷，小贤让大贤。富贵不可求，执鞭圣诫严。从我所好尚，颜子陋巷潜。

自铭

古人不如意，十事常八九。我其奈之何，平心以自守。黄昏急难晓，白日乌云绕。风雨不可期，日月常皎皎。此心盟之天，兹道自昔然。善恶在人间，张目看年年。敢谓斯世颠，公论出后贤。试观两庑边，卫道者必传。富贵一时炫，任性招殃愆。贫贱莫衰志，鄙向人乞怜。往往学问人，穷至老而坚。所以常不跌，吾以之细镂。

同蓼洲过抑庵

葵花谢过荒三径，菊朵将开满腹诗。二十里遥心是印，一千年后世皆知。总期不愧古人学，惟望相成今日师。漉酒葛巾各带得，渊明风味

想如斯。

李蓼洲、施上铨同过朱任远观荷花

朱家池子习池同,竟日流连对碧空。棋局琴樽随意去,不知六月只吟风。

遥同抑庵、蓼洲赋荷花

弗染淤泥君子花,亭亭碧水带烟霞。人间不信有仙色,河上多应种此葩。绿盖羞称五品贵,红衣笑尽六郎奢。濂溪一见深相爱,香起南风暑月槎。

重九前一日,抑庵、蓼洲、家孟暨予宿襄周,约过黄圣律园,登玉屏山览眺同赋

雨收云散北风寒,鹿走龙眠大路干。紫竹篱边花已醉,玉屏山上海当观。士龙有兴还同往,叔度何妨不问看。叠叠丹枫重九到,悠悠沧溟古今宽。

复次抑庵韵赋

玉屏携手踏芳尘,绿橘黄橙赛紫尊。篱下三秋花作主,云中一字雁来宾。盈园霜叶俱非旧,满眼红枫不是春。若使龙山佳兴在,今人何见异前人。

篱下吟

三赋菊花也

秋来三径尽黄封,彭泽无心归兴浓。从此不须观芍药,自今何必种

芙蓉。霜天醉舞诗神远,月夜清吟世事慵。千古篱边谁物色,篮舆莫用只揩筇。

东篱香绕北窗书,老圃秋容隐者居。茎透三春知梗概,花开九日报琼琚。当生西土宜同蒋,若种南州定配徐。徒想义黄怀二仲,萧然独立节何如。

秋望城南香满畦,黄花一夜肃霜齐。风摇逸韵霞光集,眼醉英姿月影低。每集高人看雅淡,不招春蝶到痴迷。陶家三径栽常遍,我欲寻踪一杖藜。

著处疏篱勿买山,古今高隐每追攀。色摇松径风云地,香透柴门造化关。佳节初开人有咏,傲霜不种士无颜。试观十亩为桑者,茅屋秋风花自闲。

金风数阵野云飘,知是篱头黄色娇。暮景芳华真独赏,秋霜严惮不同消。百杯对饮歌边腹,五斗辞归笑沉腰。高节凛然惊倜傥,莫将余态比妖韶。

幽香逸韵殿秋寻,哀雁南飞急暮砧。九月征衣闺妇泪,六阴劲节菊花心。家家荒径开高下,种种芳容露浅深。雨洒风飘经几许,悠然闲雅动人吟。

立春闲望

紫气盈天下,春风竞物华。乾坤无限事,春意首梅花。

牡丹后曲戊寅

一年一度洛阳游,百宝栏杆一捻求。终惜春光难绊住,花容落地自生愁。

芒种歌

蛙鼓纵横闹,农功高下忙。朝廷新令到,四月缓征粮。

归安施函山过访 丙子贤书,癸未成进士

沧溟芦滨一草芦,钓竿终老作耕渔。自知日月行高照,谁向蓬蒿慰索居。千里仙舟瀛海地,一缄红纸孝廉书。殷勤道貌深相许,潦倒粗疏倡荷锄。

芍药吟

广陵种出绝繁华,红叶黄腰宰相花。笑落人间倾国色,羞开天下一春葩。谁云近侍围金带,何处芳尘接绛霞？五六万株真艳剧,锦亭宴会赠非夸。

十亩之间

十亩之间此一人,恶衣恶食早忘贫。管宁君相躬难致,王霸妻孥事逼真。杨柳门开书幌碧,梅花径塞墨池银。他年老死文章在,东海清风近逸民。

四月二十八日吟

梅雨梅风岁庶几,年华依旧世情非。一官罢任民怀德,二麦登场树正肥。鸟韵换来人去静,葵花开遍径含辉。文心诗思驱长夏,凭却炎炎乌影飞。

与兄

雄波当万里,一望海天空。如此中流处,何人三径风。乾坤开别境,兄弟作闲翁。春水桃花落,文章付大通。

所居阆苑处,四际缈云烟。海阔疑无地,波高似著天。微舟难问

渡,有路可登仙。日出扶桑国,我将一往焉。

哭宋聚揆

如此三伏天,两肘忽肌粟。陡闻吾友亡,声断不能续。吐精呕血文,云何命运促。强仕正有为,百身亦当赎。君作我独晓,我作君能读。相视作知己,惊雀无全目。驹过十七年,人世戏征逐。惊天动地才,腐草与朽木。兼之室家贫,百万挎蒱速。器度殊慨慷,宜尔晚受福。而竟不汗死,妻少母老哭。书中误至极,不得黄金屋。即欲告之故,知与无知隔。问书连呼母,自恨在易簀。呜呼死焉知?死亦须明白。生前心了了,死则喉扞格。虽有无穷语,到此失魂魄。死痛从是已,生痛过时益。哀哉真哀哉!可惜足可惜!什百千万中,何来谛圣脉?

君子行

君子有始终,所以宁固穷。无称疾没世,立言表微躬。濂溪太极说,横渠亦正蒙。同父徒步感,志存遗传中。起莘与有益,书法发明崇。古人老山林,清响振松风。入世能有为,出世在有守。亦知《梁父吟》,自具捧天手。若无风雪访,定有以不朽。仰彼白云生,悠悠天地久。

君子有所思行

君子何所思,而以有为辞。功名非所急,学问是图维。圣人以九训,处事再无疑。三都缔十稔,一赋太冲靡。君子何所思,思诚毋自欺。此之谓慎独,左右自咸宜。

圣人行

圣人无巨细,经权两得之。有德又有位,尧舜在今时。何世不可古,何风不可移。天地平成盛,一德一心推。可惜八股业,皮肤出胚胎。大风扫冥濛,真学得再来。民之大愿欤,天实为之哉!蕴隆虫虫日,竟日望云雷。

时世行

一言若破的,何必在读书。遥遥二千载,践念如堪舆。民人与社稷,为宰之学欤。仕而优则学,其心已谦虚。可惜教子弟,商贾早赢余。捐获一命荣,三倍待宝储。否则一跌失,罄身似釜鱼。借问当年事,贾谊几欷歔堪,天道。与,地道。

河隄行者指予居曰"青青者菘耶,何早也",口酬一绝

淡黄杨柳白云齐,妆点幽人堡北栖。霜未落时菘未长,青青芦菔板桥西。

九日六十吟

六十又重阳,十年归故乡。黄花开一径,白酒下三觞。弦月昏相照,秋空景独凉。山妻菘种罢,笑对老夫狂。

一望

一望西林秃,寒气冲南屋。前人杳不见,后来惟我独。闭门理槲柮,潜首蹲毛褐。日落风浒浒,竹丛鸟激聒。我其幭被好休歇,荆妻作糜色忽勃。君不见,金城赵充国,七十经营十二策,霜刀刮地木皮冰,朔雪沙漠千里白。

小除慰劳

我年六十度，雅有文章慕。不学苏老泉，踆踆献当路。且自欣有子，堪入渊明五。虽然不好书，堪与作俦伍。字只记姓名，不考文并武。昔人重大节，忠孝出愚鲁。用是耕十亩，高曾守规矩。儿孙食旧德，貌古心又古。呜呼东海来，世传十六谱。自宋迄明季，五百年兹土。想作避秦人，九原怀我祖。区区小乾坤，姓字高村坞。虽无大显者，未曾开怨府。我今亦老矣，居恒感李杜。诗人胡结局，不及一田父。死徙无出乡，岁时慰作苦。

题公掌弟画图

数枝柳树藏烟色，一片苔矶露石痕。渔羡水寒还未钓，八哥身倦亦无言。寂寥人境知何地，艳冶春花不见村。欲问陶家门第在，转湾可想有桃源。

立春吟 己卯

催春信何急，四日尽东风。顿解乾坤冻，方知造化功。柘梅白吐色，垂柳碧含空。万物怡然动，微禽声息通。

暮春吟

锦绣春光风雨浓，故宫麦秀草纤茸。烟寒杨柳莺莺懒，云冷池塘燕燕慵。有象江南劳帝问，无波海上慰雷封。天阊昨夜颁晴诏，谷雨花开赏九重。

蜂𰠝蝶恋艳芳菲，是处园林红紫肥。听绝寒鸦霜哑哑，见多社燕柳飞飞。太和宇宙人心暖，竞秀山川花萼辉。挈榼提壶任意赏，眼前明媚尽生机。

乾坤万物待春齐,春雨春风万物迷。在路闲花率意放,得枝野鸟尽情啼。芳园斗草寻金谷,曲水流觞步会稽。何处名山不车马,纷纷狼籍作香泥。

春水春山气自佳,流红点翠踏青鞋。每思此际游何处,常念当生乐有涯。烂醉落花人适志,品题尽日我忘怀。幕天席地狂歌笑,百岁风光任泰阶。

花到春深尽意看,春花能解尽情欢。英雄好色怀萱草,富贵骄人赏牡丹。幽涧含芳谁顾盼,断山吐秀自盘桓。素王缘是伤琴操,沉醉蓬蒿赋木兰。

鸟啼花笑水潺湲,日暮游人兴未还。如醉如痴蝴蝶梦,为云为雨鹓鸰颜。鹤归海北巢仙县,龙向江南出帝闲。阛市婆娑倾处会,光风霁月啸柴关。

管弦处处载春醪,蝾蠃蜾蛉视二豪。旷达古人红雨醉,风流时世白云翱。花茵斗草三千出,叶幄分阄一百遭。君子行成知命赋,清平调绝郁轮袍。

参差茅屋覆烟萝,花事芬芳安乐窝。独自吟诗率性往,何人载酒论心过?贱贫乐岁三春色,富贵流年一织梭。发育韶光看渐次,啣杯细咏到微酡。

万物英华溜五阳,普天乐事举千觞。招邀世上欢呼饮,消遣人间笑语香。廊庙殷忧应有范,江湖独钓岂无庄?一犁春雨烟霞志,长啸风花日月光。

郊园春醉集群英,处处酣歌黄鸟声。纵使天心艰步日,仍多风色艳阳情。溪花野草晴含笑,岸柳村桑路送行。颜巷一箪凭我老,遥吟微唱白鸥盟。

日丽风和扑鼻馨,茂林修竹仿兰亭。胜来虎阜池边玩,似向山阴道上经。菘韭满园芳粝饭,蓬蒿没屋乐瀴溟。素心疑义谁相析?陈迹当年唤不醒。

岁转青春白发增,忽云暮矣屡晨兴。寻常酹酒催斑鬓,次第看花到紫藤。景物岂因人不老,时光适与我如恒。汀兰沅芷诗题遍,船过潇湘记昔曾。

乾坤美景属春秋，春气充和秋气愁。狂士一经先圣叹，拘儒尽作暮春游。蕨薇并采歌时物，童冠偕行咏陌头。胸次须成天地浩，何妨我道付沧洲。

六朝文献在江南，水秀山清草木酣。古道疏通车马过，春花艳丽帝王探。高人几辈谈风月，游女三宫访茧蚕。往往农耕休力暇，陇头麓足拾遗簪。

闲闲春昼早钩帘，香透东风醒宋纤。满地落花巢燕啄，绕庭舞絮野蜂粘。人心向正方知暖，天道持平渐入炎。叠嶂烟江俱可画，有谁学得老夫潜？

迟日官家泛锦帆，苏杭花草尽加衔。六宫春色飞行在，万里薰风奏大咸。禹甸畇畇环麦浪，尧封荡荡锁民岩。鱼监惜靳高宗梦，尚未回銮访传岩。

索居

晴沙浅渚少风波，十载归来自短歌。室有孤梅枯久矣，邻无二仲恨如何！蝉声朝暮先生柳，花影春秋隐者窝。近日高天忘暑雨，晓潮晚汐大通河。

秋夜吟

促织一何急，蒹葭白露肥。伊人夜分醒，嘱妇补荷衣。
月印西窗白，谁知夜半过。世人多在梦，忘却月如何！

重经己卯吟

重经己卯足三冬，十六吟诗六十侬。天下何人歌去凤，海中此老学蟠龙。秋归蓬岛悠悠菊，霜落方壶远远松。自笑无能随世混，无知无识白云从。

重经己卯故乡归，茅作云栖荆作扉。三径苍苔凝屐瘦，一园黄叶带烟肥。眠听鸟雀通身懒,起嚼诗书满腹酾。只此消闲供我老,时怜涕泣卧牛衣。

重经己卯慕唐虞,乐道躬耕隐海隅。将谓暮年安此志,敢云早岁献当涂。诛锄青草根皆拔,调养黄花叶并敷。霜露清秋犹自傲,巢由篱畔叫提胡。

重经己卯问生涯,风月无边春满怀。守此百年行止得,干人一日是非垂。木瓜寡味藏箱馥,甘蔗多渣老境佳。衣锦丰诗歌尚絅,伯鸾偕隐有荆钗。

重经己卯理风骚,鹈鹤云霄和九皋。当作千秋称志士,敢言一世慕诗豪。浮云富贵无他念,淡月清虚是我遭。楼阁重重俱不问,绿杨飘处武陵桃。

重经己卯任徜徉,千古文章异代香。只怕同人生活老,何妨出自己裁良。波清杜若鸥三沐,露白蒹葭月一方。秋水灌河盈处处,伊人笑对暮云狂。

重经己卯入沧溟,鲲化秋风海运灵。失学古今俱腐草,此身天地一浮萍。雨余袯襫耕王霸,月过藜床啸管宁。荣辱不沾凭甲子,菊花晚节傲霜龄。

重经己卯玉壶冰,苟且功名老未能。霜傲东篱花似我,云钩西极月为朋。仲尼素志春秋在,元亮平生甲子征。道大难容终返鲁,深思狂简叹无恒。

重经己卯苇编帘,甲第连云茅挂檐。若说世情霄视壤,如言我志肉无盐。半天秋月凭空弄,满地霜花秃笔拈。东海优游谁物色?丝纶收起老夫潜。

重经己卯独锄芟,沮溺何人共苦咸?细雨长途多汗马,雄波大海有风帆。晓眠春晚听林鸟,昼步秋初换葛衫。闲熟诗书千古目,胸中了了圣和凡。

人生天地歌

天高地远,人生万万。何以处之?五行约券。五谷是资,五常作宪。诗书笃训，文明中建。维此圣人，地平天成。维彼小人，东纵西横。天若听之，地亦谁何？元会运世，不息干戈。呜呼人生，何以至此！唐虞可帝，巢许不仕。

次和早春呈同人

天地絪缊春气来，枝枝雪绽旧年栽。隋堤缓问千条柳，吴苑光寻一朵梅。惟我好歌只自放，诸君妙咏为谁催？刘庞拟结庐山社，次第庚辰花下杯。

人日吟庚辰

六十二年人世间，年年人日自闲闲。喜无半职忧当宁，羡有全身乐故山。带雨呼僮栽早韭，避风唤婢掩前关。拟将谒墓攀松柏，搔首吟诗叹发斑。

上元雷雨冀晴

日月阴沈度岁朝，霏霏雷雨遇元宵。海枯石烂人心死，地坼天倾世事消。眼底生花看火树，耳边斗曲度虹桥。寰间处处儿童戏，挝鼓敲锣混市朝。

二月

白梅才过眼，红杏又当春。处处十分色，年年二月新。乾坤一丕变，草木尽通神。从古文章重，观兹可悟真。

朱羽采过访

村居无一事，谢屐远劳探。想见春花笑，因为古道谈。晤言成野猎，留迹表茅庵。此去思增渴，依依柳影潭。

酬王涧修原韵

酬倡当年觞故人，重临绛帐赠阳春。烟霞才士常怀旧，草野狂夫不羡新。尚白玄经同素节，踏青紫陌共红尘。春风和畅天葩笑，沉醉陶家漉酒巾故人谓惕斋。

咏史得邴根矩

汉朝名士说平阳，比管卑歆千古芳。云鹤回风知用舍，人龙避雨识行藏。无求曹魏惭文若，不赴公孙敬彦方。读到亡刘三国史，几能节操凛冰霜。

课农

农家四月无工夫，早土宜花麦秋至。一刻千金换不来，欲雨难料梅黄事。从古上农食九人，我无百亩八之二。家有僮仆三五辈，未晓耕田惯锄地。壮泛烟波老归乡，先畴当服白华庄。恐隳旧业改家常，即此没世歌徜徉。歌徜徉，坐草堂。计功食力自主张，天地从来不亏忙。劳苦斗酒伏腊尝，岁取三百满仓箱。

次酬王涧修见访，悠然有作韵

劳作烟波客，归来卧草堂。四围绿树荫，不啻白云乡。有客有客来，入门见元常。云是虞山叟，风雅语琳琅。相与述盘古，葛天暨轩唐。云去当空净，风徐夏日长。开口一笑起，尔我俱两忘。

秋初佑人叔筵会，叔侄辈自十二世至十七世，感咏

绿杨面面绕城南,有竹人家一望谙。藏着古风怀旧德,照来秋月动高谈。岐山帝子功留相,丰水人君位上男。受姓平舆千百世,长江尽处接龙潭。

碧天风月动清秋,筵会长沙递酒筹。昭穆同宗稽谱牒,尊卑古道定源流。但知勾曲传都统,不晓平舆封列侯。叔侄尽欢无过醉,予将一一溯前头。

波涨银津驾鹊桥,双星会合在云霄。何年传出天边事？此日齐看河上潮。历历素榆非邂逅,飘飘丹桂好逍遥。寒家叔侄停杯望,秋月长空唱沆寥时当七夕。

行苇初歌既饱酬,我家叔侄倡沧洲。竹林丝管摇风月,莲渚壶觞动斗牛。色映紫薇人醉面,颜拖棠棣我搔头。东篱更有黄花会,笑指云天万里秋。

将访少隐

中秋月出海云飞,独渡江南世事非。如约十年怀石友,此行千里扣岩扉。河干待涨金风拂,山邑迟明玉露晞。望见峰头犹面在,晓星欲灭野烟微。

重晤少隐

故里依然胥水西,故人家在太湖隄。春波旧阁青编锁,秋冰闲亭白鹭栖。既见心降收雪泪,相思人远复鹃啼。他乡五十年无恙,白尽头颅事不齐。

送少隐还洛

桂树丛生山径凉,何人隐此姓名香?自离洛水春秋异,每觉湖山日月长。故道重回城郭是,旧交谁在梦魂忘?分明刘阮天台出,隔世衣裳草木芳。

五囊明训挈家回,故国重归问劫灰。到底此山心愿拂,出头何日笑谈开?他乡吟在千秋业,偕隐歌成三世才。洛水瀛波隔万里,好将后事寄方来。

至玉峰

庚辰秋度鹿城来,憺以名园桂又开。白鹤云间声不鼓,青骢吴下法如雷。旧交再会衣裳肃,樊圃重游门第哀。世事风波方未定,玉峰残照碧云颓。

鹿城晤梅雪村

玉峰晤对又三秋,君只如斯我白头。逝水年华知己感,停云事业古人留。文章有命骑黄鹤,富贵何心狎海鸥。昔日旧交魂梦织,重依桂树话风流。

再上姑苏,送少隐

初来鹿邑新枫色,再上尧峰旧雨声。碧水千重五湖下,一人独见万山横。西园旧侣多凋丧,北地良朋又送行。五十余年浮世叹,往来不惮故交情。

秋思思我今日,亦当归也。

蟹肥鲈美正三秋,二十垂纶六十周。不敢告人终有命,何须怨己总无求。儿忘纸笔高元亮,孙好车轮薄太丘。篱落东边菊已放,早为归计整田畴。

九月十五登马鞍山

连雨晴初昼,登高九月中。云开四野日,松响一城风。石磴逢朋坐,禅房信足通。僧家惯来往,自去作空空。

独坐巢云阁,悠然在上方。心空天地别,境绝古今忘。卷石高何极,苍松早自凉。清花通一盏,日午冷衣裳。

观棋

混沌乾坤黑白踪,九州分野觅尧封。先机一着传盘古,枉说纵横独眼龙。

大寒日,涧亭、佑君、宪人、岐来集茅斋话旧,欣然起吟

雨淹雪积大寒天,屐没泥涂聚旧年。蔓草继歌欣有美,嘉鱼欲咏愧非筵。晋朝旷达文章在,洛社风流诗赋传。他日集成贻后语,竹林寂寂笑群贤。

寄怀旧友

满目芦花东海滨,退耕堡北遂沉沦。织帘自问余生业,遗草谁怜异地春?杏苑花开人醉面,竹篱风入我潜身。公余若念茅庐老,早韭秋菘

莫厌频。

辛巳二日 辛巳

风息池塘夜半冰,余寒霜重被还增。迟迟始旭舒身卧,肃肃重裘拜岁兴。雨久放晴人整顿,春归开霁鸟骞腾。东皇旧有三阳令,今日乾坤万里澄。

次赠汝兰原唱

千里关山一叶舟,来何欢适去何愁。难将知己抛三月,易获同心到九州。阴雨已消云渐破,春花欲笑路相投。鲲游鹏化逍遥境,莫认庄生说缪悠。

夏日,涧亭惠一扇,书诗十二章,次韵答之

吟哦自幼仿庭坚,到老难工一粲然。点检身心何地去,白云岭上自怡篇。

鹏化天池万里搏,蓬莱阴雨玉楼寒。扶桑云里中天日,坐破藜床管幼安。

轩冕于人似傥来,偶然弋获两眉开。何如竹簟南风坐,手拍蒲葵咏绿槐。

谁为名世当三代?人物清风第一流。树树禽声声万古,时时花放放千秋。

吾道吟

吾道何人晓?斯文未易传。六经垂大业,百世诵遗编。苗勃如时雨,薪留不夜天。老农娴五谷,礼义尽情田。

和题聆音竹歌

竹曰聆音者,音从中来而聆之也。朱君晋侯名其座曰陆舫,槛之外植竹数竿,摇曳多风。涧亭王先生闻而歌之,付晋侯黏之壁为管弦声助,复掷予和其歌云。

君不见,员丘虞帝竹,取其一节堪为船。又不见,渭川千亩竹,游于其间莫测天。噫嘻!短长丛森遍秦阡。自古及今,心虚节见焉坡公,无肉一喻爱愈坚。墙东窗北,萧萧几竿韵可怜。沛国人家今亦然,陆地为舟时扣舷。勿因嚣尘拘俗牵,勿因湫隘局地偏。清风飒至舞轩前,香消茶熟人未眠。声传淅沥变云烟,征音慨慷倾耳边。我常坐此,日落尚留连。歌赠此君,昼夜和管弦。和管弦,缥缈降飞仙。明月照婵娟,影动水晶帘。无风波处,丝竹自年年。

人间篇

人间本无人,有亦人难识。所以山林处,劳苦甘食力。凤凰天高旷,麒麟路逼侧。翱翔千仞飞,躑躅野农得。自古恒叹息,胡今咎澜濒。白鸥波泛泛,少为人物色。智者多乐水,仁者笼八极。天地何尽藏,生人重学殖。勿为斯世拘,道德固难弋。相与磨厉须,二三友朋式。此去任自然,完我年数戾。保必问当涂,岐路至大惑。

立冬

吸呷西风荡古林,叶飞枝舞似何音?谅非正始遗三代,大是函胡起六阴。天道好还人细看,世情多变我长吟。乾坤撩乱寒云织,气敛霜高咽暮砧。《吴都赋》"飒雪吸呷"。

步蓼洲起一句和

风月乾坤诗酒人,心知万物可经纶。草摇南国两重雨,花笑西林一点春。世事棋枯难着手,时寒醪涩易沾唇。山巅水际闲云过,浪士凭呼物外身。

风月乾坤诗酒人,爱花惜草百年身。娇红遭雨同悲凤,嫩绿膺锄并泣麟。昼短自然日影促,夜长终属梦魂频。生来如是何须较,只合酣酣作逸民。

腊日,天都王鸣和、虞山王涧修赋别

风流竞爽肃行窝,腊酒金花怅晚过。游子一帆归古道,同人五夜赋骊歌。黄山秋日薰兰芷,乌目春云护薜萝。蓬岛十洲仙迹近,蒹葭雪浪唱沧波。

次和王嘉客重九
句首八音韵脚:溪、西、鸡、齐、啼。壬午

金声满树落青溪,石室何人住瀼西?丝管秋风唳野鹤,竹篱晓月叫寒鸡。匏倾浊酒浇胸快,土采香荑插鬓齐。革尽世情携手看,木黄枫赤乱禽啼。

金川门望浣花溪,石矗云岩夔府西。丝雨重阳悲独鸟,竹林千古笑群鸡。匏悬宿酒龙山兴,土变秋霜枫叶齐。《革卦》明时思豹蔚,木天上苑凤凰啼。

火后吟

《一炬歌》叙曰:时在十二月二十四日夜,是月十九立春,论年则壬午,论时则癸未。我之诗火失大半,以是夜之前为《劫存集》,

是夜之后为《又生集》。然时不敌年,火后诗十七首,仍绾壬午编,附《劫存集》。

烧尽白华一草堂,天何警我任猖狂。还思运蹇三冬足,故欲名留千古香。至死心恬难委数,平生口赣易招殃。河干偕隐闲闲老,祸福无常自有常。

五十年成一火空,西游事业付诸东。他年死后收图籍,今日生前整桂丛。竹树依然禽鸟息,田园无恙麦禾丰。荆钗莫虑难裙布,十亩棉花秋后功。

烟波笔啸六十编诗集卷四

崇明沈寓寄庐著　孙丕源曾孙奕董校刊

奕蔦
奕范
奕苏
奕夔
奕万
奕葛

长洲沈德潜归愚合定
镇洋程穆衡迓亭合定

又生集自癸未至戊子

贻金山夫癸未

老成凋谢问春波,共学尧峰业薜萝。天各一方书岁月,志同千古赋阴何。烧残诗草灰留劫,参透心胸日有歌。不识从今年几许,高山流水好音多。

燕剪

差池好样出昭阳,度锦裁云旦昼忙。谢氏乌衣传古巷,班家紫颔赐戎行。秋风掠尽劳双干,春雨经多露两铓。何必并州称杜甫,斜飞轻掷效吴娘。

蝶板

款款花丛两扇摇,歌筵细管助逍遥。虽无音节梨园曲,也有形传帝女箫。梦入庄周停象拍,诗成谢逸舞云翘。东墙绰约轻轻度,全为偷香息碧寥。

和南溪《小隐图》原韵

南溪溪畔柳千树,箕坐绿阴理钓竿。水面芙蕖香十里,何人来访隔溪看？南溪,小隐王鱼山隐处。

小隐山林记草青,此心不愧草堂灵。诗中有画王摩诘,画出南溪放鹤亭。画南溪图,倡和诗者,王安节也。

倪见五嘱次原韵,和许丹墀半舫斋

烟波万状我曾游,明月清风无定舟。诗调江山常自笑,文章潮海向谁投？孤城半艇联舺咏,独树闲云护藦收。去住何心宜有爱,清凉肯许唱庭秋。

次王涧亭过访,采又生诗稿 甲申

《又生集》,予壬午劫火后诗稿也。甲申二月间,涧亭王先生采隐逸遗诗过访,投句曰:"一别迢遥忽二年,登堂邂阔续前缘。烟波抱负常如此,李杜文章只自然。高隐每藏经世学,旷怀不注养生篇。夜来对饮还同榻,采得新诗海内传。"随次以报。

幽栖辙迹绝经年,与世无干亦断缘。自笑一生何乃尔,君来千里复欣然。文章道丧惭多著,学问人怜剩几篇。一炬咸阳烧已尽,散收朋友付梨传。涧亭曰:从又生落想,妙在移不动他人身上,揣摩之工也,老手何疑。入海阳襄十六年,门无车马绝尘缘。清泉白石诚高矣,苦雨酸风亦冷然。涧亭宿我门,无窗楣,风雨连日,相对冷然。道大乾坤桃李色,身闲湖海蓼莪篇。遗风余韵堪悲叹,经纬文章今古传。

春日过梅坞

去来三十里,衣染一身香。梅子莺含碧,菘花蜂采黄。偶因他事过,独吐我心狂。百草闲人斗,谁为压众芳?

清明日,同施裕昆应袁子兼招

佳节桃源兴,渔舟话故人。不知何世界,且喜转阳春。五柳门前色,三山海上邻。蓬壶如可问,携手百年身。

上巳日

桃李扶春兴,文章贵大家。乾坤才在野,今古色流霞。双目乘时玩,群英接踵夸。谁知混日月,零落视蓬麻?

春日与蓼洲对酌,口占

海上风光共九春,梅花渐老鬓边新。偷闲常话风流事,惟有山林诗酒频。

发自城南门港

春潮半日白茅滩,浪阔天空云树寒。回首战帆金鼓远,伏波横海旧登坛。是日穆镇帅水操船进白茅,即五梅公失陷处。

早过虞山访涧亭不及

依依春梦叩虞山,春雨霏霏认故湾。岩下故人眠未起,云深一棹叹空还。

发自姑苏,时偕谢楚材逢陈书升早过浒墅

同人相遇买吴船,早发姑苏第一关。击枻征人无用问,文章满腹向庐山。

云阳道上

骡骑纷纭从白土,舟航络绎过黄泥。三吴千古云阳道,水陆风尘日又西。白土、黄泥皆驿汛地名。

泊纱帽洲

夜泊长江望斗牛,星光彻夜映江流。行人莫话衣冠事,芦荻青青纱帽洲。

泊石城门

月白风清望石头,山空水阔帝王州。英雄妄识兴亡事,虎踞龙蟠叹仲谋。

春日江行

绿水无边人渺渺,白云有际草萋萋。潮生春雨一江阔,风起杨花两岸迷。

泊针鱼嘴

恨不东风向翠萝,江潭星斗下清波。针鱼嘴上留诗记,好付长年作棹歌。

长江阻风

五两南风作石尤,行人浪泊鲫鱼洲。楚江一望天门断,满眼芦芽相对愁。

江行雨望

青青采石又浮屠,瞥过梁山向小姑。昨暮乌云接白日,一帆风雨到芜湖。

泊教化洲

落落茅檐觅酒篘,波头活计问东流。太平三辅还思旧,风俗堪怜教化洲。

登瓣子矶

无愧金焦瓣子矶,惜无好事发山辉。何年叠作江心阁,万里晴光一片微?

江上行

千丈洪流万叠山,古今设险锁重关。雪消春汛桃花涨,十日东风过九湾。

南陵阻风

南陵主者谅能诗,故遣南风终日吹。十里苍崖留一语,山高水远好相思。

至铜陵

常山十里到铜陵,苍壁红崖莫敢升。六洞神仙杳不见,桃花水涨几鱼罾。

题铜陵县

山空江阔一城隈,万里商帆风去回。试问县君何事业?苍鹰白鸟暮云来。

题杨山矶

百丈红崖挂翠萝,千寻白浪卷洪波。江间帆影山头担,赛看云林笔意多。

登大观楼池阳南门

池上巍巍一大观,层山叠水好槃桓。云霞深处仙人迹,杨柳湾头隐者竿。襟带九江分地脉,股肱三辅锁波澜。青青不改天南色,谁镇南邦策治安?

池阳登吴山,适学使者校武

秀山门外上吴峰,境地清凉树郁葱。铁佛寺中香火断,杏花村里酒杯空。前人不识我怀古,后日何知有采风。一代文章夸示武,马嘶芳草绿丛丛。秀山门,城西门也。

池阳怀古

岭望石头锐,波观池口纹。桥环七洞水,城接万峰云。秋浦歌成独,齐山韵不群。千年怀古者,信宿咏余曛。

石桥观岚

盆雨风初散,晴岚天半飞。石桥吾倚看,谁画一图归?

通济桥观涨

雷雨中宵下,秋波涨几分。舟争石洞去,玉镜散微纹_{秋波,秋浦之波}。

从长江回棹

日思息处问柴扉,时爱遨游历翠微。两岸青山留我在,一江碧水送人归。

还宿清水沟

风雨悠然至,还临清水沟。更深弦管处,法曲播邻舟。世事辘轳转,琵琶江上声。从来怕人耳,蒙被过三更。

清水河记程

一帆清水向高淳,两桨轻舟送远人。昼过黄池四十里,树分两县斗门春。河南宣城,河北当涂。

过东坝

两坝功成一水平,上从清水下从荆。前朝功绩何人最?世远忘祠没姓名。

过南渡桥

阴雨飞飞暮又朝,扁舟水际望云霄。中原沦丧千秋恨,羞见人称南渡桥。

风雨度宜兴

斜风密雨度宜兴,烟树云城气郁蒸。山有铜官湖有氿,空怀阳羡向人称。

经青溪留榻侄孙驾三司署

偶遇青溪访九峰,还临冷署问从容。当年书院浑无恙,濂洛文章千古宗。

烟波行

泛海浮江历五湖,烟空波阔似蓬壶。云林画史今何在?长啸扁舟第一图。

吊梅振之,兼访雪村不值

幕白堂空双桂闲,清尘满座泪痕斑。三年存问常言老,一日归休不畏艰。有客悼亡临此地,伊人学海在他山。江南春调几曾和,谁会开笼放白鹇?

访朱云樵,因雨不果

屡向西冈望石湖,连旬风雨在姑苏。每怀三寿文章序,堪叹重阳诗酒徒。隔几造君当乞巧,临行赠我更传呼。几番笺素归回禄,搔首青天问有无。

逢王鸣珂

四十年华转眄间,甫桥重聚发斑斑。相逢不尽平生话,各别难知自后颜。沧海东归波渺渺,青峰西望石闲闲。何时再会如今日,无限烟霞兴往还?

同金古农访其弟古民,值贵介辈行在座

转寻花坞访心朋,三径重开护紫藤。画室香飘熏玉案,荷池水涨试鱼罾。风流江左时相聚,朴簌河干老自憎。偶向金阊门第问,终身韦布愧无能。

题沧浪亭

乾坤何处不沧浪,茂苑城南旧迹香。半水横开通百泒,一亭高耸荫千章。情闲郡伯清流谱,政暇都公销暑觞。戚里已亡僧塔改,才人胜地两相当。

不朽苏公赖此亭,沧浪孺子迄今称。风摇老树欹还立,雨打浮萍散又凝。梵呗栖禅南宋变,文章结社故明增。年华六百凡三换,一记相传太仆能。

读古

陶岘三舟无定波,江湖浪迹死摩诃。少年意气乾坤遍,末路风涛人世多。提剑中原摧虎豹,把篙边海混蛟鼍。生涯有尽一回笑,白发归乡看薛萝。

十二月十三十四,穆镇台巡视堡城,代颂

拥旄沧海壮重城,邵谷诗书李郭兵。号令如山专玉节,肝肠若铁吐金声。时巡郊甸闲鸡犬,勤访人民乐鼓笙。昨夜九天加霢霂,甘棠瀛堡暂留行。

覆海上一二知己乙酉

山林岁月乐义炎,箕颖风长惯养恬。唐末梅根啸罗隐,宋兴桑径咏陶潜。蓬茅没屋何妨洁,图籍连床不害廉。他日子孙题墓道,诗人沈某有谁嫌?

登金鳌山春眺

独上金鳌顾八垓,云间望断望徂徕。雪消蜀水天门下,海涨春潮蓬岛来。野树离离含夕照,江帆远远逗风开。东城细柳增旗色,谁为封疆门户栽?时镇宪穆种杨柳。

追叙

负笈云山千里游,百城烟水水胜愁。诗名《百城烟水》。天平石笋三年拜,虎阜茶声十日留。亲戚故多鸿杳杳,友朋心许鹿呦呦。当年共学人谁在?鹤市婆娑兴已秋。《百城烟水》,吴郡徐崧著。

送施宪人往姑苏

君欲姑苏住,长洲旧我家。山头多腊酒,水面半菱花。虎阜千秋月,洞庭百果霞。五湖春雨涨,放艇钓鱼虾。

自述

经济山林老,幽然一寄庐。天涯千里去,人世百年居。黄叶村多树,白华庄有鱼。沧波时启进,水涨活荷渠。

赋得一夜月明千里心

高山流水几知音,两地梅花笑越吟。我忆故乡难此夜,君看明月作何心。三年云色江南树,千里风声塞北砧。日暮相思一尊酒,长歌放却伯牙琴。

秋月怀逊洪

秋月依然照,光华处处歌。七年人不见,两地意如何?玉露凉于水,金风夜起波。三千里外路,诗思故园多。

至维扬

五至扬州路,曾唧百日舫。旧人何处去,世事与谁商?古寺开黄屋,新城锁翠妆。风华天子地,巡幸见非常。

登天宁寺三层楼远眺

重过天宁寺,登楼望四隅。柳因冬至败,城是古来芜。云树封台榭,风帆耀舳舻。邗沟依旧阔,人物换江都。

扬州怀古

六十年前事尽空,登城何必吊隋宫。梅花岭上鹃啼血,杨柳堤边鹊噪风。千古江山增感外,一朝人物可怜中。春秋记往谁簪笔,锦缆天涯萤火同。

念旧丙戌

年年秋水话南湖_{南湖,印史别号}。话尽青山共酒徒_{《青山笔记》,印史著}。三老生归陇右劲_{谓少隐兄弟},二难死去广平芜_{指亦白、位乾}。丈人石裂悲云岱_{岳翁觐宸},高士峰摧忆胗鲈_{横山辈}。若使九京真可作,山河绵邈醉黄垆。

暮春感兴

何尝醉处即为家,微恨人生落溷花。命不青田歌玉检,运当白露赋兼葭。春归漠北冲群雁,寒向云南唧尾鸦。投笔书生无计画,长沙咫尺是龙沙。

白华

<small>赋木绵也。</small>

白华皎皎,在瀛之野。生于何世?长于何夏?其不遇也,名高莲社。其若遇也,衣被天下。

皎皎白华,在农之家。生于是世,长于是沙。其不遇也,缁不能加。其若遇也,五色云霞。

白华之华,素位而行。黄中通理,天下文明。其不遇也,草野秋成。其若遇也,广被风声。

白华庄雨况

碧落锁秋阳，明蟾掩草堂。雨飞沧海窟，风动白华庄。桐泛深深色，榉空冉冉香。波骄鱼没影，声涩鸟含凉。有感人千里，何心我独觞。还留篱下酒，吟兴待坚芳。

逢金天府丁亥

相见迎晖里，情怀把臂陈。两年逢故书，一口话清贫。道貌还看昔，风光不晤春。临行重订约，许过采秋蕈。

忆香泉

躬洗香泉忆昔游，六池太子碧汤流。山高覆釜龙藏火，水下焦湖人到秋。地遍春风咏童冠，时当上世隐巢由。感怀四十年前事，明月依然啸客楼。

暮况

衰年即景渐苍凉，吉事相逢亦自伤。梦里故交多鬼录，座中新识半孙行。世情到处云浇薄，古道何人问短长？花落花开朝又暮，缗蛮声内老斜阳。

抡才侄孙馆在沟西，晚步留饮

乘闲思晚步，转足白华庄。返照林摇赤，归禽叶陨黄。径幽梁曲水，篱密路通墙。内有贫而乐，月高引话长。

题所闻 戊子

枕头寻觅陈师道,驴背推敲贾阆仙。怪道诗人名一世,半生精血费千千。

立春

霜粉凝寒色,霞丝籼霭光。素云邀北极,红日向东房。柑酒晨劳咏,辛盘夜待觞。当春犹献岁,景象识农祥。

观查山雅集

昔传陇西阁,今睹清河坟。山改当年色,世多转眼云。六浮千古石,五版一时薰。主客联觞咏,谁能不朽文?

清明日

清明桃李万家肥,挈榼提壶扫塚归。已矣九原魂寂寞,悠哉三月草芳菲。莺迁绿树啼春色,人醉红尘吊夕晖。传道疾风还甚南,晴天锦绣亦歔欷。

三春夜起

不得高宗梦,应无传说星。自看天上笑,谁道地中灵?凤鸟悲东鲁,鲲鱼混北溟。三春今又到,伴老草青青。

七十春吟

问柳寻花七十春,头童齿豁幼年身。已看城阙风云变,还步山林草木新。汉日梁鸿归故土,元时赵复作闲人。何惭俯仰终斯世,谷口耕云郑子真。

谷雨后四日风雨吟

自生斯世住斯乡,间柳栽桃春自芳。时笑渊明五斗米,日烧子固一枝香。屋低愧燕殷勤谢,水涨知鱼放纵行。风雨何来多感兴,花枝红折糁池塘。

赠天如弟

屡出雄谈惊世医,超超玄箸解人颐。何年学问乾坤试,今日文章兄弟期。道艺轩岐权一脉,心身孔孟隐三犁。精诚不泯井中史,沧海遗民千古奇。

农事吟

布谷声忙人更忙,喜晴更喜昼添长。老农午夜防风雨,唤妇遮茅又唤郎。

重次六鱼韵,酬弟天如

山林皓鬓固粗疏,世事忙忙守泰初。流水琴亡惟索和,藜床金现莫知锄。卢俞国手分神草,李杜诗肩识异书。巧固不矜拙能守,不相如处两相如。

再次四支韵,酬弟天如

世病颠狂又忌医,师经帝草坐揩颐。君臣莫辨方将错,肝肺乌知药是期。一运乾坤无石补,百年亩亩有泥犁。海滨竹里垂垂老,闻达何时敢吐奇。

葵花

蜀葵开处万千花,海外扬雄第一家。莫认草玄人似旧,迥非新室觅生涯。

三次四支韵,酬弟天如

不能良相学良医,花酒流连常捧颐。似弟十年深有得,如予百岁远无期。天涯风动诗千首,海角云蘸雨一犁。老守田园甘养拙,羡称卢扁叹神奇。

时世行

拍手一笑官人去,当时颜色何匆遽。借使今人作昔官,廉耻道在有何语?此事稚年曾记彻,此时讵是昔时节。民欤官欤闹堂阙,小儿砖瓦瓯掷雪。官乎民乎咎何别,县立千秋遭此劫。立县置官如树枭,官清民安两相悦。平反不念朝廷设,出入凭胸律例撤。莫欺海角亡愚哲,民生世道由兴灭。一行作吏王家切,为国为民非两截。公廉忘却十年书,明威莫记登堂诀。教民无术自然裂,呼应不灵又何说?杀士戮民古戒锲,妄行已见况饕餮。今日之事祸错劣,祸错劣耳目拙佞。看天子,重喉舌。公廉明,威事振。

雨思

时雨频频下,油然草木新。白华庄廿亩,艰苦懒奴身。

独吟

愁忘何必酒,兴至自成诗。少小功名绝,草茅贫贱持。烟霄鹏万里,云树月千枝。散步长林外,花香鸟语时。

读史

名宦无他诀,三言清慎勤。优游理烦剧,缓急备纷纭。威足消奸猾,明能启圣君。此身斯世重,富贵等浮云。

七十吟得《易经》,题三十章存二并序

记予六十时吟得《诗经》,题平韵三十章。缘前五十吟,得论语题三十,时有竹山、云樵和之。竹山题曰:三寿作朋,今又七十矣。竹山久老,云樵又远,知音人绝,六十吟不胜怅感,七十吟又当何如耶!

括囊

重阴世道计安身,囊括怡然独立春。远水远归无限色,深山深处不知尘。松风鼓荡歌秋浦,桂雨淋漓咏瀼滨。笼鹤时收闲自放,咎何人到誉何人。

幽人贞吉

秋水澄空一色天,幽人心事薜萝烟。山间丹桂何穷月,江上红枫不记年。坦坦独行黄鹤句,悠悠老学白云篇。中怀自有凌霄志,长啸清风素履然。

七十随口哦

老人七十不用贺,老人七十每自课。瞻前顾后古与今,几许文章遭坎坷。自喜生平与世违,自喜安分守柴扉。壮年千山万水游,不肯乞人

知者希。知者希,何可语?潜龙有志自相许,莫与嘈嘈讲钟吕。乌蛮堪叹逗寒烟,烧破茅庐六十编。白华又生《秋水篇》,何劳人间七十年。明发不寐怀二人,蓼莪竟似蔚蒿伦。清风明月绝红尘,自歌自啸乐而贫。

东孙归自江右江夏,招问

突传江夏简,招我问江西。彭蠡烟波阔,庐山云树低。我曾三度咏,孙又一经题。新府洪都壮,楼高星斗齐。

读战国

七十功名见食牛,相秦蚕食并中州。远惭尚父驱灵宝即桃林。,近逊侯生算杜邮。不谏虞君心弃旧,专攻郑国眼忘周。炭廖歌作何无信,烹伏何如投畚谋。

自吟

游涉江湖兴,归耕畎亩安。英年思盛世,迈日保严寒。老隐偕妻乐,贫高祝子欢。虽无鸡豕奉,自适两三餐。

腊尽吟

腊尽寒威尽,春归淑气归。不知风凛凛,有意日晖晖。人叹逢荒岁,我思逾古稀。枯梅先透腊,香已出柴扉。

烟波笔啸六十编诗集卷五

崇明沈寓寄庐著　孙丕源曾孙奕董校刊
奕蔫
奕范
奕苏
奕夔
奕万
奕葛

长洲沈德潜归愚
镇洋程穆衡迓亭合定

又生集_{自己丑至辛卯}

岁三日吟_{己丑}

　　簇簇霜花满地银,木棉花样十分匀。三朝岁事占加泰,百亩农夫喜不贫。麦陇青青欣有色,梅园的的羡成春。眼观淑气知丰乐,乡党相邀醉瓮醇。

岁五日吟

　　五朝霜色报年华,万里晴明乐岁夸。但愿普天歌大有,即为庶老颂亨嘉。朋情远给参军马,族谊双邀长史车。总见阳和风致转,沙隄取次探梅花。

人日吟

我年七十一,我儿亦五十。长孙二十六,曾孙三岁立。参差复五孙,习学古人则。庶不忝所生,可以重乡国。回视节隐公,历年已五百。世笃忠贞隐,迄今为沈宅。顾我有生初,时当百六厄。少年结英豪,老大耽书籍。何敢称遗逸,身作烟波客。山水万千里,江湖题半壁。梁鸿夫妇游,春杵依震泽。曾探中州马,亦递衡阳驿。慷慨筹郡邑,谈笑旌钺策。文章凌间阖,诗道云山迹。石户归来耕,阳襄入海匿。噫嘻徐孺子,到底自食力。十亩闲闲兮,嚣嚣何自得。坎坎伐檀兮,嫉妒河干色。盗焰烧不坏,鲸波浸不湿。人日聊以述,己丑编入集。

岁十四日,应西邻招,雨中陪黄宿远,忆旧喜赠

竹素堂开诗酒豪,五年寥落忆东皋。将军西席文章重,公子南窗礼数劳。故道重归思别馆,旧游常在念同袍。芳邻预约元宵会,带雨催花彻夜醪。

送人过苏州

曾住苏州三十年,一年几度故山前。涂通尽日提双屐,波隔随风棹一船。诗认旧题续吊古,人翻新饰拾遗钿。重重楼榭兴衰忽,君过城头满眼怜。

五更枕上吟

鸡窗学问暮年功,谈解何如宋处宗。每听五更啼不已,醒愚警惰胜晨钟。

初夏寻幽

早晚凭添色,南村新绿林。春归红雨落,夏入碧云深。影密回游屐,声娇窜宿禽。相将携手转,隔水复追寻。

村中即事

莫怪闲游少,家家刈麦忙。须知原野朴,不似市城狂。刺水秧针绿,穿堤葭笋苍。伯劳何事嘱?月夜力田庄。

祝广平君七十

还忆五噫去,皋桥案举春。古人中道别,今我老年从。偕隐十千耦,同舫七十锺。几筵分四代,递进各从容。
凿池通活水,辟地造蓬山。尔我悠悠老,乾坤得得闲。此身欣不染,是路喜知还。贫守糟糠过,何劳遗后艰。
阳羡入海处,妻子亦随行。不识蓬壶路,惟看日月程。沧桑予故地,鸥鹭尔前盟。从此吾将老,闲闲十亩耕。
身入高人径,笑观处士星。无名到京洛,有道住沧溟。滚滚潮声白,徐徐霞色青。榴花开五月,红照一梅亭。

偶咏

泰华名天壤,沧瀛著古今。东西万里道,老少百年心。我欲乘云去,谁能望气临?此身生海岛,是志在山林。

十五国题存四并序

兹十五国,昔在江陵署,与皋膏、白林互相次咏而成题者也。

虽发于一时之兴会,而亦成千古之美谈。迄今四十年,人往诗烬。予固无恙而头颅白尽,追忆前题,重成十五章。山河如故,其如此故人何?不无忆旧之感云。

福建

旗鼓山头眺八闽,重岩叠嶂锁苍旻。星牛区野螺师女,石马烟霞燕语人。中国符封垂汉雨,边疆天破漏唐春。于今龙虎恒题榜,还属三郎护海滨。

广东

尉佗旧土汉番禺,炎瘴天南一奥区。地总百蛮恒叛服,山连五岭自盘纡。羊城色映仙人度,龙眼花明御宴需。物产丰饶珍货集,珊瑚网得贡云衢。

广西

三峰鼎峙桂丛丛,都会西南百粤雄。门户楚江通北界,藩篱交阯绝南穹。湘漓分水柳开记,梧桂长城马援功。正气歌残吟浩气,西台恸哭尚忡忡。

山东

泰岱雄区齐鲁乡,乾坤文献未尝亡。霸图政迹琅邪远,圣教风声洙泗长。梁父简泥悲汉帝,仙人蓬岛笑秦皇。从今莫法虚无事,至道犹存一变良。

白华庄秋感

梧桐金井感秋归,香稻离离秋色肥。万物已随秋气改,一年又见夏云非。黄花心热陶家酒,白发身寒原氏衣。天道四时皆有致,风光一度暮年欷。

秋分吟 秋社秋分同日

八月功成农事忙,秋分秋社报农祥。木棉吐玉通身白,水蟹输芒满腹黄。人世算来学稼稳,天时推去隐居良。争名攘利市朝辈,让却农夫新酒香。

生辰吟 九月五日

我生时又到,七十一年秋。烟水歌红蓼,芦乡赋白鸥。井梧风韵在,篱菊晚香稠。九五重阳近,登高借一瓯。

生今无事贵,老兴借诗狂。到处龙蛇壁,随时花月觞。感悬初诞日,怀近又重阳。惨淡秋容里,身同击磬襄。

感世吟

春秋多乱地,纲目少完人。富贵浮云忽,贤愚草野均。古今催日月,时世换君民。争战何劳剧,乾坤自转轮。

初霜

霜降相悬八日霜,始寒气肃敛秋光。梧桐摇落悲霞色,鹚鹅分飞叹雁行。篱菊归盆终见傲,山梅隐岭早知香。莫言岑寂三秋事,枫叶停车爱晚芳。

题崇明

非舟莫渡叹崇川,壖积沙流别一天。圻岛东南沧海外,狼山西北大江边。鱼盐泰岱三韩接,珠贝琼厓六诏连。万里梯航过络绎,始知此地出云烟。

昌黎文字少陵诗,淹息躬耕自得知。无怨是天生我晚,殷勤此地少人师。身忘九万舒鹏翼,心绝三千起溟池。司马难逢诸葛老,他年文献冀谁思。

我亦何能自道吾,古今人杰敢云无。蛟龙海底翻风雨,鹏鹤天边啸阆壶。黑蜃成云言可验,朱皇奋笔事非诬。琼崖南去十千里,曾许文庄作大儒。

老况

年过七十犹强健,赤米霜菘日四餐。能走新河独还往,恒游堡市却炎寒。出无筇杖随身伴,归有茅檐容膝安。相对助吟惟德曜,皋桥春杵数艰难。

十一月望日纪事

鹳鹤摩天聚八双,八门阵势自成行。陡然金锁穿中极,倏变长蛇下北方。碧落有心惊鸟兽,青空何意寂风霜。轩辕兵法今重现,仰望云霄正一阳。

遗民吟

利器当躬还待时,希夷日月笑迟迟。高眠霜色三餐饭,大醉风纹一钓丝。安乐梅花数前定,穷愁老子学先知。平生早悟闲中趣,放胆文章酒满巵。

十二月一日吟

腊朔天高一九终,二阳和霭日融融。鹁鸠唤雨滋青陇,鹅鹳摩晴耀碧空。色淡水仙惊有雪,香含梅蕊怪无风。老人何幸经营早,心爱扶桑坐向东。

怀古

传说缘何傍少微,高宗不梦養柴扉。文章终置沧波老,空露光芒射紫微。

千古闲人严子陵,尧夫多算觉稜层。深山更有闲人在,空谷松阴六月冰。

岁寒吟

与世相违未往来,远居城市绝炎埃。何人更晓春风访?此日先从寒雨猜。榾柮满炉诗有料,竹梅遮径树多材。蓬庐冷气消磨尽,一一清香待报开。

庚寅岁十八日,赴允恭招席,会林紫如、孙丰京。丰京系携李英秀。紫如三十年前会于姑苏伊叔云日斋头,云日我故交也 庚寅

新朋旧友喜均逢,白尽头颅愧妙容。同醉今朝叔度酒,陡怀昔日敏功踪。长洲故巷人皆异,瀛海春风花自秾。兴到不无缟纻想,当年杵白与谁舂?

岁除雨,正九日雨,十九日又雨,不久不坒,喜吟

五风十雨好年华,霡霂三通正月夸。麦渐摇青催野草,梅将启白动春葩。岩松鹤啸招游屐,沧水龙吟引钓槎。万物生辉烟景召,山陬海澨咏桑麻。

读《老子》

眼独空千古,方成《老子书》。心存天地始,身视帝王虚。已见前人简,才知后学疏。犹龙尼父叹,道德竟何如?

王狩南、钱行诚过舍留玩

相遇瀛洲怀好音,青青麦浪向东林。白花无语一庄草,绿竹多情几树禽。仓帝造书观鸟迹,羲皇画卦听龙吟。春风何限薰三径,不朽文章证古今。

读《管子》

管子天下才,读其书始见。可惜辅齐桓,名从霸术擅。所以圣人大不足,小器称之每扼腕。虽然今时安得如此人,煮海民盐不受商家瘗。

读《韩子》

韩子祖老子,学无老子半。敢称道德哉,刑名从此判。解老喻老终非老,《内储》《外储》言忘畔。《孤愤》《说难》启祸机,轻尝人主至今叹。

溪居初夏,酬既闲侄孙

新绿村村日正长,青葱一变白云乡。溪流不尽春笺色,径转还多野荠香。乍暖乍寒人有态,非烟非雾树生芳。衣裳莫敢轻心换,声掠东西为鸟忙。

溪清树绿爽人心,当昼轩开一望森。景美自然多好句,情深何处不啼禽?几枝稚笋招良友,四月晴天度素琴。绝妙桃源谁过问,一觞一咏月窥林。

薜荔丛丛碧四围,伊人何处去来归?蒹葭两岸新钩月,杨柳一门旧钓矶。雨后秧苗针破水,风前燕子剪穿扉。巢由莫管唐虞世,分付僮奴耕不饥。

绕池碧水树冥冥,拂石铺毡偕隐亭。三径繁花看已过,一溪啼鸟坐堪听。乾坤有度怀新绿,日月难留怅旧坰。仔细今朝重吟咏,伯阳西去欷千龄。

读《列子》

列子犹庄子,体格殊粗疏。居郑四十年,人不识其书。辞郤千钟粟,饥同妻子居。御风冷然善,佚乐全柴庐。八篇文字半荒唐,贯虱穿心视不虚。立木为涂教六马,得心应手自徐徐。

读《鹖冠子》

吾读《鹖冠子》,亦成一家言。虽非道德著,俨有法制存。政体一人悬万命,环流更见神明论。立说不无偏见在,能天独举圣人尊。

送侄孙南庐之任溧阳

师范平陵达帝都,冷官六月送三吴。一盘苜蓿文章地,千里莼羹名胜湖。淡泊莫轻唐世郑,端方须重宋时胡。他年学校遗模好,道德谦恭门下徒。

偶仿白乐天"何处能忘暑"

何处能忘暑?深山深又深。影移方见日,声渺只听禽。枕簟羲轩梦,茶铛李杜吟。无人朝问字,有月夜横琴。

何处能忘暑,沧波东又东。十洲千只鹤,三岛万颗桐。石户妻樵月,师襄儿钓风。不知天地阔,晚挂一长虹。

何处能忘暑,心凉身自凉。居家惟淡泊,应世不苍忙。绝欲鬼神远,无私天地忘。炎炎视过隙,通体载冰霜。

庚寅杂吟

草茅遗一老,空读半生书。敢曰无时命,惟能安隐居。趣知山共水,乐识钓兼锄。日月凭他转,吾心有泰初。

交深富贵辈,好笑蔡西斋。眼看浮云重,胸无明月怀。吾人恒有乐,古道自同谐。君子云三变,何妨豹隐埋。

蓬山思未造,又欲造壶山。瀛海十洲景,仙乡一脉环。舟开看旭照,鹤去望云间。华白香千古,高人高自闲。

当今吾老矣,秋桂傍山阿。地僻无人采,香飞有鸟歌。但留月在此,莫问夜如何。故友归过半,酣眠梦觉多。

风波何处住,人世一浮萍。聚族通波绿,分疆簇水青。乱离争逐浪,枯涸没残形。天地当元会,同归一窈冥。

朴实无差举,何须又结绳。聪明生日窍,智虑变云蒸。鸟迹通文字,蛛丝化网罾。纷纷世界伪,忠厚在模棱。

风云吹殿阁,日月照山林。天地无言嘱,穷通有道临。贤奸何贵贱,轻重自浮沉。不信予高论,从头看古今。

天涯何处去,归老在江南。深鄙烹雌别,尤轻扪虱谈。竹林啼奷鸟,山桂结精庵。怀古书千卷,圣贤时对参。

天地好生物,相传禁食盐。殊非尧舜量,何取汉唐严。商富骄无敌,民偷罪有钳。治安法贾谊,用献古羲炎。

仲秋一日吟

今时何时,晚稻离离。仲秋一日,桂花满枝。老安少怀,我又何思。我又何思,称口吟诗。

今日何日,时届仲秋。月将皎皎,香满林头。发秃须白,我又何求。我又何求,东海闲鸥。

秋已分兮,月未生西。月将有待,谋之老妻。床头新酒,昨晚壶提。碌碌世界,吟与谁题?

哭长孙丕泗

好风惟属往来商,千古人吟我独怆。明镜静光歌浩浩,连山怒势叹汤汤。水分九道冲湖口,飚发终朝险马当。我步龟蒙过六次,东孙胡为陌浔阳。

谪仙捉月骑鲸去,赤壁东坡梦鹤呼。汝往何知吾想汝,吾存每望汝看吾。古今人物哀彭蠡,天地风波恨小孤。江汉滔滔归绝岛,溯洄欲上诘鄱湖。

一生食力羡梁鸿,徐稚虚名笑不同。汝去饶州作何事?我安瀛海老兹躬。天高九万难梯月,水大三千易鼓风。怪若陶朱改范蠡,操赢握算长儿空。

雨滞糖沙

不见黄花笑,只看鸿雁归。人家南海尽,阴雨北风微。佃熟高粱饭,渔烹涨水肥。寂寥何处望?举目峭帆飞。

钱行诚赠辛卯新书

又逢辛卯自知惭,六甲年华过十三。学问细思无用地,徒然衣食老书龛。

暇吟

少具冲天志,长安随地心。非因人有贰,自谅世难任。绝意风云路,惟怀霜雪林。一丘一壑老,泽畔暇行吟。

暮年欣暇日,观古验而今。世道辘轳变,人心波浪深。乾坤随正闰,日月自升沉。智勇难逃数,寿难百岁吟。

富贵不常享,清名未易臻。贪廉谁并世,善恶类相亲。聚宝非为宝,知人是作人。古书千万卷,卷卷益吾身。

崇明

处处垂杨柳,家家设板桥。宅形因海势,地界定滇标。赤谷初秋熟,白棉八月饶。鱼盐堪富国,柑柿看霜朝。

我亦从先隐,荒庄对大通。薜萝藏旧宅,桃李笑春风。茅屋三花径,遗书一亩宫。如何隐君子,黄叶老人躬。

海上出师吟

边海非同陆,难言计日程。三千沧海浪,十万貔貅兵。绝岛无依地,荒山不可耕。驱他沉溺水,东海颂升平。

辛卯岁十二日即景 辛卯

立春将一月,今日始知春。鸟唤池边树,鱼穿涧畔蘋。东风生柳眼,淑气启梅唇。径上徐行看,欣欣草木新。

白华庄闲吟

竹径呼僮扫,梅墙听鸟啼。境幽人寂处,花发自留题。鹊巧巢高树,凫闲浴浅溪。穿篱斜转去,香透水仙齐。

黄季韬以天都笠亭步钱塘沈方舟《有明十三陵诗》掷和,予复益之以孝、让、代三陵。让、代虽非陵葬,然御宇四年、七年,俨然帝也,谓之曰陵,用志一代之感云

献陵

一年天子紫微沦,纠缪绳愆痛老臣。若使成康共悠久,岂无周召并

陶钧。洪熙历短仁难遍,永乐心残恩未均。白发萧萧秋四十,迄今犹恨献陵春。

裕陵

云留北漠寒无雪,日蔽南宫春六年。社稷重看看独守,国君轻故故能还。夺门幸赏悲孤注,复辟锄功恸下员。谁谓裕陵堪正统?懿文孙子悟尧天。

泰陵

君臣一德咏皇明,父子家人千古情。司马扶兴亲圣膝,中丞流涕老神京。尧廷吁咈称弘治,舜殿都俞颂孝声。一十八年歌帝力,泰陵松柏代相赓。

康陵

风流天子好忘家,借猎巡游自将夸。歉意舆前拘卤簿,快心马上弄琵琶。豹房三宿云千里,龙帐十年天一涯。幸得遗言传位正,康陵庙享武宗华。

昭陵

斋坛土木驱方士,昭雪沉冤宥诤臣。日月中天初十世,风云满地再三春。翕然想望空攀髯,痛矣低徊远指麟。于穆昭陵坏土看,荒烟蔓草吊遗民。

庆陵

皇明历数于斯短,一月君王惜圣人。白诏痛流群庶血,红丸恨断六宫春。垂帘朝宁玄黄战,会葬园陵粉黛颦。从此坤宁争艳冶,致令柄失祸阉臣。

剪韭吟

韭毛竹笋胜春兰,老在山林日可餐。屋足盖头高卧稳,田能糊口度年宽。文章醒世他时贵,道学培躬今我安。少壮自知非用九,长怀食力效龙蟠。

寒食怀大孙丕泗兼自述

一别难相见,至今犹盼回。招魂悲景宋,结社伴宗雷。泪竭浔阳水,情深彭泽梅。春风零落尽,寒食酒三杯。

代季韬次笠亭质问寄和十六陵兼询怀

破浪乘风瀛海游,芦花如雪境殊尤。读君故国诸陵什,泪断思陵到白头。

次韵奉酬,以"见千里相思,三年不忘遥"为酬倡,亦一佳话也。寄我里友用报裴邻

身静闲清昼,心空检古书。参疑恐自足,有暇卜其余。眼底浮云过,阶前细草除。羲皇长日月,时与圣贤居。

又逢辛卯吟

三十二年烟波去,二十三年故土居。白发满头忘世界,碧萝合宅表村墟。梧高影叠阴何大,竹茂声长韵自徐。闲著一篇东海老,又逢辛卯只蘧蘧。

辛卯夏至日吟

夏至日长葵花红,碧梧绿竹坐老翁。心头无事检前籍,雨脚有情飘北风。待诏翰林玄真子,嗜茶笠泽陆龟蒙。浮家泛宅我曾去,忘姓忘名入海中。

乾坤

乾坤生万物,物物自为生。可笑谁安命,肖翘亦解争。

忆广平茂才

岸气稜稜晋步兵,终童书上卜时名。难言州郡羞干请,竟作门庭简送迎。鹤瘦竹堂诗百首,云空金巷雁千声。烟消枯骨归何处?肠断孤坛得返瀛。

忆广平华韩堂兄弟

常棣三花羡鄂然,堂开桦桦照华筵。自能龙虎倾群士,谁不笙簧颂百年?次第鸿书标故苑,参差芹藻涸东川。彦升后事尤难问,风雨飘摇何处天?

蓬庄度暑

虽到深山暑亦随,蓬庄萝薜尽堪怡。清风竹里闲三笑,白石岩间息五噫。有鸟高歌频唱和,无尘横起自游嬉。柴扉可闭可无闭,摇曳荷花面碧池。

哭黄尧克

昂然独鹤立鸡群,千尺寒松聚碧云。时羡波汪黄叔度,雅怜腰瘦沈休文。扬州整饬人忘我,瀛海经营邑藉君。何为玉楼偏应召,长天秋月蔽妖氛。

九月五日生辰吟

黄花秋老咏陶潜,老妇还能料米盐。早岁鸠车忘鼎革,晚年马齿慕羲炎。文章自比苏门邵,学问何如蜀市严。耕辍白华庄上卧,薜墙摇曳不垂帘。

重阳怀旧

惆怅当年访治平,云山七子施计嵩、朱月石、唐型若、僧紫云、朱草荪、沈寄庐、唐肄三石湖盟。文章宛在人谁在,面貌如生我尚生。何地登高思最切,此心怀旧泪先倾。青山绿树依依寺,枫叶芦花海上行。

宿东海佃家

东海东头第一家,渔樵岁月度生涯。扶桑日转天开镜,蓬岛潮飞客泛槎。只有沙鸥眠蔓草,亦多山鹿伴芦花。惜无石户堪相语,辜负今宵月影斜。

豫章、陇西、能白至

旧友到黄昏,灯前忆故园。流年喜无恙,客路猝相论。世隔颜同老,生今事尽翻。尘途身历苦,古道醉污尊。

岐来以还少丹方见寄

暮年血气渐凋残,见示仙方还少丹。寿本天然心自固,恐非灵药顿消寒。

早起书壁

天地何常一息机,阴消阳长六时晖。晨鸡埘下频频唱,野马窗前滚滚飞。日月不停催世老,春秋有物救人饥。可怜争夺无休息,盘古分来多是非。

辛卯岁除吟

燕坐藜床爱独眠,归来廿载海中天。梁鸿白发夫妻杵,原涉青松父母阡。榾柮消寒春落炉,诗文娱老岁成编。霜威入户增余炭,手拨炉灰又一年。

烟波笔啸六十编诗集卷六

崇明沈寓寄庐著　孙丕源曾孙奕董校刊
奕蔿
奕范
奕苏
奕夔
奕万
奕葛

长洲沈德潜归愚　合定
镇洋程穆衡迓亭

又生集自壬辰至丁酉

壬辰元旦挥毫壬辰

元旦挥毫,雅慕诗豪。岁当一日,我欲题糕。四字成句,随口爬搔。十亩闲闲,百首滔滔。古人已往,今人相遭。乌知我心,自得嚣嚣。遁世无闷,不作牢骚。我自成我,何妨孤高。七十四载,涉尽风涛。沧溟何阔,天地何牢。敢云觑破,人世尘劳。元会难稽,终始谁操。起首何祖,结局何曹。我甚懵懂,亲疏谁号。堪笑争杀,作乾坤猱。世界辘轳,鱼鲁阴陶。我少幸知,我老甘韬。四时万物,民之脂膏。万方玉帛,视如鸡毛。几许葡萄,几许羊羔。前梧后竹,茅屋蓬蒿。东涂西抹,鹤鸣九皋。

白华庄半日轩

日暖纱窗半日红,轩随庄势豁南东。秋宵爱望下弦月,冬昼喜忘闻阊风。古树几颗虬影攫,寒禽千点夕阳丛。诗家题就画家画,一幅山林遗世翁。

上元日饮范耀坤

春宵一到又元宵,书饮心朋老兴饶。早踏霜花人满市,晚看灯火月升霄。年丰佳节无风雨,世泰孤村有管箫。七十四翁何事乐?诗成击筑记清朝。

宋汉犹自河南伊子寻回,至我叙谈,兼思李少隐

耳闻八载在河南,历尽崎岖请细谈。伊阙堆前多古碣,成皋战处有遗镡。汉陵晋削殊难问,周鼎秦迁已不堪。世往时移良友隔,空余草木气雄酣。

风俗

六十年前事事差,人心世务好纷华。宫中未必高头髻,天下缘何广臂纱。物力艰难贫更甚,官司回易富频加。情甘辞俸欼何法,休职山林作宦家。

酬故交见寄

长江万里卷重波,瀛海东头四薜萝。秋月兼葭人影绝,春风灌木鸟声多。阳襄入处留余韵,石户归时记浩歌。若有书来通姓氏,白华庄上白云窝。

清、慎、勤三字吟

"清勤"两字一生操,"慎"字藏中勿过劳。事事从宽蠋踡暴,心心在

厚蓄坚牢。怡情妙诀时寻乐,度世良方念放豪。尸解仙家无要术,一身少病暮年高。

上巳

隔朝雨止隔朝霜,花信风多三月凉。桃口玉容将露赤,柳腰金色未纯黄。踏春士女难舒眼,结社宾朋好举觞。我老不娴斯世事,每逢佳节托诗狂。

暮春送友过茂苑

双塔西街我旧居,陆桥百步是门闾。两松矗起曾巢鹤,一阁横开独著书。昔结诗人眠放榻,近知云侣访回车。君过茂苑东禅泊,红豆花看问带庐。

三春连雨吟

东风落尽始西风,水涨平池三日功。莫虑烟迟村火湿,偏愁麦瘦野田通。枝枝柳叶摇天绿,树树桃花带雨红。横锁眉头难放眼,故秋无计计春丛。

白华庄春日

枝杨篱绕白华庄,三径闲花塞路香。宛转栗留调杞柳,逍遥凫鸭浴池塘。门无杂客争棋局,室有成书伴笔床。赢得他年传姓氏,清朝人物一诗狂。

雨久春霁

三春九十日,半雨半晴天。暗澹消芳草,清和快老年。燕莺声户外,蜂蝶舞檐前。谁挽流光迅?春风恋管弦。

题蓬庄书屋

蓬庄火尽历朝书,省得人呼獭祭鱼。诗到兴时恒缓缓,文从乐处更徐徐。韩能曲折深中浅,杜独精工实里虚。舍此宗师门户别,尼山道德总其余。

送周岐来之苏

城上周观四碧杉,六门远景带风帆。江湖缥缈云山出,楼阁参差烟水衔。揽胜寻常先虎阜,探奇次第到灵岩。洞庭橘柚秋霜色,林屋仙人更不凡。

寄长洲古农问信

不改斯心五十年,并君白发老耕田。当时片语同今古,别处分飞各坐眠。洛邑还家人在否,眉山游学信谁传?金兰秋水诚要久,故国他乡共一天。

追怀乐志堂家世

父子先生兄弟师,汉朝人物魏朝推。圣贤乌在遭时重,豪杰空生隔代奇。归洛终身徐庶叹,出关觇世伯鸾噫。五囊乐志还乡后,秋水春波蔓草思。父百子,子印史,兄少隐,弟春实。

长洲诗友俱往,能无系念,有作

七人计崮、月石、型若、紫云、草荪、肆三、寄庐烟月共长洲,千古云山共唱酬。次第看花归阆苑,因循入海老蓬丘。池传洗耳居巢父,地卜箕陵葬许由。未识诸公生死所,诗人高揭动题留。

吴中知己吟

吴门花事梦中人,载酒登临秋复春。一首好诗山上月,十年同味水边莼。流光不待俱星散,过影难回似石沦。知己凋残归有咏,天长地久属闲身。

梦忆旧游

夜夜沉沉梦旧游,回思一世寄长洲。月明层塔吟高句,霜落包山续杜秋。虎阜阜前云醉阁,石湖湖畔雨眠舟。更将无定摇摇去,经岁连春千里鸥。无定,舟名。

两枫吟

东西宅畔两枫蹲,合抱干霄双鹤巡。年去年来何甲子,花开花落又壬辰。栽梧种竹鸾凰友,锄韭浇菘尧舜民。添得秋霜多老兴,重得红叶伴云津。

忆碧云庵紫公

十万苏城一竹林,管箫绝处悟嵇琴。中天明月清风地,孤室空山白日心。烟过炉香无故迹,秋归鹤树有遗音。曾因相对忘言语,庵在云中忆碧阴。

故宅吟

绕宅行吟忆二亲,兴朝初载卜惟邻。锄花依旧黄梅雨,种竹非前白发人。故杵还乡夫妇老,遗园守世子孙淳。他年若访罗含宅,道望平与千岁椿。

和弟尚其暑盛口占

暑酷无由避,清风亦畏之。我心凉自固,云起待龙师。

忆昔壬申岁申浦舟中逢雪,诸友拈韵传觞度岁

玻璃世界夜行船,岁忆壬申申浦还。渔火何来珠玉海,仙槎应上水晶天。传觞击筑当除夕,拈韵分曹作过年。泰伯祠前揖让别,诸公滚滚我归田。

题白华庄

不晓逢迎海外居,海风恐煽自成庐。依依萝薜中藏月,寂寂清流内凿渠。天地桃源十亩雪,子孙篱落五经书。年年秋露木棉白,更有春云梅聚潴。

予昔烟波浪游,过西子湖者六次。无论联咏、独吟,关系是湖者,古律、歌行暨词赋、论说,汇集百章。其间不无翻前人之诙词,订后人之懵游。壬午不戒,劫火沦亡,今尚其弟复以友之游西湖、别西湖、忆西湖者索和,予总题之曰"追话西湖"

曾作西湖百首词,湖中风景洗胭脂。依稀白傅三年赋,仿佛苏仙六月诗。只手擎天生许墓,断头报国死封祠。妻梅子鹤何人吊,独上孤山一笑时。

当年尤物咎西湖,曾绘吴山立马图。贪此一隅风月地,罔知千古帝王都。勾留粉黛眉间笑,论世英雄眼底无。自古及今矜目睫,谁为沧海小蓬壶?

忆西湖

一派白云处士家,红霞复起步栖霞。莲池秋落无消息,孤鹤横飞上汉槎。

九里涛声忆故人,朝吟灵隐味秋莼。虎林松月恒相照,湖海虽悬共照身。

叠叠云山望六桥,六经堤上我逍遥。画图依旧还相忆,手指飞来唱沉寥。

乡居吟

少慕幽林山水栖,海乡归老故庄犁。韭毛百本上农菜,竹笋千枝高士蘁。古月色真恒对饮,新花香动必留题。门开双径四围碧,一任清风夕照西。

秋雨行

流年逝水箭如忙,物换人非故土伤。十度春风十度改,一番秋雨一番凉。不嫌花甲重重转,只怪风波处处狂。试看此生能百载,忧多喜少颂陶唐。

两窍渐蒙别无他念,因吟

不为吴子傅,只学老龙潭。蓑笠春天雨,诗书秋月庵。九重良梦绝,百岁道风酣。了了心中事,何须麈又谈? 龙潭陈海雍。

书座

独超造物牢笼外,寄兴风烟水月间。一段舞雩陋巷致,十年疏食曲肱闲。古人不远今何在？此道非遥彼自艰。若欲求诸形体得，读残章句隔机关。

茶熟客至

旧雨呼童煮，新秋听鸟赓。门敲何客至，笔落一诗成。烨烨炉开焰，澌澌罐发声。待斟同润吻，雀舌共谈清。

自适吟

隐居以求志，随地可忘忧。黄鸟飞相应，白华种即稠。乾坤山水共，日月古今悠。十亩闲闲外，诗书足唱酬。

答宝华山上人过访

金陵名胜地，况是宝华班。芝草时时有，松云处处闲。江秋天外月，海角浪中营。共说神仙所，苍茫不见山。

生辰吟

年高七十四，日又到生辰。岁见黄花笑，时穷白发贫。三秋归信雁，一笔老才人。明发有怀起，将何慰两亲？

雨阻五潋对菊

有兴观东海，无心问菊花。今朝何幸值，古色自堪夸。宿雨催新句，秋风忆旧槎。待晴历沧溟，霜白赋兼葭。

甘老歌

我年七旬四,弗获挂人齿。少未上长安,迹与王侯迕。恶知吾有志,我自行吾自。古今人不同,处世操仁智。存心正万民,立身难浪试。行道在握机,时有利不利。宁为独善贫,毋因达颠瘁。所以老愈欣,甘老渔樵地。

癸巳元旦 癸巳

雪下黄昏到晓明,腊中两夜间无声。念七夜雪,念九除夜又雪。依依寒竹乌能变,凛凛云天风自轻。不碍长涂坚又洁,惟歌乐岁爽偏晴。叮咛缓扫阶前路,屐印深深拜岁行。

寿考作人十二韵

唐虞有道日,天子万年时。禹甸同歌寿,尧天共献诗。乾坤大一统,道德正三仪。山海梯航至,江河水土夷。文章兴世运,礼乐起人师。自古称王代,于今颂帝基。在廷趋济济,率土咏熙熙。白鹿山陬贡,黄芝椒殿移。风云征庶士,雨露感群黎。万寿科开盛,八方才斗奇。大儒连辈出,名相接踪驰。恭已垂南面,无为圣治推。

晓鸡 和韵

起舞何人鸡乱啼,群鸡自晓警群栖。声长声短能啼否,吴郡当年轻会稽。

白华庄

偶行三径上,古树鸟声催。已觉微阳动,深知元气回。淡红文苑杏,洁白故山梅。昔日同看处,今朝独举杯。

癸巳花朝

花朝不雨更无风,梅萼香清娱老翁。架有琴书孙子读,园多果蔬仆人功。禽啼碧树知春意,云护晴窗识桂丛。叶叶枝枝思向上,月明有待探蟾宫。

睹物兴思,示孙甥树

时雨滋丹桂,微风起绛桃。物皆因候艳,人可不年芳。总见春光透,才能秋实良。此身亏努力,晚岁枉悲伤。

作县吟

经济才高许作官,为臣不易县加难。时时著眼宽培善,事事留心严饬奸。听讼不明生讼害,催科无法设科残。"循良"二字毋轻视,郡邑三千几可观。

哭内子广平君时在癸巳辰月二十三日子时

不道今朝别,相将六十年。深知夫妇好,久识死生缘。春杵关山月,耘锄沙海天。沧桑同阅尽,先我泪腮边。

随意吟

七十二坛黄梅雨,一坛五日一年用。何必惠山泉水妙,年年天道此时供。胡以酬之诗百首,惜非当年陶谢手。雅州山人何时至,慰我中顶必一斗。精健八十入青城,鞭牛叱咤带云耕。老妻若在芙蓉国,长腰粳米寄蓬瀛。

观时吟

世事黄梅雨,人情红蓼风。古今多少变,晨夕往来中。道困心常懒,年高耳不聪。何须机巧问,还作鹿皮翁。

五更吟

天地生才日,朝廷锡福时。国中尊圣学,海外老人师。偕隐梁鸿在,孤高石户知。五更鸡乱唱,长啸考槃诗。

七月十五六夜频梦茂苑故居晤广平君

雨夜频频梦故居,广平君在扫阶除。花砖缝里鸡冠舞,药砌堆边桂子舒。望月共登三更阁,挑灯同数一床书。分明拣读欧阳赋,四壁虫声醒寄庐。

睹鸟兴怀

脚踏青山长啸过,归来芟径辟花窝。无穷眼里高飞鸟,翼倦栖身误网罗。

白华庄秋况

池围竹屋薜围池,月照清虚日映墀。鸟出鸟归知早暮,花开花落悟天时。内亡中馈稀留客,老绝浮言闲咏诗。秋雨霏霏潮泛泛,桥梁水没往来辞。

重阳

秋又何悲老莫伤,碧天澹荡啸重阳。哀哀鸿雁劳沙漠,唧唧蛩螿咽坏墙。黄菊满园高士兴,白棉遍地野人忙。生逢佳节须行乐,枫叶遥看醉一觞。

冬十月望日

月光何异又经冬,人事天时霜色浓。我老不堪终夜望,世穷难改旧蟾容。风云碧落全无影,星斗青空半绝踪。安得凌霄槎入汉,寒烟冷雾态溶溶。

阅白乐天晚岁悲伤出泪,多句信口歌 甲午闰编

自然老至分头别,何用悲伤泪更多。惟有摊书随日影,健来玩味倦还歌。

不独忘贫更忘贱,六经四子是我师。平生只向烟波啸,六十编成世莫知。

诸子百家诚故友,时陈议论豁心胸。一从秦火纷纷后,茅塞于今十二冬。

五月八日儿孙辈率僮仆栽秧,观感

出门三十载,归老海边春。不见当时贵,惟知今日真。伯鸾夫妇别,元亮子孙淳。且喜名忘我,优游一隐沦。

独宿

独宿优游渐养真，无思无虑一闲人。只培造化周身气，不混阴阳百劫尘。何事可为书续古？此心能悟句传神。晚眠早起随时去，喜过卢郎醒欠伸。

题孟卿侄扇头花枝画眉

石畔闲枝十二花，画眉独立寂无哗。时怀扇上狂风起，飞向云峰伴紫霞。

冬至吟

冬至晴明却大寒，五行书著老心宽。且云人泰家丰稔，更说时和世治安。日转宫花添一线，霜飞灯火踏千官。天开阳始阴风歇，朝野歌声啸笔端。

乙未岁朝春吟 乙未闰编

康熙三遇岁朝春，历治羲和尧舜辰。斗米三钱时渐到，世风一统俗期淳。礼明乐备夷夔志，士肃农安稷契身。五十四年天下颂，雪飘元旦有年臻。

赋得自从归东海

身老无不老，心堪与古稽。目昏嫌字细，耳重怪声低。规矩安排定，方员运用齐。平生资学力，脚硬可攀跻。

书寄六岩老人

金陵渡口挂风帆,若到三山寄六岩。顶有老人专养鹤,穴传小子特栽杉。开笼闲放题和靖,散发狂歌醉阮咸。二十余年不相见,此身健在乞传缄。

卢玉章试后逢佑人叔斋,偶论人文作

浓如春暮牡丹妆,清若凉秋蟾桂香。高古辞从真里出,离奇语向澹中藏。韩欧身分凌前哲,迁固精思起后良。试把吾乡人物论,几能大雅奏铿锵?

啸述

筋骨能登缥缈峰,何须藜杖询行踪。年华难定如曹宪,碑记犹堪步蔡邕。少寓苏堤甘笋蕨,老居瀛海谱芙蓉。庄前摇曳清风起,独啸年年花态浓。

六月十二作

时雨重重不借凉,梅风直接柳风长。羲炎世近蒲葵扇,舶趄人归舨若航。渔篦肩随过断港,楚歌声起庈低乡。烟波一望田无畔,鱼鳖成群渡绿秧。

天道吟

天道今年恐,江南风雨多。炎时起秋汛,伏日著春罗。避暑宫藏扇,纳凉亭锁荷。愁妨民五谷,晴待看嘉禾。

遇袁子兼把酒吟

还记当年共学时,茅堂风月想驱驰。文章消息何人最?德业功夫我自知。秋劲各怀十里马,日移早变万根丝。堪怜壮志空踌躇,道故欢逢劝一卮。

生遭世极转阴阳,同学茅堂大半亡。似我年将王佐吕,如君数过状元梁。心犹旧日悬书志,颜变当年却老方。日月梭行存硕果,笑谈声里问沧桑。

自晓吟

老得贫而乐,诗文亦可观。堪称徐孺子,食力日三餐。

吊吴恕庵冢宰 丙申闰编

一介寒儒冢宰身,当年文会兴何频。云泥遥隔三千里,风马无期五十春。日月依然霞彩散,山河不改路涂湮。他时青史何勋业,门户伶仃旧缙绅。

听琴

千古尼山乐处推,如何琴操泣颜回。圣贤生死关天运,忘记春秋世道颓。流水高山移我情,古人绝调在琴声。于今世尚靡靡响,顿作哀音异舜麾。

杏仙至我,同步汉循会佑君,适岐来来,酒后出琴试音

知己相逢慰好音,复劳弦上惜愔愔。孔颜乐处今还在,不醉琴心醉道心嵇康《琴赋》"愔愔琴德"。

无事吟

生前不作昌时论,死后胡知有若人。少息蓬庐高世志,老称环堵古皇民。未随阙下观游猎,久混吴中伴隐沦。七十八年何所事,无荣无辱一闲身。

偕隐六图

江帆遨览图
长江万里足遨游,名胜登临次第酬。借问何人能得此?烟波双啸笔春秋。

春湖钓月图
桃花水涨洞庭居,月色扁舟夫妇渔。钓得春流肥肚白,簌姜击榜赋嘉鱼。

秋山采桂图
秋气凄清分外香,山妻月下捣琼浆。登高早上西山饮,桂米应留白堕觞。

咄嗟资访图
为访高人结队来,携琴跨鹿探花开。早知韵友兰亭坐,点酒蒸酥簌绿苔。

晨昏织训图
白华面面薜萝间,云是何家沈寄庐?雪月春风梅惨澹,书声夜并织声俱。

花庄春杵图
梁孟姑苏三十霜,归来整顿白华庄。鹿门夫妇田园乐,赤脚长须春杵忙。

题太湖放艇

地脉江南啸五湖，山清水秀聚诗徒。顾家兄弟深知我，即我生平写六图。顾风字清之号时雍，弟华字芳之号时重，雪字白之号阳春，月字明之号蟾宫。

风月芦花秋水图，洞庭橘柚赛蓬壶。自从张六要名后，不晓乾坤有五湖。

九月五日生诞吟

七十八年又诞辰，烟波编就手书新。陆游诗法才能鉴，韩愈文章气敢伦。半壁乾坤题已往，两间人物看同泯。白华庄在儿孙业，沧海茫茫元会身。

覆清原侄惠诗，见意

相遇辰街惠我诗，金丹一点我何知复"金丹可点之"句。家鸡守默黄昏寂复"近取爱家鸡"句，天马行空白日驰。李杜文章才万丈，张朱性理语千锤。斗星高处青云路，蟾桂秋风尽指迷复"谁人为指迷"句。

王佑君先生过访 丁酉闰编

选日乘春访老人，一壶清茗话闲身。燕翻麦浪忘王谢，蝶梦花心历汉秦。时节看来容易改，是非识透正难因。细将物理推求尽，春到春归色又新。

呈谢史邑公序六十编

禹门三级下龙门，沧海黄河总自昆。千古薇歌传太史，一编杞语寿孤村。名山拨石增头地，弱水扬波转厚坤。若使他年梨枣重，文章盘谷序应尊。

两岸蒹葭十尺高,白华庄豁独嚻嚻。此生不患人知否,至乐恒忘世累遭。月淡中天同影啸,风清满树伴诗豪。自从归去来兮后,谁识瀛东住一陶。

六十年华六十编,烟波无定管窥天。甘劳暂息藜床坐,喜远恒怀风柁眠。身向五湖歌孟杵,家归四海调钟弦。尘封午火惟长啸,岁发文明太史椽。

诗余附

少年游 小春　庚午

霜花初白，菊留余蕊，晴日映坚芳。山树霞重，西风过处，红叶舞霓裳。　　信传庾岭南枝绽，有待点幽妆。清水涯边，碧山岩畔，一朵老梅香。

大圣乐 野居　辛未

五亩园池，三间茅屋。绿树阴多。暮暮朝朝百鸟声，南北东西枝上，歌了还歌。和风好日启蓬窗，洗两耳、宫商难遍过。瓦卮浅，酌波心鱼尾，日影婆娑。　　万卷诗书恣我，读闲把、清平调薜萝。居东海之滨，无荣无辱，香透蒲荷。富贵心劳，功名难卜，从古人由时命何。开怀抱，随着年华去，百岁如梭。

忆秦娥 花边美人　辛未

采花女，见花一笑浑无语。浑无语，春风袅娜，衷情深处。　　园林几许云游侣，相逢双眼愁难去。愁难去，回头观我，却忘观汝。

汉宫春 岁朝春　丙子

簇簇新春，又岁朝谁云，百年难遇。椒盘献酒，巧剪合欢同度。算来一纪，历重光、太平玉宇。人心乐、家家箫鼓，珠帘高揭歌舞。　　春王正月堪记，问乾坤天子，万年是赋。优游遗老，东海结庐行素。丝纶收起，念韶华、白头何慕。共荆妇、我歌尔和，调出汉宫春步。

水龙吟 七夕 己巳

今夕何夕,望眼遥天,挂半钩秋月。鹊桥那里,双星何处,传言唐突。万里银河,风恬波静,年年无歇。一元一会正多时。叹君,能偕老、百年没。　　天上人间隔别,奈乘槎,碧空难谒。朝云暮雨,何如金风,玉露时节。巧女针楼,痴儿藕雪,梧桐弄影。回首思,人到中年已后,风流欲绝。

水龙吟 言怀 己巳

烟波老子,三十二年,好布帆风月。龟蒙茶灶,志和钓具,重游吴越。知己何人,不臣不友,夫妻白发。笑古今,万里功名归封,三万户,终须夺。　　何如十亩生活,竹千竿,梅花作雪。几间茅屋,从今后办,蒲团木榻。一张陶琴,一幅沈画,一诗一酒。略闲来涂抹,二十一史,凭天地没。

谒金门 竹素堂韵见字 乙酉

梅雨溅荷叶,珠抛圆战。柳树莺啼抬首见,遥忆风行殿。　　往日文心难遣,也悟青钱能选。三调清平列女传,金闺得意彦。

跋

尝观南丰曾氏先大夫集后序，与其寄欧阳舍人书，而思为人子孙，非甚不肖，鲜不自爱重其祖父者也。古今人宁有异情乎？余先大父寄庐公性沉毅，嗜古尤笃。屏居白华庄，以诗文自娱。源时为幼行诸孙，侍晨夕，睹公为文时，秃巾微哦，夷犹独往，神虑甚若惨淡。及伸纸濡墨，意绪累累，虽千万言不淹晷，盖自谓"烟波笔啸"云。及卒，先君子执卷流涕，顾予曹而言曰："此汝祖毕生之业，与其所以教子孙者悉在是，可令久无传乎？"顾欲梓行之而未遑也。越今垂三十余年，始得家礼部归愚先生、娄水迂亭程先生，后先校雠，辑其文为一十六卷，诗六卷，付之枣梨，厥工告竣。凡吾孙曾之为公后者，孰不欣幸于是编之成。而公之律身行己，扶世翼教之本末，或庶几传之永永而无穷也。而吾先君子已不及见之矣，呜呼，痛哉！源不肖，不能述先人业，有愧于南丰多矣。要之推吾祖吾父之志，而不忍是编之久而无彰，以戚我先人，以重源之罪。区区此心，则有不能自异于古人者。后之视今，犹今视昔也，尚其鉴余焉乎！

孙丕源百拜谨跋

董不幸，生四岁而先君子厄于水。太孺人守节自誓，举曾王父、王父之所以为教者，以长以训，俾至于成立。既长而追寻先世之绪言，奉此《烟波》六十编，兢兢保守，唯恐失坠。欲循遗命，寿诸梓，此念不敢顷刻忘也。岁庚午，镇洋程迂亭先生至堡镇，因偕眉弟出是书求校定，为抄得文集十六卷、诗集六卷。于所谓六编一叙，十叙完甲者，分摘诸体，各以类从。先之以读古赋论策议等，次之以序记传铭表对问答，迄乎书启说祭文终焉。盖依各大家文目编次，以便披读，而散注其年于题下，俾可考按。唯诗仍以岁编,不分诸体,统于首篇题下注年,如文集例。鸠工次第开雕,以岁之弗登,工始壬申,竣于甲戌。伏念先曾王父,著书立言,刑家施国,究其实学,皆可收为实用。其见于诸大贤先生之题署者,既详既备。小子胡敢赘焉,唯其书中,于敦本收族念始裕后之意,尤一篇三致。其系望于后之子若孙者,极分明郑重。况示孙一编,又亲为董辈致其提命。三复之余,实怆明发。凡蒙教诲者,其可无式榖之似乎?

因刊板之告竣,识其缘起于后云
曾孙奕董百拜谨跋

忆曾祖寄庐公之辞世也,岁在丁酉。次年亥月,先君即世。又次年午月而生苏。苏今年三十有二,而曾祖之辞世,已三十有四年。呜呼!予生也晚,不获亲聆曾祖之提命。言念及此,感慨系之矣。曾祖生平嗜学不倦,功名无足系怀而道谊所积,每发泄于诗古文词,所著述几充栋。苏虽不获亲聆懿训,而遍翻遗稿,宛如面诲。以是知曾祖之道无尽,即曾祖之佑启后人者无穷也。曩先祖赤城公,曾欲雕全稿以贻子孙,不果而卒。今子孙力薄,不能全刻,又惧久而散佚,故请于伯叔堂兄,检雕什一,以志梗概。庶几哉!曾祖不朽之业,聊著其万一。且使后生小子,置之座右,如见曾祖面。反复观诵,如与曾祖言。或不致叹恨于祖训之日遥也。编成而先祖赤城公之愿亦可稍慰,而子孙之当自励何如哉!异日者,凡我寄庐公之后裔,诚克自振拔,无负先训,不致有书不读之叹焉,是则寄庐公之厚望也!夫至于曾祖之品行何若,学问何若,文章何若,自有当代先生公论在。苏自愧不文,奚敢赘焉!

乾隆十五年岁次庚午夷则月,曾孙奕苏百拜谨跋

夔自束发受书,随侍先君子侧,即睹先曾祖有白华庄集,而居平诸父诸兄与夫往来戚故,每乐道先曾祖之为人。时夔虽少,谨识之,不敢忘。及初识之无,即喜翻阅其书,继而粗知句解,益喜观玩其书,迄于今。愧未深明其义蕴,第见辞气之苍直古朴,反复纵横,其诸欧阳子所谓浩然无涯,可爱可法者欤!昔曾祖自二十余岁即游历天下名山大川,与其间文人学士往复议论,上下古今,盖有独得其大且精者,故归而键户著书,

遗外世事，而以诗文自娱，夫岂沾沾焉戏翰弄墨而为之者！今观《烟波》六十编，诗文不下数十百卷，然皆穷经稽史时，偶有所触，而即援笔以成章，夫亦有得于其中，形于其外，溢于其言，见于其文而不自知也。故其义理之精纯，是非之明确，与品隲人之高下邪正，并无愧于先圣昔贤之旨，而非苟为炳炳琅琅，务夸声音采色以为工也。昔韩子云，用功深者，其收名也远。今考我曾祖之立志，与其生平之得力，散见于篇帙中者，观者皆可自得之。而夔自愧无文，又何能表章先业于万一也。独记先君子尝虞是集之散佚，期付剞劂，未逮而卒。而我诸父诸兄，怂恿成书，以公同好，庶无散佚之虞矣。凡我子孙，幸读其文词，想见其为人，期无失先人读书自好之遗意，是亦为之后者之责也夫！夔愿自勉，并以念我之同曾祖者。

曾孙奕夔百拜谨跋

图书在版编目(CIP)数据

白华庄藏稿钞 / (清)沈寓著；徐兵等点校 . — 上海：上海社会科学院出版社，2020
(崇明历代文献丛书)
ISBN 978-7-5520-3367-0

Ⅰ.①白… Ⅱ.①沈… ②徐… Ⅲ.①古典诗歌—诗集—中国—清代②古典散文—散文集—中国—清代 Ⅳ.①I214.92

中国版本图书馆 CIP 数据核字(2020)第 214181 号

白华庄藏稿钞

[清]沈 寓 著 徐 兵、周惠斌、柴焘熊、王 妍 点校
责任编辑：章斯睿
封面设计：黄婧昉
出版发行：上海社会科学院出版社
　　　　　上海顺昌路 622 号 邮编 200025
　　　　　电话总机 021-63315947 销售热线 021-53063735
　　　　　http://www.sassp.cn E-mail:sassp@sassp.cn
排　　版：南京展望文化发展有限公司
印　　刷：上海市崇明县裕安印刷厂
开　　本：890 毫米×1240 毫米 1/32
印　　张：12.25
插　　页：3
字　　数：353 千字
版　　次：2020 年 12 月第 1 版 2020 年 12 月第 1 次印刷

ISBN 978-7-5520-3367-0/I·418　　　　定价：68.00 元

版权所有　翻印必究